Christian Maurer

Zwischen allen Lappen ist Ruh'

Für Gert

Ich bedanke mich bei Martin Hils und Tom Ehringer

„Feuriger Nuttenschmus im Charlottenburger Sportwettenmilieu, auf Bestseller hinfrisiert". Was von Fritz nur als „zärtliche Spöttelei" gemeint ist, trifft bei Martin einen wunden Punkt. Sein Ziel ist ein Roman mit Anspruch, ein „bleibendes" Werk. Der Arbeitsplatz ist für den Museumsaufseher Fluch und Segen zugleich. Genau wie die Beziehung zur neurologischen Koryphäe, die Neurologen verachtet, ohne ihre Spinner, Epileptiker und Idioten aber nicht leben kann. Die gemeinsame Herkunft aus der österreichischen Provinz übertüncht mehr als sie verbindet. Wenn beide von ihrer Picknickdecke aus Autounfälle beobachten, erzählt Fritz aus seinem Chefarztleben und liefert seinem Lebensgefährten Stoff, der Martins Fantasie endlich auf die Sprünge hilft. Was Pausenhofer zu lesen kriegt, trifft ihn wie ein Schlag.

Christian Maurer, geboren 1966 in Leoben/Österreich, bricht das Kunststudium in Wien ab und zieht im Sommer 89 nach Berlin, wo er als Bildender Künstler tätig ist. Der Entschluss das Metier zu wechseln, fällt 2016 endgültig. 2018 erscheint ein Bilderbuch für Erwachsene und 2020 ein Schauspiel. *Zwischen allen Lappen ist Ruh' ist sein erster Roman.*

Ein Überblick über seine bisherige Arbeit ist im Internet unter http://www.christianmaurer-berlin.de abrufbar.

Christian Maurer

Zwischen allen Lappen ist Ruh'

Roman

Bibliografische Information der Deutschen Nationalbibliothek:
Die Deutsche Nationalbibliothek verzeichnet diese
Publikation in der Deutschen Nationalbibliografie;
detaillierte bibliografische Daten sind im Internet
über http://dnb.dnb.de abrufbar.

Verlag: BoD • Books on Demand GmbH, In de Tarpen
42, 22848 Norderstedt
Druck: Libri Plureos GmbH, Friedensallee 273, 22763
Hamburg
ISBN: 978-3-7597-7659-4

I

Prolog

Das Wort Mauerfall wurde von irgendwelchen Zeitungen erfunden, noch am Abend, der die Welt überrascht und die geteilte Stadt, eben noch ein schmutziger Flecken Erde, mit einem Schlag doppelt so groß gemacht hat. Bis dahin hat Berlin niemanden interessiert. In den Geschichtsbüchern findet sich allerlei Geschwätz über den Kalten Krieg, russische Panzer am Checkpoint Charlie und den amerikanischen Präsidenten, der sich ihnen entgegenstemmte. Jenseits der Grenze existierte ein sozialistischer Staat auf deutschem Boden, dessen Probleme schon bei seiner Gründung abzusehen waren. Das Wort Freiwillig, ebenfalls eine Erfindung irgendwelcher Zeitungen, wurde aus dem Verfassungsentwurf gestrichen und Sozialismus durch Demokratie ersetzt. Politiker, die den Namen verdienten, gab es in den Entscheidungsgremien nicht mehr, als sich eine Hand voll Agitatoren und Sekretäre in der Kaserne der russischen Besatzungsarmee zu einem Umtrunk einfanden, um die letzten Formalitäten zu erledigen.

Durch geschicktes Umdefinieren abgenutzter Fachvokabeln haben es die Anwesenden geschafft, eine Verfassung zusammenzuschustern, die immerhin vierzig Jahre lang ein Staatsgebilde aufrechterhalten und Millionen von Optimisten mit naiven Kriegsheimkehrern zusammensperren konnte. Obwohl es genug Menschen gibt, die von der DDR erzählen können, verlässt sich die Wissenschaft auf manipulierte Akten, Tonbänder und Gerüchte. Ich selbst kenne Zeitzeugen und habe mir schildern lassen, wie es wirklich zugegangen ist. Der Stoff reichte völlig aus, um die Karikatur eines Staates literarisch nachzuzeichnen. Es wurde mir Einseitigkeit vorgeworfen, Naivität und Parteinahme für meine Freunde und Berichterstatter, deren Identität ich zu ihrem Schutz nicht preisgegeben habe. In sozialen Medien werde ich bis heute mit Dreck beworfen. Ein Beweis dafür, dass ich nicht allzu falsch lag.

„Sie haben nicht dort gelebt", sagen evangelische Pfarrer, Knastbrüder, Dissidenten, Sekretäre, Punkmusiker, Soldaten, Majore, Taxifahrer und Journalisten. Sie alle waren Staatsdiener mit solidem Einkommen, von dem ich als Museumsaufseher nur träumen kann und als Schriftsteller erst recht. Ich habe den Abend, der die Welt überraschte, in meinem Kellerloch verbracht, das zu der Zeit noch nicht ordentlich zugenagelt war. Zu einem Prolog habe ich mich entschlossen, um den folgenden Text für den Leser chronologisch einzuordnen. Mein Aufenthalt in der Stadt begann längst vor dem ersten Kontakt mit dem Neurologen Dr. Fritz Pausenhofer und meine Epilepsie war nicht unter Kontrolle zu bringen. Von Hirnlappen und ähnlichen Dingen erfuhr ich erst aus den Arztbriefen, die ich bis heute in den Schubladen habe.

Als viertes Kapitel habe ich meinen literarischen Versuch eingefügt, den ich *Zwischen allen Lappen ist Ruh'* genannt habe – er war als Hommage an Fritz Pausenhofer gedacht. Er tritt darin als zwielichtiger Held auf, der Weltgeschichte geschrieben hat, ohne es zu wollen. Seine präzisen Schilderungen waren schon immer mit Vorsicht zu genießen, umso größer war meine Sorgfalt bei Durchsicht und chronologischer Einordnung des verwendeten Materials. Ich habe es als brisanten Stoff in Erinnerung, der genug Platz für Interpretationen ließ und genau das bot, was gute Literatur ausmacht.

Sein Lebensweg führte ihn über Stanford, Wien und Stockholm direkt nach Berlin, wo ihm sein Status als Koryphäe lästig zu werden begann. Bescheidenheit und Unschuld musste er ablegen „wie einen Arztkittel". Pausenhofer hat mir versichert, es sei alles genau so und nicht anders abgelaufen. Ich hatte keinen Grund, ihm zu misstrauen, zumal er ein enger Freund war. Da ich mich nicht immer auf seine Schilderungen verlassen konnte, habe ich mir die Mühe gemacht, seriöse Quellen ergänzend zu nutzen. Tragischerweise hat er mir später vorgeworfen, „den Weg der Seriosität verlassen" zu haben, ihm etwas angedichtet zu haben, was ihn derart erschüttert und enttäuscht habe, dass er sich vor kurzem das Leben genommen hat. Ich habe beschlossen, ihm mein Werk zu widmen, in ehrlicher Zuneigung und Dankbarkeit.

Ein paar Figuren musste ich erfinden, damit meine Geschichte nicht zu trocken und somit überhaupt erst zu einem Roman werden konnte. Als Ich-Erzähler fühle ich mich dazu verpflichtet, nicht zu unterschlagen, wo ich herkomme, dass ich seit Jahrzehnten in der Stadt lebe und fast alles, wovon ich berichte, mitgemacht habe. Vieles habe ich anders gesehen und überkommene Mythen korrigiert, wo es nötig war.

Zum Beispiel wurde in den frühen Neunzigerjahren bei der Abwicklung der Spanplattenkombinate, wie sie im Ostberlin überall herumstanden und sofort nach der Schließung verrotteten, alles stehen und liegen gelassen. Aus den Konkursmassen der verfallenden Betriebe wurde alles verschenkt, was bewegt und abtransportiert werden konnte. Die damals scharenweise zugereisten Schnorrer, zumeist Komödianten und Philosophen aus den Nachbarländern, begannen mit den giftigen, unglaublich haltbaren Trümmern ihre ebenso verfallenden Kellerlöcher billig umzunageln. Als Individualisten sind sie gekommen, aus Not oder Versehen, absichtlich oder zufällig. Ich kann es bezeugen, weil ich einer von ihnen war.

Die schmerzhafte Erkenntnis, nur einer von vielen zu sein, war zweifellos besser als nichts und von großem Wert für einen jungen Menschen. Ich konnte mich monatelang nicht entscheiden, ob ich Philosoph oder Tänzer werden wollte. An die Schriftstellerei habe ich damals nicht zu denken gewagt. Vom Prioritätensetzen sprachen die Philosophen, die von der Radikalität ihres Denkens überzeugt waren. Die Gesundheit zum Beispiel müsse einem egal, die „philosophische Praxis" mit Radikalität und Denken zwingend in Einklang zu bringen sein.

Meinen Platz fand ich letztlich bei den Malern, die ohnehin noch Leute brauchten, um die Stapel beschichteter Platten nach Hause zu tragen. Die eigene Zukunft wollten die meisten nicht wahrhaben, am wenigsten die Poeten. Tänzer waren leidensfähig und zweifelten an fast nichts. Rückschläge gab es nie genug um aufzuhören.

Womit man aufhören solle?, fragten sich zuerst die Maler und fingen bald zu tanzen an. Ich erinnere mich an die Platten, mit denen ich mein Kellerloch zunagelte, um das Gesinge und Gemale ertragen zu können. Verlegenheit brachte uns zusammen und wir fanden immer einen, wenn es nötig war. Geteilt wurde alles und gefrühstückt mit denen, die wir im Bett fanden beim Aufstehen. Die Stadt war verwahrlost, riesig und hat uns alle überfordert. Jeden Tag sind Leute einfach gegangen und nie wieder gesehen worden.

Ostdeutsche gab es schon, gekannt haben wir sie nicht. Die einen hatten gar kein Gesicht, waren nur in den Nachrichten und von weitem zu sehen, mit Jacken über dem Kopf, wie sie aus den Ämtern getrieben und in Polizeiwagen gesteckt wurden. Es hieß, sie würden auf die noch warmen Pritschen der Schriftsteller, Pfarrer und Dissidenten gebunden, die aus den Zellen herausgetragen und vor die Kameras gesetzt wurden. Sie waren beliebt bei den Kameraleuten, weil sie alles mit sich machen ließen. Sie beschwerten sich nicht über den Lippenstift und die Hitze in den Studios. Angesehen waren sie auch, solange sie sich benahmen und ihr Schicksal beklagten. Jeder zweite ging schnellstmöglich in die Politik und saß bald an sogenannten runden Tischen, wo er sich in Sicherheit wähnte. Die Zeitungen erfanden das Wort Wendehals, um Pfarrer und Dissidenten brandmarken zu können, die wieder zurückgebracht und auf die Pritschen gebunden werden mussten, im Namen des Volkes und somit der Leser.

Man konnte sich nie sicher sein, wer eingesperrt und wer interviewt werden sollte. Majore der Staatssicherheit, die in Hinterhöfen Uniformen verbrannten und die Krusten pedantisch zusammenkehrten, wurden für Reinigungspersonal gehalten, bevor sie in ihren Dynamo-Berlin-Trainingsanzügen nach Hause gingen und auf die Dachböden stiegen.

Oft sind sie wieder herunter, wenn sie vom Aufhängen nichts verstanden, die Handgriffe längst vergessen haben und Fertigkeiten, die im operativen Dienst aus dem

Effeff hatten beherrscht werden müssen, völlig verschwitzt haben. Manche sperrten sich noch schnell ein, hatten aber Angst nicht gefunden zu werden, ließen Schlüssel innen stecken und verhungerten aus Verzweiflung in den dunklen Löchern der Haftanstalten.

So gut wie alle Beamten wollten im Familien-, Eisenbahn- oder Agrarministerium gearbeitet haben und wurden erst an Trainingsanzügen, Ausweisen und an der gestelzten Bürosprache erkannt, die in den Fünfzigerjahren aus Sachsen in die Hauptstadt geholt worden war. Sprachverpflanzung, Kollektivierung der Kinderaufzucht, sowie der von den Russen abgeschaute, in den Folterkellern der Lubjanka entwickelte und über die Jahrzehnte erfolgreich angewandte Gliedmaßentausch haben in kürzester Zeit ein ganzes Volk entstellt und gefügig gemacht, und zwar für immer.

Das Ministerium für Staatssicherheit hatte nicht jeden genommen damals, war immer sehr wählerisch bei der Auswahl der Angestellten gewesen, die man vom ersten Tag der Ausbildung an mit den Härten ihrer zukünftigen Aufgaben hatte konfrontieren müssen. Sie seien nicht mehr Teil des Volkes, hatte man ihnen gesagt, sondern elitärer Volksersatz. Bei Kundgebungen, Massenveranstaltungen und dort, wo der Bürger gebraucht, gleichzeitig aber durch und durch unerwünscht gewesen war. Wahlen seien ohne sie nicht durchführbar, hieß es, lästige Auszählungen würden die abenteuerlichsten Ergebnisse zeitigen, die Urnenfertigung den Staatshaushalt belasten, würden Arbeitern und Bauern den Wahltag verderben, der für die Pflege der Schrebergärten dringend gebraucht wurde. Dachziegel hatten nur an Sonntagen gestohlen werden können und Handwerker hatten den Tag des Herrn geschätzt, weil sich jeder Handgriff lohnte.

Bevor der Anwärter für die Büroarbeit qualifiziert gewesen war, für die saubere Arbeit eine Eignung hatte vorlegen können, hatte klein angefangen, das Handwerk in der Elektronik oder im Straßendienst ordentlich gelernt werden müssen. Die Ungeschicktesten hätten sich mit Zuverlässigkeit und stenografischer Exzellenz immer noch Chancen ausrechnen können, bei der Verwaltung von Prügelkabinen Karriere zu machen. Psychologie war dort auf einmal gefragt gewesen, das Anschreien war in Bunkern geübt worden. Plastikuniformen waren zugeteilt worden und an das Schwitzen hatte man sich schnell gewöhnt. Es hatten schließlich alle geschwitzt und gestunken, bis zur Sekretärin hinunter.

Kollegial war man bis dorthinaus und gemocht hat man sich bis zum letzten Tag, bis alles vorbei war mit dem Mögen. Gemocht hat sie dann niemand mehr, die Majore, und gekonnt haben sie auch nichts. Kein Wirt hat sie reingelassen. Sie starben auf Pritschen, Betten und Mülldeponien, wurden von Insolvenzhausmeistern gefunden, in Säcken zusammengetragen und eingeheizt.

Ich bewunderte die Entschlossenheit der Menschen, das Zukunftsvertrauen, das einen völlig illusorischen Neuanfang garantieren sollte. Allein das Wort kannte ich nicht, las es zum ersten Mal auf Flugblättern, die evangelische Pfarrer verteilten. Vertraut haben irgendwann alle und tatsächlich geglaubt, es würde aufwärtsgehen. Die Naivität der Leute war unbeschreiblich, als sie vor den Trümmern standen, den Arbeiter- und

Bauerntrümmern, mitgebracht von den Russen damals und nie weggeschmissen aus Angst.

Zusammenbruch stand jeden Tag in der Zeitung. Zusammenbruch und Zukunftsvertrauen. Keiner ahnte, was werden würde, nur das Schlechte sollte verschwinden. Rathäuser und Ministerien wurden gestürmt, die wildesten Zeitungen massenhaft gedruckt und gern gelesen. Spekulation wuchs aus allen Ritzen heraus, obwohl nur mit dem Zufall spekuliert werden konnte. Die Plattenlager waren auf einmal leer, Insolvenzhausmeister die ersten, die im Arbeitsamt Arbeit fanden und zu Amtsleitern aufstiegen.

Die leidigen Debatten über Täter, Opfer, Himmelbetten und Handschellen konnten nicht darüber hinwegtäuschen, dass nichts so zusammenschweißt wie die Empörung. Im Suff wurden Parteien gegründet und am nächsten Tag wieder abgewickelt. Was von der Lyrikerpartei „das bittere Brot der Erwerbslosigkeit" genannt wurde, hieß in der Proletenunion „Schweinerei", während im Diskussionsforum über die Anzahl an Mikrofonen abgestimmt wurde. Nicht jeder Redner konnte schreiben und Fairness war ein hohes Gut damals. Man einigte sich auf das Wort Massenentlassungen, was den Lyrikern nicht und den Proleten schon gar nicht gefiel. Immerhin kamen alle zu dem Schluss, dass das Ministerium für Staatssicherheit lange Zeit ein zuverlässiger Arbeitgeber und Stasi ein Kosenamen war, den man dringend gebraucht hatte, um nicht verrückt zu werden. Eigentlich hätte es so weitergehen können mit der Zuverlässigkeit, wenn sie nicht teuer geworden und das Geld noch was wert gewesen wäre.

Die inhaftierten Sekretäre wurden von Dissidenten und evangelischen Pfarrern durchgefüttert, was zum Streit über Moral und Gnade führte, der bis heute andauert.

Es war die Zeit der Mahnmale, zweiundneunzig, dreiundneunzig. Überall wurden Säulen und Platten eingelassen, hingestellt oder aufgebaut. Wo kein Platz für Steine und Tafeln war, ließ man hinmalen oder einmeißeln. „Traktorenfriedhof Treptow" stand auf der langen Liste des Denkmalpflegeamts, „kein Platz zum Aufstellen" als Randnotiz, „vielleicht noch zu gebrauchen" als Vermerk dazu gekritzelt, kaum lesbar.

„Niemals vergessen!" ließ der Bürgermeister in einen Traktor einritzen, feierlich. „Niemals vergessen!". Dann setzte er sich ins Auto und vergaß sofort alles. Den Pestgestank der Zuchthäuser, den ätzenden Kalk auf den Leichen, die Brutalität des verrückten Regimes. Niemals vergessen hätte man das sollen, sofort vergessen hat man es. Auf den ersten Blick konnte man die rostigen Trümmer für Grabsteine halten, umstanden von Unkrautrabatten.

Martin Pichler, 2023

1

Zur Kontrolle

„Schau'n Sie! Schau'n Sie! Dort!", Fritz stand am Fenster des Chefarztzimmers und zeigte hinüber zu der Gruppe von Laubbäumen. „Schau'n Sie, Herr Pichler! Ein Eichkatzerl, dort! Sie werden durch den Winter gemästet. Es wird nicht geruht und geknausert. Was die Ratten ihr Lebtag lang nicht berücksichtigt haben, ist ihr Erscheinungsbild. Freundliches Auftreten reicht nicht. Man lässt sich einen buschigen Schweif wachsen, gepflegt und frisiert, oder wird zur Arbeit verurteilt, in den Kanal geschickt, auf die Müllhalden. Anpassung, Evolution heißt das offiziell, ich nenne es Anbiederung. Mit Natur hat das nichts zu tun".

Jeder Baum auf dem Gelände sei Statist in einem Theaterstück, das jeden Tag uraufgeführt und von ihm dramaturgisch betreut würde. Bis in die scheinbar unwichtigsten Abläufe hinein. Das Schuhwerk des Küchenpersonals müsse auf die Farbe des Essens abgestimmt und die Haare der Schwestern an Feiertagen gefärbt werden. „Meinen Schauspielern lasse ich Spielräume, die sie für Improvisationen nutzen sollen. Nur so kommt man ihnen auf die Spur."

Das Frühstück zum Beispiel würde von den Schwachsinnigen eingesteckt und im Stiegenhaus den Idioten übergeben. „Sie binden sich die Schuhbänder in Sekunden zusammen, wofür sie sonst eine halbe Stunde brauchen, und laufen in den Hof." Die Beute würde von den Spinnern aus dem Klofenster geschmissen, von den Idioten sortiert, bevor die von den Epileptikern herausgebrachten Schwachsinnigen sich in Kohorten formierten und synchron ausschwärmten. Und das in jede Richtung, die sie jeden Tag ändern würden.

„Unmöglich einzufangen!" Das gleichzeitige Ausschwärmen habe sich etabliert, als er einige Pfleger zur Ergreifung des Anführers abgestellt habe, „den es natürlich nicht gibt! Schon lang nicht mehr! Beim späten *Homo sapiens* nicht mehr nachweisbar. Ich sag Ihnen was, Herr Pichler: Wir scheitern am Primitiven und denken über Krankenversicherungen nach".

Während die Schwachsinnigen alles an die Eichkatzen verfütterten, seien die Spinner wieder zurück und jammerten, dass sie nichts gekriegt hätten, kein Frühstück ausgeteilt gekriegt hätten, angeblich. Nachweisen könne man nichts, solange Hunger nicht messbar sei. Die Ratten hätten schon lange resigniert und fielen den Füchsen zum Opfer, die sich nur noch in Gruppen aus dem Gebüsch trauen würden, ständig auf der Hut.

„Nein, Herr Pichler, die Füchse sind nur mehr die zweiten in der Nahrungskette, haben sich vom Fressfeld gemacht, die Waffen gestreckt. Erzählen Sie mir nichts! Gratuliere! Sie waren einer der Geschicktesten im Ensemble, Hauptdarsteller! Sie haben nur den Dramaturgen unterschätzt, mich unterschätzt! Dabei sind Sie schon vor Jahren entlassen worden. Drei, vier Jahre sind das jetzt. Was Sie hier sehen sind die Früchte Ihrer Arbeit."

„Wo Sie hinschau'n, Erbrochenes der Eichkatzerln, Eichkatzen inzwischen, Eichhunde". Ein Veterinär, der sich immer um den Streichelzoo gekümmert habe, sei mittlerweile allein für die Lösung des Eichkatzenproblems abgestellt worden, während der Streichelzoo, „für die Psychopathen überaus wichtig", von einem Aushilfstierpfleger betreut und immer mehr verwildern würde.

„Dilettantisch gepflegt, überhaupt nicht gepflegt!" Er sprach zum Fenster hinaus, zum Öffnen war es zu kalt. „Schau'n Sie! Da drüben!" Auch der Gärtner sei überfordert, meinte er. Früher habe er die Eichkatzen beobachtet, gesichtet, ab und zu, bis er dann Baumschäden festgestellt habe, wie er sie nur aus Elchgehegen im Berliner Tierpark gekannt habe. Fritz gestikulierte und drehte sich zu mir um. „Wie geht's Ihnen, Herr Pichler? Keine Anfälle?"

„Glaub' ich Ihnen, glaub ich, erstklassiges Medikament!" Es dauere nur immer viel zu lang mit den Gesundheitsbehörden. Er drehte sich wieder zum Fenster, „Krankheitsbehörden, eigentlich!, immer schon! Studien, Studien, ja!, da sind sie die Korrektheit selber".

„Was glauben die überhaupt? Da können Sie gleich einen Lastwagenfahrer hier reinstellen, Volksschullehrer, an meinen Schreibtisch setzen, hier!" Er gestikulierte und zeigte im Zimmer herum. „Einen Kammerjäger!". Wobei die Kompetenz eines Kammerjägers nicht zu unterschätzen sei, „bei Gott nicht!", aber „Ich geh' doch auch nicht in den Keller und misch' mich ein".

„Wenn mir die Krankheitsbehörden vorkauen, was ich zu tun habe, hätt' ich doch schon tausende Idioten unters Messer legen müssen!" Man warte, bis der Zug abgefahren sei und dränge sich dann auf die Trittbretter, wenn die Wirkstoffe schon viel zu teuer seien. „Viel zu teuer! In der Pharmaindustrie sitzen Betriebswirte, und das ist gut so!"

„Schwein gehabt haben Sie!, Herr Pichler! Den Schädel hätt' ich Ihnen aufschneiden müssen, eigentlich. Auf der Liste sind Sie schon gestanden, ich hab' Sie durchgestrichen. Auf gut Glück den Schädel aufmachen und schau'n was drin ist, was raus muss. Ausmisten hätt' ich sollen, so heißt das, wenn der Krankenbeamte neben einem steht, einem auf die Finger schaut. Mir natürlich nicht, dem Professor auf seine Koryphäenfinger schauen traut er sich doch nicht. Niemand traut sich das!"

Viel zu spät habe er verstanden, wer hier die Drahtzieher sind. „Nicht der Betriebswirt, die Krankenkassen, nein! Krankenbeamte! Alle aus Chemnitz, Karl-Marx-Stadt noch immer! Jung! Dynamisch hätt' ich fast gesagt. Tragisch!" Wenn er sich nur hinsetzen würde, dachte ich, einfach hinsetzen, und dieses Gefuchtel …

„Den Bürokratismus mit der Muttermilch aufgesogen, Beamtenblut väterlicherseits, aufgeschwemmt vom Beamtenblut! Ich sag' Ihnen eins: Karl Marx hat die deutsche Krankheit auf dem Gewissen, verstaatlicht. Die Krankheit darf nicht krank und Gesundheit um Himmels willen nicht gesund werden, Herr Pichler! Dann rollt der

Rubel nicht. Er hat die Börse nicht verstanden, der Kaffeehausökonom aus Trier, von Engels ausgehalten sein Lebtag lang, alimentiert! Kruzifix!, wie Lenin ein Kaffeehausrevolutionär war, vom Revoluzzern keine Ahnung und groß geredet. Heute kümmern sich die Arbeitsämter um solche Leute, Fortbildungen für nichts und wieder nichts."

„Glauben Sie, Herr Pichler, Sie könnten sich Ihre Tabletten leisten? Sozialhilfe, ha!, zum Sterben zu viel. Draufgegangen wären Sie, schon längst nicht mehr da stehen würden Sie!"

Chemnitz wäre Chemnitz geblieben und die DDR hätte man sich auch gespart, den Hunger nicht auch noch verstaatlicht. Krankheit sei ein hohes Gut, meinte er, das gescheit anzulegen sei. Er setzte sich endlich und griff nach einem Kugelschreiber im Marmeladeglas. Er wollte irgendwas aufzeichnen, eine Straßenkreuzung offenbar, mit dem dritten Stift. Angetrocknet, hoffentlich schreibt der, dachte ich mit Blick auf das Laubgrün draußen.

„Epileptiker und Arbeitslose sind das Geschmeide im Tresor der Krankenkassen. Neurologen, speziell die Koryphäen, nur Sand im Getriebe. Die Betriebswirte mussten von vorn anfangen vor zwanzig Jahren. Die Krankheit wieder aufwerten, ordentlich spekulieren und arbeiten lassen. Wenn die Leute in Gesundheit investieren, haben sie gleichzeitig in Idioten investiert". Er stand längst wieder. „Ach!"

Er drehte sich zu mir um und wieder zum Fenster. „Man braucht Leute wie Sie, Herr Pichler. Dauergäste, Pfleglinge, Kunden. Genauso die Gefängnisse und

Arbeitsämter. Wie die Luft zum Atmen braucht man Sie in Wahrheit. In Chemnitz leben die Leute von Ihnen und renovieren ihre Burg, die Zugbrücken. Mir geben sie jetzt Medikamente, die ich gebraucht hätte, die ganze Zeit. Viel zu spät natürlich."

„Jetzt dürfen Sie, Herr Pausenhofer, nehmen S' nicht zu viel! Könnt' ja einer gesund werden!" Der Idiotenpool dürfe nicht austrocknen, sagen sie. „Wie ein Goldesel werden Sie gemolken", das Abstillen müsse er um jeden Preis verhindern. „Freigelassen dürften Sie nicht werden und absterben schon gar nicht. Jeder Spinner, den ich auf der Straße verliere, der unter die Taxiräder kommt, wird mir vom Gehalt abgezogen, das ja viel zu hoch, eigentlich eine Frechheit ist."

„Den Pausenhofer müssen wir haben, bei uns! Als Schaufensterkoryphäe! Das Geld stopfen sie mir rein vorn und hinten, machen kann ich, was ich will, Hauptsache ich arbeite nicht! Könnt' ja was kosten. Patientendiebstahl! Verstehen Sie das, Herr Pichler? Was das heißt? In Berlin werden Leute wie ich zum Da Sein bezahlt. *Ethische Standards*?, wozu?! Umwegfinanziert werd' ich! Monatelang in den Weltbibliotheken, New York, Tokio gewohnt, ein Pausenhofermuseum in Boston, Wachsfiguren und so weiter. Und hier in Berlin? Meine Doktorarbeit ökonomisiert und die Kloschüssel runter!"

„Verantwortungslos, Herr Pausenhofer! Wir können das nicht unterstützen, Herr Pausenhofer! So leid es uns tut. Niemandem zumuten." Tausende epileptische Hamster hätten seit Jahren keine Anfälle mehr, das schon, aber dem Pichler könnten sie das nicht zumuten.

In Wahrheit könnten sie es dem Krankenbeamten aus Chemnitz nicht zumuten. „Die Chemnitzer Beamtenburg ist uneinnehmbar! Kaserniert sind sie da! Aufgewachsen, abgerichtet und zuständig für die deutsche Krankheit. Krankheitswesen! Unwesen!"

„Und dann der Ethikrat. Ethikratten sind das! Keine Ahnung von Tuten und Blasen, aber dreinreden überall! Was glauben die denn, warum meine Arbeit so viel losgetreten hat, damals? Weil die Neurologie dahingedümpelt ist, die Psychiatrie ein Biotop für Quacksalber war. Was Spinner so gefährlich macht, ist ja die Tarnproblematik. Wir haben heute weltweit Idioten in prekärster Weise auf wichtigen Posten sitzen. Es ist so gut wie unmöglich, die wieder da wegzubringen, einzufangen. Sitzt ein Präsident einmal auf seinem Posten, ist es unmöglich, ihn psychiatrisch zu behandeln. Denken Sie an die ganzen Immunitätshürden, man kommt an die Patienten nicht mehr ran. Und das nur, weil Krankheitsbehörden so sind, wie sie sind. Heilung unerwünscht!, jedes Irrenhaus ein Lager für Biowaffen! Drum ist eine Kenntnis der Symptomatik so wichtig."

„Ich war der Einzige, der Einzige in Stanford, ich erinnere mich genau, der überhaupt davon geredet hat! Von Ethik, ethischen Standards! Alles andere wären ja höchstens bürokratische Standards gewesen, wo sie alle herum geforscht hätten. Die genialsten Köpfe waren gleichzeitig die bürokratischsten Köpfe. Ein Trauerspiel war das! Ein Wunder, dass ich mit meiner Arbeit tatsächlich an die Oberfläche, die Öffentlichkeit gekommen bin! Ich weiß bis heute nicht, wie es mich da hingeschwemmt hat. Genauso gut hätten sie mich für immer wegsperren können. Heute können sie mir nichts mehr, die Beamten. In jedes

Parlament könnt' ich gehen und mich wählen lassen. Fritz Pausenhofer, Professor Fritz Pausenhofer, Ethikrat auf Lebenszeit, unangreifbar, bis zum Tod eine Gefahr! Weltgefahr!"

„Die Schwachsinnigen sind eigentlich die Raffiniertesten! Nur kommen sie nicht aus der Station raus ohne die Epileptiker, die wiederum nicht raffiniert genug sind. Sie müssen ein kompliziertes, durch jede kleine Erschütterung gefährdetes System aufbauen. Eigentlich der Kern meiner Arbeit, damals. Ein sich selbst regulierendes Konstrukt, ethisch bis zum Gehtnichtmehr ausbalanciert. Sie können eine Neurologische, sogar eine Psychische, völlig autonom laufen lassen. Minimalinvasiv. Nehmen Sie einen Idioten raus, entlassen Sie einen Epileptiker und alles fällt zusammen."

„Kommen Sie, Herr Pichler, wir gehen auf einen Kaffee. Kommen Sie!" Seine erste Amtshandlung sei es gewesen, den Leuten zu erklären, was ein ordentlicher Kaffee sei. „Ich wäre keinen Tag länger geblieben! Die Leute glauben, mit ein bisschen Cafeteria, Caprifischer, Mona Lisa können sie einen Kaffee vorgaukeln. Vorspielen! In Berlin kann man sich alles erlauben was Mehlspeisen und Kaffee betrifft. Da wird einem alles abgekauft von irgendwem. Kaffee ist für Epileptiker sowieso Gift, hat man mir gesagt. Mir hat man das erzählen wollen! Ausgerechnet mir! Kommen Sie, gehen wir."

Ein Bau stand mitten auf der Wiese zwischen der Neurologischen und der Notaufnahme. Ein Trampelpfad führte schräg über den Rasen. Hier würden sie sich zusammenrotten, die Eichkatzen. Es erinnere ihn an ein Hyänenrudel, das sich einen Fuchskadaver aufteilt.

Wobei man auf den ersten Blick gar nicht sehen könne, was jetzt überhaupt der Fuchs sei. „Eichkätzchen zu Fleischfressern mutiert!", hieß es in der *B.Z.*, im *Tagesspiegel*. Sie würden einem nicht über den Weg springen, wie im Tiergarten, jedem anderen Park in der Stadt.

„Man trifft sie an! Begegnet ihnen!, auf Augenhöhe, sagt man heute gern, face to face! Als ich mit meinem Vater in die Kirche bin als Kind, hat man den Bürgermeister angetroffen. Grüß Gott sagen!, hieß es. Sag schön Grüß Gott, Herr Bürgermeister! Grüß Gott, Herr Pfarrer!" Hier treffe man die Eichkatzen an.

„Schau'n Sie, da, da! Wieder eins! Auf den Baum? Lachhaft! Übergewichtig, hochgradig adipös!" Auf den Baum gingen sie schon lange nicht mehr, „viel zu fett, aufgeschwemmt wie die Chemnitzer Beamten". Erdhöhlenbewohner seien sie geworden, die „Erdhörnchen, Erdhörner!" Wenigstens sei es ein Spektakel für seine Patienten. Immerhin habe alles zwei Seiten. „Die Baumschadenseite für den Förster, die Spektakelseite für meine Spinner!" Ich habe längst vergessen, was ich überhaupt von ihm wollte.

Damals habe man noch gewusst, wie eine Klinik aussehen soll. Ende neunzehntes Jahrhundert. „Will man gesund werden, dann hier. Sie natürlich nicht. Vergiftet über Jahrzehnte mit Pulver aus dem Mittelalter." Mit der Epilepsie sei es so eine Sache, mit oder ohne Anfälle. „Es geht um die Potentialität, Herr Pichler, wir sprechen von Gewitterzellen, *nonkausalen Interferenzen*. Wir können vermuten, mehr nicht. Permanente Bedrohung heißt das für Sie. Dabei sind Sie eine Melkkuh für die Apotheken, ein Geschenk des Himmels. Was sind Sie? Künstler? Na ja! Sicher, Epileptiker, alle hochbegabt, sagt man. Straßenkehrer brauchen auch Leute, die auf den Gehsteig scheißen. Schau'n Sie! Da! Man muss sie wegtreten, wenn man hier durchwill. Zusammentreten. Schon wieder einen Fuchs zerlegt. Erbrochenes, hier!, dort auch!"

Auf seinem Tisch, voll mit Fachzeitschriftenstapeln und Marmeladegläsern, haufenweise Zettel: „Milch, Italienisch, Brot, Bananen, Thomas 14:30, Stadtautobahn, zweispurig ab Schöneberg".

„Hilfsarbeiter werden!, nichts anderes! Bei der Bahnmeisterei Schotter schaufeln, Streusand. Streckenläufer, Gleise kontrollieren und am Abend ein Bier. Vielleicht ein paar Kinder. Und jetzt? Epileptologe! Koryphäe, schwul noch dazu. Nichts mit Kegeln und Tennisspielen. Dafür im Fernsehen über die Idioten reden, die Sie hier sehen. Meine Idioten! Hirnkranke! Und Sie, Herr Pichler?!, ehrlich gesagt, ein Wunder, einmalig, wie die Eichkatzen."

Dass wir den Kaffee vergessen haben, bemerkten wir beide nicht. Dafür immerhin ein Spaziergang übers Gelände. Hier die Notaufnahme, dort die Werkstatt der Tischler, die ohnehin niemand mehr brauche. „Alles aus Plastik inzwischen! Ein Tisch aus einem Guss, Giftsessel!, von jedem Wind davon geblasen, der Kellner geht sie abends einsammeln auf dem Gelände."

„Wenn ich nicht Professor Pausenhofer, Herr Professor Pausenhofer wäre, sie hätten mich schon längst eingeliefert, garantiert!" Bevor sich jemand mit einer astronomischen Rente ins Private verziehe, mache man ihn zum Patienten. Offiziell gäbe es das nicht, dennoch sei es gängige Praxis. „Schnell krankgeschrieben, per Attest zum Idioten erklärt, alles durchgerechnet. Seine Frau auch gleich mit. Ein paar Jahre durchgefüttert, vielleicht ein paar Studien. Versuchsrentner!, bringt auch nochmal was. Die Eigentumswohnung zum Wohnheim, ordentlich Miete von den Leuten kassiert, die für sieben Euro die Stunde U-Bahnhöfe sauber machen. Blitzsauber, sonst werden sie abgeschoben. Wären Sie nie drauf gekommen?! So funktioniert das. Ganz Deutschland lebt davon.“

„Was machen Sie am Wochenende? Die Baustelle an der Frankfurter Allee verschwindet. Übermorgen, wenn's mich nicht täuscht. Beliebt bei den Motorradfahrern, glauben Sie mir.“

Die Begegnung

Er sei als Dorftrottel vorgesehen gewesen. Aufgewachsen sei er in der Steiermark, wo man sich in Bauernfamilien noch heute nach dem dreizehnten Kind mit den Großeltern zusammensetzt, um sich ernsthaft über die Zukunft zu unterhalten. Es seien nicht nur Kosten-Nutzen-Rechnungen gewesen, die eine Rolle gespielt hätten. Hätte man den Pfarrer gefragt, wäre immer das gleiche herausgekommen, hätte man ihn nicht gefragt, hätte man auf der Stelle einpacken können.

Weil fast alle Pausenhoferkinder Töchter und die Buben unbrauchbar gewesen seien, habe man beschlossen, es noch ein-, zweimal zu versuchen. Der Großvater habe eine Messe lesen lassen, für ein paar hundert Schilling, die er vom Feuchtlerbauer für das Abstellen seines Jauchewagens hinterm Stall immer verlangt habe. Geweint habe er, zum ersten Mal in seinem Leben, als Alois und letztendlich er, Fritz, gekommen seien.

Er habe das Pech gehabt, nicht nur der Jüngste gewesen zu sein, sondern auch noch eine Schwester gehabt zu haben, die die Aufmerksamkeit der Eltern ganz und gar beansprucht habe. Von Fürsorge habe man damals nicht reden können. Roswitha sei aufsässig und laut gewesen und wenn sie, wie sehr oft, vom Vater geschlagen worden sei, sei sie tagelang in den umliegenden Wäldern verschwunden. Sie sei dann von Holzknechten aufgegriffen und dem Förster übergeben worden. Dieser habe Roswitha zurückgebracht, der Vater habe sich reuig und einsichtig gezeigt. Es komme „nie wieder vor". Seine Versprechungen hätten sich spätestens dann als völlig leer herausgestellt, wenn er im Gasthaus zu viel getrunken, viel zu viel getrunken, Karten gespielt und dabei verloren hätte.

Er, Fritz, sei ein völlig normales Kind gewesen, etwas ungeschickt vielleicht. Er sei über das wenige Spielzeug seiner Geschwister gestolpert und habe oft geweint, in sich hinein. Während die älteren ihre Schulaufgaben gemacht hätten, sei ihm ein Schnapstuch in den Mund gesteckt worden. Im Gegensatz zu Alois seien bei ihm ein Hang zu Melancholie, Anzeichen von Sensibilität zu erkennen gewesen, wenn man sie hätte erkennen wollen. Als unerwünschte Weichlichkeit wäre sie ihm bestimmt mit väterlicher Gewalt ausgetrieben worden. Seiner Leidensfähigkeit sei es zu danken gewesen, dass er heute überhaupt hier sitzen könne.

Als er mit sechs Jahren eingeschult worden sei, habe man schnell gemerkt, dass er es in der Schule wahrscheinlich schwer haben würde. Man hätte ihn am besten gleich nach der Volksschule, wo er noch irgendwie hätte mitgeschleppt werden können, in die Sonderschule schicken sollen. Ein glückliches Kind hätte man damals gar nicht sein können. Man hätte froh sein können, überhaupt ein Kind zu sein. Nutzkinder seien damals die Regel gewesen, Gebrauchskinder, die gleich hätten im Stall wohnen und die Mistgabel gar nicht erst aus der Hand legen sollen.

Die Wärme der Kühe sei ohnehin besser gewesen als die Herdhitze. Wärmen und Heizen seien grundverschieden gewesen, damals. Der Mistgeruch habe niemanden gestört, bevor die Nutzkinder ins Schulalter gekommen seien. Dort hätten sie nur auf der linken und nicht auf der rechten Klassenzimmerseite sitzen dürfen, wo die Eisenbahnerkinder im Lokomotivenölmuff gesessen seien. Das Wort Gymnasium habe man gar nicht auszusprechen gelernt, vom Wort Universität gar nicht zu reden.

Dass sich Lehrer oft täuschen ist bekannt, wenn nicht gar die Regel. Fritz sei, von seinen schlechten Leistungen im Rechnen abgesehen, der beste Schüler gewesen, der die Dorfschule je verlassen habe und der Lehrer habe, um sich nicht vollends blamieren oder gar sein Gemeinderatsamt hätte loswerden wollen, mit Fritz ins Leobener Gymnasium fahren müssen, um ihn zu empfehlen.

Sein Studium in Wien und Stanford habe er mit seiner Doktorarbeit *Zu den ethischen Standards in der klinischen Gehirnforschung* abgeschlossen, die bereits vor ihrer Veröffentlichung in der Fachwelt diskutiert worden sei. Wer die Blätter aus seiner Schreibmaschine herausgenommen und fotokopiert habe, sei nie bekannt geworden. Ethische Standards, selbst klinische Gehirnforschung habe es damals gar nicht gegeben. Man sei froh gewesen, wenn man den Epileptikern das höchst problematische Umsichschlagen hätte austreiben können. Lederriemen seien damals noch angelegt, Zaumzeuge ohne die geringste Elastizität an den Betten befestigt worden. Muskelrisse hätten die Menschen verkrüppeln lassen, die blaue Gesichtsfarbe sei nie wieder weggegangen.

Freunde habe Fritz sich nicht gemacht in der Fachwelt, das sei abzusehen gewesen. An Symptomen habe man damals herumgedoktert, in den USA habe man damals noch von *Epileptics Handling* gesprochen. Umgang mit Hirnkranken sei damals Pflegersache gewesen, bis weit in die Achtzigerjahre hinein. Aus heutiger Sicht würden die *Ethischen Standards* als wegweisend betrachtet. Was damals den Forschern einen Schub gegeben habe, sei in der klinischen Praxis noch längst nicht angekommen gewesen.

Zurück in Österreich habe er von der Neurologie vorerst nichts mehr hören wollen und sei in die Steiermark zum Schwammerlsuchen gefahren. Außerdem habe er, weil der Großteil seiner Schwestern inzwischen weggeheiratet habe, beim Heueinfahren helfen müssen. Eine Handvoll Briefe von der Ärztekammer, dem AKH Wien, dem Berliner Rudolf-Virchow-Krankenhaus und dem Karolinska Universitätsklinikum in Stockholm seien auf dem Küchentisch gelegen, bis die Mutter sich daran gewöhnt habe, die Leberknödelsuppe darauf abzustellen. Die kleine Nichte, deren Name ihm noch nicht geläufig gewesen sei, habe den Karolinskabrief mit Elchen verziert.

In Wirklichkeit habe sie ihn völlig zerknittert und verkritzelt, letztendlich unleserlich gemacht. Der Brief aus Berlin habe sich viel später beim Einheizen des Küchenherds zwischen den Spanhölzern angefunden.

Die Anrufe aus der Hauptstadt seien von höchster Stelle gekommen. Fachpolitiker und Rektoren hätten ständig ins Postamt telefoniert, einen eigenen Anschluss habe man am Hof noch nicht gehabt. Der Chefarztposten im AKH sei gerade vakant geworden. Die Worte Händeringend und Dankbar seien ständig gefallen.

Eilig habe Fritz es damals nicht gehabt. Zurecht, die Neurologie sei damals noch gar nicht bereit für ihn gewesen. Schon gar nicht in Wien, wo der letzte Nobelpreisträger hundert Jahre tot gewesen sei. Sein Vater, von Suff, Arthrose und Arbeitsunfällen gezeichnet, habe dringend einen Helfer gebraucht, der wohl hätte ausgesucht werden müssen, bevor Fritz guten Gewissens nach Wien habe gehen können. Alois, so der Großvater, sei „für nix".

Vom Fenster des Chefarztzimmers aus habe man alles, nur keine Eichkatzen, keine Laubbäume, nur das Grau der Achtzigerjahre sehen können, das sogenannte Wiener Grau. Er habe es gerade bezogen, da seien schon Gerüchte aufgekommen, er würde in der Neurologischen so einiges vorhaben. Neue Saiten würde er aufziehen wollen, mit Antragsformularen würde er sich ungern aufhalten. Liebgewordene Gepflogenheiten habe man alles genannt, was Schlampigkeit und Dummheit gewesen sei und das unappetitliche Cremeweiß der Zimmer habe er sofort übermalen lassen.

„Besonders!, die wirklich Großen, eigenwillig!", habe es geheißen. Das habe man in Kauf zu nehmen, wenn man Leute wie Fritz Pausenhofer kriegen könne. Sicher, das Wort Ärztematerial, von Fritz oft und gern gebraucht, sei damals nicht gut angekommen.

Dass Epileptiker und Schwachsinnige auch sterben, hätte er wissen müssen. Eigentlich habe er jeden Tag mit dem Tod gelebt, zusammengelebt, der im ganzen Krankenhaus herumgehangen sei. Verblödungen erster Ordnung hätten jeden treffen, jeden auf einen Schlag zum Pflegefall machen oder gleich umbringen können, unblutig. *Synaptoiden Kernhirnexplosionen* habe er in den *Ethischen Standards* ein eigenes Kapitel gewidmet und wäre fast daran zerbrochen, so habe es ihn gequält in der Nacht. Als drückend und bedrohlich habe er die ersten Tage und Wochen noch heute in Erinnerung, bei jeder noch so belanglosen Entscheidung sei ihm unwohl gewesen.

Zuerst sei Professor Wirnsberger abgeholt worden. Die zwei Männer seien unauffällig gekleidet und geradezu übertrieben höflich gewesen. Einer habe ein unsympathisches Vogelgesicht gehabt. Niemand habe gewusst, was sie mit Professor Wirnsberger gesprochen hätten, während sie zügig die langen Gänge durchmessen und hinten am Stiegenhaus noch laut gelacht hätten. Ein Bett sei noch schnell herausgeschoben worden, bevor die drei mit dem Lastenaufzug ins Untergeschoss gefahren seien. Dort sei Professor Wirnsberger in einen dunklen VW-Kombi eingestiegen. Das habe eine Mitarbeiterin der Wäscherei beobachtet, die mit ihren Kollegen um diese Zeit die Berge von Bettwäsche und Arztkittel in einen Abstellraum gestapelt habe. Die beiden Männer hätten sich auf sie Rückbank links und rechts von ihm gesetzt, bevor der

Wagen durch die West-Auffahrt die Tiefgarage verlassen habe. Ein VW-Kombi habe damals noch recht gerußt und die Frau von der Wäscherei habe die Gesichter nicht beschreiben können. Nur, dass einer ein unsympathisches Vogelgesicht gehabt habe. Herr Professor Wirnsberger jedenfalls sei nie wieder gesehen worden.

Das alles sei sehr traurig gewesen und habe tiefe Wunden hinterlassen. Alle seien geschockt und verzweifelt gewesen. Er, Fritz, habe größte Mühe gehabt, wieder Frieden in die Neurologische zu bringen. Er sei oft an seinem großen Fenster gestanden und habe an nichts anderes als das Hinausspringen gedacht, auf den Betonparkplatz. Ein Hinausspringen sei das einzig mögliche, habe er gedacht, ins Wiener Grau hinein. Er habe an das Vogelgesicht gedacht, das er gar nicht gesehen habe am fraglichen Tag. Pockennarbig, aschfahl habe er es sich vorgestellt, wie den Tod selber. An seine Mutter, das Heueinfahren, die Leberknödelsuppe habe er gedacht, als er am Fenster gestanden sei und hinuntergeschaut habe. Und an den Brief von der Karolinska Universitätsklinik. Eine Karriere sei ihm wurscht gewesen. Zumeist habe dann das Telefon geklingelt oder ein Epileptiker sei zusammengefallen auf dem Gang, den auch das Vogelgesicht mit Dr. Wirnsberger lachend zum Lastenaufzug hinübergegangen sei, Tage und Wochen zuvor. An die Spinner und Schwachsinnigen habe er gedacht, die er immer ernst genommen habe. In Wirklichkeit, so sei ihm mit einem Schlag klargeworden, habe er sich immer gern von den Idioten anspucken, anschreien, mit Kamillenteetassen bewerfen lassen. Ausbrecher habe er von den Epileptikern im Hof oder der Straße einfangen lassen.

Hirnkranke seien grundsätzlich unberechenbar, davongelaufen seien sie bei fast jeder Gelegenheit und eingefangen hätten sie nur von Hirnkranken werden können. Die Drähte von Spinnern zu Schwachsinnigen, Epileptikern und Idioten seien die stabilsten gewesen. Das Lügen sei ihnen fremd, die Gemeinheit sei einfach zu durchschauen, sei eigentlich gar keine und völlig unwirksam gewesen. Das habe er schon in den *Ethischen Standards* herausgearbeitet, mit der größten Präzision, wie es seine Art war.

Trotzdem, es sei nicht zu leugnen gewesen, dass die Verjüngung der Belegschaft gewisse Entwicklungen erleichtert und zum guten Ruf des AKH Wien beigetragen habe. Das habe nichts an dem schlechten Gewissen geändert, das Fritz bis heute, wohl auf immer und ewig begleite. Er habe viel zu oft an den Tod gedacht in dieser Zeit, viel zu oft. Dass einem jeden Tag einer wegsterben könne, unter der Hand wegsterben könne, sei ihm naheliegend und unwirklich zugleich vorgekommen.

Als Dr. Hofstätter irgendwann nicht mehr gekommen sei, hätte nicht viel gefehlt und er hätte das letzte Kapitel der *Ethischen Standards* herausgestrichen, herausgefetzt, wo es um die Endgültigkeit geht. Gibt es die Schuld an der Endgültigkeit? In der klinischen Gehirnforschung habe das Thema keinen Platz gehabt.

Fritz habe mit dem Tod nie etwas zu tun haben wollen. Als Neurologe und Psychiater, habe er gedacht, werde er das am ehesten können. Nur kein Messer in die Hand nehmen, herumoperieren auf dem viel zu schmalen Grat. Unfallkrankenhäuser, ein Schlachtfeld! Wie die sogenannte Gastarbeiterroute, die Fritz immer zu überqueren gehabt habe auf dem Schulweg. Dort seien die Fetzen geflogen, habe er immer wieder Motorradhelme auf den Wiesen gefunden, Gaspedale und einmal eine Armbanduhr auf einem Handgelenk im Kukuruzfeld. Abgehärtet habe ihn das nicht, im Gegenteil. Der Pausenhoferopa wird irgendwann nicht mehr sein, das habe er von der Mutter gesagt gekriegt, bis es dann soweit gewesen sei, wenn auch viel später. „Der Tod kommt so oder so, aber er kommt", habe der Opa gesagt. Es gebe keinen Umgang mit dem Tod, er mache, was er wolle, der Tod.

Bei Dr. Hofstätter sei das ganz anders gewesen als bei Professor Wirnsberger, der ein Prominenter gewesen sei. Keine Nachrufe habe man finden können, nicht einmal im Wiener Ärzteblatt. Irgendwo sei dann wohl etwas abgedruckt worden, viel zu spät. Und das auch nur, weil er, Fritz, einen Nachruf geschrieben habe, der dann noch um die Hälfte gekürzt worden sei. Wenigstens habe es bei ihm noch ein Begräbnis gegeben auf einem Ottakringer Friedhof. Mit Frau Dr. Ferstl und Hofstätters Schwester sei er fast allein dagestanden. Nur der Heri und der Manni vom *Brigitte* am Lerchenfelder Gürtel seien da gewesen. Geweint hätten sie alle, nur Frau Dr. Ferstl nicht. Tagelang habe ihn niemand vermisst, nur der Pförtner vom Haus A habe nach Dr. Hofstätter gefragt.

Was damals in seiner Wiener Zeit noch geschehen sei, war ihm nicht mehr gut in Erinnerung. Das Einzige, woran er sich erinnerte, sei der Unfall von Frau Dr. Ferstl ein paar Tage später gewesen. Erzählen wollte er mir das aber nicht. Er hatte bestimmt schon einiges getrunken, bevor ich ihn damals in einem Schwulen-Café in Schöneberg allein am Tisch sitzen gesehen und von weitem gegrüßt habe. Herr Professor Pausenhofer war er damals noch. Respektabel war er. Geglaubt habe ich ihm alles. Er hätte auch zahlen und gehen können, wegschauen und schnell hinaus. Das Wetter war nicht danach, ich erinnere mich. Bis dahin war unser Verhältnis professionell, soweit ein Neurologe überhaupt private Beziehungen pflegen kann. Das Wort Privat habe ich aus seinem Mund nie gehört in den ganzen Jahren, die ich ihn inzwischen kenne. „Privatlich wäre etwas", meint Fritz, „oder gar nichts". Natürlich wisse er, was die Leute meinen, aber „warum sagen sie es dann nicht?!"

Die Frage, was ich beruflich machen würde, hat mich immer ins Stottern gebracht, mir die Sprache verschlagen, bis ich aus der peinlichen Lage mit irgendeiner Antwort herausgekommen bin. Außer Fritz kenne ich niemanden mit einem Beruf und leben tun sie alle ganz gut. Sicher, manche existieren eher, sind einfach da. Fritz braucht nur einen Zuhörer, ab und zu ein paar neue Felgen für den Porsche, seine Spinner, Psychopathen und Epileptiker. Sein Geld verdient er mit der Demütigung einer Kollegenschaft, die es in Wahrheit nicht gäbe, nirgendwo gäbe. Professor Wirnsberger, sein geschätzter Vorgänger im AKH Wien, sei der Letzte gewesen, der ihm auf Augenhöhe begegnet sei. Seither habe er es nur noch mit Unterärzten zu tun, lästigen Kretins, die er täglich an der „kürzestmöglichen" Leine durch die Neurologische führen müsse.

Er sei heilfroh gewesen, mich im Krankenhaus kennengelernt zu haben. Dass ich nie ein Auto besessen, meinen Führerschein zurückgegeben, von Autoverkehr in der Großstadt nie etwas gehalten hätte, sei ihm sofort sympathisch gewesen. Ich sei von Anfang an sein Lieblingsepileptiker, Lieblingsschauspieler gewesen. Ein

Glücksfall, ein Trost, den er zu dieser Zeit besonders nötig gehabt habe. Es fasziniere ihn, dass es Menschen in meinem Alter gebe, die sich noch immer nicht über ihr Leben im Klaren seien. Er hat mich deshalb schon mit Reinhold Messner verglichen, der einfach lebe, bis er erfrieren, abstürzen, verhungern oder austrocknen würde.

Er habe mir bis heute nicht vergessen, dass ich ihm damals im Café den Autoschlüssel abgenommen und ihn bis vor seine Haustür gebracht habe. Erst vor kurzem hat er mir vorgeworfen, ihm das Chefarztleben gerettet, die „elendige Professorenexistenz" vorsätzlich aufrechterhalten zu haben. „Ohne Rücksicht!, wie immer, Selbstsucht! Schriftsteller!, ein Witz!" Heute sei er auf mich angewiesen, von mir abhängig. Er wisse überhaupt nicht, was er machen solle, wenn er, zumeist erst am späten Nachmittag, das Gelände der Klinik verlassen und in seine Fünfzimmerwohnung zurück flüchten müsse.

Die Baracke

Der Dozent ist fett und immer völlig verschwitzt unter dem karierten Flanellhemd, das nur dort keine Falten schlägt, wo der nasse Stoff eine Hügellandschaft formt, sanft und von beruhigender Schönheit. Wenn da nicht ein Kopf an höchster Stelle herausschauen und Bewegungsfreiheit einfordern würde, könnten wir uns nicht beschweren. Atemberaubende Idyllen entlarven sich mit jedem Finger, der zwischen Baumwipfeln auftaucht und sie verdächtig macht. Nichts ist brutaler als ein Etwas, das sich als Jemand herausstellt beim zweiten

Hinschauen. Landschaften wollen kein Mitleid, strotzen vor Selbstvertrauen, während der Mensch in größter Not doch Schwäche zeigt, wenn er sich rühren will und nicht mehr weiterweiß, sein Atem flacher wird.

Jetzt stirbt er, denke ich oft, aber es passiert nicht. Das Platzen hängt wie ein drohendes Gewitter über dem Mann, dessen unförmiger Körper mich von Anfang an beeindruckt hat. Bei Sonnenaufgang wirft er einen immensen Schatten über uns und schräg auf die schlampig abgewischte Tafel mit den weißrosa Kreidestrichen, die an das Gelernte von gestern und mehr noch an das Vergessene von vorgestern erinnern. Grafiken und Textfetzen holen uns zurück auf den Boden einer trostlosen Realität, die sich Vernunft anmaßt, Sinn und Nutzen vorgaukelt.

Der Raum ist für sensible Menschen ungeeignet, nichts als eine lebensfeindliche Umgebung, vollgestellt mit unglaublich billigen Schulzimmermöbeln. Mein erstes Hereinkommen werde ich nie vergessen.

Er wolle mit Rechenschiebern aus dem Neolithikum ein breites Fundament zum Verständnis des Rechnens im Allgemeinen legen, wodurch sich der Siegeszug sowjetischer Mathematik im Speziellen von selbst erkläre. Mit dem erstmals auf der Leipziger Messe vorgestellten *Omikron700*, so der Dozent, sei die digitale Maschinisierung abgeschlossen gewesen. Mitte der Siebzigerjahre soll die Messestadt Leipzig das technologische Zentrum des demokratischen Deutschland gewesen sein. Danach seien die Amerikaner aufs Trittbrett gesprungen. Vorweggenommen habe man alles längst gehabt, vorhergesehen auch. Dass alles nicht gut gehen und der

Nachwuchs verblöden würde, habe man damals schon erkannt, gleich alles weggestellt und sich auf den Wohnungsbau verlegt. Die Worte Silicon Valley und Hotspot hat er irgendwo aufgeschnappt, wahrscheinlich in einem dieser Klatschblätter, die nach den Revolutionswirren bei erstbester Gelegenheit für den neudeutschen Markt produziert wurden. Er könne von der „durch und durch faschistischen BRD" keine Rente erwarten, was ihn nicht überraschen würde.

Die auf einem ehemaligen Parkplatz für DDR-Traktoren wie tot herumstehende Baracke kann man nicht beschreiben. Die Schulkinder zeigen mit filzstiftverschmierten Fingern auf uns, wenn wir um halb vier im Gleichschritt vom Geländesammelplatz auf das Gebäude zumarschieren und hinter fensterlosen Mauern verschwinden. Durch den Stacheldraht höre ich das schadenfrohe Lachen aus den frechen Schandmäulern, die noch vor dreißig Jahren brutal gestopft worden wären. Vergehen wird ihnen das, ganz schnell vergehen, das Lachen. Spätestens, wenn sie selbst hier einrücken müssen, irgendwann. Bevor sie die Milchzähne verlieren, werden sie von den Taschen der Eltern direkt auf die Steuerkasse hinübergeladen werden. In die Mühlen der Sozialämter werden sie kommen, zu Gericht sitzen wird man über sie.

Gerechtigkeit hat immer zwei Seiten, erfuhren wir gleich am ersten Tag. Arbeitsämter werden schon wissen, was sie tun, dachte ich damals, werden schon wissen, warum wir uns mitten in der Nacht am Geländesammelplatz einzufinden haben. Sie werden wissen, warum Pünktlichkeit das halbe Leben und jede Sekunde Verspätung mit einer Stunde Karzer zu vergelten ist. Warum wir nackt in eisigem Wasser stehend aus vibrierenden Lautsprechern nordkoreanische Kampflieder hören müssen, die alle paar Minuten von Durchsagen unterbrochen werden. Eine Dame mit nordkoreanischem Akzent, dachte ich, kann uns nicht oft genug daran erinnern, dass wir dem Arbeitsamt viel zu verdanken haben.

Meine Meinung habe ich schon geändert, seitdem ich erlebt habe, wie es ist, zwei oder drei Minuten zu spät zu kommen. Wir sind alle disziplinierter geworden über die Jahre. Wir unterschreiben Listen und Formulare, legen Geständnisse ab, bezichtigen irgendwen irgendwelcher Verbrechen und schauen aus dem Fenster. Vor Tagen gab es noch ein paar davon im Erdgeschoss. Wie die Zeit vergeht, denke ich immer, wenn wieder eines zugenagelt wird. Zuerst zugenagelt und dann zubetoniert. Es wird schon was dran sein am Wesen der Gerechtigkeit, genau wie beim Butterbrot, das auch zwei Seiten hat.

Die Augen des Dozenten haben etwas Treuherziges, was in seiner Tätigkeit als Major sicher nicht von Nachteil war. Man könnte ihn sich in der Geschäftsführung von UNICEF oder der Caritas vorstellen, wenn man nicht wüsste, dass er im Friedensdeutschland für die Zerreißung subversiver Familien verantwortlich war. Während die Väter in der Haftanstalt Hohenschönhausen bleiben durften, hat man die Mütter ins Frauenlager nach Rostock verbracht. Säuglinge wurden in der Regel in einer Kiste nach Zwickau geliefert, wo man ihnen die Stimmbänder herausgezogen und angezündet, die Ohren abgeschnitten und den Ratten vorgeworfen hat.

Der Geruch russischer Kasernenputzmittel hat dreißig Jahre überdauert in den Barackenböden. Ob man vier oder fünf Tage die Woche interniert ist, spielt keine Rolle. Die Türen sind nur von außen zu öffnen und an Flucht zu denken wäre Zeitverschwendung, die wir uns nicht leisten können. Das Leben des Einzelnen ist nichts wert. Freunde gibt es hier nicht. Wir sind Häftlingskollektiv und sonst nichts. Was aufgebaut werden soll, ist Misstrauen, wenn es nicht schon da ist. Nach kürzester Zeit bin ich Verbrecher, Kapo und schon längst von meinen Genossen zum Tod oder sonstwas verurteilt.

Vorgestern habe ich einen Kollegen in der Besenkammer gefunden. Wahrscheinlich hat er gestanden, irgendjemandem Sabotage angehängt. Kugelschreiber waren ihm unter die Haut geschoben, Büroklammern durch den Hodensack gestoßen und säuberlich wieder zusammengebogen worden. Die Kammer kann nicht der Tatort gewesen sein, es gab keine Blutspritzer, nur rötliche Schleifspuren, die abrupt endeten zur Tür hin. Sicher war er hineingeworfen worden. Sein Mund war aufgerissen, Kiefer und Nasenbein bestimmt gebrochen. Gewimmert hat er noch ganz leise, kaum hörbar geatmet, mit bläulichen Fingern die Besenhaare zärtlich gestreichelt, das letzte Mal wahrscheinlich.

„Liegenlassen!" Ich konnte mir bis dahin nicht vorstellen, wie schmerzhaft eine Stimme sein kann. Die Frau mit dem zerknitterten Gesicht ist in Lichtenberg Chefsekretärin und mit dem Kopieren der Verhörprotokolle betraut gewesen. Das Stammhaus der Staatssicherheit in der Normannenstraße sei ihr Lebensmittelpunkt, die Belegschaft ihre Familie gewesen. Jeder habe jeden gekannt, die Weihnachtsfeiern seien bis heute unvergesslich. Man sei abends ungern nach Hause gegangen, habe die Atmosphäre nicht missen mögen. Die Verhörzimmer aus Plastik und Trockenbauplatten seien mit Asbestschaum schalldicht gefüttert gewesen, um in Ruhe dreschen und ohrfeigen zu können. Gelacht worden sei gern und oft. Spitzelwitze seien besonders gefragt gewesen damals, weil sie alle paar Wochen ausgegangen seien. Man habe dort seit den Siebzigerjahren Geständnisse für die Ewigkeit archiviert, die Bosheit mit Rollenspielen eingeübt. Der Bau ist heute ein Museum und jeder Besuch unvergesslich.

Gestern ist mir zum ersten Mal der Gedanke gekommen, dass die Baracke nicht der Ort zum Sterben sein kann. Es war nicht nur ein Vorkommnis, ein Geschehen. Ich habe mich auf einmal als handelnde Person, überhaupt als Person gefühlt nach so langer Zeit. Ich weiß nicht, ob es Jahre oder Jahrzehnte waren.

Ich habe mich in den Türstock zur Dozentenkammer gestellt mit dem Besen in der Hand. Eigentlich wollte ich nur die Sekretärin erschlagen und wieder gehen. Sie hatte mir in die Ohren geschrien kurz vorher. Es muss heraus geblutet haben auf den Kragen und die Ärmel. Sie hat es mehr als verdient, dachte ich.

„Da drüben", habe ich gesagt, mit aller Kraft auf den Turm gezeigt. „Im Suff Traktoren angeschossen damals!" „Dann sind Sie nach Hause und haben Westfernsehen geschaut! Rudi Carrell, *Am laufenden Band*, gelacht wahrscheinlich und geklatscht!"

Sofort hat mich der Mut verlassen, als ich Rudi Carell ins Spiel gebracht hatte. Ich wusste, dass er mich irgendwann das Leben kosten würde, der Mut. Jeder Moment hätte der letzte sein können in der Baracke. Ich habe mich schnell umgedreht und bin zur Besenkammer zurück. Wenn ich nicht zum Hofkehren dran gewesen wäre, hätte ich den Kollegen nicht gefunden, mich nicht in Gefahr bringen müssen. Ich hätte den Schädel nur ein paar Zentimeter wegschieben, hinüberkippen, den Besen nehmen und gehen müssen. Jetzt war es zu spät, ich habe sie gedemütigt, sie fertiggemacht, alle zusammen. Sie werden mich umbringen, noch heute, habe ich gedacht. Sie werden mich in die Kammer hineinziehen, mich an den Haaren reißen und zusammentreten. Ich wollte in den Hof mit der Schaufel, dem Besen, dem großen Kübel. Ich war der Beste im Hofkehren, das Blut hat mir nichts ausgemacht, weil es trocken war. Beliebt wollte ich mich auch immer machen aus Angst. Not macht beliebt bei Dozenten, die an allem gescheitert sind damals. Am Aufhängen, dem Strick und Rudi Carell. Die Traktoren haben sie auch nicht totgekriegt, die Schweine. Säuglinge gerade noch, verschickt irgendwohin, kraft des Amtes natürlich. An der Kammer hätte ich noch vorbeikommen und dann rennen müssen, als mich der Dozent am Kragen gepackt und hineingezogen hat.

Sie haben die Tür zugemacht, mich an den Haaren gerissen und zusammengetreten. Die Zerknitterte hat mir noch schnell ins Ohr geschrien, während der Kollege über den Gang gezogen wurde. Er ist noch am selben Abend gestorben.

Beim nächsten Freigang werde ich zur Polizei gehen und mich stellen, werde alles gestehen, was mir einfällt. Fritz wird mich abholen, pflegen und füttern. Ich denke an das „Niemals vergessen!" des Bürgermeisters, an das „Zeichen setzen", den „mutigen Vorstoß", das „Engagement und die Initiative" seinerseits, bevor er in der Limousine verschwand und an nichts als die Zukunft dachte, das Zukunftsvertrauen, den schlechten Zeiten mutig zum Trotz. Vom Niemals vergessen! keine Rede mehr, abgekratzt und übermalt, sofort vergessen beim Wegfahren. Arbeitslose isolieren! steht inzwischen auf dem Tor zum Traktorenfriedhof und die Schienenstränge enden am Horizont. Arbeit macht frei! haben sie sich nicht getraut. Die Traktorreifenspuren knöchelhoch, im Sommerregen kniehoch, sind älter als dieses Deutschland. Seit dreißig Jahren hat sich hier kein Rad mehr bewegt.

2

„Der Hunger", sagt man in
Nepal, „ist der kleine Bruder
des Winters, der Durst ein
Meister aus Tibet."

Neuanfang

Ich muss mein Leben ändern, denke ich auf dem Weg nach Hause, der mich mehr anstrengt als sonst. Es würde auf jeden Fall alles besser werden. Meine Straße gehe ich blind hinauf, ich kenne jede Wurzel, die sich durch den Gehsteig drückt, die unsichtbaren Aufwölbungen des trockenen Schlamms sind typisch für mein Stadtviertel, unweit vom Traktorenfriedhof. Wie das Krachen von der Frankfurter Allee her lässt es mich kalt, wenn ein Fußgänger im Dreck liegt. Manchmal erschreckt es mich, wie abgestumpft ich inzwischen bin, während mein Gehör sich verfeinert hat. Aus größter Entfernung kann ich Unfälle voneinander unterscheiden, beteiligte Fahrzeuge heraushören. Der Schock ist gespielt, mein Entsetzen geheuchelt, dumpfe Verrohtheit ist Teil meines Charakters geworden. An meinen Sohlen hängt Friedhofsdreck, der sich mit Blut vermischt hat und deshalb anders riecht. Wenn sich der Lärm der Notarztwagen legt, komme ich mit Menschen ins Gespräch, die ich sonst nicht kennengelernt hätte. Den kleinen Passanten zum Beispiel, einfach, bescheiden und resigniert. Zusammen mit Straßenkindern und bettelnden Rentnern ist er das echte Herzstück, pulsierendes Rückgrat eines Volkskörpers, der bessere Zeiten gesehen hat. Herumstreunende Mütter stopfen Werbebroschüren in Briefkästen und machen sich damit noch unbeliebter als sie schon sind. Während

die Flaschensammler herumliegende Köpfe und Glied-
maßen einsammeln und vorsortieren, sind die Kinder
mehr an den bunten Fetzen der Motorradfahrer interessiert. Rotkreuzhelfer, Flaschensammler und Passanten
sind eingespielte Teams und das Trinkgeld der Feuerwehr ist großzügig bemessen.

Ob ein Lastwagen im Spiel ist, erkenne ich sofort am Geräusch. Ein leichter Schlag nur, dann ein Knirschen, weil
er alles wegschiebt und zermalmt. Schulbusse haben
nicht den Hauch einer Chance in so einem Fall, die Mütter drehen sich gleich um und reißen den Kindern die
Motorradfetzen aus der Hand. Wie immer auf dieser
Kreuzung denke ich zuerst an schlechte Verkehrspla-
nung, unkoordinierte Ampelschaltungen und fehlende
Leitplanken. Die auf den Radwegen geparkten Autos
machen ein Ausweichen unmöglich. Das empört mich,
richtig erschüttern tut es mich. „Da muss was gemacht
werden", sagt der Polizist auch.

Wenn sich zwei vierspurige Straßen kreuzen, wird zumindest eine von skrupellosen Hasardeuren befahren,
die nichts anderes als nach Hause wollen. Denen buchstäblich alles egal ist, die froh sind, wenn sie überhaupt
Arbeit und ein Zuhause haben. Lohnarbeit ist eine Ver-
zweiflungstat für den Berliner und gefährlich noch dazu.
Es kann jeden treffen, so ein Unfall.

Die Baracke hat meine Stadt längst im Griff wie ein gifti-
ger Krebs, der Metastasen der Brutalität in die letzten
Hinterhöfe streut. Zwischen längst verwaisten Hütten
und Abwasserkanälen ist der Schrecken alltäglich, den
Flaschensammlern und Passanten zur Gewohnheit geworden. Sie halten das Schreien für Filmgeräusche,

obwohl sie es besser wissen sollten. Die Stiefel aus den Lederkombinaten, mit Asbestlack umgearbeitet zu Verhörzwecken, schallgedämpft, sind längst Sammlerstücke geworden. Sie wurden von den Amtsleitern abgezweigt, bevor sie das Arbeitsamt aus den Konkurshallen heraus kaufen konnte.

Zu allen Zeiten mussten die Menschen erschlagen werden, wenn man was von ihnen wollte, die Wahl der Mittel und Werkzeuge änderte sich immer wieder, regional verschieden. Während in Afrika noch immer um sich geschossen und vergewaltigt wird auf offener Straße, hat sich die hiesige Gewalt in die Baracken zurückgezogen. Folter heißt auch nicht mehr so, zumindest nicht außerhalb der Traktorenfriedhöfe. Auf andere Bahnen gebracht und begleitet werden soll man. Arbeitslos heißt es heute auch nicht mehr, sondern erwerbslos. Betreut wird man an jeder Ecke, ob man will oder nicht. Das Bringen und Begleiten klingt nach Kindergarten und gekümmert wird sich auf der Fahrt ins Krankenhaus, wo die Notaufnahme Rettung aus der Welt verspricht, die böse ist, natürlich. Wie sanft eine Sprache auftreten kann, wenn es sein muss, denke ich. Die deutsche kann das, wie die wenigsten.

Endlich die Haft vergessen und zurück in die Windel, die Watte der Kindheit, an die ich mich gut erinnere. Mit dem Elan des Säuglings will ich neu anfangen. Knechtschaft ist keine Dauerlösung, meint Fritz, der noch nie erwerbslos war. Im Gegenteil, sagt er. Er hätte noch gar nicht gearbeitet, da hätten sie ihm schon den Erwerb reingestopft. Einsicht und Umkehr habe er nie gebraucht.

Es ist ein langer Weg, ein schwerer Gang über Knüppel und Dornen, wo die Watte hängen bleibt. Ich zertrete die Schwarzbeeren im Unterholz, die Hasen werden immer frecher. Ich ohrfeige sie genau wie den Fuchs, dem alles Mögliche nachgesagt wurde in den Fabeln. Er ist zynisch geworden über die Jahre, verbittert, hat sich aufgegeben, während ich meinem Ziel immer näherkomme. Die Hasen werden an sich arbeiten müssen, wenn das was werden soll mit ihnen. Noch dreschen sie auf Schwarzbeeren ein, bis sie nicht mehr schmecken. Sie werden einsehen, dass sie in der Unterzahl sind, dass die Beeren sie fertigmachen, faul und schrumplig werden oder gleich ganz austrocknen. Der Fuchs wird unter die Räder kommen. Das hat er von der Schläue, die sie ihm angedichtet haben, die Lyriker.

Schon in Griechenland, dem alten klassischen, haben die Menschen unter Lyrik gelitten, der Literatur überhaupt. Komödien und Fabeln wurden am Fließband hergestellt für einen Markt, den es in Wahrheit nicht gab. Ein Unmaß an Premieren überforderte die Eliten, das Singen und Tanzen war Kunsthandwerk, wie das Korbflechten der Indios auf Mallorca. Das Wort Kunst kam erst viel später in Gebrauch und hat sich nicht lang gehalten. Die Volksmassen kannten kein Entertainment außer Karten- und Würfelspiele.

So gut wie nichts was geglänzt hat, war Gold und selbst die Demokratie war nicht ganz koscher, wie man heute weiß. Sang- und klanglos sind sie untergegangen, die Griechen, verscheucht von den Römern, Gott sei Dank. Was übrig geblieben ist von Sophokles und den anderen, hat uns Herodot überliefert. Im reifen Mannesalter ist er vom Berichterstatter zum investigativen Historiker gereift und hat eine Reihe Prominente vom Sockel gestoßen.

Sokrates zum Beispiel sei, so Herodot, als arroganter Dandy aufgefallen, präpotent und herablassend, obwohl seine scharfsinnigen Analysen seinerzeit niemanden interessiert hätten. Er habe die Almosen eingesackt und versoffen, mit Platon in wilder Ehe gelebt und habe sein Lebtag keine Zeile ordentlicher Philosophie aufs Papier gebracht, was nur die wenigsten wissen. Er habe weder schreiben noch lesen können, habe die Grünflächen und städtischen Parks mit seiner Entourage kaputtspaziert, Weinkrüge achtlos ins Gebüsch geschmissen und an die Tempelwände uriniert. Sein Lebensgefährte habe wenigstens schreiben können und es geschafft, die Nachwelt mit der Genialität seines Lehrers zu blenden. Erwerbslosigkeit sei ein Privileg der Vornehmen gewesen, der Flaneure. Schnorrer, die nicht einmal schnorren, geschweige denn im Winter auf Marktplätzen jonglieren mussten. Heute würden sie umgeschult werden, bewacht von verschwitzten Dozenten.

Zweifellos wurde die Arbeit nicht in Griechenland erfunden, wo Erfinder nur schlechte Karten hatten. Syrische Gastarbeiter haben Tempel abgewischt, Putzfetzen erfunden und den Unrat aus den Gebüschen geklaubt. Zur falschen Zeit am falschen Ort waren sie. Selbst wenn sie das Glück erfunden hätten, wären sie in Griechenland nicht glücklich geworden. Es wäre sofort an die Dichter und Komödianten verteilt worden, weiß Gott warum. Redner und Fabeldichter genossen einen unvorstellbar guten Ruf, während sie heute dem Gutdünken ostdeutscher Amtsleiter ausgesetzt wären.

Der Menschenschlag muss passen, die Mischung stimmen, das Klima. Herodot warnte seine Landsleute vor Inzucht und Faulheit, appellierte an alles Mögliche, nur nicht an die Vernunft, hielt die Insolvenz damals schon für unausweichlich und machte die Sozialpolitik der antiken Griechen verantwortlich. Ein Haufen Zettel und Tempel erinnern heute an sie, blinde Märchenerzähler auf den Marktplätzen von Marrakesch und Damaskus halten sich mit den überkommenen Geschichten bis heute über Wasser.

Ägypten beschäftigt mich oft beim Abwaschen. Ich stelle mir den Alltag der Menschen vor, die lange vor den Griechen den staubtrockenen Landstrich kultiviert haben. Das Wie und Warum ist ein Rätsel. Zart gefärbte Reliefs zeigen Männer im Gänsemarsch irgendwelche Stecken, Wedel, Obstschalen und Antilopen tragen. Diktatoren werden mit Hühnern und Datteln gefüttert, Frauen balancieren Bierkrüge mit Anmut durch die Gärten der Upper Class.

Landwirte säen und ernten, Verwalter verwalten, Pädagogen erziehen, Arbeiter arbeiten. Es wird nicht schmarotzt und herumflaniert. Das Erfinden ist eine Tugend, Fleiß eine Pflicht. Die Ägypter wissen, dass man lebt, um zu arbeiten, was Luther viel später auf tragische Weise missversteht.

Tagträume sind die einzigen Wahnvorstellungen, die ich noch habe. Herodot stelle ich mir in schriller Kleidung vor, Sokrates, mit einer Sonnenbrille und behängt mit sauteurem Geschmeide. Sein Äußeres wäre dem heutigen Intellektuellen schlicht peinlich. Die beiden kannten sich nicht und wollten sich auch nicht kennen.

Fritz besucht Museen nur wegen der Aufseher. Ein Job für mich sei das, meint er. „Leute wie du, alles hinter sich gelassen, sich durchgebissen. Traktorenfriedhöfe, Flüchtlingslager, die DDR überlebt! Ideale, Freiheit, Frieden mit allem, nur mit Gerechtigkeit hat's gehapert manchmal. Gerechtigkeit hat immer zwei Seiten. Immer!"

Es sei nur eine Ohnmacht gewesen, sagt er, als ich im Fahrtwind aufwache. Die zweite Seite der Gerechtigkeit würden sich die wenigsten Epileptiker vorstellen können. „Die Zweiseitigkeit überhaupt, die ein Major dringend braucht, wenn er es nicht auf den Dachboden geschafft hat. Die zweite Chance, mitten aus dem Leben gerissen, damals. Aus der Zerreißung gerissen, mit Säuglingsverschickung und Straflagern von heute auf morgen nichts mehr zu verdienen. Für Arbeitsämter sind sie gut genug."

Ich fahre mit dem Fleischberg spazieren, denke ich einen kurzen Moment. Der *Omikron700* wartet auf mich in Charlottenburg, der Teufel holt mich wahrscheinlich im Stiegenhaus. Ich habe genug aus der Baracke erzählt, von der Besenkammer, der Knitterfratze. Fritz nimmt mich nicht ernst genug, bis ich ihm die Narben zeige, Brandflecken, die nie wieder verschwinden. Es wird mir schlecht. Übelkeit und Brechreiz seien für Epileptiker eher untypisch, Erinnerungen dagegen keine Seltenheit. Schlechte vor allem. Schon ein falsches Wort würde für Ohnmachten oft ausreichen. Er brauche den Fahrtwind zum Denken, meint er. Er hätte es bei mir noch nicht erlebt und bitte um Entschuldigung. Divenhaft sei das gewesen, spektakulär. Es habe in den großen Filmstudios für Ohnmacht eigene Diven gegeben, robuste Weiber, unschön, sagt er. Man habe sie nur von hinten filmen dürfen und nicht den Oberkörper. Ich verstehe nur die Hälfte. Fleischhackerkörper hätten sie gehabt. Für eine Ohnmacht einen Monatslohn verdient. Bei dem „Immer" sei ich zusammengefallen. „Kein Epileptischer, nein!" Divenhaft zusammengefallen sei ich. Von Gerechtigkeit habe er in Wirklichkeit wenig Ahnung. Erzählt habe ich oft vom Dozenten. Einen Dreck hat es ihn geschert. Was immer er tut, denke ich in dem Moment, tut er für Fritz Pausenhofer und nicht für Martin Pichler, ohne den er nicht leben könne, angeblich. Ob ich ihm das vergesse weiß ich nicht.

Werbebroschüren austragen, Flaschensammeln sei zu hart für mich, zu schwer. Abgestumpftheit sei nicht so schlimm, würde sich wieder auswachsen. Mich könne er sich als Aufseher vorstellen, ich würde es nicht bereuen, es seien bestimmt adrette Kollegen dabei. Er würde mich auch besuchen, mich und die anderen, jede Woche, wenn's sein muss.

Sie haben mich angelogen in der Baracke. Der *Omikron700*, Silicon Valley, das Hofkehren, die Digitalität sollten im sinnlosen Tun steckenbleiben. Integration in Arbeitsmärkte war von vornherein als Scheitern konzipiert, als brutale Schikane. Der Broterwerb Tag für Tag in weitere Ferne gerückt und zur Illusion verkommen. Es gibt keine Arbeit mehr, die den Namen verdient, weder Angebot noch Nachfrage.

Kein Produzieren und Konsumieren wie in meiner Kindheit. Gärtner und Bauern waren seinerzeit mit Hege und Aufzucht beschäftigt. Arbeit war ehrlich, schweißtreibend und gut. Eine Zwischenperiode, ein Zeitfenster der

Gemütlichkeit, das nur gutgläubige Menschen wie mich hervorgebracht hat. Nie sind wir erwachsen geworden, naiv und gutmütig werden wir heute verheizt, treffen uns in Arbeitsämtern und Baracken, dem Hohngelächter der Schandmäuler ausgesetzt. Kontrollieren ist mir fremd, beaufsichtigen genauso. Und jetzt?! Fritz beruhigt mich.

Der Aufseher

Museum klingt harmlos, gutmütig. Fast einladend steht es da und will nichts. Es steht und will nichts. Keine Marktschreier bewerben es. Es passt nicht in die Zeit, die Zwang und Härte ausschwitzt. Es steht, wie ein Elefant, der keine Angst kennt und nie Zittern gelernt hat. Es kommt mir bekannt vor. Du musst nur dem Staat gehören, denke ich, dich irgendwie nützlich machen, dich lohnen.

Freiwilligkeit sei oberstes Gebot, niemand würde mich zwingen, sagt Fritz, ich könne jederzeit gehen, ich würde nicht eingesperrt und geschlagen. Die Baracke hat mich misstrauisch gemacht, meine Haut gegerbt, imprägniert mit ätzenden Pulvern.

Mit Berufen hatte ich bisher nichts zu tun, sie sind mir fremd. Allein das Wort riecht nicht gut, schmeckt abgestanden. Niemand kann es mögen, dachte ich als Kind schon. Es wird seine Berechtigung haben, sicher. Das Sammeln von Briefmarken, Waffen und Schmetterlingen habe ich auch nie verstanden, bis ich alt genug war, meinen Vater zu durchschauen. Was er mir nicht vererben konnte, wollte er mir beibringen, fürs Leben mitgeben. Er hat sich bemüht, aufrichtig und vor allem gewaltlos.

Geerbt habe ich auf jeden Fall den Abscheu vor jeder Systematik. Seine Waffensammlerei, die ich als Kind noch für hochprofessionell gehalten habe, hat sich viel später als dilettantischer Spleen herausgestellt. Als Kind konnte ich seine prekäre Lage unmöglich begreifen. „Schau", hat er gesagt und auf die Dachbodenfenster gezeigt, wo abends das Licht eingeschaltet wurde. Der eine Nachbar hat nach dem *Derrick*, der andere schon nach den Nachrichten eingeschaltet. „Willst du so einen Papa?" Kranke Menschen seien das, zwischen staubigen Mappen würden sie sitzen und irgendwann an Schmetterlingen und Briefmarken ersticken. Er habe mit Waffen angefangen, weil er nicht krank werden, nicht sterben wollte vor der Zeit.

Mein Vater hat alles gehortet, was krachte, Kästen und Schubladen damit angefüllt, ganze Zimmer in Beschlag genommen. Jeder Handgriff muss ein Minusgeschäft gewesen sein, weil seine Waffenbrüder permanent vor der Tür standen. Dass ein Sammler nie aus Not verkaufen soll, hat ihn nicht gekümmert, Rechnungen gingen nie auf. Was dafür spricht, dass er das Gute wollte, und zwar für seine Waffenbrüder und falschen Freunde. Und wir haben sein Leben lang auf mindestens ein Zimmer verzichtet. Diese Mitgift habe ich immer dabeigehabt, nie bemerkt, bis ich sie ausgepackt habe und zuerst erschrocken bin. Ich wundere mich über gar nichts mehr seitdem. Es hat alles so kommen müssen, ich werde nie einen erschlagen und schon gar keine Säuglinge in Kisten verschicken. Dass Geld nicht glücklich macht, habe ich früh verstanden.

Neurologe sei Fritz nicht freiwillig geworden, sagt er, es sei eine Flucht in die Neurologie gewesen, weil er sich die Psychiatrie nicht zugetraut habe. Er habe auch keinen Beruf gewollt und wäre hineingestolpert. Irgendwann sei es zu spät gewesen und er habe seiner Mutter alles erzählt. Er wäre Chefarzt, wie andere auch. Bis er dann im Fernsehen habe auftreten müssen, in der Zeitung gestanden sei. Sofort sei es mit einem Leben in Freiheit vorbei gewesen. Über Geld habe er nie nachgedacht, es sei ihm nachgeschmissen worden und von Anfang an verdächtig vorgekommen.

Ich vertraue Fritz und meinem Instinkt. Ich habe nichts zu verlieren als Aufseher. Ich habe schlimmes erlebt, das ich vielleicht einmal aufschreiben werde. Das Einstellungsgespräch überzeugt mich. Es erinnert mich an meinen Vater, den Spleen, den Dozenten und den Bürgermeister.

Was ich unbedingt sein müsse, sei ernst, freundlich und sauber, heißt es gleich am Anfang. Auszustrahlen hätte ich gefälligst Kompetenz. Autorität nur dann, wenn es ernst würde und es darauf ankäme, souverän und bestimmt Sauberkeit und Freundlichkeit zu verteidigen, wenn nötig mit Gewalt. Langeweile könne ich haben, sie aber nicht ausstrahlen, wie etwa die Kompetenz, die unbedingt sein und ausgestrahlt werden müsse. Zwingend, heißt es, von weitem schon. Fremdsprachen wären gut, möglichst viele, bezahlen könne man das nicht. Sonstige Vorbildung solle ich vergessen, möglichst an Ort und Stelle, auf jeden Fall vor Arbeitsantritt täglich um zehn.

Mein Entschluss steht. Sauberkeit und Kompetenz traue ich mir zu.

Prägnant, kein Wort zu viel. Von Müssen war viel die Rede, das Dürfen stand nicht zur Debatte. Stundenlöhne haben mich noch nie gekümmert, ich bin an Essen und Wohnen interessiert, will einschlafen können ohne Angst. Mehr nicht.

Ich bin überrascht, wie leicht man zu Geld kommt, ohne ihm nachlaufen zu müssen. Ich kann nirgendwo so gut denken wie beim Auf- und Abgehen, die Besucher stören mich nicht und sie beobachten zu können ist ein Geschenk, ein Glücksfall. Sie kommen nicht ganz zufällig herein, man kann es an ihren Gesichtern sehen. Touristen sind nicht anspruchsvoll und freuen sich über ein Dach über dem Kopf. Im Gegensatz zu Schülern, die ihren Hass, der wie ein Jausenbrot von zu Hause mitgebracht und normalerweise im Schulhof verpulvert wird, durch die Gruppenschleuse ins Haus leiten. Alle Etagen, Gänge, Nischen und Ecken werden von Schülergruppen abgenutzt, verdreckt und vollgeschrien.

Ich schätze touristische Gleichmut, wenn sie von Herzen kommt, gewachsen ist auf dem Dung der Reisebüros und gedruckten Stadtführer. Wenn wildfremde Menschen friedlich den unerwartet langen Wegen folgen, die sie irgendwohin führen, wo sie nicht hinwollten und überhaupt nic hinwollen um als Dankeschön, als Belohnung vor einer unbeschreiblichen Schönheit stehen zu dürfen, die es nur bei uns gibt, in meinem Museum, empfinde ich ehrliche Mitfreude. Ähnlich dem Mitleid kommt sie bei mir vor, ist eingelagert, bis sie gebraucht wird.

Die Schwäche unseres Hauses ist seine Größe, Ehrfurcht hin oder her. Sie führt zu Stimmungsschwankungen, die von Asiaten leicht, von Spaniern und Russen so gut wie gar nicht bewältigt werden können. Die Lage droht dann schnell zu kippen, die Leute werden immer nervöser und die Atmosphäre verschlechtert sich von einem Moment zum anderen. Ich will nicht mehr dabei sein, kann nicht mehr zuschauen, wenn die Asiaten durcheinanderlaufen, wenn die ersten Russen zuerst unter sich, in kürzester Zeit aber auch gegenüber den Spaniern recht aggressiv werden. Beim ersten Gerangel kann man sicher sein, demnächst einschreiten zu müssen. Ich verlasse mich zuerst auf meine Ausstrahlung, dann die Kompetenz, bis mir das Werkzeug ausgeht, die Rüpelhaftigkeit der Engländer nicht mehr zu kontrollieren ist. Mit der Freundlichkeit ist es vorbei, Vokabeln fallen mir spontan nicht ein. Wenn ich die nächsten Minuten irgendwie hinbiegen kann, denke ich, wird die Polizei bald wieder abziehen können, ohne die Spanier mitzunehmen, während die Russen schon weg sind, längst abgeführt.

Das kommt oft vor und es hat sich eine Routine eingespielt, die mich genauso beeindruckt wie das Einstellungsgespräch. Die Gelassenheit meiner Kollegen werde ich nie haben. Meine Stärke ist der analytische Verstand, der die Ursachen derartiger Vorgänge schnell erfasst. Lichtreflexionen machen die Russen natürlich aggressiver als die Asiaten, das hätte man wissen können. Der Architekt hätte sich zumindest Gedanken machen müssen, bevor er Gebäude dieser Dimension plant. Ich bin entsetzt, wie fahrlässig Architekten sein dürfen, während ich ihre Schlampigkeit auszubaden habe. Die vielen Glaskästen haben die Menschen nicht erwartet, es kann nicht von ihnen verlangt werden, Lichtreflexionen einfach so hinzunehmen. Die Osteuropäer können schnell aus der Fassung gebracht werden.

Die psychologischen Elemente sind in der Aufsehertätigkeit elementar, das hat mir Fritz schon vor dem Bewerbungsgespräch gesagt, eingebläut hat er es mir. Konkurrenten gibt es nicht viele, Gott sei Dank. Sie wären besser als ich. Die älteren abgeklärt und souverän, die jüngeren in Bürgerkriegen und Flüchtlingslagern gestählt. In Gutmütigkeit bin ich der beste.

Der Schriftsteller

Yes, you can!, von nichts kommt nichts! Erdnussbutter, Surftrainer! Ohne Geld ein Bretterhaus, das davonfliegt beim ersten, zweiten und dritten Tornado. Früh aufstehen und aufbauen, aus dem Stand den Kleingeist im Keller erschießen, entschlossen erschießen. Aus dem Knast ein neues Leben, ein zwei Surfschulen aufmachen in Chicago, wieder einen erschießen aus Versehen. Im Dachboden, nicht im Keller. Stundenlang geradeaus fahren und im Weizen stecken bleiben. Sofort auf der Straße hinter dem Drive-by-Baumarkt ein Bretterhaus bauen ohne Geld. So stelle ich mir das vor und ich singe es vor mich hin: „Von nichts kommt nichts, kommt nichts, Surftrainer ohne Geld, the other ones bite the dust!, yeahyeah!"

Ich werde wieder anfangen zu schreiben. Jahrzehntelanger Kunstausrutscher, denke ich in dem Moment. Die ganzen Gymnasien habe ich nur als Dichter durchgestanden, Romane angefangen und dann die Geduld verloren. Der Größenwahn nach meinen ersten epileptischen Anfällen hat mich nicht zum Lesen, sondern zum Schreiben gebracht. Die erste Zigarette habe ich hinter den Bahngleisen zusammen mit zwei Schulkolleginnen geraucht. Es war ein Sommertag, der damals, in den Siebzigerjahren genauso heiß wie der Wintertag kalt war. Den Roman über einen Knaben, der im Dreißigjährigen Krieg verloren gegangen ist, hatte ich schon vor den Ferien gelassen. Der geschichtliche Hintergrund hat mich überfordert, tragisches Knabenschicksal hin oder her. Der Geschichtslehrer hätte den Dreißigjährigen Krieg aus dem Ärmel geschüttelt, wäre aber mit dem Knaben nicht weitergekommen. Es war kein Trost damals, einen Vorgesetzten scheitern zu sehen.

Der Aufseher in mir, die Kraft und Souveränität der letzten Tage hat mir den Amerikaner eingeimpft, den Surftrainer, gewaschen mit Pazifikwasser, das am eingeschmierten Oberkörper abperlt. Schriftsteller ist man oder wird es mit Geduld und Zähigkeit, mit Mut zum Risiko. Nicht in Deutschland natürlich. Schon lang nicht mehr. Zwei-, dreihundert Jahre nicht mehr. Der Buchhandel ein Minusgeschäft wie die Waffensammlerei meines Vaters, der immerhin nur das Gute wollte.

„Der Hunger", sagt man in Nepal, „ist der kleine Bruder des Winters, der Durst ein Meister aus Tibet". Das Geschäft mit dem Hohn blüht, wo den Bauernregeln die Luft ausgeht, denke ich auf dem Weg nach Charlottenburg, und dass die Nepalesen ihre Weisheit nur mit ganz kleinen Löffeln gefressen haben. Die ganze Welt macht sich Gedanken über Hunger, Durst und Überleben. Herumphilosophieren macht offenbar auch zufrieden, tröstet alle über das eigene Versagen hinweg und hilft bei der gerechten Schuldverteilung.

„Die Völkerwanderung war unser Holocaust, Feuersturm und Fanal in einem", glauben die Athener und posaunen es hinaus. Alle, Politiker, Publizisten, Straßenkinder, ausnahmslos. Passanten nicken zustimmend. Germanen und Slawen haben sich an die Futtertröge geputscht, sich aufgeschwungen zur Höchstkultur. *Greif zur Feder, Kumpel!,* auf dem Mist der Verzweiflung in Ostberlin gewachsen, hat das Gegenteil erreicht. Die Proleten wurden von höchster Stelle aufgerufen, die Schaufeln wegzustellen, den Mähdrescher Mähdrescher sein zu lassen und ans Literatenpult zu treten. Schwülstige Agitprop-Literatur über die Leiden des jungen Baggerfahrers und die Melkerin aus Mecklenburg, die angeblich auch mal Liebe braucht, hat die Kulturlandschaft auf Dauer unfruchtbar gemacht. Selbst Dissidenten sind direkt aus der Folter auf die Ladentische gekommen, unverhofft.

Die Bescheidenheit bringt einen nicht weiter, ist zum Vergessen, genau wie die Demut. Präzision und Sprachgewalt sind eine Frage des Trainings, der Disziplin und der Ernährung. Kompetenz kann ich jederzeit ausspielen. Die Macht der Worte wird überschätzt, das behaupte ich und bin damit nicht allein. Klingendes und Musikalisches sind schreckhaft, launisch, kommen und bleiben wie sie wollen. Alkohol, früher der Garant für literarischen Erfolg, am absteigenden Ast, das Einmischen auch, schon gar nicht am Balkan. Gemeindebau auch vorbei, out, passé, für immer. Das Niederknien vor Dichtern, in Deutschland ein Muss, kann ich mir als Ausländer schenken.

Da vergeht einem das Anfangen, wenn ich ehrlich bin. Viel mehr Chancen werde ich nicht kriegen. Zeit habe ich jetzt und nicht irgendwann. Ich denke an das Flanellhemd des Dozenten, der demnächst von mir totgeschrieben wird, weggeschrieben nach Lichtenberg. Was schert mich seine Familie, die trauernden Enkel und Töchter?

Eine schwere Geburt, die jeden Tag auf mich zukommen, jederzeit vor der Tür stehen kann. Der Autor, Poet und Hebamme zugleich, der den schleimigen Brocken herauszieht und hinbreitet vor die Schaulustigen, muss sich der Verantwortung bewusst sein, sie schultern können und stehen bleiben. Gewichtheber lernen das, bevor sie zu heben anfangen. Schon als Kind fängt man im Kaukasus zu heben an, weil man nur so ins Fernsehen kommt. Von der ganzen Welt will man gesehen werden. Heben kann bald einer, aber stehenbleiben nur die wenigsten. Ein Schnaufen und Zittern ist das, meterweit fliegen die Spucketropfen, wenn Kinderathleten den Körper gegen die Schwerkraft stellen, mit einem derart roten Schädel, dass ich Angst kriege beim Zuschauen.

Wen interessiert es schon, wenn ich in meiner Wohnung auf und ab gehe, schon wieder, hin und her, nicht weiß, wo ich anfangen soll. Buchhandlungen sind mit ihrem Personal alt geworden, antiquarisch, überflüssig. Irgendwann wird der Mensch raussterben, abgeschafft werden und Bookshops werden die Straßenecken übernehmen. Zu lesen ist besser als nichts, denke ich, sonst kann ich mir die Arbeit sparen, hin und her gehen. Lieber ist mir das Auf und Ab, weil ich den Moment abpassen, wenigstens einen Satz schreiben kann. Ich steige in die Ringbahn, die wochentags wie ein Radiergummi funktioniert. Sie ist für Menschen gedacht, die in Krisen feststecken und nicht weiterwissen. Wenn es kein Zurück mehr gibt, sie vor einer Wand stehen, es keine Seitenfenster gibt, die Erlösung versprechen, gibt es nur zwei Möglichkeiten. Endgültig Schluss machen oder die S-Bahn. Geleise oder Waggon. Das kann sich beim morgendlichen Nachdenken entscheiden, kann vom Radioprogramm abhängen. Lebensentscheidungen werden hier getroffen, für und wider abgewogen. Das drückt die Stimmung in den Waggons und ich steige an Stationen aus, die ich überhaupt nicht kenne.

Die ersten ein, zwei Runden muss ich überstehen und die Zweifel loswerden, an jeder Station Menschen beobachten, denen es noch schlechter geht. Ich weiß, dass ich es kann. Zwischen Tempelhof und Wedding fällt mir ein explosiver Stoff ein, der Fremdenfeindlichkeit mit Anspruch auf gefinkelte Weise kombiniert.

Fünfhundert Seiten sind für einen Gastarbeiterroman realistisch, allein wegen der vielen Abenteuer, die auch dem dümmsten Autor einfallen. Geschwätzigkeit nimmt man dem Schriftsteller nicht übel, wenn das Sozialdemokratische durchkommt, das Gute. Das Flair von weiter Welt müssen die Figuren ausschwitzen. Bei jedem Leid muss ausreichend Platz zum Mitleiden freigehalten werden. Seit ich Aufseher bin, lege ich darauf den größten Wert.

Ein afrikanischer Bademeister holt ein speckiges Kind aus dem Wasser und kriegt dreihundert Seiten später einen eingeschriebenen Brief von der Ausländerbehörde. Eine Verkäuferin habe angegeben, das speckige Kind sei seine Tochter und er habe es nur herausgezogen, weil er das geahnt, beim Ausfüllen der ganzen Formulare aber ledig und kinderlos angekreuzt habe. Er heißt, sagen wir, Sultan, ist Mitglied einer freikirchlichen Gemeinde und geht am Sonntag, wenn er nicht gerade arbeiten muss, zur Messe in eine turnhallenartige Kirche, wo viel zu laut gesungen wird. Hineinsteigern tun sie sich und geschrien wird, geweint. Unkatholisch. Sultan erfährt also von seiner Tochter, die er nicht auch noch durchfüttern kann. Dann passiert lange nichts. Sein Bruder, deutscher Staatsbürger, endlich, nach fünf Jahren, ist Blumenhändler und verdient sich mit Zuhälterei dazu. Er vergewaltigt die Frau von Sultan jedes Wochenende im Hinterzimmer eines Sportwettenlokals.

Sultan lässt es ihm durchgehen. Sie ist um einiges jünger und von Bürgerkriegen charakterlich ruiniert. Eine Spielsucht ist leicht reinzuschreiben, wenn ich vorsichtig genug bin. Sie bringt sein Geld mit Sportwetten durch, fängt Therapien an, schmeißt sie hin und haut ab zu ihren Eltern nach Ghana, ohne Kinder. Haut einfach ab, das Luder.

Ein gefundenes Fressen für Kreuzberger, die seit Generationen nichts anderes als ihre schimmligen Postillen lesen und nicht mehr wissen, warum. Mit der Wirklichkeit will die Kreuzberger Postille schon lang nichts mehr zu tun haben. Die Leser danken es ihr und schätzen die Immigrationsmärchen der Achtzigerjahre. Sie werden heute noch den Kindern zum Einschlafen erzählt. Bevor es zu spät ist, die Kinder nichts mehr glauben und die Bezirkszeitschriften abbestellen, das Postillenpersonal gleich ganz abbestellen, das ohnehin nur noch für die Grünen im Bezirksamt sitzt und sich um weiß Gott was kümmert. Bierpolitik wird jeden Tag gemacht, die von Kindern abbestellten Bezirksbeamten gammeln der

Rente entgegen, um dann ehrenamtlich weitertun zu können. Das Luder aus Ghana könne entweder ein Luder oder aus Ghana sein, dazu braucht es keine Redaktionssitzung. Schon gar nicht nach Sonnenuntergang, wenn die Bierkneipenwirte das Erbrochene von gestern unter den Bänken herauswischen. Man weiß, was gut und richtig ist und dass man auf österreichischen Schriftstellern herumtrampeln darf. Immerhin. Es schert mich ehrlich gesagt nicht, was Sultan mit seiner Frau so alles erlebt. Das Luder aus Ghana werde ich zusammen mit den Kindern und Kreuzbergern sterben lassen, wie den Dozenten nach zehn Seiten. Wortgewandt und stilsicher alle ausrotten, mit Stumpf und Stiel.

Zu Hause halte ich mich wie ein Stück Vieh, obwohl die Wohnung der einzige Ort ist, an dem ich meine Ruhe habe. Was früher der Traktorenfriedhof, ist heute der Zweifel, bis die Haut zu jucken anfängt. Ich rauche zu viel und trinke zu wenig, unregelmäßig. Der Wasserkrug verdreckt auf der Tischplatte durch sogenannte Flugstäube, die in Verbindung mit den geringsten Mengen Feuchtigkeit einen klebrigen Film zwischen Glas und Holzuntergründen bilden. „Bilden müssen!", meint Fritz. Dagegen helfe nur regelmäßiges Abwaschen oder zumindest ein Anheben des Bierkrugs, der schließlich für Bier optimiert sei. Ich würde überhaupt nur Zweckentfremdung betreiben in meinem Haushalt. Anstatt aus Messbechern ordentlich meine Mindestmengen auf den Tag zu verteilen, müsse er zuschauen, wie ich einen Bierkrug missbrauchen und nicht einmal mein Wassertrinken unter Kontrolle bringen könne. „Das Trinken auswendig lernen", meint er. Automatisiert müsse das werden wie das Rauchen.

Bis heute ist mir nur ein Text gelungen, den ich einem unterschätzten Berufsstand gewidmet habe, der Polizei:

Der Uniformierte sprang aus dem Wagen und schlug die Tür lässig zu. Er war außergewöhnlich klein, schmächtig und vor allem, wie mir schien, sehr jung. Schätzungsweise dreizehn, vierzehn Jahre alt. Er klärte mich über meine Rechte auf und war betont freundlich. Sein Kollege war etwa doppelt so groß und sah aus, als hätte er schlecht geschlafen. Der Kleine forderte mich auf, den Tathergang zu schildern. Ich beteuerte, dass ich es nicht gewesen sei. Er hatte sich inzwischen eine Zigarette angezündet und schrieb in ein DIN A5 Notizbuch, das bei ihm wie ein Fotoalbum aussah. Ich begann, ihn ernst zu nehmen. Ich sei den Waldweg entlang und über die Böschung heruntergekommen. Ich hätte das Auto da drüben gesehen und daran vorbeigehen wollen. Das Seitenfenster sei einen Zentimeter offen gewesen und es habe leicht gestunken. Eine Person sei in Umrissen zu erkennen und das bunte Gesicht irritierend gewesen. Sekundenschlaf!, sei mir sofort eingefallen und dass es mich nichts anginge. Ein unangenehmes Gefühl hätte ich erst hinter der nächsten Kurve gehabt und sei dann zurück. Durch die Windschutzscheibe habe alles ganz anders ausgesehen. Man schläft nicht mit einem Schwimmflügel im Mund, weit und breit kein Wasser, kein Kind. Die Frau sei sehr bleich gewesen, die Scheibe angelaufen und trüb. Ich habe geklopft und nichts sei passiert. Ihre Augen seien geschlossen, hinter den Lidern eine asymmetrische Unwucht zu erkennen gewesen. Sie habe mehr gelegen als gesessen und der linke Arm sei mindestens zweimal gebrochen, die Hand nach oben offen gewesen.

„Das reicht! Danke!“ Der kleine Polizist schrieb in das Fotoalbum, die Zigarette zwischen irgendwelchen Fingern der linken Hand. Der Große drehte sich immer wieder um, als erwarte

er jemanden, der zwischen den Bäumen heraustreten wollte. Er ging zum Auto, das Ohr am Funkgerät. „Kommen gleich!", sagte er in unsere Richtung. Der Kleine schien die Fäden in der Hand zu haben. Der Umgangston, die Art, wie er mit seinem Kollegen sprach, war unwirsch, unkollegial. Offensichtlich hat man ihm die Uniform anfertigen lassen, sie passte genau. „Aufstehen!" Ich zögerte nicht, stand auf und ging in eine Richtung, die ihm nicht zu passen schien. „Ins Auto!" Ganze Sätze verwendete er so gut wie nie, machte nur gelegentlich mit Kopfbewegungen deutlich, was zu tun sei. Der Große kuschte ohnehin nur. Der Kleine warf die Zigarette auf den Boden und trat sie aus. „Was machen Sie im Auto? Wer hat …?" Schikane, dachte ich und stieg wieder aus. „Hinsetzen!" Ich saß also wieder auf dem feuchten Baumstamm am Schotterstraßenrand. Ich sollte ihm mehr erzählen, was ich dann gemacht hätte und so weiter. Die Frau, ich sei mir nach einiger Zeit sicher gewesen, dass sie tot war und … „Und was!", herrschte er mich an. Ich solle mir nicht alles aus der Nase ziehen lassen. Er bot mir eine Zigarette an. Besser als gar nichts, dachte ich, der Kleine gab mir Feuer. „Na ja, ich wollte die Autotür aufmachen und …", ich hätte dann gleich angerufen. „Sie sehen ja, dass ich nichts angerührt habe". Zwei Polizeiwagen, ich habe sie gar nicht gehört, standen plötzlich ein paar Meter neben uns. Die Staubwolke war noch drüben in der Kurve. Ein Notarztwagen bremste sich derart in den Schotter, dass die Steine über die Böschung spritzten. Sanitäter sprangen heraus, bevor er zum Stehen kam. „Arschlöcher! Einpacken! Abhuuen!" Wo er recht hat, hat er recht, dachte ich. Die Autotüren waren inzwischen aufgebrochen und der Kleine wurde gerufen. Er drehte sich kurz zu mir um. „Halten Sie sich zur Verfügung! Der Kollege nimmt Ihre Personalien auf und dann können Sie abhauen!" Er bot mir noch eine Zigarette und Feuer an, drehte sich wortlos um und ließ mich stehen.

Zuerst bin ich einfach abwärts, bis ich im Gebüsch stecken blieb. Die Dornen hatten meinen Pullover längst zerfetzt. Ich stolperte weiter hinunter, wo ich das Dorf vermutete. Von den Häusern sah ich zuerst die Rauchfahnen, die über den Dächern hingen und sich nicht wegbewegen wollten. Auf dem Wirtshausdach keine Rauchfahne. Wahrscheinlich heizen sie für jemanden wie mich nicht ein, dachte ich, ist ihnen das Brennholz zu schade. Ich ging hinein und bestellte das Billigste. Ich zweifelte an mir. Durch das Fenster konnte ich den kleinen Polizisten sehen, der die Autotür lässig zuschlug und mit seinem doppelt so großen Kollegen auf das Wirtshaus zu kam.

Mich schauderte und das Gulasch schmeckte mit einem Schlag nicht mehr.

Die Kälte in mir, die zunehmende Gefühlskälte, ist nicht harmlos, kein eingeschlafener Fuß. Ein Schaden, der sich eingeschlichen hat, langsam, unbemerkt. Ein Barackenschaden, der mich zum Monster macht, während andere nur den Verstand verlieren. Wie verschieden die Menschen sind, zeigt sich in der Not, denke ich und sehe den Major bei Sonnenaufgang sterben und doch wieder auferstehen um mich im Büro putzmunter zusammentreten zu können zum Amüsement der Knitterfratze und der anderen.

Mir geht die Geschichte mit Sultan und seiner Frau nicht aus dem Kopf. Eine derartige Tragödie als kitschigen Schmarren abzutun, hätte ich mir noch vor zehn Jahren nicht durchgehen lassen. Damals hat mir Basilikum noch geschmeckt oder besser, ich habe es ausgehalten.

Sultan tut mir leid. Seine Kinder, die er gemeinsam mit dem Luder liebevoll aufgezogen hatte, sind ihm geblieben, während sich das Luder zu ihren Eltern abgesetzt hat. Die Spielschulden hat sie dagelassen. Sie hätte noch einige Jahre gebraucht für die Staatsbürgerschaft. Jetzt ist sie in Ghana und kocht Flughunde für ihre Eltern.

Plattitüden sind die Gefahr für einen seriösen Text. Die Verbindung zwischen Flughunden, Ebola und die Spielsucht des Luders grenzwertig, im Moment aber nicht der Rede wert. Stilsicherheit und Wortgewalt allein reißen da nichts mehr, denke ich und streiche mindestens die Hälfte. Die Spielsucht ihres Vaters stand schon vor zwanzig Jahren zur Debatte, vor der Scheidung ihrer Eltern, die daraufhin ihre Schwester verschenkt haben an einen Wanderzirkus. Flucht war damals das richtige Mittel für das Luder und dessen völlig verzweifelte Mutter, die eigentlich in Cape Coast ins Wasser gehen wollte, hätte es weniger Flughunde gegeben. Die Kolonialgeschichte war damals kein Thema an der Elfenbeinküste, eher Landflucht und Korruption. Spielschulden waren Kavaliersdelikte, lästig nur die Horden von Freischärlern, Kämpfern für Recht und Ordnung, die erst viel später zum Marodieren und zum Islamismus gekommen sind. Die Bezeichnung Freischärler wird gern aus Verlegenheit benutzt, wenn man das Wort Marodieren unterbringen will. Das Gleiche gilt für Islamismus. Ich muss mir die Wortklauberei abgewöhnen, unbedingt.

Bademeister wollen ohnehin schon die längste Zeit nach Deutschland, warum auch immer. Sultan, der im Regenwald aufgewachsen war, hat erst spät von der Spielsucht seines Onkels erfahren, der seine Flughundefarm völlig unter Wert an Chinesen verkaufen musste. Mit dem letzten Groschen hat Sultan das Luder von dessen Mutter erworben, die selbst im Schlauchboot keinen Platz mehr gefunden hat oder vor den Kanaren verloren gegangen ist. Nach Auffanglager in Norditalien und unerwarteter Schinderei sind er und das Luder über Bayern nach Berlin gekommen, wo man nach Bademeistern gesucht hat. Händeringend, wie es hieß.

Soweit die Geschichte, die ich zuerst ganz schlüssig fand. Bis zur Rückkehr des Luders, wo es einen eklatanten Spannungsabriss gibt. Zudem einige unglaubwürdige Passagen. Erstens wollen die Kinder sie nicht mehr sehen, obwohl das Luder irgendwann eine liebevolle Mutter war. Liebevoll! Ein abgedroschenes Schmalzwort, das nur in Zusammenhang mit Mutter benutzt wird, nicht mit Vater.

Kein Wunder, Kreuzberger Postillen haben bis in die kleinste Kleinstadt hinein Männer- und Inländerfeindlichkeit getragen, sie überall verankert, Gemeinderäte korrumpiert und damit den völkischen Wahn unter den Klodeckeln herausgeholt. Österreicher werden als unechte Ausländer behandelt und auf Marktplätzen an die Pranger gestellt. Verspottet und bespuckt werde ich, wenn ich auf der Suche nach Provinzbuchhandlungen und Gasthaushinterzimmern durch Brandenburg fahre, mit schmutzigen Regionalzügen selbstverständlich. Davongejagt werde ich von den Wirten und Buchhändlern, die ich dringend für Lesungen brauche, weil mich sonst keiner ernst nimmt als Autor. Unecht bin ich, weil ich genau dieses Flair von weiter Welt nicht ausstrahle, von weitem schon unecht aussehe. Dabei sind Araber auch nicht dunkel, von Österreichern kaum zu unterscheiden.

Eine liebevolle Mutter also, Punkt eins, deren dahergelogene Liebe bei den inzwischen schon längst jugendlichen Kindern nicht ankommt. Zweitens wird Sultan den Teufel tun und ihr so einen Gesinnungswandel abnehmen. Er wolle ihr keinen einzigen Wandel abnehmen, nichts mehr. Der Staat würde ihm nicht helfen, weil er die Unterhaltspflichten verletzt hat. Das Luder war bei seiner Ankunft nicht volljährig und das ist in Deutschland schlicht illegal. Und was noch schlimmer ist, es hätte das Asylverfahren negativ beeinflusst. Wenn sie schon wieder zurückgekommen wäre, hätte er sie um Gottes willen nicht in den Keller sperren dürfen. Spielschulden hin oder her. Zwei Millionen haben schon ganz andere abgetragen. Das Luder ist jung und ansehnlich, sagt zumindest der Bruder von Sultan, der in Sachen Geldverdienen vom Fach ist, sich auch rechtlich gut auskennt. Sie könne die Schulden in kürzester Zeit selbst abarbeiten, sagt er. Mit ehrlicher deutscher Arbeit natürlich nicht, zumindest nicht in absehbarer Zeit. Man solle ihm glauben oder nicht. Man müsse an die Kinder denken, auch wenn sie längst jugendliche Kinder seien, sagt er.

Unerträglicher Kitsch! Migrationskitsch! Bibliophile Ausgaben, schön anzuschauen und gern als Geschenk gekauft, von Frauen meistens. Die angeblich viel mehr lesen und gescheiter sind als wir. Funktionsliteratur, rauf- und runter geschrieben tausendmal. Zweckmäßig und auf Kochbuchniveau frisiert, in Schrebergärten geschrieben meistens, bei schönem Wetter. Lauwarme Schönwetterprosa, Fußballbücher und Ratgeber für den „neuen Mann". Im zarten Blauton sind sie die wahre Bedrohung für die Literatur gleich nach der Fabel. Bei Kritikern unbestritten.

Alpträume werden mich plagen und das Aufstehen wird grauenhaft sein. Jeden Tag ein Kreuzberger an meinem Bett. Fieberfantasien, denke ich, während ich auf dem Mosaikboden meinen Job riskiere, zwischen Vitrinen. Museumstouristen sind grob und werden mich wegtreten, rücksichtslos. Als Märtyrer im Verlies vergessen werde ich wie alle Aufseher früher oder später. Dreck, Peitschen und Blut, Gebrüll, Folter und Schmerzen, wie damals in Treptow. Tiefpunkte müssen durchschritten werden, „durchlitten!, gefälligst!" so der Trainer im Fußballbuch. Elendige Täler mit Daumenschrauben, der Länge nach gekreuzigt von mehreren Teufeln, zerhackt und gefressen.

Ohrfeigen und Raufhändel direkt neben meinem Kopf, am Schweißbett meine Mutter, die mir Essigwindeln auf die Stirn legt. Blumen wachsen mir aus dem Bauch und Sonnen gehen lindgrün auf. Die Daumenschrauben zerbröseln, die Luft plötzlich wie ausgetauscht. Sultan und Luder vergessen in Ghana, Flughundschnitzel zart wie Wachteln, Honig, der schmeckt unter der Vitrine. Mosaikdozenten, die nicht stinken im Flanell.

Unfälle

Fritz kommt spät aus dem Krankenhaus. Er packt sein Zeug schon in der Früh und lässt es in der Kühltasche im Auto. Die Straße, deren Namen er sich nicht merken kann, stadtauswärts Richtung Flughafen, hat den Nachteil, dass es dort keinen erträglichen, geschweige denn komfortablen Platz zum Sitzen gibt. Ich erinnere ihn daran, dass wir dort Anfang August einen polnischen Sattelschlepper gesehen haben, der mehrere Kleinwagen zusammengestaucht hat, dabei fast umgekippt und erst in einem Möbelgeschäft zum Stehen gekommen ist. Polnische Lastwagenfahrer, katholisch, neigen zu Empathie und würden eher sich selbst die Böschung hinunter, als eine Gruppe ihnen völlig fremder Rentner in den sicheren Tod fahren. Außergewöhnlich war, dass er sich für den weit und breit einzigen Innenausstattungs- und Kleinmöbelladen und nicht für die Starbucks-Filiale daneben entschieden hat.

Polnische Lastwagenfahrer würden zwischen Leben und Leben keinen Unterschied machen. Abgesehen davon seien Möbelgeschäfte am Wochenende ohnehin leer. Was ihn bei der Unfallbeobachtung immer interessiert habe, sei die psychologische Komponente menschlicher Entscheidungen und die ästhetischen Aspekte des Scheiterns. Sonst nichts.

Er sei ja gegen Todesopfer, obwohl er sich frage, ob eine Wahrheitsfindung ohne das Mittel des Zynismus überhaupt möglich sei. Fritz sei nicht umsonst Arzt geworden. Die größte Hürde für Mediziner sei nicht ein schlechtes Gewissen, sondern der Gewissenskonflikt. Leben und Tod könne man handhaben, selbst Leben oder Tod sei kein Problem. Die Entscheidung zwischen Leben und Leben sei es, die einen nicht schlafen lasse. Nirgendwo werde so viel diskutiert, wie in einem Notarztwagen. Zwischen Pest und Cholera passe kein Blatt Papier.

Noch vor Monaten war es kein Problem, unsere Posten, die wir in den letzten Jahren über die ganze Stadt und im

Umland verteilt ausgespäht hatten, jederzeit beziehen zu können. Inzwischen sind Polizei und Ordnungsamt lästig geworden. Ständig fühlen wir uns beobachtet.

Schon wieder hat sich Fritz in mein Buch einmischen wollen, obwohl er stundenlang über seine Patienten, „sowieso nur Spinner oder sonstige Hirnkranke", reden und reden und reden, auf keinen Fall aber schreiben könne. Das Schreiben verlange Disziplin, die er nicht habe. Er könne nicht verstehen, warum ich Elektroroller immer gleich umtreten müsse. Marotten seien das, zwanghaft. Wie das ruckartige Bremsen, das zu neunzig Prozent aller Auffahrunfälle führe. „Neunzig Prozent!" Selbst das Kurvenschneiden und das Überholen führten nur in etwa siebzig Prozent zu Zusammenstößen, meistens zu sogenannten Überschlagsunfällen. Mit Leitplankenkontakt fange es an, kompliziert zu werden. Er beobachtet Autounfälle seit über fünfzehn Jahren, das angesammelte Wissen ist lexikalisch, jederzeit abrufbar und strukturiert. Er hat sich nie Notizen gemacht und echte Statistiken gäbe es nur in einschlägigen Archiven, die ihn nie interessiert haben. ADAC-Zeitschriften seien als Pornos konzipiert gewesen und hätten ihr Ziel erreicht in Deutschland. „Hingeschmutzt!, Unflat!", von Anfang an das Thema verfehlt und gerade deshalb erfolgreich.

Straßenverkehr habe ihm immer dabei geholfen, seine Spinner zu verstehen und was sie von den Idioten unterscheiden würde. Was seinen Unterärzten, überhaupt allen Medizinern „am Arsch vorbei" gehe, wie er sagt, ihnen völlig unverständlich sei. Was Männer in der Gynäkologie und Frauen in der Urologie zu suchen hätten, sei eine ernsthafte Frage, die er sich jeden Tag stellen würde. Eine Medizinalfrage, die ihm keiner beantworten könne. Auf der Straße fühle er sich und wenn er sich noch so unauffällig benehme, als Sonderling, wenn er an einer Kreuzung auf Grün warte, als Schwerverbrecher.

Ich mag meine Stadt, denke ich auf dem Weg nach Charlottenburg. Formlos und ohne Konzept einfach so geworden. Wie zufällig, obwohl sich viele Menschen bemüht haben auf diesem Stück Land. Pflasterstraßen wechseln sich ab mit Asphaltrennbahnen, obwohl man sie beliebig austauschen könnte. Hochhausimitationen lassen sich kaum von Originalen unterscheiden, die vor sechzig Jahren im Ruhrgebiet aufgestellt wurden. Die Karl-Marx-Allee ist schon als Baudenkmal gebaut worden, es musste schnell gehen und rechtzeitig fertig werden zu Stalins Geburtstag. Ohne die Russen hätte sich Ostberlin keine Form geben können. Die Akzente sind aus dem Schutt heraus gesetzt worden und sibirische Planstädte waren Originale, die es nachzumachen galt. Der Mensch als solcher spielte keine Rolle. Bevor die Leute verzweifelt sind, hat man Tierparks und Schwimmbäder hineingeplant, um die Kinder vom Wohnen abzulenken.

Es ist ein Winterwochenende und ich spaziere in die Trübe hinein, wenige Passanten stören meine Gedanken, die sich oft um Fritz drehen. Er hat mich weitergebracht, nicht nur in seiner Funktion als Arzt. „Aufmerksamkeit ist das Wichtigste, was du brauchst, das erste. Konzentration und Scharfsinn, das zweite". Kausalitäten seien umso beeindruckender, je besser sie sich umkehren lassen, erinnere ich mich einmal von ihm gehört zu haben. Für meine Arbeit im Museum brauche ich solche Sätze, Gedanken, an denen ich zu beißen habe. Auch Spaziergänge taugen dazu.

Ich sehe zwei Demonstrationen, nicht weit voneinander entfernt. Eine von Kurden, die immer das Gleiche wollen und die andere von irgendwelchen Querulanten. Sie singen aus einem Kleinbus heraus und keiner versteht sie. Die einen beklagen sich über den türkischen Präsidenten, der in Neukölln immer gewählt wird, weil ihn dort niemand ertragen muss. Es gibt praktisch keine Interessenten an den zwei Veranstaltungen, keine Zuschauer, überhaupt kein Publikum. Ich weiß, dass in dem Moment die Leute im Museum sind, wegen der angekündigten Schlechtwetterfront. Die Kurden tun mir leid im Gegensatz zu den Querulanten, die sich wieder und wieder lächerlich machen. Offenbar haben die Leute nichts Besseres zu tun. Ich schaue, dass ich schnell verschwinde, sonst komme ich ins Fernsehen und traue mich tagelang nicht mehr auf die Straße. Ich mag Berliner Polizisten, die zu Demonstrationen geschickt werden. Es ist ihnen völlig gleichgültig, wer hier was schreit oder singt und sie freuen sich über jeden, der weder schreit noch singt und respektvoll mit ihnen umgeht. Ich frage sie deshalb immer irgendwas. In Charlottenburg wird nie demonstriert. Es wohnen dort hauptsächlich ältere Leute, die irgendwann aus den Häusern heraussterben und vor allem nichts mehr an der Welt, am Lauf der immer gleichen Vorgänge um sich herum ändern wollen. Warum auch?! Die inzwischen fest etablierte und eingesessene Russenmafia will in Ruhe arbeiten, unter sich bleiben. Manchmal gibt es Zwischenfälle in Sportwettenlokalen, wenn etwa ein Russe einen Bulgaren erschießt, ein Bulgare einen Kroaten absticht oder ähnliche Dinge. Die Chance, dort als Passant ins Fernsehen zu kommen ist gering, weil das Abstechen oder Erschießen schnell,

unspektakulär und vor allem, wie ich vermute, in schall-
dichten Hinterzimmern erledigt wird.

Über die Charlottenburger Treppen sind dicke rote Teppiche gelegt, die Fritz am liebsten wegreißen lassen
würde. Er habe sich gegen Russenmafia und alte Leute
aber nicht durchgesetzt und gegen die Hausverwaltung
schon gar nicht. In Sportwettenlokalen Bulgaren abstechen könnten sie, sagt er, „Teppiche müssen sie haben!"

Hackbrettlehrer Krause

Ich höre schon im Treppenhaus, wie der Hackbrettlehrer,
mit dem Fritz seit einigen Wochen steirische Volksmusik
spielt, höchst anspruchsvolle Landler vorträgt, die von
Fritz entweder mit der Ziehharmonika oder der ver-
stimmten Zither gestört werden. Ich höre vor der Tür stehend einige Zeit zu, um etwas gegen Fritz in der Hand
zu haben, wenn demnächst wieder einmal über Musik
gesprochen werden sollte. Er begleitet mich nie in die
Oper oder ins Konzert, dafür hätte ich ja meine „großartige Freundin". Er nennt sie immer „deine großartige
Freundin", die als einzige, wie er ständig sagt, „als einzige deine Musik verträgt, aushalten kann, freiwillig mit
dir deine Konzerte, deine „sogenannten Konzerte" besucht. „Noch dazu mit meinem Geld!" Eine Behauptung,
die er immer wieder an den Haaren herbeizieht. Er überschätzt sich mit zunehmendem Alter, denke ich, und
gleichzeitig lässt seine Musikalität nach, was er auf das
zunehmende Alter schiebt.

Der Hackbrettlehrer, Herr Krause aus Eisenhüttenstadt, sei, wie er selbst sagt, der einzige Deutsche nördlich von Passau, der überhaupt wisse, was ein Hackbrett ist. Herr Krause sei für ihn ein Glücksfall, sagt Fritz. Und tatsächlich habe ich ihn schon lange nicht mehr so gut gelaunt erlebt, wie kurz nach dem Unterricht, wenn er, sollte es das Wetter noch zulassen, zu einem unserer Wachposten kommt. Herr Krause war Harfenist im Gewandhausorchester in Leipzig bis er sich in den Kitzbüheler Alpen den rechten Zeigefinger abgefroren hat. Es sei von einem Ostdeutschen nicht zu erwarten, sagt er, Bergwandern von Bergsteigen zu unterscheiden. Berge kannte er außerdem nur aus dem Fernsehen und nahm die Gefährlichkeit der Alpen nicht ernst. Er habe den Verlust aber gut verwunden im Wissen, dass er noch fast alle Saiteninstrumente deutschlandweit auf höchstem Niveau unterrichten könne. Er verdiene damit mehr, als im Leipziger Gewandhaus. „Gewandhaus, hah!" Eine Klamottenbude inzwischen, kaputtgespart!", spottet er nur noch. Von Zukunftsvertrauen habe man überall geredet, selbst in Leipzig habe man nichts anderes gehört und gelesen damals. Dabei sei die Hoffnung groß gewesen, mit der Musik wieder anfangen zu können nach den Jahrzehnten der Unkultur, der Unmusik. Vom Regen in die Traufe sei man gekommen. Das Geld habe man mit vollen Händen aus dem Fenster geschmissen, weil es nichts wert war und als es dann was wert war, hat man es nicht mehr ausgegeben.

Der Hausmeister habe die Instrumente repariert. Mit Klebeband habe er Pauken zusammengeflickt. Der Finger sei eigentlich kein Grund zum Aufhören gewesen, das habe man gar nicht gemerkt, wäre niemandem aufgefallen. In Wirklichkeit habe er aus Frust aufgehört, hingeschmissen habe er. Nur noch Stundenlohn habe man bezahlt, Tariflohn, die Proben gar nicht mehr. Mit Unterrichten verdiene er heute das Dreifache, Fünffache.

Herr Krause sei Choleriker und würde Fritz permanent anschreien. Ich stehe noch immer vor der Wohnungstür und weiß nach kurzer Zeit, was Fritz damit meint. „Schluss! Aus! Ende!, Herr Pausenhofer! Ich lasse mir ihre Zither nicht mehr gefallen!" Mit der Stimmgabel habe Herr Krause nach ihm geworfen. „Selbst Ihre Stimmgabel ist verstimmt, Herr Pausenhofer!" Den Kaffee könne er damit umrühren. Als es hinter der Tür still wird, läute ich endlich. Fritz scheint erleichtert zu sein, als er mich sieht. Niemand könne ihn so gut beschützen wie ich.

Man zahlt in Berlin nicht Hauptstadt mit. Seit fünfundzwanzig Jahren läuft man Hauptstadt hinterher, man modelt und spachtelt an Hauptstadt herum, streicht und poliert. Auf der Suche nach Rom, Sankt Petersburg und Wien kommt man mit dem Graben und Abreißen, dem Grundsteinlegen und Aufräumen nicht zusammen, alles spielt sich zwischen Baggern und Baugruben ab. Am schnellsten ist man mit den Wohnungskonserven aus den ausländischen Architektenbüros, weil man selbst keine Architekten mehr hat, die nicht vor Langeweile aufgehört haben, resigniert und aufgegeben haben.

Wir hätten nur die falschen Obdachlosen, das könne man in seiner Nachbarschaft beobachten. Obdachlosigkeit müsse gerecht verteilt werden. Wenn er neben der Bananenstaude stehe und über die Dächer, auf die Straßen in die Fenster hineinschaue, sehe er grundsätzlich die falschen Leute, nur deplatzierte Leute, die nicht dahin gehören, umgesiedelt werden müssten, ausgesiedelt am besten. Nur so könne man mit Berlin fertig werden. Er selbst käme mit dem Nachdenken nicht mehr zurecht, könne überhaupt nur mehr nach-denken, hinterher-denken und gebe es wohl bald auf. Trost finde er in der Vergangenheit, die mit Vergänglichkeit nicht zu verwechseln sei. „Denk an die Stoßstangen der Siebzigerjahre, Peugeot 404. Die schlitzen einem heutigen Wagen den Bauch auf". So ein Schleuderer bei Raureif könne digital nicht entschlüsselt werden. Kein Computer, keine Simulationen könnten das. Selbst den Scharfsinn der Epileptiker könne ich mir in die Haare schmieren.

Herr Krause kommt nach Berlin, gibt seinen Unterricht und fährt wieder. Ein kluger Mann, respektabel. Er wohne in Eisenhüttenstadt sehr günstig in einem dieser Plattenbauten. Die Stadt wurde in den Fünfzigerjahren für die Stahlarbeiterfamilien aus dem Boden gestampft und Herr Krause sei das erste Kind gewesen, das dort geboren wurde. Ich bin selbst einmal hingefahren aus Interesse und direkt in die DDR, direkt in den Ostblock hineingefahren. Gleich am Bahnhof habe ich schon wieder umdrehen wollen. Wenn nicht Menschen da wohnen würden, sagt Herr Krause, hätte man Eisenhüttenstadt längst abgerissen. Das Stahlwerk habe nur noch touristischen Wert, die Stadt, wenn man ehrlich sei, könne in einem Theater als Komödie aufgeführt werden, die komisch anfangen und tragisch ausgehen müsse. Ein Wunder, dass Herr Krause diese Stadt aushält und überhaupt noch hackbrettspielen will, dass hier musiziert, Eis gegessen und überhaupt gelebt werden kann.

Wahrscheinlich ist er deshalb so gern unterwegs, denke ich im Zug.

Herr Krause ist ein DDR-Bürger, wie man sie noch immer millionenfach in den deutschen Ostgebieten finden kann. Sie wissen mehr als andere und können mit dem Wissen nichts anfangen. Herr Krause, sagt er selbst, habe sich auch erst den Finger abfrieren müssen, bevor er seine Heimat und seine Landsleute verstanden habe. Es sei noch lange nicht vorbei mit der DDR. Im Gegenteil. Damals sei die DDR an der Bundesrepublik gescheitert, heute sei es umgekehrt. Jedes Neugeborene in Deutschland trage zwei Kilo DDR mit sich herum im Babyspeck. Zwei Kilo Stacheldraht und Volkskammer, Politbüro und Luftverschmutzung. Sowjetischer Bruderspeck lässt sich nicht einfach im Fitnessstudio abtrainieren. Gerecht sei es nicht zugegangen. Alle hätten sich gegenseitig ein Stück DDR zugeschanzt, die man jetzt gefälligst mit sich herumzutragen habe. Dafür, das dürfe man nicht vergessen, hat sich Deutschland zum europäischen Riesen aufblähen können, einem Monster, vor dem ganz Europa hinzuknien, die ganze Welt zu kuschen habe. Nicht die Amerikaner oder Chinesen, Deutschland habe die Knute in der Hand und treibe die Welt vor sich her. Wenn der Finanzminister den Mund aufmache, zuckten alle zusammen und versteckten ihr Geld irgendwo im Keller. Den letzten Groschen versenkten die Griechen im Hafen, die Rumänen im Schwarzen Meer. Was Hitler nicht geschafft habe, sagt er, habe man vor dreißig Jahren mit einem Kunstgriff nachgeholt. Europa sei germanisiert, von deutschen Autos überrollt, einkassiert worden. Dafür lohne es sich, mit einem Stück schlechter Laune, zwei Kilo Speck herumzulaufen, dem schlechten Gewissen.

Er, der Stahlarbeitersohn, könne damit gut leben. Es zahle sich aus, sagt er, Jahrzehnte in einer verrückten kleinen Diktatur gelauert zu haben, bis sich der Wind gedreht habe. Im Gegensatz dazu seien Fritz und ich Exoten, Zwergstaatsbürger, die, auch wenn sie lange Zeit in Berlin lebten, in Wirklichkeit nichts zu melden hätten. Der „Herr Professor" könnte eine noch so große Koryphäe und ich ein noch so großer Schriftsteller sein, in Wirklichkeit seien wir Gastarbeiter, solange wir uns nicht einbürgern ließen. „Witzfiguren!"

Fritz kann Kritik schwer ertragen, wenn sie nicht von Krause kommt, den er respektiert. Er kenne sonst niemanden, der sich den Mund aufmachen traue. In der Neurologischen traue sich höchstens die vietnamesische Putzfrau ihn anzuschnauzen, wenn sie einen von ihr aussortierten, völlig vertrockneten Filzstift schon wieder auf der Fensterbank liegen sieht.

Herr Krause habe einen guten Humor, einen Hackbrettlehrerhumor, der ihn erträglich, fast schon sympathisch mache und ihn selbst in Eisenhüttenstadt überleben ließe.

„Dummheit ist Privatsache, völlig in Ordnung. Mehr noch, wir brauchen Idioten, Freiwillige. Freiwilligkeit ist das Wichtigste. Mit wem ich mir irgendetwas teilen möchte, möchte ich selbst entscheiden! Immerhin sitzen wir hier auf der Decke und nicht vor dem Fernseher". Auch, wenn der Spielplatz da drüben viel zu laut und dieser Platz einer der schlechtesten sei. Die Straße zu weit weg, das Gebüsch im Weg. „Nicht für uns gemacht. Gegen uns! Die Sicht verstellt, wie immer. Im Krankenhaus der Erste, hier der Letzte", sagt Fritz aus dem

Zwielicht heraus. Die Blicke der Mütter und Kinder kümmerten ihn nicht mehr. Im Gegensatz zu früher, als er noch allein hier war.

 Es wird langsam kühl hier auf der Wiese und die Menschen werden unruhig, schauen immer öfter auf die Uhr. Kinder müssen morgen in die Schule, heute ins Bett, übermorgen zu den Großeltern oder sonstwohin. Ich denke an meine Kindheit, Fritz an seine, die mit Stall, Mähen, Heueinfahren, Melken und ganz zum Schluss erst mit Schule zu tun hatte. Er erzählt von seiner Schwester Roswitha, auf die man sich als Arbeitskraft nicht habe verlassen können. Entweder sei sie im Wald gewesen, um sich vor dem Vater zu verstecken, oder sie sei gerade geschlagen worden. Der Vater habe sich auf sie eingeschossen, sagt Fritz. Bei ihr habe er sich ausgetobt, sie habe alles einstecken müssen. Das Laute und Aufsässige, das habe der Vater nie verwunden, „von mir hat sie das nicht".

„Wie im Wirtshaus die Karten, das Bier und die Schnapsflaschen, hat er zu Hause den Stecken, den Gürtel in der Hand gehabt und sofort alle Hausecken nach Roswitha abgesucht, oft stundenlang nur gesucht, bis er dann im Vorhaus oder auf der Kellerstiege zusammen mit dem Gürtel, dem Stecken hingefallen ist, die letzten Groschen und Schnapsgläser aus seiner Hosentasche herausgescheppert sind".

Er, Fritz, sei der einzige gewesen, der oft eine ganze Woche lang keine Ohrfeige gefangen habe. Er sei der zuverlässigste Helfer gewesen. Selbst als er schon in Stanford studiert habe. Die wenigen Brüder seien zumeist in die Stadt gezogen. Man sagt heute noch „In die Stadt", auch wenn es nur ein anderes Dorf ist. Es habe immer „In die Stadt" geheißen, wenn sie auch nur vom Vater weggerannt und höchstens an Feiertagen auf Besuch gekommen seien. Die Stadt sei das Wort für alles Schlechte dieser Welt gewesen. Dort seien „Die Politiker" gesessen, die grundsätzlich immer nur die Deppen und Verbrecher, auf jeden Fall aber an allem schuld gewesen seien. Natürlich sei die SPÖ der Teufel selbst gewesen, weil sie alles für die Eisenbahner und Arbeiter, aber nie auch nur das Geringste für die Bauern getan habe. Diese seien in Wirklichkeit die Prügelknaben, die Geschundenen und Vernachlässigten, die Ausgenutzten gewesen, die nur von der ÖVP betreut worden seien, während die SPÖ für die Bauern grundsätzlich ein rotes Tuch gewesen sei. Am liebsten würden die Bauern gar nicht wählen, wenn es nicht die Schwarzen, also die ÖVP geben würde, die man zur Verhinderung einer roten Regierung dringend bräuchte. Die Bauern hätten am liebsten gar keine Regierung, eigentlich auch keinen Staat. Niemanden, der ihnen in das Melken hineinreden wolle. Sollte es einmal, auch nur ein einziges Mal einen roten Gemeinderat oder gar Bürgermeister geben, man würde ihn „in einen Jauchewagen schmeißen und den Deckel zu machen".

Schweigen, gespannte Ruhe, Gänsehaut, Zweisamkeit. Nur die Kinder tuscheln. Was machen die zwei Männer da? Sitzen auf der Wiese und schauen zur Straße runter, zur Autobahn. Ohne Spielzeug sitzen, schauen und schweigen. Sitzen und Schweigen kann man sich als Kind nicht vorstellen. Kein Platz in den Kinderschädeln für Sitzen und Schweigen, gespannte Ruhe und Zweisamkeit.

Einer der Männer hantiert mit einer Thermoskanne und gießt zwei Plastikbecher voll. Der jüngere offenbar. Der ältere redet ab und zu, packt den jüngeren immer wieder am Unterarm, zeigt zur Straße. „Schau, der blaue! Schafft er nicht mehr, oder?! Na ja, wenn der bremst …, er bremst aus Mitleid, aber er bremst."

Was schert Kinder das Bremsen, wenn sie ohnehin versagen können, wie sie wollen? In Schöneberg wird kein Kind überfahren, ohne dass die Mutter mitsterben, sich auf jeden Fall vor alles werfen würde, allein schon, weil sie sich sonst nicht mehr blicken lassen könnte in der ganzen Gegend. Kein Kindergarten würde sie auch nur in die Nähe, kein Café mehr hineinlassen, von Bioläden ganz zu schweigen. Wie für die Wildsau die Ferkel, sind für die Mütter ihre Spielplatzkinder ein Fetisch, der um jeden Preis vor der Welt bewahrt werden müsse. Was für die Wildsau ein Instinkt, ist für Menschenmütter die Angst vor der Ächtung, dem sicheren Sozialtod. Sonst würden viel mehr Kinder unter die Räder kommen. Es ist ein Fürsorgegefängnis, in dem sie sitzen, bis sie alt genug sind. Bis dahin gibt es für sie kein Teilnehmen, höchstens ein Mittun, Hineinpfuschen. „Wenn ich irgendwann kein Stück Kind mehr bin", sagt Fritz, „überhaupt kein Stück mehr, glaub mir, ich bring' mich um".

Den Römern hätten wir den Verkehr zu verdanken, natürlich nicht den Griechen. Den Individualverkehr, bei dem man aufpassen müsse, sagt Fritz. „Man lernt zuerst, die eigene Position zu bestimmen. Abstand, Tempo, Beschleunigung, sich einfügen. Damit hört die Dummheit auf, Privatsache zu sein". Als wir schon im Auto sitzen und auf dem Weg zu ihm sind, leuchtet mir ein, was er heute über Ärzte gesagt hatte. Ich glaube ihm inzwischen, es muss ein Unglück gewesen sein, woraus er das Beste gemacht hat. Für Ärzte sei der Beruf ein Job, ein Fun-Sport, der mit Sinn gefüllt werden müsse. Im Unterschied zum Museumsaufseher, dem das bekannt ist, wenn er anfängt.

Während Motorradfahrer über Schanzen fahren und sich beim kleinsten Fehler das Genick brechen würden, trage der Mediziner kein Risiko. „Es sterben immer die anderen, wenn sie nicht Glück haben wie du. Sicher, meine Forschung war die wichtigste der letzten Jahrzehnte. War auch ein Sport, ein permanentes Schwammerlsuchen. Glück hatte ich, andere nicht. Epileptiker haben mich interessiert, weil sie nicht wissen, was sie anstellen, bevor sie wieder dasitzen und sich fragen, wo die blauen Flecken herkommen, die Brandblasen. Als Schauspieler sind sie nicht eitel, unterschätzen oft ihre Arbeit. Wenn sie wieder dasitzen, mit der Arbeit fertig sind, werden sie arrogant und lästig. Der Neurologe muss Dompteur und Agent sein, der vor Arbeitslosigkeit nicht zurückschreckt, wie ein Fußballtrainer jeden Tag vor die Tür gesetzt werden kann".

Die Psychiatrie habe er sich nicht zugetraut, bis ihm ein Epileptiker idiotisch und letztendlich schwachsinnig geworden ist. Er sei unter einen Lastwagen gekommen in Stanford, direkt vor seinen Augen. „Ein amerikanischer Lastwagen hat mich in die Psychiatrie gezwungen, mein Leben umgekrempelt, die *Ethischen Standards* überhaupt erst möglich gemacht. Ich bin ein Fußballer, der nur abstaubt, ohne Lastwagen wäre ich ein Nichts, selbst ein Patient. Ich würde Eichkatzen füttern. Mich hätten sie schon längst abgeholt, eingesperrt, weggesperrt, wenn ich nicht Fritz Pausenhofer wäre, Professor Fritz

Pausenhofer, Schaufensterneurologe, bestbezahlt, überbezahlt. Meine Wohnung viel zu groß, deine zu klein".

Er fängt wieder damit an, dass er abhängig sei von mir,
seine Unterärzte ein Haufen Sportler seien mit schlechten Manieren. Aus Sportlerfamilien meistens, in der dritten Generation. Vater Chirurgiesportler, Mutter Ortho-
pädiesportlerin. „Ekelhafte Sportlerinzucht. Wenn mein
Großvater nicht eine Messe hätte lesen lassen, wäre ich
nicht da. Stanford, ein Witz ohne Pausenhofer und umgekehrt. Das AKH in Wien, die Neurologie wäre längst
aufgelöst worden. Man werkelt und operiert vor sich hin
wie in einem Provinzkrankenhaus. Ohne Försterei und
Landwirtschaft bricht die ganze Medizin, die Literatur
zusammen". Eigentlich seien wir da, wo wir hingehören,
sagt Fritz und stellt den Porsche im Hof ab.

Er hätte auch in den USA bleiben oder den Hof seiner
Eltern übernehmen können. Das Angebot der Berliner
habe er nicht ablehnen können. „Wien ist mir zu heiß geworden, zu klein. Stockholm auch, zu gefährlich, zu brutal. Deshalb brauchen sie ja eine Monarchie, die Schweden. Ein bisschen Theater, Entertainment". Ohne
Zerstreuung werde man brutal, dabei hätten sie das Wi-
kingerische, auf das sie so stolz sind, längst vergessen.

Er habe das im Flugzeug von Wien nach San Francisco
aufgeschrieben und dann in Stanford einen Vortrag gehalten. Ohne Manuskript, wie immer. *Zerstreuung und
Brutalität – den Synapsen freien Lauf lassen* habe er das genannt, weil dort ohne Schlagzeilen nichts gehe, Zeitungen nur aus Überschriften bestünden. Vollgestopfte
Hörsäle, immer wenn er da sei. Einen Pausenhofervor-
trag müsse man gehört haben. Vom Frisör zum

Bürgermeister, Professoren mit Frau und Kind, Professorinnen vor allem. Dem Pausenhofer bei seinem Synapsenvortrag zuhören und danach seinen steirischen Zirbenschnaps probieren. Podiumsdiskussionen zu Zerstreuung und Brutalität, ein paar Stamperl Schnaps und wieder nach Hause. Autounfälle gäbe es in den USA nicht, sagt Fritz. Man könne sich mitten auf die Straße setzen. Das einzige Land der Welt, wo die Fahrbahn sicherer ist als der Gehsteig. „Du kannst deinen Nachbarn erschießen, wenn er dein Grundstück betritt, das schon".

Erwachsenwerden bedeutet auch Schweigen lernen, Mundhalten lernen, den Mut verlieren lernen. „Du hast's gut!", hat er gesagt. Ich kann mich nicht mehr erinnern, wo wir saßen. Ausfallstraße in Mahlsdorf, etwas abseits vom Burger King, wegen des Gestanks wahrscheinlich. „Du kannst den Leuten alles erzählen. Ich auch". Nur müsse er aufpassen, dass niemand zwei Vorträge hört, hintereinander vielleicht noch. „Herr Professor Pausenhofer, in Palo Alto haben Sie etwas ganz anderes gesagt. Ein Horror!, fatal! Die Kauffmann, New York Times, die Einzige, die das merkt".

„Und du? Alles nur erfunden, nicht ernst gemeint! Haut mir eine runter, wenn's sein muss. Fehler machen kennst du nicht, gibt es für dich nicht. Kunstfehler, Kunstausrutscher. Nur ein Witz, nicht so gemeint. Mohammedwitze. Wenn dir dann einer den Schädel abschneidet, sind sie alle entsetzt und erschüttert. Vom Bürgermeister zum Bundeskanzler, alle entsetzt. Und kommen noch zu deinem Begräbnis. „Unerschrocken" war er, „mutig", der Herr Schriftsteller! Ein Nichtsnutz!, sokratischer Faulpelz. Schreibblockade heißt das dann. Spielblockaden kann sich kein Fußballer leisten, nicht einmal ein

Schauspieler. Arbeitsblockade! Ein Faultier! Sich den Kopf kratzen zweimal die Woche! In den Zoo gehörst du und gefüttert, gemästet, wie die Eichkatzen!" Wenn er getrunken hat, kann ich mir immer was anhören. Kommt aber selten vor, dass er trinkt.

Manchmal müssen wir ins Unfallkrankenhaus. Wir melden uns gelegentlich als Zeugen. Wir wechseln uns ab, damit wir nicht so oft in den Protokollen auftauchen. Fairness, sagt Fritz, sei bei der Unfallbeobachtung oberstes Gebot. Dafür müsse man sich einsetzen. Eine falsche Schuldverteilung könne er nicht dulden.

Nach der Feuerwehr kommt die Polizei und sammelt Augenzeugen ein. Man sagt, dass der Brandstifter immer im Publikum steht, dem Funkenflug zuschaut, am lautesten klatscht. Ein Autounfall ist nur selten ein Unfall, sondern ein ganz normales Verbrechen. Die Polizei weiß das inzwischen auch.

Heute, sagt der Polizist, lernt man in der Schule alles über den klassischen Brand, ganze Kurse gibt es, Aufsätze werden geschrieben über den klassischen Autounfall. Ob sie gemacht werden oder passieren, ist nicht gleich ersichtlich. Zeugen sind da wie dort verdächtig.

Lastwagenfahrer, heißt es, seien immer schuld, weil sie die Stärkeren sind. Radfahrer nur dann, wenn sie Kinder und alte Leute umfahren. Es sei geradezu umgekehrt. Alte Leute und Fußgänger seien an fast allen Unfällen schuld. Sollten sie in einen verwickelt sein, tot oder lebendig, sie seien immer schuld. Dabei könne er nicht zuschauen. Vor allem den ukrainischen Lastwagenfahrern wird alles angehängt. Nicht gebremst, zu spät, zu früh.

Zu weit rechts oder links. Immer die ukrainischen, nicht die deutschen und die polnischen. Sollte kein Ukrainer dabei sein, sind die polnischen schuld. In Schweden sei das anders, ein Volvo sei nie schuld. Monarchiedemokraten eben, brutal durch und durch. Die Russen können froh sein, dass damals die Deutschen einmarschiert sind und nicht die Schweden. Stalingrad wäre keine Hürde gewesen, eine Bremse höchstens. „Das schwedische Selbstbewusstsein speist sich aus Stalingrad, wo sie nie waren. Aus der Wolga. Flüsse haben sie ja nicht".

Er müsse dann weg, Herr Krause sei pünktlich, seine Cholerik sei pathologisch, er selbst wisse das nicht, unterschätze das. „Herr Pausenhofer, Sie üben nicht! Nicht genug jedenfalls. Muss ich meine eigene Zither mitbringen, wenn Ihre Zither, Ihre sogenannte Zither völlig verstimmt ist? Selbst ich kann damit nicht spielen, Herr Pausenhofer! Ihr Hackbrett stimmen Sie und ich soll Sie mit dieser Zither begleiten?!" Der Ennstaler Landler, wunderbar normalerweise, die Perle österreichischer Alpenmusikalität, klinge, als würde er von einem Schweizer gespielt. Wenn man in den Alpen keine Kultur, Musikalität entwickelt, müsse man Schweizer sein, sagt er, davon sei er überzeugt. „Ihre Zither können Sie in Zürich auf einem Flohmarkt verkaufen, verschenken am besten! Sie erzählen mir, dass Sie jeden Tag mindestens eine Stunde üben, dabei brauche ich nur zur Tür hereinkommen und ich rieche, dass Sie nicht geübt haben! Ich brauche es nicht zu hören, ich rieche es, Herr Pausenhofer!" Ich weiß, dass Fritz jeden Tag übt. Wenn wir einen ordentlichen Unfall gesehen haben, sei er besonders zum Üben aufgelegt.

Gerhard

Gerhard sagt, er habe keine Lebensgeschichte, keine, die irgendwie relevant wäre. Seine Eltern seien in den Fünfzigern in die DDR gegangen. Den Sozialismus aufbauen, Friedensstaat, Arbeiter- und Bauernparadies. Er habe als Kind wenigstens nicht arbeiten müssen wie Fritz und nicht denken müssen wie ich. Das große Versprechen des Sozialismus sei es, ohne Arbeit und Denken glücklich zu werden, hätten die Eltern immer gesagt. Aufbauen würde man ihn erst müssen. Aufbauen.

Zuerst habe man Traktoren gebraucht, nach dem Krieg, um den Schutt und die Trümmer wegzuräumen, den die amerikanischen, französischen und englischen Nazis hinterlassen hätten. Die deutschen Nazis habe man gut brauchen können, die ausgezeichnete Traktoren schon fertig geplant in Schubladen gehabt hätten. Falls der Krieg denn verloren ginge, habe man immerhin schon ein zwei Traktoren zum Aufräumen vorbereitet. Ingenieure seien damals willkommen gewesen in jeder Branche. Neben Wohnhäusern wurden Gefängnisse gebraucht, keine Arbeitsämter wie im Westen. Auf Neurologen und Psychiater habe man verzichten können. Spinner und Epileptiker habe es damals nicht gegeben, weil die von den Traktorennazis sorgfältig ausgerottet, verbrannt worden wären, rechtzeitig. So schnell hätten die gar nicht nachwachsen können und deshalb seien die Traktorennazis nicht eingesperrt, sondern, im Gegenteil, gehegt und gepflegt worden. Voller Energie wären sie gewesen und bereit anzupacken. Bis in die Fünfziger hinein habe alles gefehlt, alles sei wegtransportiert worden von den Freunden, Brüdern und Schwestern im Osten, nur der Schutt nicht und

Traktorennazis hätten die russischen Freunde auch nicht brauchen können. Fast hätten es sich die Eltern noch überlegt und wären zurückgegangen, wie so viele damals, hätten sich das alles erspart, wie sie später selbst gesagt hätten. Und Gerhard wäre im Rheinland groß geworden, hätte Fritz und mich nie kennengelernt, hätte in Köln Karnevalsprinz oder sonstwas werden müssen. Auf jeden Fall eine Witzfigur. In Köln wäre er in eine Karnevalsposition, in Hamburg in eine Beamtenposition, mittlerer Dienst, und in Bayern mit Sicherheit in gar keine Position gekommen. Außer brav, zuverlässig und geschickt sei er ja nicht gewesen. Fritz habe so gut wie nichts, kein Potential jemals erkennen können, solang er sich erinnern könne, bis er auf Zuverlässigkeit gestoßen sei Ende der Neunzigerjahre. Später auf Gehorsam und Pragmatismus, der mir zum Beispiel völlig fremd war, bevor ich im Museum angefangen habe. Ein ostdeutscher Zwangspragmatismus freilich, ein völlig von Gerhard unabhängig gewachsener Pragmatismus, den man dringend gebraucht habe, um nicht durchzudrehen wie viele andere seiner Generation. In irgendeiner Weise privilegiert sei er ja nicht gewesen, wie man hätte meinen können. Dass seine Eltern überhaupt und ganz freiwillig in eine Wüste gekommen und zu allem bereit gewesen seien, habe man ja nicht etwa geschätzt. Im Gegenteil, es würde einem etwas geboten, hieß es immer.

Ein Bewusstsein, zum Besten zu gehören was vorstellbar sei. Antifaschismus sei ihnen angesteckt worden, Bänder und Auszeichnungen, Urkunden auf russischem Papier, handgeschrieben von sogenannten Schreibnazis, die keine Ingenieure waren, keine Traktoren aus den Schubladen hätten ziehen können. Ein besseres Gewissen, das allerbeste Gewissen habe man seinen Eltern in Aussicht gestellt, was nicht zu unterschätzen gewesen sei zu dieser Zeit.

Im letzten Jahr, es sei der zweite Adventsonntag gewesen, das wisse er noch ganz genau, sei er aus seinem Rollstuhl aufgestanden, in die Küche gegangen und habe sich eine Eierspeise gemacht. Er sei noch nicht mit dem Essen fertig gewesen, als ihm mit einem Schlag bewusst geworden sei, dass es einen Gott geben müsse. Fritz hat mich damals angerufen in der Früh. „Stell dir vor, stell dir vor, der Gerhard!"

Da ich Gerhard überhaupt noch nie stehend gesehen hatte, war ich entsprechend gespannt. Von den wenigen Besuchen bei ihm zu Hause war mir nur der Kamillentee in Erinnerung und dass ich mich immer gewundert habe, warum ihm Fritz zweimal in der Woche eine rumänische Putzfrau vorbeischickte. Rumänische Putzfrauen sind für ihre Sorgfältigkeit und den Arbeitseifer bekannt, der von polnischen oder gar deutschen im Leben nie erwartet werden kann. Und trotzdem habe ich noch nie so einen Saustall gesehen. Wie ist es möglich, dachte ich, vom Rollstuhl aus so einen Saustall anzurichten?

Von Fritz habe ich nie auch nur ein schlechtes Wort über Gerhard gehört. Es muss Dankbarkeit sein, dachte ich. Angst vielleicht noch. Wovor? Dass Gerhard die Putzfrau so gut wie nie in die Wohnung gelassen habe, sei ihm bekannt gewesen, er habe sie trotzdem bezahlt. Natürlich sind wir noch am selben Tag zu Gerhard gefahren. Schon im Stiegenhaus roch es nach verbranntem Rollstuhl. Er tat so, als wäre nichts passiert, seine Wohnung war wie immer ein Saustall. Er wisse, sagte er in einem sachlichen, fast gleichgültigen Ton, dass es sich um kein Wunder im klassischen Sinn handeln würde, trotzdem sei ihm danach, „irgendwem irgendwas" zurückzugeben. Am liebsten denjenigen, die es nicht verdient hätten. Darüber habe er die längste Zeit nachgedacht. Unfälle seien immer unverdient. Alles, was mit *Un* anfange, sei grundsätzlich unverdient. Er zitierte noch einiges falsch Verstandenes aus der Bibel, während Fritz verständnisvoll nickte.

Seine Frau, so Fritz, sei schon bevor ich Gerhard kennengelernt hätte, davongelaufen. Dafür habe Gerhard heute „vollstes Verständnis". Einmal habe er ihr den viel zu heißen Kamillentee ins Gesicht geschüttet. Ein Wunder sei es gewesen, dass sie in nicht umgebracht habe. Er sei jetzt ein anderer Mensch, sagte er, ein völlig anderer Mensch.

Die Fahrt nach Hause war ein einziger Umweg. Wir haben vergessen, wo wir wohnten und was jetzt zu tun war. Ich musste an Sultan und seine Frau denken, das Luder aus Ghana, und ihre verdammten Spielschulden. Mit meiner Geschichte bin ich steckengeblieben und Alternativen waren nicht in Aussicht. Obwohl sich ein Licht am Horizont abgezeichnet hat, als Fritz abgebogen und in Richtung Messegelände gefahren ist. Umso schmerzhafter war es, die untergehende Sonne als Urheberin erkennen zu müssen. Auf der Suche nach Optimismus, das wusste ich vom S-Bahnfahren, darf ich nicht mit dem Wetter spekulieren. Zum Glück bin ich beim Einbiegen in die Bismarckstraße auf die Kreuzberger gekommen. Das Elend der anderen, dachte ich, wenn es mir im Cabrio um die Ohren pfeift, taugt zwar nicht als Inspiration, aber immerhin als Trost. Der Kollege in der

Besenkammer könnte der Sohn eines antiquarischen Buchhändlers gewesen sein, alt geworden mit der Postille, die es heute noch gibt.

Fritz sei gerade dabei gewesen, sich in Berlin einzuarbeiten und jeder Schritt aus dem Chefarztzimmer heraus, sei eine Expedition gewesen. Wenn er an der Bananenstaude vorbei in die Küche redet, immer wieder aus dem Fenster schaut, zu den Sportwettenlokalen, den Copy-Shops hinüber, fällt ihm die erste Berliner Zeit ein. Seine „frühen Berliner Tage", wie er sie gelegentlich nennt, von Nostalgie umwabert, die an der Bananenstaude vorbei sofort in eine Melancholie hineinführt, unmittelbar, unausweichlich. Eine Welt, die sich von der jetzigen gravierend unterscheide. Das Gewäsch von der guten alten Zeit lasse ich ihm nicht durchgehen und mache mir trotzdem Notizen. Die sogenannte „erste Berliner Zeit" habe er ohne mich völlig entspannt erlebt. Ich nenne es „aufs Lächerlichste verklärt", ohne es ihm ins Gesicht zu sagen, und heuchle Verständnis. Dass man sich als Homosexueller das Altwerden nicht leisten kann, ist mir nicht fremd.

Eine neue Welt habe er betreten damals, erforscht, mit jedem Schritt in der Klinik, die als Irrenhaus gebaut wurde im zwanzigsten Jahrhundert. Hier würde er gut arbeiten können, wirken habe er gedacht. Was ihn von Anfang an beeindruckt habe, sei die Anlage gewesen. Alles wohlüberlegt, zweckmäßig. Die ganzen Abteilungen seien durch ein unübersichtliches Gängesystem miteinander verbunden gewesen. Zudem habe es sogenannte Blindfahrstühle gegeben, die nirgendwo hingeführt hätten. Das sei in den Irrenanstalten des neunzehnten Jahrhunderts durchaus üblich gewesen. Während die Epileptiker zumeist bald herausgefunden hätten, wie man aus den gefängnisähnlichen Häusern herauskommt, hätten zumindest die Schwachsinnigen an der Flucht gehindert werden müssen. Die waren zwar meistens harmlos, aber sehr schlecht wieder einzufangen. Die Eichkatzenplage auf dem Gelände des Königin-Elisabeth-Krankenhauses sei damals noch kein Thema gewesen, obwohl die Patienten, allen voran die Spinner, die von ihren epileptischen Kollegen immer wieder einmal hätten herausgeschmuggelt werden können, längst dabei gewesen seien, das Fundament für die heutigen Auswüchse zu legen. So manche Vorkehrungen zur Verhinderung von Fluchten hätten sich bis heute bewährt. Außerdem kann die Charité heute für sich in Anspruch nehmen, dem Euthanasieprogramm der Nationalsozialisten erfolgreich entgegengetreten zu sein. So hätten in den Katakomben und Labyrinthen sämtliche Insassen, dem Zugriff der Schergen entzogen werden können. Wenn Fritz das Wort Euthanasie höre, werde ihm schon schlecht. „Der Wert des Menschen, lebensunwert, welches Leben, wessen Leben?"

Die Leichenwäscherei, wie die Räumlichkeiten im Untergeschoss genannt wurden, sind damals nur dem Hausmeister und dem Chefarzt bekannt gewesen. Die unmittelbar an die Arbeitsräume angrenzenden feuchten Kammern werden noch heute für besonders aufsässige Patienten als zeitweilige Aufenthaltsräume, genutzt. Ich bin selbst dort eingesessen, weil ich fast täglich meine schwachsinnigen Freunde hinaus- und wieder hereingeschmuggelt habe. Zeitweilige Aufenthaltsräume! „Bringen Sie ihn ins ZAR!", hieß es immer, „ins ZAR!". „Zwei Tage ZAR!" Sicher, es wäre naiv zu glauben, dass man die Handhabung derart schwieriger Fälle anders hätte bewerkstelligen können. Die in der Anschaffung und Wartung relativ teuren Gummizellen sind erst später zur Standardeinrichtung geworden. Fritz war immer ein strikter Verfechter eines strengen Regiments, was die Behandlung seiner Patienten betrifft. Spinner und Epileptiker dürften nicht zu Empfängern von Fürsorge und Betreuung, nicht zu Vieh gemacht werden. Sie seien so krank wie es sich gehöre, wie es nötig sei, nur eben anders, wie er sagt. Genau dieser Ansatz sei für die Fachleute immer anstößig gewesen, hätte Fritz so gut wie alles kosten können, habe ihn zum Querulanten und zur Hassfigur gemacht, zumal er immer der Vorgesetzte, die Koryphäe war, nicht aus Sportlerfamilien stammte, wo der Arztkittel mitvererbt wird.

Lange vor meinem ersten Klinikaufenthalt, so Fritz, seien drei Ärzte aus der Neurologischen sowie ein Radiologe verschwunden. Die von der hiesigen Schmutzpresse hemmungslos ausgeweideten und hinaufgespielten Fälle hätten damals niemandem mehr geschadet, als der Schmutzpresse selbst. Fritz sei damals schon routiniert mit der Hauptstadtpresse umgegangen. In Stockholm habe er solche Auftritte oft nicht vermeiden können, habe den Zustand des Königs kommentieren müssen. Der dortige Boulevard sei wenigstens ein professioneller Gegner gewesen, er habe es mit journalistischen Gemeinheiten zu tun gehabt, während er in Berlin nur dilettantische Kampagnen erlebt habe, die an den kleinsten Hindernissen abgeprallt seien. Er als Chefarzt der Neurologischen sei oft das erste Hindernis gewesen, warum auch immer. Der Bürgermeister habe in Berlin keinerlei Einfluss auf die Geschicke des unkontrollierbaren

Molochs. Vergleichbar nur mit dem Landeshegemeister, der mit dem Wildschweinbestand seit Jahrzehnten überfordert sei. Das größte Problem neben den Wildschweinen seien zu dieser Zeit die auf den Straßen herumstreunenden Spinner gewesen. Da dürfe man sich nicht wundern als Chefarzt der Neurologischen, der noch dazu die Psychische unter sich habe, wenn man die Zielscheibe der Schmutzmedien sei. Die beiden Stationen zusammenzuführen, sie überhaupt zusammen zu denken sei vor allem Professor Wirnsberger zuzuschreiben, der als erster die *Ethischen Standards* gelesen und verstanden habe. Er, Fritz, sei in Wien nur ins gemachte Bett gestiegen, was die klinische Praxis betroffen habe.

Als einzig Überlebender habe er jetzt seinen Prominentenstatus auszubaden, den Koryphäentitel, der ihm längst auf die Nerven gehe, als Rucksack mit sich herumzutragen und habe sich permanent dem Boulevard als Schmutzschild vor den Bürgermeister zu stellen.

Die in den frühen Neunzigerjahren aufgekommenen Schmierblätter seien ausschließlich für den ostdeutschen Markt bestimmt gewesen und hätten sich weder um den Inhalt, noch um die Form kümmern müssen, seien nur zum Verkaufen, nicht zum Lesen produziert worden. Jeder, der einen zusammenhängenden Text habe verfassen können, sei damals in den Redaktionen willkommen gewesen, habe oft nicht einmal einen Schreibtisch zugeteilt gekriegt. Wie auf Schulbänken seien die Leute gesessen und hätten das niederträchtige Geschwätz der Nachbarn abgeschrieben. Für einen Kilopreis habe man damals seine Artikel abgeliefert, für die man sich in der *Kronen Zeitung* oder der *Expressen* geschämt hätte.

Ein Trauerspiel sei es, wenn in den Hauptstadtredaktionen nur faule Trottel herumsitzen, die jede Kleinigkeit mit der Mistschaufel zusammenkehren und auf ihre Titelseiten hinaufschmieren, nur auf ihn eindreschen würden, während er gleichzeitig seine unfähigen Unterärzte zu dressieren habe. Als Prominenter habe man in erster Linie mit seiner Prominenz zu kämpfen. Spätestens in Stockholm sei er zur Prominenz verurteilt worden, weil er den König nicht nur behandelt, sondern auch vor seiner Familie geschützt habe. Neurologie sei ohne Ethik bloße Orthopädie, reiner Internismus, gegen den er sich schon in Stanford gewehrt habe. Internismus und Chirurgie kämen ganz ohne Ethik aus, Zahnärzte könnten aus dem Behandlungszimmer direkt auf den Tennisplatz gehen, während Psychiater und Neurologen sich nur in den Porsche setzen und davonfahren, vor der Ethik flüchten könnten, die sie immer wieder einhole. Die Neurologie könne man nicht ausziehen wie einen Arztkittel.

Wenn er sich an den Frühstückstisch setze, müsse er in die Kaffeetasse hineinriechen und Angst haben, dass Ethik drin wäre, er schon in der Früh Prominenz trinken würde. Unter ferner liefen habe man den Bürgermeister in der Zeitung finden können, ein ausgerutschter Assistenzneurologe sei einem an jedem Kiosk ins Gesicht gesprungen. Die Krankenschwestern seien schon zusammengezuckt, wenn ein Patient anstatt mit fünfundneunzig schon mit fünfundachtzig gestorben wäre, weil sie erfahrungsgemäß sofort von der Polizei abgeführt, in Verwahrung genommen, stundenlang verhört und von der Schmutzpresse zu sogenannten Todesengeln geschrieben worden wären. Der Neurologe, wie Fritz mir versichert, könne noch so viele Epileptiker auf dem

Gewissen haben, der Schmutzleser interessiere sich erst dann für den Tod, wenn der längst pensionierte Chefarzt der Charité an einem Herzinfarkt sterben würde. Ablebt, heißt es dann. „Von uns gegangen" seien nur Psychiater und Neurologen, während Bürgermeister einfach verschwunden seien, gestorben wie ein Hund. Er müsse an Wien denken, wo das AKH längst *Alfons-Wirnsberger-Krankenhaus* heiße und Professor Wirnsberger auf einem Ölbild in der Aula hänge, kaum zu erkennen übrigens.

Als die drei Ärzte dann vergessen worden seien, die Tragödie dann zu Ende gewesen sei, habe es wirklich einen tragischen Unfall gegeben, von dem mir Gerhard nichts erzählt hat.

Dieser sei auf dem glitschigen Boden der sogenannten Leichenwaschstraße ausgerutscht und mit einem siebzig Kilo schweren Leichenstück auf der Schulter rückwärts in das Stiegenhaus hineingestürzt. Weil auf den Röntgenbildern keinerlei Knochenverletzungen zu erkennen gewesen seien, er aber nur noch die Augen habe bewegen können, habe man ihn zu Fritz in die Neurologie überstellt. Aufgrund mehrerer Verklemmungen der wichtigsten Nervenstränge entlang der Wirbelsäule bis in den linken Schläfenlappen hinein, so die damalige Expertise, würde Gerhard wohl nie wieder auch nur einen Zentimeter aus dem Rollstuhl herauskommen. Zudem hätten langfristige neuronale Komplikationen nicht ausgeschlossen werden können.

Gerhard habe jahrelang nicht nur die Putzfrau nie hereingelassen, sondern auch, wie man es von alten Leuten und Hitchcock-Filmen kennt, dauernd aus dem Fenster geschaut. Wo früher eine Eckkneipe gewesen sei, habe auf einmal ein Eckfriseurgeschäft aufgemacht. Der Eckfriseur habe einen aufgedrehten, eingeschmierten Schnauzbart gehabt, den er seinen Kunden habe aufschwatzen wollen. Die Zeit für solche Geschmacklosigkeiten werde bald vorbeigehen und es würden andere Haarschweinereien kommen, habe Gerhard gedacht. „Der Eckfriseur wird das aber nicht mehr erleben", das habe er im Gefühl gehabt. Eine Gruppe ihm unbekannter Herren hätte sich irgendwann vor dem Geschäft getroffen, eigentlich sei es ein Mob gewesen. Einige Eckkneipengäste habe er dann wohl erkannt an ihren roten Köpfen, dem unsicheren Gang, wie er nur bei Kneipengästen zu beobachten ist. Kurz vor dem Zusperren hätten sie den Laden betreten und die großen Fenster mit Stoff abgehängt, den sie kurz vorher in großen Ballen aus einem Bus geladen und hineingetragen hätten. Gerhard habe Schlimmes befürchtet, Schlimmstes, wie er sagt. Es gäbe Dinge, die über einer Moral, über dem Gesetz stünden, etwas, das ein Gesetz und eine Moral nicht vorsehen könnten. Jedenfalls habe er gesehen, dass das Licht nach dem Fensterabhängen wieder eingeschaltet worden sei. Geräusche habe er nicht gehört von da oben, aber der eine oder andere Passant sei irritiert gewesen, habe sich umgedreht und den Kopf geschüttelt. Am nächsten Morgen habe der Eckfriseur nicht aufgemacht und eine Menschentraube habe sich gebildet auf dem Gehsteig. Die Fenster seien noch immer abgehängt gewesen und die Leute immer unruhiger geworden. Gerhard habe dann die Polizei gehört und sich einen Kamillentee gekocht. Wieder zurück am Fenster, habe er gesehen, wie Fenster eingeschlagen worden, einige Polizisten hineingestiegen seien und die Tür aufgemacht hätten. Es seien die Leute verscheucht worden und kurz danach habe er nicht etwa einen Notarztwagen gesehen, sondern einen schwarzen Mercedes-Kombi, der im Halteverbot vor den Polizisten stehen geblieben sei. Schau, schau!, habe er sich gesagt und sich noch einen Kamillentee geholt. Dann sei eine längliche Truhe herausgetragen und in den Mercedes geschoben worden. Den Rest habe er dann im Fernsehen gesehen und im *Berliner Kurier* lesen können, der ihm am nächsten Morgen vom Nachbarn gebracht worden sei. Ob denn jemand was gesehen habe, stand drin und dass die Polizei Zeugen suchen würde.

Die Beamten hätten ihn am Nachmittag besucht und ihm einige Fotos gezeigt. Es sei nicht schön gewesen, was Gerhard gesehen habe. Das Gesicht seiner Frau, nachdem er ihr den Kamillentee ins Gesicht geschüttet habe, sei nichts dagegen gewesen.

Der Eckfriseur sei an seinem Bart aufgehängt worden, habe es geheißen, was auch gut zu sehen gewesen sei. Dabei sei die Haut schon dreißig Zentimeter vom Gesicht abgezogen und der Hals schon ganz rot und aufgerissen gewesen. Sonst habe man kaum äußerliche Verletzungen gesehen, was ihn an seinen eigenen Sturz damals in der Wäscherei erinnert habe. Traktiert oder geschlagen habe man ihn nicht können, das hätten erste Untersuchungen ergeben. Gerhard habe nur ein paar Männer gesehen, die mit Stoffballen am letzten Abend kurz vor Ladenschluss hineingegangen seien. Die Männer seien früher regelmäßig in die Eckkneipe gekommen.

Fritz und ich haben Gerhard schon ein paar Tage später zur Polizei gebracht, wo er hinter einer Glaswand zehn, zwanzig Männer verglichen und fünf eindeutig wiedererkannt hat. Besonders ernst wurde seine Aussage nicht genommen, wegen der Entfernung, aber bald haben die Männer gestanden.

Der Eckfriseur, sagt Gerhard heute noch, hätte das schon ein bisschen verdient, hätte es sich selbst zuzuschreiben gehabt. Die Eckkneipe, überhaupt alle Eckkneipen sind damals Institutionen gewesen, wie in Wien der Würstelstand. Hätte man den Menschen ihre Eckkneipe, ihren Würstelstand weggenommen damals, hätte man ihnen ihr Leben weggenommen, den Lebensinhalt. Es sei ein Amerikaner gewesen, der in seinem Haus gewohnt und im Hof niemanden gegrüßt habe. Solche Leute wolle man hier nicht, das hätten Nachbarn die ganze Zeit schon gesagt. Die Nachbarn habe sein Verschwinden überhaupt nicht gestört, vermisst habe ihn niemand. Sein Bart allein hätte „viel früher schon verboten gehört".

Er wisse noch immer nicht, wohin mit seiner Dankbarkeit. So aus dem Nichts heraus einfach den Rollstuhl stehen lassen können, letztendlich auch den immergleichen Tagestrott hinter sich lassen können, sei nicht mehr geplant, nicht mehr in Aussicht gewesen. Das Gehen habe er nicht vergessen, obwohl die Muskulatur inzwischen völlig verkümmert sei. Die paar Schritte in die Küche würden ihm anstrengend vorkommen. Der Griff nach dem Pfeffer, das Verrühren der Eier habe ihn fast aus dem Gleichgewicht gebracht, sei aber letztlich kein Problem gewesen. Sein Oberkörper, die Schultern waren überdimensioniert vom Rollstuhlfahren, die Fortbewegung ist darauf angewiesen, dass der Oberkörper funktioniert. Der sei über die Jahre aus der Verklemmung aufgewacht, jeden Tag ein Stück besser geworden. Von der Hüfte abwärts habe sich aber nichts getan, im Gegenteil. Das Balancieren, die Eleganz des Dahinschreitens habe

er zuerst an seiner Frau, dann auch an der Putzfrau bewundert, die er fast nie hereingelassen habe. Und wenn,
dann nur, um sie beim Balancieren zu beobachten. Die
Frauen, dachte er, hätten es ja noch schwerer bei dem Ge-
wicht, das ganz anders verteilt sei, zumeist wenigstens.
Die Geschicklichkeit, mit der sie sich durch die Wohnung
bewegt hätten, alle möglichen Dinge in der Hand, Kamil-
lenteekannen, Staubsauger. Beneidet habe er sie. Fritz
und ich haben ihn immer auf dem Laufenden gehalten.
Der Fernseher, die Zeitungen seien ihm über die Jahre
langweilig geworden. Das Immergleiche, der Stumpfsinn seien ihm auf die Nerven gegangen. Deshalb habe
er sich das Fenster ausgesucht, dem er von Anfang an
vertraut habe. Das Radio habe er noch gelten lassen eine
Zeit lang, bis ihm die Bilder doch gefehlt hätten. Das
Schattseitenfenster habe ihm nur das Radio ersetzt, weil
der Baum die Sicht verstellt habe. Vom straßenseitigen
Fenster sei zumindest die Kreuzung bis zum Eckfriseur
hinüber einsehbar gewesen. Er habe immer auf Dinge geachtet, die im Fernsehen völlig vernachlässigt worden
seien. Die Mode zum Beispiel. Er sei erschrocken gewesen, plötzlich jemanden mit diesen roten Turnschuhen
um die Ecke kommen zu sehen. „Ein erwachsener
Mann!", er könne sich ganz genau erinnern, der als einer
der ersten dem Eckfriseur aufgesessen sei damals, und
noch immer seinen aufgedrehten Schnauzbart tragen
würde.

Im Bereich Sankt Michael in der Steiermark ist ein viel zu
alter Bauer in verkehrter Richtung auf die Autobahn gefahren. Ich lese das Fritz vor, als er seinen Porsche am
Messegelände abstellt und wir mit der Kühltasche in
Richtung Stadtautobahn unterwegs sind. Die Decke ist

noch warm von der Sonnenallee, wo wir zwar keinen Unfall, sondern eine Messerstecherei gesehen haben. „Es herbst'lt", meint er nur, „kein Wunder, dass die Leute zu spinnen anfangen". Verkehrsnachrichten aus der Steiermark seien ja um Klassen, um Längen spannender als das hier, und er zeigt gelangweilt um sich. Am Land passiere viel Interessanteres, nur eben zu selten an einer Stelle. Abwechslung brauche es aber, um nicht abzustumpfen. Dass der Bauer fast meinen Bruder umgebracht hätte, bringt Fritz mit einem Schlag aus dem Konzept und er muss sich hinsetzen. Ganz weiß wird er schnell, rot so gut wie nie. Ein Wahnsinnsglück hat er gehabt, mein Bruder in seinem Volvo. Natürlich ist dem alten Bauern nichts passiert. „Wie immer, wie immer!" Das sei ja das Entsetzliche, dass es fast immer die anderen träfe, nicht den Schuldigen. Die Geisterfahrer kämen immer gut weg, man weiß bis heute nicht warum. Beim Vorfahrtnehmen sei es ähnlich, wenn auch die Umstände fast gänzlich andere seien. Dort seien die alleinerziehenden Mütter das Hauptproblem. Wenn die Kinder am Rücksitz nicht mehr anders können, als die süßliche und allein schon deshalb gefährliche Babymilch der Mutter über die Schulter zu erbrechen, kann sie noch so sehr stehenbleiben wollen, es reicht nicht mehr. Da sind schon längst Bauern und Radfahrer in die Motorhaube gekracht, der Bauer natürlich unverletzt, der Radfahrer tot oder im Sterben. Das ist in den kleinen Nebenstraßen in meinem Bezirk die Regel, wo man die Seitenstraßen nicht von den Ausfahrten unterscheiden kann. Deshalb ist es über die Süßlichkeit der Babymilch im Rathaus längst zu Streitereien gekommen, die jetzt schon Jahre andauern. Die Messerstechereien in der Sonnenallee können gar nicht so viele Todesopfer fordern wie die süßliche

Babymilch, die, wenn sie mit Apfel- oder Pfirsicharomen versetzt ist, noch um vieles gefährlicher ist.

Kurz vor der Dämmerung ist die Chance groß, zumindest noch einen Auffahrunfall zu sehen, die Eintönigkeit des Wartens ist mit nichts zu vergleichen. Wir fahren also nach Charlottenburg. „Da drüben bist du ja immer mit deiner großartigen Freundin", er zeigt hinüber zur Deutschen Oper. „Den Mist anhören, der niemanden interessiert. Ausverkauft heißt es immer". Dabei interessiere das kein Schwein, was da aufgeführt würde.

Herr Krause tut ihm nicht gut auf Dauer. Mit seinen Ennstaler Landlern hat er Fritz alles ausgetrieben. Fritz spricht von einer Obsession, einem Kitzbüheltrauma, das Herr Krause nie hat behandeln lassen, von einem Landlerwahn, den er ihm nicht mehr lange durchgehen lasse.

Gerhard hat man endlich die Physiotherapie genehmigt. Der Betriebswirt hat sich erweichen lassen, in Wirklichkeit ist er vor Fritz eingebrochen, dem Herrn Professor, wie er sagt. Der Oberschenkelumfang sei mit fünfunddreißig Zentimeter indiskutabel und Krankenkassen fürchten die unvermeidbaren Folgeunfälle.

Gehenkönnen sei inzwischen Menschenrecht in Deutschland, während bis in die Fünfzigerjahre hinein das Gehenkönnen Menschenpflicht gewesen sei. Das Deutsche Medizinalgesetz wäre in den Dreißigern für die Volkszucht von größter Wichtigkeit und bei der hysterischen, übereilten Ausarbeitung des Grundgesetzes einfach vergessen worden. Einfach vergessen! Vom „hysterischen Grundgesetz" hat man in der Zunft noch lange gesprochen, sagt Fritz, noch lange habe man die nationalsozialistischen Medizinalparagrafen hochgehalten. Wegweisend nennt man sie bis heute. Fritz könne sich mit seinen *Ethischen Standards* den Hintern abwischen, wurde ihm vom Primarius in der Charité gesagt, als Fritz ihnen allen vorgesetzt worden ist, damals. Wegweisendes, richtig Wegweisendes wäre damals mit den Medizinalparagrafen geschaffen worden. Allein habe man ihn zuerst in der Kantine sitzen lassen, bis sie alle gekrochen gekommen seien, die von Donnersbach und ihre Bagage, die Fritz bald nur noch Unterärzte nannte.

Im Museum ist es nicht erwünscht, sich auszukennen. Wo ich arbeite, ist es besser, keine Ahnung von dem zu haben, was einen umgibt. Je mehr man weiß, desto weniger wird es geschätzt. „Du stehst wie ein Belastungszeuge vor dem Angeklagten", lacht Fritz. Ein Wort zu viel gesagt und du wirst angespuckt. Manchmal denke er daran, wenn er ein EEG auswerte. „Warum habe ich nicht keine Ahnung von dem Zeug, den Papieren, die da herauskommen, mit den Ausschlägen, den Kurven? Ich könnte nach Hause gehen und Hackbrettspielen". Das wirklich Wichtige im Leben lasse man als Arzt hintenanstehen. Man wird gut bezahlt, damit man das Wichtige verkümmern lasse. Als Kind kriege man doch immer eingeprügelt, man solle doch was Ordentliches lernen. Egal, was, ordentlich müsse es sein. Ob man in der DDR groß wird oder in der Steiermark.

Nur dass man in der DDR noch so sehr ordentlich hat lernen können, es ist letztendlich völlig egal gewesen. Man ist hineingewürfelt worden in sein Leben. Ausgependelt ist das dort worden. Die Zukunft ausgependelt, ausgerechnet. Irgendwo hineingestopft ist man worden, wo etwas zu wenig, ein Loch frei gewesen ist. Der

Parteisekretär war nur dazu da, irgendwelche Löcher zu stopfen.

Gerhard habe Bauingenieur gelernt in Ostberlin und sei letztendlich Melker im Bezirk Cottbus geworden, nachdem die Dachdecker zur Gänze nach Karl-Marx-Stadt verschoben und die Traktoristen auf die Oberlausitz verteilt worden seien. Während die Frisöre in Zwickau in den Gaststätten nur Frisöre angetroffen und in den Kegelvereinsräumen Elektriker frisiert hätten, seien die Rostocker Kellner auf Rasierklingen aus dem Westen angewiesen gewesen, die in den Intershops nur gegen Devisen erhältlich und für den Melker in Cottbus praktisch unbezahlbar gewesen seien. Wenn sich die Sekretäre verrechnet hätten beim Verschieben, beim Stopfen der sogenannten Branchenlöcher, habe es in den überfüllten Zeltlagern auf einer Stadtbrache in Halle-Neustadt, wo die Berliner Bauingenieure auf ihren Einsatz in Gera wochenlang gewartet hätten, Jahr für Jahr Übergriffe auf Frisöre gegeben, die gegen tschechische Kronen Kabel gelegt und Steckdosen verbaut hätten. Als Melker, so Gerhard, sei er als privilegiert angesehen worden, was er lange nicht bemerkt habe, bis er in Zwickau von zwei alkoholisierten Elektrikern beschimpft und angespuckt worden sei.

Volkseigene Betriebe wurden zumeist nach Anarchisten und Verbrechern benannt, die sich in den Dreißigerjahren bei der Ausrottung ukrainischer Bauern hervorgetan hatten. Die Städte und volkseigenen Betriebe haben umbenannt werden müssen, wenn sich herausgestellt hat, dass der volkseigene Held letztlich das Volk dezimiert, den ehemaligen Eigentümer des volkseigenen Betriebes brutal ausgerottet hat. Eisenhüttenstadt, wo Herr Krause noch immer wohnt, hieß auch Stalinstadt, bis Stalin im 53er-Jahr gestorben, noch am selben Tag in Ungnade gefallen und zum Verbrecher erklärt wurde, einem Menschheitsverbrecher, wie es hieß.

Das sei, da sind sich Herr Krause und Gerhard einig, ohnehin Geschichte, ohnehin alles bekannt und in tausenden Büchern und Fernsehdokumentationen breitgetreten. Das Lästige an der Deutschen Geschichte sei ja, dass immer soviel Dreck darin vorkomme, wofür man sich gefälligst zu schämen habe, so viele Absurditäten Gott sei Dank auch, über die man lachen könne.

Er sei Neurologe, betont Fritz immer, Neurologe, Psychiater und nicht Kollege. „Chef, von mir aus, aber kein Kollege. Ich gehe mit den Spinnern, den Schwachsinnigen Kaffeetrinken, am liebsten aber mit Epileptikern, die ab und zu ihre Ausfälle haben, dann aber wieder die Sympathischsten sein können, die Scharfsinnigsten, bis zum nächsten Ausfall".

Das habe ihn damals überhaupt zur Neurologie, zur Psychiatrie gebracht. Was sind das für Leute?, die Epileptiker, die Akteure und Zuschauer zugleich seien. Zuerst machten sie ein Spektakel, dass man zusammenschrickt, nervös würde, Angst kriege, ob sie da überhaupt wieder lebend herauskommen würden. Völlig unschuldig seien die, unverschämt unschuldig an dem Theater, dem Schauspiel, das sie veranstalten. Und sehen sie dann einen Kollegen überschnappen, würden sie selbst zusammenschrecken und nervös werden, als hätten sie keine Ahnung davon, wie man das spiele. „Wie wenn du in den Spiegel schaust und dich nicht erkennst, keine Ahnung hast, wer da steht und herausschaut". Nähme man ihnen die Medikamente weg, würden sie nach kürzester Zeit vertrotteln. Die ganzen Anfälle würden das Hirn verschleißen, brächten die Synapsen zum Platzen, die Adern. Abgesehen davon würden sie sich die Muskeln und die Haut aufreiben, die Zungen abbeißen und in den U-Bahnen die Kinder erschrecken, die auf Jahre hinaus traumatisiert seien. Nicht umsonst würden sich die Epileptiker zumeist als sogenannte Künstler und Nichtsnutze durchs Leben treiben, würden Präsidenten, Diktatoren, stinkreich oder obdachlos. Für anderes seien sie nicht zu gebrauchen. Busfahrer und Bauarbeiter dürften sie nicht werden, ganz zu schweigen von Feuerwehrleuten und Lehrern. Deshalb fände man auch kaum fähige Leute in diesen Berufen. Schauspieler könnten sie auch nicht werden, Schriftsteller schon. Dort, wo sie funktionieren müssten, könnten sie nicht existieren, es müssten Biotope sein, wie es Aulandschaften für die meisten Tiere seien. Zumeist fehle ihnen auch jegliches Einfühlungsvermögen. Sie würden nicht verstehen, warum man ein Theaterstück hundertmal spielen und immer noch Zuschauer finden könne. Von Wirklichkeit hätten sie keine Ahnung, verstünden ihre Zuschauer nicht. Lampenfieber würden sie nicht kennen, keine Schweißausbrüche, die immer nur die anderen hätten. Epileptiker würden nur die Abläufe stören, sich mit sich selbst nicht auskennen, wüssten nicht, wovon sie reden. Und wenn sie irgendwann doch reden würden, würden sie frech. Deshalb habe man immer versucht, diese Menschen auszurotten, ganze Ausrottungsmaschinerien seien eingeschaltet worden, nur um sie loszuwerden. Unkraut seien sie gewesen und würden es immer sein. Während ein Idiot in aller Ruhe Idiot sein dürfe, ein Schwachsinniger schwachsinnig bis zum Gehtnichtmehr, könne der

Epileptiker nur auf Verständnis hoffen, er hoffe die meiste Zeit, hoffe vor sich hin in seiner permanenten Angewiesenheit.

Über das Hirn zu reden sei das Eine und das Verstehen das Andere. Die Hirnforschung unterscheide sich von allen anderen Forschungen allein schon dadurch, dass sie gar nicht wisse, womit sie es zu tun habe. Hochspekulativ sei das Ganze, eigentlich aussichtslos, aber irgendjemand müsse es ja machen. Das Hirn, das um das Hirn herumforscht und nie wirklich in es hineinforschen kann, sei ja genauso auf verlorenem Posten wie ein Neugeborenes, das sich selbst fragt, wie es denn so bei der Geburt war. Ein Neurologe stehe immer und sein Leben lang auf verlorenem Posten. „Deshalb ist er zumeist der beste Freund seiner Patienten und kann in der Regel mit anderen Ärzten nichts anfangen, schon gar nicht mit Neurologen und Psychiatern". „Der Neurologe", sagt Fritz, „ist der beste Freund, der einzig wirkliche Freund der Patienten, der Patientenschaft, der Kundschaft, Stammkundschaft. In Wahrheit handelt es sich um eine Geschäftsfreundschaft".

Die Autounfälle hätten mit Autismus zu tun, etwas, wovon er nicht nur fasziniert, sondern auch zutiefst selbst betroffen sei. Die Sommersaison ist die fruchtbarste, wichtigste, zumindest was den Straßenverkehr betrifft. Wenn auch die Erfolgsquote im Winter deutlich höher liegt. Auf den Wiesen muss ich mit den Zigaretten aufpassen, während Fritz meint, es schade nicht, ein paar Wiesen abzubrennen. Vielleicht ist es der Altersunterschied, der ihn immer viel gelassener sein lässt. Verbrannte Erde zu hinterlassen sei das Beste überhaupt auf einer Flucht. „Du hättest den Traktorenfriedhof mit der ganzen Baracke anzünden sollen, damals. Denk an die Nachgeborenen! Denk an die Kinder, die du nicht hast und nie haben wirst! Du hast Vorbild zu sein, egal für wen! Fahrlässig sei das, das sagt auch Herr Krause immer zu mir".

„Ihr Hackbrettspiel, Herr Pausenhofer, ist nicht nur eine Niederlage! Ihr kindisches Einknicken vor der Musik, die zu einem Großteil aus Ihrer Heimat kommt!" Genau das sei es, was Herrn Krause am meisten aufrege. „Wenn Sie nicht üben, ist das nur eine Ohrfeige, die ein guter Lehrer verkraften muss, kein Verbrechen! Wenn Sie aber den Landler nicht spielen können, haben Sie Ihre Heimat verraten, Ihre Mutter angespuckt und gleichzeitig einen Flüchtling umgebracht. Ganz davon abgesehen, dass Sie mir immer eine Zither hinstellen, die ich am liebsten einem Obdachlosen schenken würde! Unter der S-Bahnbrücke am Alexanderplatz ist die Verstimmtheit egal!" Und recht hat er, der Herr Krause. Das Mitleid verschwenden wir jeden Tag, obwohl wir es an anderer Stelle brauchen würden.

„Du bist zu gutmütig!", habe seine Mutter immer gesagt, „du bist immer aus Amerika gekommen, wenn der Vater wieder einen gebraucht hat. Deine Brüder haben keinen Finger gerührt, obwohl sie keine zehn Kilometer weg gewesen sind. Dein Vater hat sie ja alle vertrieben, vom Hof gescheucht im Vollrausch. Und dich hätte er auch damals noch gern in der Sonderschule gesehen, am Nachmittag beim Traktorputzen und Heueinfahren. Deine ganzen Brüder sind ja nur mehr zum Schlafen gekommen, wenn sie nach dem Feuerwehrfest nicht mehr die paar Kilometer nach Hause gefunden haben in die Stadt. Wenn sie Angst vor der Frau gehabt haben".

Die Zeltfeste seien noch die besten im ganzen Tal gewesen, behauptet Fritz, weil die Blasmusik die beste gewesen sei. In der ganzen Steiermark seien „die Unsrigen" die einzigen gewesen, die noch einigermaßen den Takt hätten halten können bis zum Schlussakkord.

Heute seien die Kinder zu faul zum Trompete üben und die Musik würde schon fast wie sein Hackbrettspielen klingen. Leider sei er der Einzige gewesen, auf den die Mutter stolz sein konnte die ganzen Jahre, bis heute. Der Fritz, der Herr Professor in Stockholm, das hat ja jeder gewusst, wenn er wieder in der Zeitung gewesen war. Alle hätten ihn ja vom Bahnhof abholen wollen, wenn sie gehört haben, dass er wieder die Mutter besuchen kommt, zum Heueinfahren wieder kommt und zum Schwammerlsuchen. „Unser Fritz", habe es immer geheißen, der aus Amerika, Berlin, Stockholm zu uns nach Hause käme, uns nicht vergessen habe, obwohl er überall unabkömmlich sei. Ein Lokalpatriot sei er, immer noch hier zu Hause, lebenslang ein Ehrenbürger, obwohl ihn die Zeltfeste nie interessiert haben, überhaupt nie. Die überflüssigen Reden, die der Bürgermeister immer erst nach dem zehnten Bier gehalten, erst angefangen habe, wenn ohnehin schon alles zu spät gewesen sei, die ersten schon umgefallen, unter dem Tisch gelegen, zwischen den Füßen der anderen hin und her gekrochen und die Zigaretten auf ihren Lederhosenböden ausgedrückt worden seien. Der Bürgermeister habe ein sicheres Gespür dafür gehabt, wann er mit seinen Reden habe anfangen müssen, damit ihm niemand mehr habe zuhören können. „Er hat sich am nächsten Tag nie darum scheren müssen, was er überhaupt gesagt hat, weil sich ohnehin niemand mehr an ihn erinnert hat, geschweige denn von seinen Begrüßungen, seiner Rede und den sogenannten Dankesworten auch nur ein einziges in irgendwelchen Ohren hängen geblieben ist". Je weiter man von zu Hause weg und irgendwohin verschwunden sei, desto sicherer würde man zum Ehrenbürger. Sobald man einmal im Fernsehen gewesen und auch nur im Entferntesten positiv aufgefallen sei, könne man mit einem Anruf des Bürgermeisters rechnen. Wüsste der Bürgermeister, was diese Patrioten sonst noch anstellten, wenn das Fernsehen nicht dabei, die Journalisten auf dem Heimweg seien, die Kameras geputzt würden, würden die Ehrenbürgerschaften nicht so großzügig den Patrioten, sondern dem Feuerwehrhauptmann zugestanden werden. Die Schuldiener und Eisschützen, die Blaskapellmeister sollten zu Ehrenbürgern, die Auslandspatrioten dagegen vernachlässigt, ganz und gar vergessen werden, sagt Fritz.

Wenn die Blaskapellmeister und Kirchenchorleiter wüssten, dass sich die Ehrenbürger die ganze Zeit in Schwulenbars und Sportwettlokalen herumtreiben würden, in Ausnüchterungszellen, würden sie dem Bürgermeister die Reifen aufstechen. Die amerikanischen und schwedischen Irrenhäusern sind voll mit Exilpatrioten, Koryphäen und Ehrenbürgern, deren Porträts in den österreichischen Gemeindeämtern teuer eingerahmt an der Wand hängen. Er kenne keinen einzigen Provinzehrenbürger, behauptet Fritz steif und fest, der irgendwelche Ehrenringe zu Recht verliehen gekriegt habe, wisse aber zuverlässig, dass seine ganzen Spinner und Alkoholiker, die er über die Jahre behandelt habe, mindestens eine Ehrenbürgerurkunde zu Hause hätten.

Für Gerhard sei das kein Thema gewesen. Zuerst sei er nicht rausgekommen aus seinem Provinzdeutschland und nach der Insolvenz habe es keine Gemeinde gegeben, die auch nur annähernd Zeit und Gelegenheit gehabt hätte, ihren Flüchtlingen hinterher zu trauern. Er habe, genau wie Herr Krause, als die anderen zu jammern angefangen hätten, zu jammern aufgehört und habe einfach „drauflos gemacht". Sich den Kopf angestoßen, sich blaue Flecken geholt und einfach drauflos. Sicher, er sei nie Dissident gewesen oder Idealist, denen der Staat etwas bedeutet hätte. Wenigstens habe es solche Frisöre nicht gegeben, amerikanische Eckfrisöre schon gar nicht. Dass jeder jedem geholfen habe, sei ein Märchen, der Zusammenhalt eine Lüge der Frustrierten. Wie hätte auch ein ganzer Staat auf Helfen und Zusammenhalten gebaut gewesen sein können? Ein Hort der Naivität sei das gewesen, wo einem nur die Hoffnung geblieben sei oder das Weglaufen. Wenn man Glück gehabt hätte, wäre man genau dort gebraucht worden, wo man hingewollt hätte, wie Herr Krause nach Leipzig, zum Gewandhausorchester. Es hätte alles zusammenpassen müssen. Er selbst sei direkt vom Brot- und Teigwarenkombinat zum Bauingenieurstudium, dann als Melker nach Cottbus und dann zur *Interflug* gekommen, weil er als einigermaßen zuverlässig gegolten habe. In Wirklichkeit sei er durch und durch unzuverlässig gewesen und hätte zehnmal in Stockholm bleiben können. Er sei heute fest davon überzeugt, Fritz damals schon irgendwann im Flieger gesehen und ihm einen Kaffee gebracht zu haben.

Wenn Fritz zum Essen einlädt, muss es einen guten Grund geben. Er ist großzügig und kann, wenn außer mir und Gerhard noch jemand dabei ist, sogar charmant sein. Wir haben oft das Gefühl, nur zur Dekoration dabei zu sein und ansonsten den Mund halten zu müssen. Wir haben eigentlich nur dann eine Chance, wenn der Dritte unsere Anwesenheit zu schätzen weiß und rechtzeitig interveniert, sollte Fritz uns tatsächlich loswerden wollen. Seine Abhängigkeit von mir, wie er immer beteuert, kann sich sofort ins Gegenteil, nämlich in meine Abhängigkeit von ihm verkehren. Er ist launisch und wird mit zunehmendem Alter unberechenbarer. Ich muss ihn zurückstutzen, ihn gelegentlich allein auf Posten schicken, denke ich. Gerhard, der wohl einen Trumpf in der Hand hat, war immer schon ein Duckmäuser. Darauf ist seine ganze Existenz aufgebaut. Dort steht sie stabil und solide. Mit Duckmäuserei geimpft sei er, wie er selbst sagt. Schon als Kind sei man in der DDR gegen und für alles geimpft worden. Sonst hätte diese Maschine nicht vierzig Jahre laufen können. Was bei Fritz und mir der sonntägliche Kirchgang war, wo der Pfarrer noch mit Händen und Füßen für unsere seelische Gesundheit gekämpft, im Beichtstuhl mit unserem Teufel gerungen hat, hat man dort abgeschafft, wegrationalisiert. Historischer Materialismus hieß das, verstanden haben sie das nicht. Die Schüler nicht, der Lehrer auch nicht. Das Wort Historisch war ihnen fremd, von Materialismus ganz zu Schweigen. Wie immer, wie überhaupt immer sei das ohnehin gleich gewesen. Das Frustrierende, sagt Gerhard, das Schlimmste sei diese Gleichgültigkeit gewesen. Die Kluft zwischen Wollen und Können sei von dieser unvorstellbaren Gleichgültigkeit überbrückt, ganz und gar zugespachtelt worden.

Die Staatssicherheits- und Ministerialbeamten haben, nachdem alles abgewirtschaftet worden war, ihr Unwesen in der Fortbildungsindustrie weitertreiben dürfen, die das Arbeitsamt ausschließlich für nutzlose Existenzen erfunden hat. Um mich jahrelang schikanieren zu können auf dem Traktorenfriedhof in Treptow, wo „Arbeit macht frei!" hätte über der Einfahrt stehen müssen, was sich niemand getraut hat. Obwohl es so gemeint war, hat es sich niemand getraut. Auch die nutzlosen Existenzen nicht. Bevor sie in die ihnen völlig fremde Welt der Flanellhemden und Arbeitslosen reingestolpert sind, hatten sie diese Plastikuniformen angehabt, aus denen sie genauso heraus gestunken haben, wie später aus den Flanellhemden.

Warum ich mir das habe gefallen lassen die ganzen Monate und Jahre, warum? Es ginge ums Prinzip, meint Fritz, man müsse doch Grundsätze haben, unverrückbar wie eine Selbstverfassung und einen Verfassungsgerichtshof, der ordentlich dazwischen geht, wenn's sein muss. Er könne sich das nicht vorstellen. Das habe mit Größenwahn nichts zu tun. Seine Selbstverfassung würde sowas nicht zulassen. Warum diese Bescheidenheit an falscher Stelle? Was bei der Koryphäe die Bescheidenheit, sei für andere der Größenwahn, der sie eines Tages in die Hölle fahren lässt, wo ihnen mit glühenden Zangen die Haut abgezogen wird, wie dem Eckfriseur an diesem, laut *Berliner Kurier,* schicksalhaften Abend, in dieser schicksalhaften Nacht.

Eine Polizeipsychologin habe sich nach seiner Zeugenaussage zu ihm gesetzt. Ob er ihr etwas erzählen wolle, etwas loswerden wolle. Man kriege solche Fotos nicht oft zu sehen, da könne schon etwas hängenbleiben. Ob er denn überhaupt schon mal eine Leiche gesehen habe, habe sie gefragt. Sehr jung sei sie gewesen, erinnert sich Gerhard, ihr erstes Praktikum sei das gewesen im Kommissariat. Vor allem, wenn die Leichen so aussähen wie der Eckfriseur, würden die Leute oft zu zittern anfangen, monatelang schlecht träumen. Deshalb würde sie immer geholt in so einem Fall, sie könne zwar nicht immer helfen, garantieren könne sie für nichts. Manchmal sei es hilfreich, wenn die Zeugen ein paar Gedichte schreiben oder ein Tagebuch führen würden in den folgenden Wochen. Zum Beispiel könne man versuchen zu verstehen, warum diese Menschen hätten sterben müssen, ob das ein gewaltsamer oder ein sogenannter natürlicher Tod gewesen sei. Das sei ein Riesenunterschied, habe sie gesagt. Die Selbstmörder hätten eine ganz andere Aura als Unfallopfer. Und Motorradfahrer würden oft nicht einmal von ihrer Mutter erkannt. Die ganze Tragik des Todes sei oft nicht zu fassen für normale Menschen. Das Werden und Vergehen würde oft gänzlich verdrängt. Gerhard erinnert sich, die junge Psychologin habe ganz glasige Augen gekriegt, fast seien ihr die Tränen gekommen. Wenn sie das Wort Leichen ausgesprochen habe, wäre es ihr wohl am liebsten gewesen, wenn Gerhard wenigstens ein bisschen erschüttert gewesen wäre.

Sicher, der Amerikaner war einer der spektakulärsten Toten, die er je gesehen habe. Mit denen, die damals in der Leichenwäscherei in einem Stück geliefert worden seien, sei der Eckfriseur tatsächlich nicht zu vergleichen gewesen. Aufgefallen sei er ihm schon Wochen und Monate zuvor. „Aufs negativste", hat er gesagt – eine Formulierung übrigens, die ich ihm schon lange dachte, abgewöhnt zu haben. Im Hof sei er ihm nie begegnet, weil er schon Jahre im Rollstuhl gesessen sei und so gut wie nie die Wohnung verlassen habe. Dass er nicht gegrüßt und einen kleinen, hässlichen Hund an der Leine geführt habe, habe er vom dritten Stock aus nicht sehen können. Der Bart, habe er wohl gedacht, würde die Nachbarn beeindrucken. Seine Wichtigkeit habe er zweifellos überschätzt und dass er aus New York und nicht etwa aus dem mittleren Westen gekommen sei, habe Gerhard ihm beim besten Willen nicht abgenommen. Aus dem Fernsehen sei schon lange bekannt gewesen, wie diese Friseure aus New York weggescheucht und mit ihren Bärten dort nur noch ausgelacht worden seien. Außerdem, so Gerhard, habe ja nur der Hals und das Gesicht grauenhaft ausgesehen, der Rest habe der Norm entsprochen. Auf jeden Fall habe ihm die Psychologin leidgetan, richtig angerührt sei er von ihr gewesen.

Fritz hat die besten Ideen, wenn er unter der Bananenstaude in seiner Wohnung steht und ich den riesigen Esstisch abwische. Er schaut aus dem Fenster und zwischen den Staudenblättern auf die Charlottenburger Dächer hinaus. „Der Buchhändler da drüben sperrt zu". Er sei zu alt und wolle nicht mehr. Die Russen, sagt er, hätten bald alles in der Hand. In die russischen Lebensmittelgeschäfte sei er immer gern gegangen, bis er irgendwann in einem Sportwettenlokal gestanden und sofort wieder hinaus sei. Inzwischen hätten sie die Straße von oben bis unten und die Parallelstraßen zur Gänze mit übernommen und die Leute zum Sportwetten gezwungen. Sein älterer Sohn sei zu den russischen, der jüngere zu den kroatischen Sportwettenlokalen übergelaufen, die die Querstraßen in Beschlag genommen hätten. Seine Tochter, die bei ihm im Laden aufgewachsen sei und den ganzen Tag gelesen habe, sei von einem Tag zum anderen verschwunden gewesen und habe in ein Sportwettenlokal eingeheiratet. Dass er alle enterben und den Laden der Caritas schenken würde, sei ihnen egal, würde sie nicht interessieren. Das sei das Schlimme gewesen. Der Tisch und die Bananenstaude beeindrucken den Buchhändler, wenn er auf Besuch kommt. Noch vor Jahren konnten wir uns nicht vorstellen, wie heute alles aussehen würde. Irgendwann, er wisse nur nicht wann, würden die Menschen zum Sportwetten aufhören, wenn sie alles verloren hätten und wieder zu Lesen anfangen. Das würde er nur nicht mehr erleben, die Caritas vielleicht, er nicht mehr.

Wir denken, vom Fenster aus würden wir über den Dingen stehen, sagt Fritz „dabei haben sie uns in der Hand, die Leute". „Wenn die mir die Porschescheiben einschlagen, bin ich aufgeschmissen, aber sie trauen sich nicht". Wenn Fritz unter der Bananenstaude herauskommt und sieht, wie ich den Tisch abgewischt habe, kann ich sicher sein, dass er mich zum Eis einlädt.

Pistazie und Schokolade kann selbst der Berliner aussprechen, Stracciatella nicht. Ich habe in Berlin seit zwanzig Jahren kein Stracciatella-Eis gegessen, weil das niemand aussprechen kann, mir schon der Appetit vergeht, wenn der Kellner ausspricht, was er bringen soll. Fritz kann darüber lachen, ich bin empfindlich geworden.

Der Eiskellner scheint ihm wichtiger zu sein als das Eis, das Eis noch immer wichtiger als Politik. Ein hartes Brot sei der Politikerberuf, schlecht bezahlt und im Grunde nicht wichtig. Im Gegensatz zur Automechanik sei Politik zu vernachlässigen. Der Eiskellner müsse sich keine

Sorgen machen um seinen Ruf, Stracciatella hin oder her. Neurologie, behauptet Fritz, sei das Unwichtigste – gewesen!, gewesen! Deshalb habe es ihn so interessiert. „Ich habe die Neurologie herübergebracht! Dorthin, wo sie damals erfunden und noch vor dem Zweiten Weltkrieg wieder vergessen wurde". Die Amerikaner hätten den Vorteil, dass bei ihnen nichts erfunden worden sei, was sie wieder hätten vergessen können. Zumindest nicht in der Medizin. Noch in Stanford habe man die Spinner im Keller eingesperrt, Epileptiker seien noch viel schlimmer dran gewesen. Die Spinner und Idioten seien meistens gut aufgelegt gewesen, die Schwachsinnigen hätten immerhin mit den Epileptikern gut umgehen, sie als einzige unter Kontrolle halten können.

Die Hirnforschung sei vor den *Ethischen Standards* ein Urwald gewesen, wo sich nur die mutigsten oder die dümmsten hineingetraut hätten. Überall habe man Angst gehabt, hinter jedem Baum hätte man umgebracht werden können, ausgekannt habe sich niemand. Im Gegensatz zu den Spinnern, bei denen die Ambivalenz keine Rolle spiele, sei der Epileptiker nichts anderes als ambivalent. Ein Zwitter, ungreifbar für den Arzt. Es würde hier etwas herum spekuliert, dort ein bisschen geschnitten und betäubt. Die Lesart der Enzephalogramme, das Literarische, die EEG-Literaturkritik habe er damals aus Amerika mitgebracht. Enzephalografen seien jahrzehntelang herumgestanden. Seit den Zwanzigerjahren sei nichts weitergegangen. Die Technik sei heute zentral in der Diagnostik, aber in Wien bis in die Achtzigerjahre gar nicht eingesetzt worden. Frau Dr. Ferstl habe das Gerät nicht einmal richtig bedienen können und habe sich nicht selbst, sondern die Technik für ihre haarsträubenden Diagnosen verantwortlich gemacht. Eine Rückwärtsentwicklung habe in Wien stattgefunden, die Mediziner seien der Hemmschuh, der Bremsklotz gewesen, die Interpretatorik bis zur Banalität verkümmert und verstaubt. Die Verteilung der Sensoren und der Ströme habe er, Fritz, in Stanford und Boston zu kritisieren begonnen, ohne von Elektronik auch nur das Geringste zu verstehen. Die ethischen Probleme hätten ihn damals ausschließlich interessiert im naiven Glauben, man hätte inzwischen wenigstens die Automaten und die Technik im Griff, die Kapazitäten ausgereizt. In Wien habe sich besonders Frau Dr. Ferstl mit ihrer Blockade hervorgetan, unterstützt von Herrn Dr. Wirnsberger, der dafür schon zu alt gewesen, aber wenigstens ein von Fritz menschlich sehr geschätzter, feinsinniger und humorvoller Herr gewesen sei.

Dass Gerhard irgendjemandem etwas zurückgeben wolle, aus Dankbarkeit, am liebsten jemandem, der es nicht verdiene, wie er sagt, kann ich nachvollziehen. Er muss die Esoterik heraushalten, denke ich. Sie vergiftet alles, jeden Ansatz von Vernunft. Dabei braucht er die Vernunft dringend. Mit Schnapsideen kommt man nirgendwo hin. Er verrennt sich, stolpert, steht wieder auf und verrennt sich. Es ist natürlich ein Problem, wenn man auf einmal ohne Rollstuhl dasteht und keinen Herrgott hat, dem man danken kann. Er könne ja den Flüchtlingen das Deutschsein beibringen, habe ich gesagt. Damit haben sie die größten Schwierigkeiten. Nicht die Sprache ist die Hürde für die meisten, sondern das Deutschsein. Dass sie für jeden Schmarren ein Papier, ein Formular, eine Unterschrift, einen Stempel brauchen, können sie nicht verstehen. Ich weiß das von meinen

Kollegen im Museum. Die Sprache könne er nicht, hab'
ich gesagt, Autofahren auch nicht. Zuerst müsse er eine
Idee haben, dann ein Konzept und dann müsse er einen
Verein gründen, mit Kassenwart und Schriftführer und
so weiter. „Wenn du das nicht kapierst, kannst du gleich
einpacken". Das war zu hart, ich weiß. Die Härte, die
Brutalität habe ich aus der Baracke mitgenommen, in der
Baracke eingebrannt gekriegt.

Ich habe das Diktiergerät von Gerhard gefunden und
kann mir jetzt vorstellen, was in seinem Kopf vorgeht.

*Was ist Vernunft anderes als Kunstturnen? Ein Taschentuch
auf dem Boden gefunden, darauf eine Telefonnummer.*

Ich mache mir Sorgen um Gerhard, der nie der Intelligen-
teste, deshalb auch nie anfällig war für Spinnereien. Er
sei ein anderer Mensch geworden, sagt er zum tausends-
ten Mal. Auf das Böse sei er aufmerksam geworden. Welchen Film hat er gesehen, frage ich mich, was hat er gelesen?

Sultan könnte seine Tochter, von der er sehr wohl
wusste, ins Wasser gestoßen haben, um sie spektakulär
wieder herauszuziehen. Unter dem Applaus der Gaffer,
die das schlechte Eis vergessen haben, ist er auf einen
Schlag das Gefühl losgeworden, sie selbst hineingesto-
ßen zu haben, versehentlich. Die Tochter, inzwischen in
der Pubertät, ist bei ihm in der viel zu engen Wohnung
untergekommen. Das Luder war ohnehin schon zur
Flucht nach Ghana entschlossen.

Gerhard bleibt stur. Spätestens das Schicksal des Eckfriseurs und die Begegnung mit der jungen Polizeipsychologin sei ein Riesenschritt gewesen. Er gilt nach wie vor

als schwerer Fall, den die Krankenkasse endgültig loswerden will. Der Betriebswirt hat alles in die Wege geleitet, bevor er nach Chemnitz gegangen ist.

Genau wie der Sturz in der Leichenwaschstraße, ist es wieder ein Sturz, der ihm das Leben schwer macht. Als er den somalischen Krankenpfleger während der Reha in Beelitz-Heilstätten zum ersten Mal gesehen habe, sei ihm ganz anders geworden. „Schummrig, schwindlig", wie er sagt. Er wisse nicht mehr, wie er aus dem Bach gekommen sei, in den er beim Abendspaziergang gefallen sein muss. Den Krankenschwestern, die gegen zweiundzwanzig Uhr die Betten kontrolliert haben, hätten seine Abwesenheit bemerken müssen. Gerhard hat sich vom ersten Tag an unbeliebt gemacht, wie man es von Patienten kennt, die jahrelang in Rollstühlen verbracht haben. Solche Menschen werden in Reha-Kliniken sofort zum Misanthropen, Querulanten und Nörgler. Das bringt selbst das zuverlässigste Personal an seine Grenzen.

Der somalische Pfleger hat sich als der stabilste herausgestellt und sich aufgemacht, um Gerhard auf dem Gelände doch noch zu finden. Er habe ihn letztendlich um ungefähr dreiundzwanzig Uhr am Bachufer im Gestrüpp gefunden. Sein Gesicht sei nicht etwa weiß, sondern schon gräulich verfärbt gewesen, sagte er später. Die Körperteile, die unter Wasser gelegen wären, hätten sich wässrig angefühlt und bläulich geglänzt. Was Gerhard dann aber getan habe, wird er sich wohl noch lang merken.

„Warum", so hat Gerhard sich später gefragt, „habe ich nicht auf einen besseren Augenblick gewartet?!" Jedenfalls habe er den somalischen Pfleger umarmt, ihn auf den Mund geküsst und nicht mehr losgelassen. Wäre er selbst der Pfleger gewesen, so Gerhard, hätte er einen derart übergriffigen Patienten fallen und im Wasser liegen gelassen.

Dabei war der Pfleger eigentlich der Grund für seine Schummrigkeit gewesen, für sein Schwindelgefühl. Nicht das Auffinden, das Rausziehen aus dem von Brennnesseln durchwirkten, nassen Gestrüpp, die Dankbarkeit für seine Rettung hätten in Wirklichkeit seine, wie er sagt, emotionale Überreaktion ausgelöst.

Sein Oberschenkelumfang hat noch keine vierzig Zentimeter erreicht. Bei seiner Körpergröße, so der Chefarzt, völlig indiskutabel. Die Gefahr, einen angemorschten Holzsteg zu betreten, dürfe ein vernünftiger Mensch eben nicht unterschätzen, schlampige Schwestern hin oder her. Selbst die Sommernächte sind in Beelitz-Heilstätten nicht gerade warm, schon gar nicht, wenn man zur Hälfte im Bach und mit der anderen auf glitschigen Steinen liegt. Beelitz-Heilstättener Krankenschwestern, meint Fritz, seien in ihrer Schlampigkeit unübertroffen, was in unserem Fall ja nichts Schlechtes sei. Eine Rehaklinik sei kein Kindergarten und Gerhard kein Kind. Bei Erreichen der fünfundfünfzig Zentimeter solle man ihn anrufen. Wenn möglich, solle der somalische Pfleger gleich mit abgeholt werden, wenn es so weit sei. Eine entsprechende Stelle in der Charité solle man seine Sorge sein lassen.

Sorgen mache ich mir, wenn ich an seine Aufzeichnungen denke. Von klarem Verstand ist er noch ein ganzes Stück entfernt. Immerhin scheint es ihm ernst zu sein. Wenn ich mir überlege, wie ich dastehen würde, wenn ich jahrelang im Rollstuhl gesessen, das Leben nur von außen gesehen hätte, wehrlos Frauen ausgesetzt, die ich in Wahrheit nur beneidet hätte. Ich hätte sie auch terrorisiert, beschimpft wegen jeder Kleinigkeit. Ich hätte sicherlich auch angefangen mit Kamillentee, wäre darauf hängen geblieben, obwohl er mir nicht schmeckt und nie geschmeckt hat. Ich wäre auch gehässig und gemein geworden, unerträglich. Krankheit und Pflegebedürftigkeit haben noch nie einen guten Menschen hervorgebracht. Die ganze Weltliteratur ist voll mit der Bosheit von Kranken, Krüppeln, Invaliden, die sich immer hinter ihrer Krankheit versteckt und alle schikaniert haben. Von Idioten, Schwachsinnigen und Epileptikern natürlich abgesehen, die Fritz immer geschätzt, wenn nicht gar geliebt hat. Ich selbst zehre jeden Tag davon. Fritz sei nur deshalb Neurologe geworden. Zu Gerhard hat er Abstand gehalten, als er im Rollstuhl war. Unterstützt hat er ihn nach Kräften.

Mit seiner herrischen Art hat sich Fritz schon in Wien und Stockholm keine Freunde gemacht, aber das sei als Neurologe auch nicht angebracht, geschweige denn nötig. „Glaub mir, ich wäre nicht weg vom Hof. Hin- und hergerissen war ich". Gescheit kannst du als Bauer auch sein, es schade nichts, habe er gedacht in seiner Naivität. Dabei könne man mit Gescheitheit nichts anfangen, müsse eine Schläue her, nichts anderes. Schlau und gefinkelt habe man zu sein. Ein gescheiter Bauer verkaufe sofort seinen Hof, sonst gehe er unter und schlau sei er, Fritz, nie gewesen. „Abgewirtschaftet hätte ich, abgehaust. Knecht beim Feuchtlerbauer wäre ich geworden, Stallausmisten bis zum Tod."

Er habe seit Jahrzehnten keine Zeile mehr veröffentlicht, nichts! Alle Fachzeitschriften würde er, wenn er sie in seinem Briefkasten fände, mit in die Wohnung nehmen und unter den Bananenstaudentopf legen. Gelegentlich würde er sie in der Badewanne anzünden. Die *Epileptical Affairs* sei für ihn immer schon ein Ärgernis gewesen und außerdem brenne sie nicht mehr gut, sauge sie auch kein Wasser mehr, weil es auf Hochglanz umgestellt worden und somit endgültig nutzlos geworden sei. In seinem Chefarztzimmer schreibe er seit langem nur noch Leserbriefe für Konkurrenzmagazine oder Spottartikel, die man ihm in den USA aus den Händen reiße. Neurologische Forschung, wie er sie als Professor betreiben solle, könne von Kurpfuschern und Assistenten genauso gut, wenn nicht besser erledigt werden. Zu den Pausenhoferartikeln würden Vorlesungen in Boston gehalten, in Palo Alto selbstverständlich, aber er schreibe sie nicht mehr, nie mehr, sagt Fritz.

Nach dem Hackbrettüben, wenn Herr Krause im Zug nach Eisenhüttenstadt sitzt, gehe ich mit ihm meistens noch auf dem Marheinekeplatz zum Schnitzelessen. Im *Felix Austria* hat er mir letztens einen von ihm verfassten Spottartikel vorgelesen. Ich könne mir etwas einfallen lassen, etwas dazuschreiben. „So verkommen bin ich inzwischen!" Nicht mal die Leserbriefe und Spottartikel wolle er noch selber schreiben. Museumsaufseher, sogenannte Schriftsteller, könnten das auch, besser wahrscheinlich. Sicher, er bräuchte sich nicht anzustrengen, nötig habe er das nicht mehr. Er müsse doch nur die Station betreten, den Porsche vor die Tür stellen, da würden sie schon zusammenzucken und so tun, als wären sie fleißig. Die einen würden zum Radieren und Bleistiftspitzen anfangen, die anderen würden irgendetwas abwischen oder herumoperieren, die Ärzte würden sich verstecken, Masken auf, alles nur noch blau und weiß, Kittel sauber. „Kriecher, alle zusammen!" Wenn ich meine Epileptiker und Spinner nicht hätte, sagt er, er würde gar nicht mehr hinfahren.

Zumeist habe er ohnehin nur noch die Autounfälle im Kopf, „den Nihilismus bis zum Gehtnichtmehr ausstrapaziert. Wenn dir der Unfall zum Beruf wird, löst du dich auf. Sei froh, dass du dein Museum hast, schreiben und in die Oper gehen kannst mit deiner großartigen Freundin. Ich kann keine Musik mehr hören, mein Hackbrett werde ich nie ordentlich spielen können, sagt Herr Krause". „Sie üben nicht, Herr Professor, Hopfen und Malz für immer verloren! Ihre Zither eine Frechheit, die sie mir jede Woche antun! Sie! Sie müssten die Zither im Blut haben, wie alle Österreicher". Eine Schande sei das, ein Trauerspiel! Die DDR sei gänzlich musiklos gewesen, der ganze Landstrich ungeeignet. Ein bisschen Semperoper, Gewandhaus und Thomaner, sonst nichts. „Händel davongelaufen, Hals über Kopf nach England, Bach depressiv geworden. Ich sage Ihnen, danach ist nichts mehr gewachsen da drüben. Ich bin ja in meine Cholerik geflüchtet, in die Musik, die immer importiert werden musste. Waschmaschinen in die Bundesrepublik exportiert, Musik importiert, so war das! Und was machen Sie? Der Weltneurologe Professor Pausenhofer kommt hierher zum Hackbrettlernen! Immerhin nach Berlin und nicht nach Eisenhüttenstadt, wo Ihnen alles vergeht, glauben Sie mir. Ich bin ja nur noch zum Schlafen dort, ein bisschen wohnen, schlafen und wieder weg".

Ich denke an den Traktorenfriedhof in Treptow, die Schmerzen für nichts und wieder nichts, Dozenten im Neonlicht. Ich habe jedes Mal an den Tod gedacht und bin doch lebendig herausgekommen. Oft hätte ich sterben, mich einfach hinlegen und nicht mehr aufstehen wollen.

Selzthal

Auf meinen Zugfahrten in die Steiermark musste ich oft in Selzthal umsteigen und habe auch immer an den Tod, an Selbstmord gedacht. Selzthal ist ein Ort, wo kein Licht hinkommt, nur für die Eisenbahn und die Eisenbahner kann er verwendet werden. Verwendet und verbraucht von der Eisenbahn, eine Macht in Österreich. Jeder Sonnenstrahl wäre eine Verschwendung für Bahnhöfe. Es ist dort im Sommer so kalt wie im Winter und immer so nass wie im Herbst, ein Frühjahr gibt es nicht. Selzthal ist nicht für das Leben, höchstens für das Überleben gemacht, denke ich immer, wenn ich vorbeifahre und nicht aussteigen muss, wo Schienenstränge, Weichen und Schaffner die Entscheidungen treffen, wie es weitergehen, ob es weitergehen soll. Selzthal muss irgendwann eine schöne Gemeinde gewesen sein, ohne Frühjahr natürlich, ohne Licht, die Berge müssen zweihundert Meter höher von der Sonne erwischt worden sein und es herunter reflektiert haben auf die Kirche, den Marktplatz und das Wirtshaus. Wenn die ÖBB aber ein Dorf übernimmt, werden sofort zweihundert Meter höher Fichten angepflanzt und Wiesen angelegt, die das Licht nicht mehr reflektieren. Jedes noch so schöne Dorf wird von der Bahn zur Dunkelheit verurteilt, damit die Zugführer und Schaffner nicht geblendet werden, die Fahrgäste ungestört aussteigen und so schnell wie möglich weiterfahren können. In Wahrheit ist das Weiterfahrenmüssen interessant für die Bahn und nicht eine lebenswerte Gemeinde, von denen es genug gebe in der Steiermark. Es reiche, hieß es beim Bau der Semmeringbahn im neunzehnten Jahrhundert schon, das Überleben und nicht das Leben der Bewohner zu ermöglichen und die Schaffner dort ansiedeln zu können.

Ich lebe von einem Tag zum anderen, meinen Launen ausgesetzt, dem Wetter, der S-Bahn und dem vietnamesischen Händler auf der anderen Straßenseite. Zum Schreiben braucht es einen Rhythmus, einen Tagesablauf, nicht nur einen Tag, ein Gefängnis mit regelmäßigem Hofgang, ab und zu Licht und frische Luft. Es ist ein Irrtum zu glauben, dass wir für die Freiheit gemacht sind. Wir sind für Diktaturen gemacht, prädestiniert für Haft und Freigang, Demokratien sind Ausrutscher der Geschichte. Wir stehen morgens auf, ziehen uns an, frühstücken vielleicht noch und gehen aus dem Haus direkt ins Gefängnis, sagt Fritz. Ihm würde es zumindest so vorkommen. Er steige in seinen Porsche und fahre ins Gefängnis. Selbst an Wochenenden, die wir oft für unsere Ausflüge nutzen. Wir fahren ja nicht dorthin, wo wir hinwollen, wir fahren dorthin, wo uns die Verkehrssituation größtmöglichen Erfolg verspricht. Was sollen wir am Sonntagmittag an den Ausfallstraßen, wo unter der Woche morgens und abends die üblichen Auffahrunfälle passieren? Ausweich- und Auffahrunfälle ab und zu, für erfahrene Beobachter langweilig. Blechschäden der Stufe drei bis vier, Unaufmerksamkeiten, alkohol- und arbeitsplatzbedingte Konzentrationsmängel, sagt Fritz und winkt ab, mit einer Geringschätzung, einer Arroganz, die den ganzen Körper verändert. Abscheu, die sich vom Gesicht in Richtung Fußspitzen ausbreitet und im schlimmsten Fall in Resignation kippen kann. Meistens löst sie sich aber in einem selbstironischen, kurz hervorgestoßenen Lachen auf. Ein spöttisches, verschmitztes Lachen, das ihn energetisch auflädt. Eine Idee kann nicht weit sein, ich spüre das, wie Herr Krause, der angeblich riecht, wenn Fritz nicht geübt hat.

Auch wenn es nur ein Ausflug wird, zum Durchlüften des cremeweißen Porscheleders, das bei geschlossenem Verdeck zu müffeln anfängt. „Keine Garage!, nur keine Garage!" Er behauptet sogar, das Blech fange zu müffeln an, was bei einem sogenannten Familienwagen völlig egal sei. Ja, selbst die Zweckmäßigkeit eines Autos lasse er gelten, verstehe auch, dass Menschen von einem Nutzen des Autos schlechthin reden würden. Für ihn sei der Zweck etwas, das den Unterschied ausmache. Auf dem Parkplatz der Klinik, der zwischen Neurologischer und Psychischer am geschicktesten zu platzieren sei, brauche er das Gerät, um seine Unterärzte zu demütigen, was mir inzwischen bekannt sein dürfte. Die Verschmitztheit steht ihm gut, wenn er das immer wieder betont, während er aus seinem Cockpit herüber grinst. Das Geprotze, wie man es aus Neukölln kenne, wo man mit dem Lamborghini, den der Fahrer nicht einmal richtig verstehe, den Namen nicht aussprechen, geschweige denn korrekt schreiben könne, mit einem 30er am Gehsteig vorbeiflaniere, habe ihn immer abgestoßen. Nein, er lege es darauf an, kaum hörbare, kaum sichtbare Akzente zu setzen, die

Aufschluss über den Charakter seiner lächerlichen Nachahmer gäben. Sauteure Lenkräder und Felgen würden die Leute einen halben Monatslohn kosten, was selbst einem gut bezahlten Neurochirurgen wehtue.

Inzwischen haben wir einen Platz unweit einer uns noch völlig unbekannten Landstraße gefunden und richten uns auf der Picknickdecke ein. Ich muss zurück, um die Kühltasche zu holen, die alles andere als kühl ist und nur mehr lauwarme Ribiselsaftflaschen enthält. Nach kurzer Zeit habe ich einen Absatz im Notizbuch geschrieben und nicht einmal die Ortsangaben fertig, als ich schon Bremsgeräusche höre, die Fritz ausführlich kommentiert.

„Beteiligt: Renault Megane, Limousine, Jahrgang 2006, dem Klang nach Doppelbesetzung/ Opel, Jahrgang unklar, Besetzung einfach. Hinterachse leicht abgehoben, Federung vorne offenbar neu oder überholt". Zu Diskussionen kommt es fast nie, wenn ja, dann über Schuldfragen oder Ähnliches. Das Archivieren bleibt an mir hängen, abends.

Der Roman, den ich gerade skizziere, bricht immer wieder zusammen. Der Lover von Cinderella, der hinterm Bahnhof in Brooklyn mit seinem Freund in einer WG wohnt, hat zwar vor Jahren seine ultraorthodoxe Mischpoke in Williamsburg verlassen, erzählt aber dauernd davon. Die Recherche in Brooklyn ist mir zu teuer und was man im Fernsehen sieht, reicht nicht aus. Die Geschichte allein ist mager, abgedroschen. Sultan und seine Kinder, die ihre Mutter nach der Rückkehr in den Keller sperren, überzeugen höchstens rührselige Leser. Kitschig, sicher, aber immerhin ehrlich, realitätsnah. Liebe, immer gut, weiß man. Der Tod in Selzthal auf den

Geleisen, vielleicht ein Sturz über die Weiche, die so heraussteht, weil sie gerade repariert und nicht fertig wird. Am Bahnsteig 1 ein Automat mit alter Schokolade und Mineralwasser, die anderen Fächer leer, Geld passend einwerfen.

Geld hat das Luder nicht dabei. Sultans Bruder, Zuhälter in Charlottenburg, wohnhaft Lichtenberg, verdient nicht genug, wie er behauptet. Das Luder arbeitet bei ihm die Spielschulden ab, während Achmed, Sultans Cousin, das Geld in der Blumenhandlung wäscht und seinerseits ein Doppelleben führt. Er hat Sultan viel zu verdanken und kümmert sich um die Buchhaltung.

Der Flow steht und fällt mit dem Willen zur Story, zum Risiko. Mein Arbeitseifer steht ohne Frage unter der Fuchtel des Museums, der Dienstpläne. Er wird kanalisiert und bei Überdruck in ein Staubecken geleitet. Das Wort Wildbachverbau habe ich als Kind oft gehört. Mit Wildwasser hatte mein Vater in meinen Augen beruflich zu tun, wie mit dem Waffensammeln auch. Während sich das Waffensammeln erst Jahre später als Spleen herausgestellt hat, hat sich Wildbachverbau bis heute gehalten. In der Rückschau, mit dem heutigen Wissen also, kann ich ihn logisch mit dem Försterberuf in Zusammenhang bringen. Ich weiß, dass er mich damals im Dunkeln gelassen hat, zumindest in einer Dämmerung, was seinen Beruf betraf. Heute weiß ich, dass er mir alles vererbt hat. Er war praktisch nur und ausschließlich mit seinem Beruf beschäftigt und hat seine Familie darin eingebaut, überhaupt alles darin eingebaut. Der Unterschied zu mir hat er mit seinem Beruf Geld verdient und sich eine Familie geleistet. Er hat sie sich angeschafft, zugelegt, wie sich andere Menschen einen Porsche oder Bananen zulegen. Ich denke, er hat es nie bereut. Im Gegenteil, davon bin ich heute überzeugt, hat er einen guten Deal gemacht. Den Deal seines Lebens. Das Projekt Familie ließ sich mit dem Projekt Beruf zu einer Art Cluster verschweißen, lange bevor der Begriff Cluster in der österreichischen Sprache aufgetaucht ist. Er war also ein Visionär ohne es zu wissen, was ihn enorm sympathisch gemacht hat. Und zwar für alle und jeden. Er hatte bis zum Lebensende keine Feinde, was mich geprägt hat wie nichts anderes. Ich habe zum Beispiel auch keine Feinde, Rivalen höchstens. Gegner, aber keine Feinde. Sympathisch bin ich Gott sei Dank nicht allen und jedem. Das aber nur, weil ich mich aus dem Erbgut rechtzeitig emanzipiert habe. Besonders sympathisch bin ich eben nicht und Freunde habe ich mir ausgesucht, im Gegensatz zu meinem Vater, dem Freunde zugewachsen sind, fatalerweise. Oft völlig überflüssige Freunde, was dem Begriff Freund zuwiderläuft, wie ich meine. Ich musste jedenfalls einen Teil der Erbschaft ablehnen, ganz ohne Zorn und Streit entschieden zurückweisen, denke ich auf dem Weg nach Charlottenburg, der mich, wenn ich zu Fuß gehe, einige Stunden kostet. Ein Zeitpreis, den ich gern zahle, wenn ich mir sonst schon nichts leiste. Mir bleibt soviel Geld übrig wie Fritz, der sein immenses Gehalt mit sauteuren, von ihm sogenannten Nebenkosten durchbringt. Dazu gehöre ich, wie er behauptet, in Wirklichkeit aber die Porscheledersitze sowie die Putzfrauen, die Gerhard nicht reinlässt, die Miete für Gerhards Wohnung und so weiter. Im Prinzip gehört ihm Gerhard, mit allem Drum und Dran, inklusive Pfleger und Psychologin.

Ich brauche die langen Spaziergänge, um meine Vergangenheit zu verstehen. Von einem Aufarbeiten kann keine Rede sein, allein schon, weil ich gar nicht, weiß was das ist, das Aufarbeiten. Ich dachte lange Zeit, seit ich in Deutschland bin, dass die Einwohner immer etwas Aufarbeiten und Bewältigen wollen, vor allem Vergangenheit. Dabei sollten sie besser die Gegenwart bewältigen, wozu sie nicht kommen. Sie kommen nicht dazu, weil sie offenbar, wie es immer heißt, Wichtigeres zu tun haben. Deutschland wird in jeder Hinsicht abgehängt, auch ein Wort, das in Österreich nur von Sportreportern verwendet wird. Bei Schi- und anderen Rennen, wo Österreicher gewinnen, Fremde aber gefälligst abgehängt werden müssen.

Die Spaziergänge, die ich für das Verstehen brauche, führen mich oft auch in die falsche Richtung und ich komme im Wedding, wo ich vor fünfundzwanzig Jahren gewohnt habe, zu Bewusstsein und erinnere mich an Straßennamen, an sonst nichts mehr. Wo früher viele Pornokinos und Sportwettenlokale waren, wohnen jetzt Menschen, die dort nicht hingehören, nie hingehörten und nie hingehören werden. Sie haben Asyl beantragt, denke ich, vorübergehendes Asyl, bis der Antrag abgelehnt wird und sie dorthin zurückgehen, wo sie hergekommen sind. Nach Niedersachsen oder ins Rheinland, wo sie ihre lästigen Kinder auf die inzwischen verwahrlosten Spielplätze schicken und wieder eine Wohnung suchen müssen. Es reicht allein schon die Tatsache, dass die Sportwettenlokale inzwischen zu Fritz nach Charlottenburg, die Pornokinos insolvent geworden oder zu Copyshops umgewidmet nach Wilmersdorf gegangen sind. Ganze Regionen sind abgerissen und bis zur

Unkenntlichkeit abgewirtschaftet worden. Mir kommen dann die Tränen, die ich gar nicht abwische, sie einfach laufen lasse und die Kinder, die hier nicht hingehören, sich nach mir umdrehen, weil ein Mann nicht weinen darf auf der Straße. Nicht einmal verstehen darf ich mehr beim Spazieren, nicht einmal denken. Meine Vergangenheit muss also warten.

Der Arbeitseifer wird verbaut. Wie der Wildbach von meinem Vater wird er vom Museum und den Dienstplänen kanalisiert und verbaut. Deshalb die einfache Erzählsprache, verständlich, unkompliziert, beim Überfliegen schon lesbar und sofort verdaulich. Ein „Erlebnis", ein „bleibendes Buch" darf dann auf dem hinteren Buchdeckel stehen. Ein paar Zeilen über das Luder völlig aus dem Zusammenhang gerissen, abgeschliffen und verharmlost.

„Ja, spritziger, witziger Spitzenhit mit Gastarbeitercharme". Den Beifahrersitz hat er neu überziehen lassen. Am leichten Farbunterschied und dem Geruch sofort zu erkennen. „Feuriger Nuttenschmus im Charlottenburger Sportwettenmilieu, auf Bestseller hinfrisiert, hinoptimiert, mindestens zwanzig Prozent Tod, gelungenes Location-Building. Der Rücken von Afrika! Lange Winterabende spritzig verkürzt. Bleibend! Ja! Leseabenteuer optimal! Einfache Erzählsprache! Für immer bleibend!" Es sei kein Spott, ein zärtliches Auslachen, das ich Fritz nicht übelnehme, nach zehn Stunden Chefarzt. Er fährt zum Lachen immer auf Parkplätze, aus Angst vor Krämpfen. Als Unfallursache unterschätzt, sagt er. „Feuriger Nuttenschmus! Charlottenburger Sportwettenmilieu! Spritzig!" Ehrlich gesagt tut mir das ein bisschen weh, es schmerzt nicht, tut aber weh.

Herr Krause erzählt gern und immer mit feuchten Augen von Eisenhüttenstadt, das außer uns beiden niemand kennt. Ein Fossil, schon bei ihrer Gründung als Stalinstadt war der Untergang mit eingebaut, schon eingeplant. Geht spätestens mit Chruschtschow unter, allerspätestens seit Breschnew. Überhaupt habe ich in meiner Schulzeit nichts über die DDR gelernt. Das völlige Desinteresse österreichischer Schulbehörden hat mich erst im Nachhinein überrascht. Der Text, den ich gefunden habe in meinem Schreibtisch, könnte von mir sein, vielleicht.

Die DDR war ein Nichts, ein deutscher Blinddarm im Schatten Polens, das man als katholischen Ausläufer des Ostblocks kannte. Ich war gerade nach Berlin gezogen wegen des schönen Wetters im Sommer 89 und sofort erschrocken, als ich die Mauer sah, die es bald darauf nur noch in Souvenirläden gab, als Brocken und Brösel. Es war die hellste Aufregung damals, schlecht angezogene Menschen fielen in die Stadt ein. Es gab zuerst nur ein Thema, eigentlich die folgenden Jahre lang. Die Stadt war bald unübersichtlich geworden und hat zur Hälfte nach schlechtem Benzin gestunken. Um den Gestank herauszukriegen, mussten Häuser abgerissen, Straßen aufgegraben und Buchläden schnell noch leergekauft werden. Im Grunde hätte man das meiste wegschmeißen können, wenn da nicht eine Geschichte gewesen wäre, die angeblich alle Deutschen etwas anging. Leute, die ich in den ersten Jahren kennengelernt habe, waren eigentlich nur am billigen Wohnen interessiert. Wer konnte zog um in den Osten, den man am Geruch und dem Knattern der kleinen Autos erkannte. Das hat natürlich bald aufgehört, weil die Leute begonnen haben, alte VW und Mercedes aufzukaufen. Oft kamen sie nicht weit damit, einige Kilometer oder gar nur hundert Meter. Man hat von vielen

Unfällen gelesen. Damals mussten wir so tun, als wären wir alle entsetzt von den vielen Toten, die in den Alleen rund um Berlin aus ihren Wracks gezogen wurden. Die Bäume sind von Autoblechteilen beschädigt oder ganz zerstört worden, bis man irgendwann doch Leitplanken aufgestellt hat, die ihrerseits bald wieder kaputt waren und ausgetauscht werden mussten. Die brandenburgischen Störche sind nach Mecklenburg umgezogen, weil es ihnen zu laut wurde. Nicht zu vergessen natürlich die Hasen und anderes Niederwild, die damals schon längst weg waren. Ich erinnere mich, es hieß immer: „tragisch, tragisch!" Es gab immer weniger junge Leute in den Dörfern, weil alle auf dem Weg in eine Diskothek in die Alleebäume gefahren und zumeist sofort tot gewesen sind. Nur noch alte Leute in den Dörfern rund um Berlin.

Unvermittelt ist der Text zu Ende und ich will ihn nicht wegwerfen. Es war tatsächlich so ähnlich, wie hier beschrieben. Ich finde ihn verstörend, doch. Gegen Ende finde ich ihn fast unfair, geschmacklos. An die Störche und das Niederwild hat der Autor gedacht, nicht etwa an die vielen Todesopfer. Ich fahre mit Fritz gelegentlich nach Brandenburg, um Kränze niederzulegen. Was konnten die jungen Leute dafür?! Die Väter waren es und die Mütter, die mit den West-Autos angeben, sie aber nur zu allerniedrigsten Preisen kaufen wollten. Natürlich war die Arbeitslosigkeit erschreckend in dieser Zeit, erinnert sich Fritz. Das Epilepsiezentrum Berlin-Brandenburg sei damals im Aufbau und das ehemalige preußische Irrenhaus in Lichtenberg der ideale Platz dafür gewesen. Er selbst sei gerade aus Stockholm gekommen, wo es ihm zu brutal geworden sei. Die Karolinska liegt nicht in der Stadt, wo die Leute noch zu Fuß einkaufen gehen, sondern zwischen Vorortstraßen aus Beton und

Asphalt. Wie überall auf der Welt, wenn man nicht weiß, was man mit dem Platz anfangen soll und er nicht leer bleiben darf. Hinter jedem Busch eine Autobahn und wenn ein Schwachsinniger rausläuft, kommt er unter die Räder. Er wäre zuerst begeistert gewesen von Schweden, ein lauwarmes Wohnzimmer bis zum Polarkreis hinauf, wie es der Plan war. Man kommt schon als Sozialdemokrat auf die Welt. Dann ist Olof Palme vor einem Kino erschossen worden. Ein Wendepunkt, traumatisch für die Schweden. Seitdem neigen die Schweden zur Brutalität. Da sei ihm endgültig klar geworden, dass er nur noch mit Patienten zusammen sein wolle, die Kollegen aber meiden müsse.

Am liebsten habe er sie loswerden wollen. Alle zusammen. Und nur mit seinen Patienten und den Pflegern weitermachen wollen. Die Königin sei ihm lästig geworden. Wenn sie den König besucht habe, die ganze Karolinska mit klinikfesten Lappen vorher durchgeputzt worden sei, das Stiegenhaus und das Königszimmer vor allem, sie habe immer das letzte Wort haben wollen. Und wenn nicht sie, dann ihre nuttige Tochter. Gerade der König sei derjenige gewesen, der am öftesten davongelaufen ist, den man fast jeden Tag habe einfangen und von der Straße weg zurück in die Psychische bringen müssen. Der König sei nur kurz im Amt gewesen. Zu lange, wie er fand. In den seltensten Fällen sei er überhaupt regierungsfähig gewesen. „Amtsfähig ja, regierungsfähig nein. Nie!", wenn er ehrlich sei.

Da fragt man sich schon, ob man hier noch länger bleiben soll, in dem Land, sagt Fritz heute. Sozialdemokratie und Monarchie hätten nie zusammengepasst. Vielleicht hätte sich der Palme ohnehin erschießen wollen nach dem

Kino. Die beste Zeit sei ja vorbei gewesen, im Krieg seien es noch ordentliche Exilanten gewesen in Schweden, das habe auch Palme geschätzt. Willy Brandt und Bruno Kreisky, die ganzen Sozialdemokraten und Sozialisten, die später wieder gegangen und niemandem auf der Tasche gelegen seien. Ja, sagt Fritz, die Töne hätten sich geändert, wie sich die ganze Politik geändert habe. „Heute nehmen sie nur noch österreichische Neurologen". Jedenfalls habe Fritz das Angebot aus Berlin sofort angenommen und habe schnell seine Sachen gepackt, wie er sagt. Noch heute würde ihm schlecht werden, wenn er an Schweden denke.

Als ob im Museum nichts ohne mich ginge, werde ich für übermorgen hinbestellt. Wiedereröffnung heißt das, alle werden gebraucht nach der Pandemie. „Kaum wird es aufgesperrt, fehlst du schon", sagt Fritz am Telefon. Sicher, wir werden dafür bezahlt, das Museum aus seiner Überflüssigkeit herauszuholen, es durchzulüften. Noch nie war es so lange geschlossen, niemand weiß, wo der Staub liegt, wo es zu schimmeln angefangen, der Putz nicht mehr auf der Wand gehalten hat. Wo die aufgebrochenen Fliesen, die spröden Kabel liegen, Schrauben locker geworden sind.

Ich werde hineingehen wie ein Messner, der monatelang im Krankenhaus war, mit Tabletten und Spritzen traktiert und dann frei gelassen wurde. Ob das Krankenhaus die Ausnahme oder die Regel ist? Das Museum oder die Kirche? Das sind Fragen, die einen guten Messner tagtäglich beschäftigen, über denen er oft nicht einschlafen und schon gar nicht ordentlich arbeiten kann. Kein Präsident, kein Kanzler dieser Welt kann so viel falsch machen. Deshalb gibt es auch keine Messnerinnen. Nicht weil die Frauen sich dafür zu schade sind, so ist es nicht. Frauen seien, das habe schon der Herr Jesus gesagt, um Längen, um Klassen härter und zäher als wir, fleißiger und überhaupt besser. Das hilft ihnen aber nicht. Sie sind nämlich auch um Klassen ehrgeiziger. Und das darf ein guter Messner nicht sein. Er muss demütig sein und die Hierarchien anerkennen. Nicht auf einmal der Pfarrer sein wollen. „Karrierismus hat in diesem Amt keinen Platz und das wollen die Frauen nicht verstehen", wie der Pfarrer sagt. Eher könnten sie Pfarrerinnen werden, Messnerinnen nicht. Er persönlich würde das nicht so eng sehen, könne es sich aber „bei Gott nicht vorstellen". Allein die Talare seien nicht für sie gemacht, es käme uns sehr teuer und niemand wisse, ob es sich lohne am Schluss.

Durchrhythmisiert, von Sonntag zu Sonntag, sind die Messner und Pfarrer, wie Uhren, vom Herrgott aufgezogen. Die Kelche und Klingelbeutel werden schon am Samstag leicht aufgewärmt, zumindest in die Messnerkammer gelegt, der Wein ausgelüftet, sonst spuckt ihn der Pfarrer auf die Ministranten, wie zu Ostern damals im 74er-Jahr. Der Hustenanfall hat gar nicht mehr aufgehört. Die Ministranten haben sich nicht hinzuschauen getraut. Keiner hat sich zu bewegen getraut, als der Pfarrer alles liegen und stehen hat lassen und in die Sakristei hinübergelaufen ist. Das Husten ist noch minutenlang zu hören gewesen, bis er wieder aufgetaucht ist. Die Kirchenbesucher sind ganz still gewesen, erschrocken, wie die Ministranten. Der Pfarrer hat sich nichts, aber schon gar nichts anmerken lassen und hat weitergemacht, wo er aufgehört hat.

Der Messnerberuf muss besonders ernst genommen werden, sonst steht man diesen Rhythmus nicht durch, der
von einer Sekunde zur anderen zerbrechen kann, wenn
man nicht aufpasst. Der Pfarrer ist auch nur ein Mensch
und verträgt nicht jeden Wein. Wenn der Messwein
bräunlich wird, kippt, wie es heißt, und das vom Messner nicht bemerkt worden ist, wird es normalerweise hei-
kel für ihn.

Ein Museumsaufseher kennt keinen Rhythmus und keinen Wein. Ich zumindest nicht. Nur das Betreten der Mu-
seumsräume, das Hineinkommen ist ein unbeschreibli-
cher Moment. Ein Museum hat immer etwas
Nachgemachtes, etwas Aufgesetztes, Anmaßendes.
Meine Aufgabe ist es, die Leute davon abzulenken, sie
das nicht merken zu lassen.

Die erste Kirche habe Gerhard erst in Paris von innen gesehen, kurz bevor er im Krankenhaus angefangen habe.
Fremd sei ihm das vorgekommen, erschrocken sei er gewesen, dass soviel schönes für jemanden gebaut wird,
von dem man nicht wissen könne, ob es ihn gebe. Das
Schöne sei einem in der DDR ganz und gar ausgetrieben
worden. Selbst die Natur habe nicht mehr schön sein
dürfen, dafür habe man alles getan. Bauernhöfe seien in
kürzester Zeit abgerissen und das Gebüsch verdreckt
worden. Die dünnen Kiefernwälder seien ihm als Kind
schon verdächtig vorgekommen, wie Kriegsinvaliden,
die sich auf Krücken ungern bewegen, aus Angst vor
dem Umfallen. Warum es *Arbeiter- und Bauernstaat* geheißen hat, habe ihm nicht eingeleuchtet. Bauern habe er nie
auch nur von weitem gesehen, nur Maschinisten. Kühe
auch nicht, weil sie die Ställe nicht verlassen wollten, es
ihnen draußen zu dreckig war. Tiere seien viel sensibler

als der Mensch, der sich alles gefallen lasse. „Selbst die DDR haben sie sich gefallen lassen, die Bürger".

Als Gerhard zum ersten Mal in die Leichenwäscherei hineingetreten sei, sagt er, habe er wieder an eine Kirche gedacht. Mit einem Schlag habe er die DDR vergessen, bis er wieder heraus, und fast unter ein Auto gekommen sei. Es habe sofort wieder nach dem Gemisch gerochen, das damals *Antriebsflüssigkeit* hieß und die ganze Republik stabilisierte. Er sei völlig durcheinander gewesen. Ich selbst erinnere mich noch an die ersten Jahre nach dem Zusammenschluss, dem Untergang des kleinen Landes, als man noch glauben konnte, Westberlin sei der DDR beigetreten. Der Mopedgeruch, der früher nur in der anderen Hälfte der Stadt zu Hause war, ist zwar verdünnt, aber dafür in der ganzen Stadt verteilt worden.

Ich bin von Fritz aus dem Dreck gezogen worden, noch heute würde ich meine Anfälle kriegen, auf dem Traktorenfriedhof meine Strafen absitzen. Dass ich wieder zu schreiben angefangen habe, habe ich ihm zu verdanken.

Gerhard habe sich auch immer auf Fritz verlassen können, Rollstuhl hin oder her. Mit seinem normalen Leben habe er zu dem Zeitpunkt abgeschlossen gehabt. Fritz hat getan, was er konnte. Warum, wisse er nicht. Es sei in Wirklichkeit der Rollstuhl gewesen, der ihn weitergebracht habe. Er habe sich immer für Menschen interessiert, man dürfe sich nur nicht zu viel mit ihnen abgeben. Oft würde es reichen, sie aus dem Fernsehen zu kennen. Tausende Zuschauer würden nicht jede Woche in den Fußballstadien herumstehen, wenn sie jemals selbst einen Ball getreten, jemals in eine Umkleidekabine hineingerochen hätten. Der sogenannte Zauber, das Magische,

die ganzen Fußballwunder, die sich in der Sportge-
schichte abgespielt hätten, würden auf der Stelle zusam-
menfallen. Gerhard habe das jeden Tag mit seiner Frau
erlebt. Er habe ihr den Kamillentee viel zu spät ins Gesicht geschüttet, Jahre zu spät. Obwohl sie ihm leidgetan
habe in dem Moment. Es wäre besser gewesen, sie wäre
von selbst gegangen, wäre davongelaufen, hätte alles
hingeschmissen. Nach seiner Mutter sei sie die einzige
Frau gewesen, die ihn geliebt habe, sagt er. Das habe er
erst gemerkt, als sie nicht mehr da war und sie längst ge-
schieden gewesen seien.

Wie man den Wald vor lauter Bäumen nicht sehen
könne, könne man auch beim Fußball nicht mitreden,
würden einem immer Fußballer im Weg herumstehen.
Er erzählt mir von einem Freund, der, egal welchen Sport
ausschließlich vom Fernsehen gekannt habe. Dabei sei
er der einzige gewesen, der jeden Sport verstanden
habe und überall habe mitreden können. So sei es ihm,
Gerhard, mit seiner Frau gegangen.

Ich bin mit Fritz im Scheunenviertel und er erzählt wie
immer vom sogenannten Damals, als man hier noch
keine dieser Menschen gesehen hat, die jetzt die Gehsteige weniger mit Weggeworfenem, als mit sich selbst
verschmutzten, wie er sagt. Cafébars, die aussehen, als
hätte man Starbucks auf zwanzig Quadratmeter zusammengestaucht und vor allem die Läden, von denen man
nicht weiß, ob hier Anzüge oder Schnitzel verkauft würden. Ob rostige Fahrradrahmen oder ausgestopfte Lö-
wen in Schaufenster stünden, sage nichts über das Lokal
aus. Es gehe auch nicht darum, dass man auf den ersten
Blick wisse, woran man sei. Beliebig müsse es sein. Nicht
was man sage, sei interessant, sondern wie man es sage.

Nur keine Eindeutigkeit, keine Präzision, sonst sei die Luft raus. Das Schlimmste seien Zeitungen oder Kameras bei der Eröffnung, wenn sich Menschentrauben auf den Gehsteigen bildeten oder Ähnliches. Man müsse sich mindestens ein paar Jahre als Geheimtipp durchschleppen, durchhungern, bis man „zufällig!, zufällig!" hinter einer Ecke, zwischen Hydranten und zugewachsenen Kellertüren endlich gefunden würde. Dann allerdings sollte der Raum mit Menschen vollgestopft sein, als ob es etwas ganz Besonderes gäbe. Jeder, der hier reinstolpert, die Treppen rauf oder runter hineinfällt, solle sofort wissen, dass er erstens etwas gefunden, entdeckt hätte, das niemand kenne, andererseits aber etwas, dass gut genug sei, um die Massen der dort herumstehenden, herumsitzenden Menschen zu rechtfertigen.

Ich weiß nicht gleich, ob ich Fritz richtig verstanden habe. Hier!, sagt er und zeigt auf einen Hydranten, der von hindrapiertem Hundekot umstanden ist. Hier muss es etwas geben! Er wisse nur nicht, was. Als wir eine Tür aufstoßen und hineinfallen, stehen sofort einige Kellner da, die uns untersuchen. Ob wir tatsächlich zufällig reingefallen wären oder lange nach dem Etablissement gesucht hätten, scheint von größter Wichtigkeit zu sein. Ob jemand unrasiert sei, weil er sich keine Rasierklinge leisten könne oder ob er es nicht nötig habe, sich zu rasieren, sei von größtem Interesse, das Allerwichtigste, wie wir sofort feststellen. Hätten wir das Rasieren nicht nötig, seien wir erwünscht, wenn nicht, dann nicht. Ob es hier Schnitzel oder Anzüge gäbe, sollten wir seine Sache sein lassen, sagt der Kellner in der bodenlangen Schürze, eine sauteure Weinflasche, einen Anzug oder ein Wiener Schnitzel in der Hand. Wohin wir reingestolpert sind, ist uns lange Zeit nicht klar, als wir schon längst an einem Tisch sitzen, der sich wie Sperrmüll anfühlt. „Schlecht angezogen", meint Fritz, ähnlich den Leuten auf den Gehsteigen, die mit Sicherheit das Gegenteil von schlecht angezogen sein wollen. In dieser Gegend treibe sich das Wollen herum, ohne Ziel, während das Können derart auf die Stadt verteilt sei, dass man es kaum bemerke. Einzigartig in Europa, in der Welt wahrscheinlich. Ein Unikum sei diese Stadt, von der er immer, seit er hier angekommen sei, das Gefühl gehabt habe, die ganze Stadt wisse nicht, wohin, wofür, warum und wie.

Es scheint ein Suppenlokal zu sein, eine Suppenküche vielleicht. Die Speisekarte ist ein Zettel, angeknittert und feucht von schmierigen Fingern. Wie am Ostbahnhof, in der Bahnhofsmission. Wir finden nirgendwo Preise, die uns, wie der Kellner kurz erklärt, erst viel später überraschen würden. Es würde uns eine Rechnung zugestellt werden. Die sogenannte *Uralte Sizilianische Steinpilzsuppe* finden wir beide vom Klang her interessant. Es sei das Geheimnis des Essens, meint Fritz, wie es den Hunger vertreibe.

Auf dem Heimweg lässt er sich noch lang und breit über das Essen aus. „Wir sind schon längst über Ernährung hinaus", hätten sie überschritten, vernichtend geschlagen. Es sei eine Errungenschaft des Menschen, der alles vernichtend schlage, was ihm im Weg stünde. „Wir haben heute eine Steinpilzsuppe besiegt!" Sehenden Auges deklassierten wir alles, was nach Gegner aussähe und breiteten unsere Picknickdecke über die Leichen der Kühe, den Regenwald undsoweiter. Wir seien eine brutale Vernichtungsmaschine, nichts anderes. Im Kindergarten würde uns schon das Vernichten und Totprügeln beigebracht, nachdem wir die Gummistiefel an der Schwelle ausgezogen und bevor wir den ersten Filzstift in die Hand genommen hätten, würden wir schon zum Serienmörder hingezüchtet. Die Schweden seien uns da natürlich voraus, die ganzen Skandinavier. Die Monarchie hat ihnen die Brutalität in die Wiege gelegt. Überhaupt sei er auf die Schweden nicht gut zu sprechen, was nicht nur mit der Monarchie an sich zu tun habe. Schließlich kämen viele damit zurecht. Eine Monarchie könne schließlich ein Geschäftszweig sein wie jeder andere auch.

Wie überall sei die Schaustellerbranche natürlich von einem wohlwollenden Publikum abhängig, das sich den abgedroschenen Schmarren etwas kosten lasse. In Schweden aber habe sich eine durch und durch degenerierte Gesellschaft herausgebildet. Wo man sich duze wie in einem Gesangsverein, halte man das Individuum unter der Decke. Er, Fritz, habe immer darunter gelitten, dass es unter dieser Decke zu stinken angefangen habe. „Zuerst ist es ein Muff, später nur noch ein Gestank, glaub mir das!"

Stockholm sei ihm immer fremd geblieben, obwohl die nordischen Städte am Meer etwas Faszinierendes hätten, das Wasser viel zu kalt, meistens, eigentlich immer. Nur die Meergeräusche, die Vögel und das Wellenschlagen, wenn er abends spaziert sei, würde er manchmal vermissen.

Eigentlich hätte man irgendwas draus machen können, wobei das immer an den Menschen scheitern würde. Das Ausgewogene, so langweilig es auch sei, brauche der Mensch, aber herstellen müsse er es selbst, was ihm nie gelinge. So sei Stockholm nichts Halbes und nichts Ganzes geworden. Die schwedische Sauberkeit ließ ihn immer an die Schweiz denken, wo auch immer alles sauber und langweilig sei. Dabei seien es die schweizerischen Flugzeuge, die immer wieder abgestürzt seien, und die schwedischen Züge, die Verspätung hätten, oder gar nicht stehen bleiben würden, wenn man aussteigen wolle. Bis heute sei Fritz nicht ganz klar, warum er sich mit Stockholm nicht habe anfreunden können. Wenigstens irgendwie arrangieren hätte er sich können.

Wir gehen zu Gerhard hinauf in den x-ten Stock und Fritz sagt auf einmal, die Steinpilzsuppe sei nicht schlecht gewesen. Ich warte auf ein Aber und es kommt nicht. Fairness sei ihm das Wichtigste, neben dem Hackbrettspielen, neben dir, meinte er.

In Gerhards Stiegenhaus riecht es noch immer nach dem verbrannten Rollstuhl, obwohl es schon so lang her ist, denke ich im letzten Stock, wo man nicht mehr klingeln, sondern nur noch durch die offene Tür zu gehen braucht. Der somalische Krankenpfleger wohnt schon fast bei ihm. Ich fürchte, es würde ihm so gehen wie Gerhards Frau. Fritz erinnert mich an die, wie er meint, „ganz andere Situation, ganz anders, nicht zu vergleichen". Man könne mit Gerhard gut auskommen, ein guter Depp sei er. Der Krankenpfleger kocht uns Kaffee und zeigt ins Wohnzimmer, wo sich Gerhard zwischen unausgefüllten Formularen, ausgetrockneten Tassen und Zeitschriftenstapeln einen Sitzplatz freigeschoben hat. Von diesem Zimmer ging auch früher schon etwas durch und durch Negatives aus. Selbst ohne den Saustall etwas Trauriges, Trostloses.

Wir hatten uns eigentlich verabredet, was er offenbar völlig vergessen hat. Richtig erschrocken ist er, bleich, als hätte man ihn aufgeweckt. Das einzig Lebendige in dieser Wohnung ist der Krankenpfleger, das einzig Genießbare dessen Anwesenheit. Jeder Zentimeter Oberschenkel sei ihm eine Last und es tue ihm leid, den Rollstuhl damals gleich verbrannt zu haben. Sein Selbstmitleid sei ihm nützlicher gewesen als jeder Zentimeter Oberschenkel, sein Kopf ein unnützer Esser und Fritz solle nicht auf die Idee kommen, ihm schon wieder eine Putzfrau zu schicken, die er ohnehin nicht reinlassen würde. Der junge Krankenpfleger würde ihm jeden Tag das Gefühl geben, dass es ohnehin nichts mehr würde mit ihm, dass mit ihm nichts mehr gehe, er nie wieder Leichen waschen könne. Er könne sich überhaupt nichts anderes mehr vorstellen als den Frust, das Schlafen strenge ihn an und die Tage seien ihm fremd geworden. Der Krankenpfleger täte ihm inzwischen mehr leid als er selbst und wir sollten ihn am besten gleich mitnehmen. Er sei eine Blume, die ihm genauso vertrockne wie seine Kakteen und sein Aquarium.

Wir packen den Krankenpfleger sofort ein und nehmen ihn mit. Er sagt auf dem schmalen Rücksitz, dass er sowieso bald davongelaufen, einfach irgendwohin abgehauen wäre. Dass ihm Fritz sofort eine Stelle anbietet, wundert mich nicht. Er brauche dringend, so lügt er, einen Pfleger in der Neurologischen, das Leichenwaschen traut er sich nicht anzubieten. Ein, zwei Jahre Erfahrung in Beelitz-Heilstätten reichten völlig aus, lügt er wieder. Das Lügen falle ihm nicht schwer, sagt er oft genug, wenn es um die Sache geht, die gute Sache selbstverständlich, und was gut ist, bestimme er. Dieses dauernde

zwischen Berlin und Beelitz-Heilstätten Hin- und Her-
fahren, die schwatzhaften Kolleginnen, verantwortungslos durch und durch, die Patienten in Bächen ertrinken,
auf durchgemorschte Brücken steigen lassen, so habe er
sich Deutschland vorzustellen. „Oberschenkelumfang
dreißig Zentimeter!" Nach zehn Minuten hat er den
Krankenpfleger so weit. „Herzlich eingeladen!" Er freue
sich.

Wenn ich dran denke, wie mich die Leute behandeln, wie
dahergelaufene Idioten mich belehren und maßregeln
dürfen, bereue ich es gelegentlich, meine Schulen abgebrochen zu haben, nicht auch Neurologe geworden zu
sein und aus meinem Chefzimmer auf die Laubbäume
mit den Eichkatzen, und seien sie noch so überfressen,
rausschauen zu können. Bei Fritz habe ich sowieso das
Gefühl, er biege sich die Realität nach Belieben zurecht,
benutze das übertriebene, maßlose Gehalt nur weil es da
ist. Die Knausrigkeit ist ihm vom elterlichen Hof geblieben, wo nicht das geringste weggeworfen wurde, weil alles „zumindest noch gebrannt hat". Die Fachzeitschriften
unter der Bananenstaude haben schon längst ihren
Zweck verloren, seit sie als Hochglanzmagazine an österreichische Chefärzte verschickt werden, an Neurologen vor allem, die sie ohnehin nur unter Blumentöpfe legen, sagt Fritz. Heute ist seine Knausrigkeit eine
lächerliche Maskerade, eine Komödie. Im Fernsehen
kommen Neurologen nicht vor, weil ihnen auf Kreuz-
fahrtschiffen schlecht wird und niemand stirbt. Eine
Dummheit, so Fritz, wie sie im Fernsehen die Regel sei.
Dabei wäre eine Psychiatriekomödie das lustigste überhaupt. „Schwarzwaldpsychiatrie! Berghofdoktor!" Er

selbst führe jeden Tag eine Komödie auf mit seinen Spinnern und Idioten.

Selbst der Papst schaue sich schlechte Filme an, spiele *Mensch ärgere dich nicht* und rege sich über eine lauwarm eingelassene Badewanne auf. „Vielleicht wäre er vom Schicksal deines Sultan und seiner Frau ergriffen?!"

Fritz habe keine Zeit zum Lesen, solange ihn Herr Krause taktiere. Seine Tage seien ausgefüllt mit Komödien, die er beruflich inszeniere, während ich im Museum erst richtig zur Ruhe komme. Ich erhole mich beim Geldverdienen, wofür ich Fritz lange beneidet habe. Während er auf dem Klinikgelände inszeniert, komme ich im Museum auf meine Kosten. Meistens seichte Unterhaltung ohne jeglichen Anspruch, ohne Raffinesse. Ich lenke mich mit Arbeit ab, die ohnehin keine ist und warte jeden Tag, bis der Vorhang aufgeht. Ich bin der Einzige, der weiß, was passiert, jeden Tag passiert, mit leichten Abweichungen in der Dramaturgie. Unsere schauspielerischen Leistungen hängen von verschiedenen Faktoren ab, die ich kaum beeinflussen kann.

Die vom Rampenlicht aufgeheizten Kinder ohrfeigen sich, Eltern rutschen auf dem Schweiß der Kombattanten aus und erste Gelächterfetzen hallen unter den Kuppeldecken von Raum Nummer 104 wider. In größter Entfernung, wo sich der Pöbel nicht zu schämen braucht, wird es zuerst laut, obwohl man am wenigsten sieht. „Sichteingeschränkt" heißt das in der Oper. Das Publikum im Parkett beginnt sich erst zu interessieren, wenn es ums Ganze geht, um Entscheidungen, die spontan getroffen werden müssen. Ich drehe mich um und lenke mich mit Arbeit ab, die keine ist, den Plot kenne ich. Väter kümmern sich immer um die ausgerutschte Frau und lassen die Kinder laufen, während die Frauen den Kindern nachlaufen und die ausgerutschten Väter liegen lassen.

Die ersten Zwischenrufe der Empörung locken inzwischen Gaffer aus der Treppenhalle an. Die moralischen Skrupel sind das einzig spannende Moment für mich. Das Publikum ist sich nicht einig. Die Gaffer werfen mir vor, nicht einschreiten zu wollen. „Warum!", schreie ich sie an. Die Gaffer tun empört, mischen sich in das Stück ein und sind sich wieder nicht einig, ob sie empörte Gaffer bleiben oder wieder ins Publikum wechseln sollen. Sie fragen sich, ob ich einschreite oder nicht. Ich schreie entweder „Warum!" oder „Schweine!" und gehe wieder an die Arbeit, die keine ist. Ein Ende ist nicht abzusehen. Wenn die Frau beim Nachlaufen die zwanzig Meter lange Treppe hinunter stolpert, ein Kind in der Hand, und das Blut aus dem Schädel spritzt, direkt auf ein Rudel Asiaten, das wie immer sofort auseinanderläuft, sind Russen und Spanier nicht weit, die sich von den Lichtreflexionen erholt haben. Es geht wieder einmal seinen Lauf, Polizei und Notarztwagen drängen sich vor dem Eingang und ich bin froh, wenn's vorbei ist.

Würde ich die Handlung nicht kennen, hätte mich so mancher Auftritt beeindruckt. Ja, die Echtheit, das Ungekünstelte machen die Stücke im Museum aus. Das würden auch Kritiker so sehen, wenn sie anwesend wären. Das einzig Unberechenbare ist tatsächlich der genaue Zeitpunkt und der Spielort.

Auf dem Weg nach Hause packt mich das Erlebte doch mit voller Wucht. Ich muss mein Rad irgendwo anlehnen und mich hinsetzen, am Gehsteig, auf einer Bank im Idealfall.

Die Aufsehertätigkeit, denke ich, ist etwas Besonderes, es darf nur nicht zum Beruf werden, wie die Försterei meines Vaters, ein Förstern, das ihm letztendlich das Leben gekostet hat. Die Vermischung von Leben und Beruf ist ein riskanter Drahtseilakt ohne Netz. Ein Psychiater darf kein Psychopath sein, während ein Lungenarzt rauchen darf, in suizidaler Absicht. Ein Bundeskanzler muss nicht wählen, wenn er lieber Tennisspielen geht. Auf eine Stimme kommt es selten an, wird er sich sagen, mit Idealismus macht man keine Politik. Wenn ein Verkehrsminister falsch auf die Autobahn auffährt wie der Bauer, der meinen Bruder fast umgebracht hat, sollte er zurücktreten, um seine Wiederwahl nicht zu gefährden. Und selbst das könnte ihm schaden. Es würde sich lohnen, in irgendeine Oppositionspartei einzutreten. Vielleicht lässt sich seine Frau scheiden und er wird seine Kinder los, die er schon lang nicht mehr aushält. Das sind die Privilegien, die einen Politiker von einem Museumsaufseher unterscheiden. Trotzdem ist das Gerede vom „wir da unten", das ich mir im Pausenraum anhören muss, während ich mein Brot auspacke, unerträglich.

Am Tempelhofer Feld haben wir nicht nur einen Blick auf die Stadtautobahn, sondern auch auf den Tempelhofer Damm. Die noch von den Flugzeugbeobachtern zertrampelte Wiese hat sich bis heute nicht erholt und Plätze für das Sitzen beschränken sich auf wenige Flecken. Der Flughafen mitten in der Stadt ist heute ein Stück Geschichte, die ausgemustert wurde wie so vieles. Seit ich Berlin kenne, habe ich nur Ausmusterungen erlebt, Auswechslungen, Zerschlagungen. Ich bin selbst erschlagen und erneuert worden und ganz zufrieden mit dem Ergebnis. Ich kann mich an ein ganz anderes Berlin erinnern, so hat es sich verändert. Vieles bemerkt man zuerst gar nicht, vieles passiert gleichzeitig, man kommt mit dem Zuschauen nicht mit. Meine Stadt ist mir fremd an manchen Stellen. Oft ist es wie Eisenhüttenstadt, Paris und Selzthal auf einem Fleck. Ein Freibad kann wie ein Kaufhaus aussehen und niemanden wundert es mehr. Ein S-Bahnhof wird von Wohnhäusern umstellt, bis zu den Geleisen hin, dann ist es mit einem Baumarkt, einer Straße zu Ende und wird zu Hochhäusern, rot und blau angemalt, irgendetwas steht auf dem Haus geschrieben, was der Passant sofort vergisst. Es ist zum Vergessen geschrieben und gemalt. Ein zugebauter Landstrich, zur Provinz verdammt, einzelne Nester und Bezirke völlig voneinander unabhängig, täuschen eine Stadt vor. Der Landstrich ist neben seiner Unordnung noch immer zweigeteilt. Ein Teil erkennt den anderen nicht wieder oder existiert gar nicht, interessiert nicht. Ein echter Ostberliner hat Schöneberg und Charlottenburg nie betreten, als wäre die Mauer noch da, nichts passiert in dreißig Jahren. Die Zugezogenen kennen die Stadt besser, als die Berliner.

Herr Krause wäre mit dem in Kitzbühel abgefrorenen Fingern ein Sozialfall, verarmt und gescheitert, wäre er ein Ostberliner gewesen und kein Eisenhüttenstädter. Er hätte Fritz nicht als Schüler. Hackbretter gibt es in Ostberlin nicht, Zithern schon gar nicht. Die Tempelhofer Wiese wurde nicht von Ostberlinern zertrampelt, hat keine Ostberliner Schuhe gesehen, bis heute wahrscheinlich. Der Österreicher kann in Kreuzberg und in Friedrichshain leben, der Berliner entweder da oder dort. Der

Ostberliner ist ein Überlebender, der sich in der Freiheit unwohl fühlt, irgendwann verwelkt und ausstirbt.

„Traurig irgendwie", meint Fritz auf der Picknickdecke. „Wäre besser gewesen, hätte man das Land neu besiedelt. Unter strengsten Auflagen, durch strengste Selektion. Ein Tropfen Norddeutscher, zwei Tropfen Thüringer zu viel und die Suppe ist ungenießbar, verzuckert oder übersalzen, eingetrübt, für Generationen wieder verloren. Berlin ist noch immer eine Suppenküche mit Personalproblemen, bei mir die Ärzte, bei dir die Dozenten. Ein Chaos, ein Saustall, der zusammengehalten werden muss. Es muss umgerührt, ausgeschüttet werden von Zeit zu Zeit, neue Gesichter, Spinner, Ärzte, Direktoren und ich muss umrühren, würzen und kosten". Neurologische Einstellungsgespräche fürchte er am meisten. Alpträume habe er, bevor er nur ein einziges Einstellungsgespräch zu exekutieren hätte. Exekutionen, Hinrichtungen und Schauprozesse seien Alltag in Kliniken. Er müsse nicht immer dabei, letztendlich aber immer der Henker sein. Richter und Henker in einer Person, Opfer wie Täter in einer Straftat, einer Vergewaltigung. Ein falscher Handgriff, die falsche Entscheidung, und eine Klinik würde zum Sterbehaus, zum Siechenheim. Die Leichenwäscherei, wie Gerhard hartnäckig, aber erfolglos beklagt habe, wäre durch nichts und niemanden mehr anständig am Laufen zu halten gewesen. Sein Unfall sei unter den Leichenbergen abzusehen gewesen, eine Frage der Zeit. Der beste Leichenwäscher hätte das Aufkommen nicht bewältigen können. In der Unfallsaison seien die Stücke nicht einzeln, sondern haufenweise eingeliefert worden. Allein zum Sortieren hätte er Helfer gebraucht, die in der Bügelei gefehlt hätten. Er sei ja immerhin erst mit der zehnten und nicht schon mit der siebten oder achten in das Stiegenhaus hinuntergefallen, während die fünfte oder sechste ihn nur zum Stolpern und Ausrutschen gebracht habe. Das könne er nicht mehr genau sagen, ob er gestolpert oder ausgerutscht sei. Pietätlos wäre es zugegangen, die Leichen seien nur Trümmer und Stücke gewesen, als Brocken seien sie bezeichnet worden. Menschenverachtung sei das gewesen. Die Hilfswäscher hätten sich jede Woche abgewechselt, erinnert sich Gerhard. Wahrscheinlich sind sie zwischen der Baracke und Charité hin und her gegangen, hätten Waschkurse in den Ausbildungslagern durchmachen und dann zum Praktikum in die Leichenwäscherei kommen müssen.

Palo Alto

„Gesichtswahrend, Geschichtswahrend! Kein Unterschied, meinen Sie? Gesichtsgeschichte. Lederwaren, Leberwaren? An Deutlichkeit nichts zu rütteln, nicht zu rütteln, Entschuldigung! Schau'n Sie, ich denke, wir sollten es öfter darauf ankommen lassen. Zögerlichkeiten deplatziert! Was? Irritiert Sie? Der hippokratische Eid, gut gemeint, aber nicht mehr zeitgemäß, in der Psychiatrie praktikabel, die Neurologie lässt uns da keinerlei Spielraum. Die Elektroenzephalografie, ein Mittel der Diagnostik, zu meiner Studienzeit nicht mehr das Modernste, gehört heute in die Rumpelkammer, während die ökologische Neurologie im Kommen ist. Ich denke an Epilepsiewarnhunde, die demnächst adäquate

Medikationen erschnüffeln werden. Primaten könnten zukünftig in der Gehirnchirurgie eingesetzt werden usw. Die ruhigen Hände, Geschicklichkeit und die Furchtlosigkeit, mit der sie ans Werk gehen, lässt einiges für die Zukunft erwarten".

Ich wundere mich, warum man ihn immer zu Podiumsdiskussionen einlädt, obwohl er immer redet, was er will. Diskutanten seien Statisten, Beisitzer, mehr nicht, wenn Pausenhofer kommt. Wenn's um Straßenbau geht und sie hätten keinen anderen, käme er gern. Was ihn interessiere, sei nicht die Neurologie, Epileptologie als theoretische Wissenschaft. Damit habe er nach den *Ethischen Standards* abgeschlossen.

In Palo Alto hat man ihm das Märchen von den Synapsen abgenommen, die er beim Weltkongress der Neurologen beim besten Willen niemandem zumuten kann. Sogenannte Weltneurologen ducken sich weg wie Volksschüler, fangen zu schwitzen an, wenn sie Angelica Kauffmann hereinkommen sehen. Hochkompetent. Die beste überhaupt in Amerika. Seit Jahren schreibt sie Fritz hinterher und ich merke, wie er vorsichtig wird. Der Trottel aus St. Francisco, seit Jahren vom *Chronicle* delegiert, um den Schwätzer von der *Tribune* zu überschreien, ist hauptsächlich an der Praktikantin der *Austin Daily* interessiert. Sie macht einen verwahrlosten Eindruck, der auf südtexanische Herkunft schließen lässt. Die *Los Angeles Post* ist hauptsächlich an Psychiatrie interessiert und ihrerseits nur mit einem degradierten Sportreporter vertreten. Zuerst zum Tennis, dann zum Tischtennis, wo man beim Kommentieren noch so gut sein kann, herausragend sogar und trotzdem an der Tankstelle dazuverdienen muss.

Bei uns, das weiß ich aus eigener Erfahrung, kriegt man für jeden Handgriff irgendwas, egal wo man angreift, den Mund aufmacht. Man darf sich nur nicht schämen. Wie der Dozent, der sich selbst als Major nie geschämt, Säuglinge eingepackt und verschickt hat. *Lebendversand* hieß es in der Amtssprache, die den Menschen herausgemerzt, zuerst nur das Schreiben und dann das Sprechen entmenscht hat. Schon in der DDR-Verfassung, die ich am Flohmarkt gekauft habe und gerade lese, kommt das Wort Mensch nicht vor, zumindest nicht als Individuum. In der Sowjetunion noch in Resten vorhanden, hat es der Musterschüler, die DDR, spätestens in der Ministerial- und Verkehrssprache getilgt. Während die Sprache nichts anderes als tauglich sein musste, hatte die Deutsche Volkspost zuverlässig zu sein. Das war sie dann auch.

Die Säuglinge sind jedenfalls lebend angekommen, wenn auch zu spät in der Weihnachtszeit bei großem Paketaufkommen. Ausnahmen gab es immer. Wenn der Säugling in Karl-Marx-Stadt angekommen ist und nicht bei der Ausschlachtung in Zwickau, ist das meistens nicht bemerkt worden. Einer ist in Hannover angekommen, ausgebürgert aus Versehen. Heute ist er Bürgermeister in einem Dorf im Münsterland. Beim Arbeitsamt in Castrop-Rauxel war er Dozent in einer Baracke und hat sich rauf gearbeitet in eine leitende Position. Im Familienministerium Nordrhein-Westfalen war er für die Grünen zuerst die Hoffnung, dann nicht mehr tragbar, als er diese Bilder rumänischer Knaben im Internet verkauft und damit ganz gut verdient hat. Ein verpfuschtes Leben, würde man heute sagen, er selbst sieht das nicht so. Seine Recherchen in der Stasi-Unterlagen-Behörde haben ihn direkt unserem Dozenten auf die Spur gebracht.

Die Akte war penibel geführt, nicht anzweifelbar. Der Dozent hat zuerst alles abgestritten und ist dann verurteilt worden. Verwerflich sei das gewesen, hat er als Entschuldigung nach langem hin und her gesagt, unverzeihlich. Den Major hat in Wirklichkeit nur die Tatsache gestört, dass der Versand nicht ordnungsgemäß vonstattengegangen ist. Die Kisten mit mehr als zehn Stück Säuglingen seien als Sperrgut mit dem Zug, bis neun Stück per Kraftwagennormverschub zwar etwas schneller, aber auch unzuverlässiger transportiert worden. Heute, sagt er, würde das ganz anders gehandhabt und die westdeutsche Post noch viel unzuverlässiger sein.

Beim Weltkongress hätten es die Referenten aus Berlin nicht leicht, wie alle Europäer. Die Charité hat keinen guten Ruf, was die Aura betrifft. „Wen soll'n sie schicken? Wen?" Fritz sei kein Spezialist für Aura, aber er könne notfalls auch über den Normverschub in der DDR referieren, das wisse jeder. Sein Vortrag ist für den späten Abend vorgesehen, wenn Fritz am stärksten ist.

„Die Auren, epileptoid, kontextlos, Zeitverschwendung", ist der Auftakt, der an eine Ouvertüre von Richard Strauss erinnert. Explosiv und sofort wirksam. Die Kauffmann hoch konzentriert, während die Weltneurologen schon jetzt angeschlagen aussehen. Die Journalisten scheitern schon am Wort Epileptoid.

Herr Pausenhofer, Mr. Pausenhofer! Angelica Kauffmann, *New York Times*, I would like to know, if … „Sie schon wieder, Mrs. Kauffmann?"… if there are possibilities to stay in contact with … the paper, in terms of … später, later, Mrs. Kauffmann. Later, face to face, ok?!"Frau Kauffmann tut mir leid. Im face to face wird sie untergehen, wie immer. Wie Fritz bei Herrn Krause untergeht, in der Zitherwolke untergeht. „Hackbrettkatastrophe, Herr Pausenhofer! Nicht geübt!"

Der Zirbenschnaps wird sie wieder aufrichten, die Kauffmann. Nach ungefähr eineinhalb Stunden schließt Fritz mit einem Zitat von mir. Ja! Von mir! Nicht autorisiert natürlich, ungefragt. Das Auditorium vor den Kopf geschlagen, Frau Kauffmann wischt sich den Schweiß von der Stirn.

Sie hat die *Epileptical Affairs* groß gemacht, bevor diese vom *Chronicle* übernommen und zu einem Witzblatt hinunter geschrieben wurde. Es gebe nur eine Handvoll Zeitschriften in Amerika, die das Niveau der österreichischen *Kronen Zeitung* übertreffen, so Fritz. Die *New York Times* gehöre natürlich dazu, würde aber in New York gehasst und nur im Ausland gelesen.

Amerika kann sich der Europäer nicht vorstellen, kennt es auch nur aus dem Fernsehen. Wenn man bedenkt, an welchen Hebeln dieses Land sitzt, welchen Einfluss es hat, würde sich der Europäer „sofort in die Hose machen", sagt Fritz, „auf der Stelle wahnsinnig werden".

Frau Kauffmann lässt sich gern von Fritz zum Essen einladen. Wie in jeder größeren amerikanischen Stadt gibt es ein steirisches Viertel, das auf den ersten Blick doppelt so steirisch aussieht wie das Original. Wir finden ein Gasthaus, das genauso gut auf einem alpenländischen Kirchplatz stehen könnte. Frau Kauffmann ist begeistert, das Schnitzel und der Schweinsbraten schmecken doppelt so gut, genau wie der Zirbenschnaps und das *Gösser Doppelbock*. Frau Kauffmann ist eine außerordentlich intelligente und faszinierende Person, die in kürzester Zeit doppelt so betrunken ist, wie sie es je war.

Es war in den Neunzigerjahren, als sich Fritz in die Haftanstalt Moabit sperren lassen wollte. Juristisch wohl die komplizierteste Studie, wissenschaftlich völlig wertlos, wie er heute sagt, keine verlorene Zeit, selbstverständlich, „völlig in die falsche Richtung geforscht" und trotzdem bemerkenswert. Forschungen seien am ergiebigsten, wenn die Prämissen logische Fehler hätten, „am Stock gehen würden, auf Krücken". Das gelte nur in der Hirnforschung, wo man mit Ratten und Kaninchen nichts anfangen könne. Was in Amerika ein Kinderspiel, ein Leichtes sei, sei in Deutschland tonnenschwer. Er hat geglaubt, man könne einfach hineinspazieren, sich einsperren lassen, ohne jemanden erschlagen, erwürgt und vergewaltigt zu haben. Es ist ein Privileg der Inhaftierten, erschlagen und erwürgt zu haben, eingesperrt und vom Steuerzahler durchgefüttert zu werden. Hat man nicht genug vergewaltigt, kommt man unter Umständen noch mit einer Bewährungsstrafe davon und Haare reißen, selbst wenn jemand ins Krankenhaus muss, sind eine Ordnungswidrigkeit, kein Verbrechen. Ein Vergehen höchstens und man kommt mit einigen Tagessätzen wieder nach Hause. Die Verfahren ziehen sich ewig hin und das Ergebnis ist eine Lächerlichkeit. Er wollte einfach ins Gefängnis und sonst gar nichts, ist aber nach Hause geschickt worden, nach Charlottenburg zum Hackbrettüben.

Herr Krause habe ihn ausgelacht, was selten genug vorgekommen sei. In der DDR sei man für einen Honeckerwitz für Monate, wenn nicht für Jahre ins Gefängnis gesteckt und traktiert worden. Das würde ihm fehlen, meinte Herr Krause, schmerzlich vermissen würde er es. Im Winter, wenn die Kohle besonders schlecht gewesen sei, nur Dreck eigentlich und nichts wert, zum Heizen völlig ungeeignet, habe man es in den Haftanstalten noch am wärmsten gehabt. Nicht warm, aber immerhin am wärmsten. Die sogenannten Herbstverbrecher hätten den Staatsapparat an der Nase herumgeführt. Aufs geschickteste hätten sie die Art des Verbrechens ausgewählt und es begangen. Herbst- und Winterbegeher seien mit Erfahrung und Gefühl vorgegangen, der Strafkatalog habe auswendig gekonnt, zur rechten Zeit das richtige begangen werden müssen. Das Aufstechen der Reifen eines Nachbarn sei völlig irrelevant gewesen, wenn es nicht das Auto irgendeines Sekretärs gewesen wäre. Ein Bezirkssekretär in Frankfurt/Oder habe höchstens fünf, einer in Berlin mindestens zwanzig, einer in Schwerin nur drei Wochen gebracht. Ein Major der Staatssicherheit zwei Jahre, ein Hilfsmajor oder Leutnant, der Majorssekretär oder dessen Frau zwischen sieben und acht Monaten, ein Kombinatsdirektor ungefähr siebzehn Wochen, dessen Stellvertreter oder gar der Sekretärsstellvertreter nicht einmal die Hälfte. Es sei immer auf die Dosis angekommen und die Anzahl der zerstochenen Reifen hätten zur Feinjustierung verwendet werden können. Die Winterverbrecher hätten perfekt, die Herbstverbrecher auch stümperhaft vorgehen können. Es habe unbedingt auch darauf geachtet werden müssen, in welchem Bezirk man was hätte begehen oder es besser hätte lassen müssen. Die Haftanstalten hätten verschiedener nicht sein können. Außerdem habe immer eine Überbelegung in der einen die Verschiebung in eine andere bedeuten, die Zellen mit schlechter oder mit besserer Kohle beheizt werden können. Das Essen sei da kalt, dort lauwarm und woanders heiß auf den Tisch gekommen. Und das auch nur vielleicht. Der kleinste Fehler habe gelegentlich größte Folgen gehabt. Bei der geringfügigsten Fehleinschätzung seien die Herbstverbrecher moderat, die Winterverbrecher schwerstens bestraft worden. Er, Herr Krause, habe nicht die geringste Chance gesehen, einen Winter oder Herbst gut beheizt und gefüttert zu werden und doch würde er „die glücklichste Zeit seines Lebens" nicht missen wollen. Dilettantismus sei so gut wie nie ein Nachteil gewesen, bei der Arbeit zumindest. Das Einkaufen habe hingegen größte Präzision verlangt, sie einem abverlangt, im Gegensatz zur Kindererziehung, die völlig automatisiert und, wie er sagte, wie geschmiert abgelaufen sei. Kinder hätten abgegeben und wieder abgeholt werden müssen, zur Not wären sie auch abends zugestellt und am nächsten Tag wieder abgeholt worden. Sie seien gut verstaut worden, aber man habe nie gewusst, wo die Kinder aufbewahrt, eingesperrt oder gestapelt worden seien, was wiederum keine Rolle gespielt hätte, Hauptsache sie seien abgeholt und wieder zugestellt worden. Hilfreich sei auf jeden Fall ein gutes Gefühl dafür gewesen, wann man präzise zu arbeiten oder mit schlampigstem Dilettantismus zu Werke hätte gehen müssen, um nicht besonders aufzufallen. Er, Herr Krause, hätte noch so gut auf seiner Harfe musizieren können, er wäre nicht auf das Podium, in das Orchester gekommen, hätte er nicht den Sekretär des Instrumentenwartes gut gekannt und ihm ein paar Dachziegel zugeschanzt, die sein Bruder aus dem Lager

des Eisenhüttenstädtischen Dachziegelkombinats gestohlen habe. Wie nichts anderes sei das Improvisieren
wichtig gewesen. Das habe er allein durch das Musizieren gut gekonnt. Die ganze DDR sei, wie man heute sagen würde, eine soziologische Jam-Session gewesen, die
selten gute Laune, dafür oft heftigste Schwierigkeiten
hätte machen können.

Der Studie von Fritz, Professor Fritz Pausenhofer habe
man von Anfang an keinerlei Erfolgschancen gegeben.
Weder von den Fachkollegen noch von den zuständigen
Bewilligungsgremien habe er Unterstützung erwarten
können. Weltneurologe, Koryphäe hin oder her. Wäre es
ums Geld gegangen, hätte fast alles vergessen werden
können, hätte alles verworfen und eingestampft werden
müssen.

Bürokratie ist ein hohes Gut, predige ich meinen Arbeitskollegen im Museum. Sie seien, beklagen sie sich, aus
schrecklichsten Bürgerkriegen nicht hierhergekommen,
um dann von den Ämtern zermalmt zu werden. Die Bürokratie, predige ich, sei nichts gegen den Bürokratismus, der erst zum Zuge komme, wenn die Bürokratie
nicht mehr greife.

Ins Gefängnis sei Fritz immerhin gekommen, indem er
einen Verkehrsunfall – fahrlässig verursacht, mit Todes-
folge, Fahrerflucht und Vertuschung – frei erfunden und
selbst angezeigt habe. Selbstverständlich habe sich der
Unfall nicht nachweisen lassen, nicht in Deutschland,
auch in der ganzen Welt nicht, es habe keine Zeugen und
Opfer gegeben, keine Bremsspuren und kaputten Leitplanken, nichts. Es habe sich irgendwo in Nepal zugetra-
gen, hat er angegeben, um den Aufenthalt zu verlängern.

Verurteilt wurde er wegen Irreführung der Justiz, Beleidigung von Exekutivbeamten und Beschädigung von Verhörrauminventars. Er hat zwei Monate eingesessen und ist von der Charité verwarnt worden. Daraufhin hat er Herrn Krause, der ihn ausgelacht hat, geohrfeigt und ist mit zwanzig Tagessätzen bestraft worden. Die Studie ist abgebrochen worden, der Schaden ist ein emotionaler Verzweiflungsschaden, ein Frusttrauma gewesen. Ganz erholt hat er sich davon nicht, denke ich. Meinen Barackenschaden werde ich nie los, nie mehr.

Mein Interesse an Gerhards Fortschritten ist gering. Fritz hat mich gebeten, gelegentlich nach der Arbeit bei ihm vorbeizuschauen. Außerdem ist sein Anliegen ehrenwert, es ist ihm hoch anzurechnen. Der Begriff Ehre sei eine muslimische Erfindung, belehrt er mich, bei uns, sagt er, spielt es keine Rolle mehr, ob der Vater, die Mutter oder sonst jemand beleidigt würde, Hauptsache, es würde überhaupt jemand beleidigt. Die deutsche Verfassung, das Grundgesetz, sehe solche Unterschiede nicht vor. „Schlecht!", meint er, „gut!", meine ich. „Kurzsichtig!", meint er und ich stehe auf, um die Wohnung zu verlassen, die ich ohnehin nie gemocht habe. „Du sollst Vater und Mutter ehren!, steht irgendwo in der Bibel" und ich setze mich wieder hin. Fritz sei ein alter Sozi und ich sei wahrscheinlich inzwischen auch davon infiziert, verseucht. Fritz schicke ihm die Putzfrau nur, um sein Gewissen zu erleichtern, davon sei Gerhard überzeugt. Er schicke ihm die Putzfrau, weil er selbst nicht in seine verdreckte Wohnung kommen und danach seinen Porschesitz nicht mit Kamillentee beschmieren wolle. Er, Gerhard, sei schon lange nur noch eine Belästigung für ihn.

„Stimmt, er nennt dich nur noch Ohrfeige, Kopfnuss". Trotzdem mag er dich und sagt das immer wieder. Obwohl er ständig von den „Eskapaden der Ohrfeige" spricht, dem „Wahn der Kopfnuss", würde er dich nie hängen lassen, sagt er. „Wie steht's mit seinen Projekten?", fragt er mich immer. Ich weiß nicht mehr, was ich ihm erzählen soll. Ob du schon irgendwas Genaueres wüsstest? Fritz macht sich Sorgen. Am Geld, meint er, solle es nicht scheitern, „sag' ihm das". So eine Art Businessplan, ohne Business selbstverständlich. Wenn er auf einmal aus dem Rollstuhl steigen könne, einfach so aufstehen könne, sei das für ihn kein Grund, irgendjemandem dankbar zu sein. Andererseits kann er dich verstehen.

In die Psychiatrie habe er sich widerwillig einarbeiten müssen, es habe ewig gedauert, bis er den ersten Spinner verstanden habe. Es muss in Wien gewesen sein, Dr. Hofstätter und der Pförtner seien für ihn der Schlüssel zu den Spinnern gewesen. Spätestens in Stockholm habe es den Durchbruch gegeben. Vom König erzählt er oft. Er sei schon Chefarzt in der Psychischen gewesen, als er die Idioten noch gar nicht von den Spinnern habe unterscheiden können. „Eigentlich steht hier ein Hochstapler. Meine Spinner die Einstiegsdroge! Erst dann die Idioten, die Schwachsinnigen zum Schluss. Epileptiker ein Dreck dagegen, sag' ich dir ehrlich, eine Fingerübung!" Er weiß, was er zu tun hat. Karrierist ist er nicht, hat er nicht nötig, Gott sei Dank.

Auf dem Weg nach Hause denke ich über die Spinner nach, mit denen Fritz jederzeit gerne tauschen würde. Nie mit seinen Chirurgiesportlern, die den Kittel mit den Kugelschreibern und Schmierzetteln geerbt haben.

Dass mich mein Vater aufgegeben hat, irgendwann, ist ihm hoch anzurechnen. Einen Beruf hätte ich nie ausgehalten, schon gar nicht den Messner und den Förster. Postler und Ärzte gebe es genug, zum Saufüttern! Die Melkerinflation in Cottbus, von der mir Gerhard erzählt hat, sei ein Planfehler gewesen, den man sofort korrigiert und alle ins *Pressspanplattenkombinat Ernst Thälmann* geschickt habe.

Der Lebensbaum wird von jedem vernünftigen Vater eingesetzt, für jedes Kind einer. Da braucht es keine Esoterik. Zuerst wird er im Kindergarten ins Wanken gebracht, spätestens mit der Berufswahl erschüttert und nach kürzester Zeit von Borkenkäfern angefressen, wovon er sich nie mehr erholt. Dass Fußballer ihre Jobs an ihre Kinder weitergeben, Autorennfahrer ihre Söhne auf die Strecken schicken, wo sie gefälligst die Rekorde der Väter zu brechen haben, sei ihnen verziehen, so Fritz, den Alchimisten lasse er es nicht durchgehen. Die Kinder könnten froh sein, wenn sie Töchter sind, sich ihr Leben aussuchen können. „Die Väter sind die Verbrecher!" Er wisse, wovon er rede. „Sei froh, dass du nicht aus einer Rennfahrerfamilie kommst, sondern einfach nur ein spinnerter Epileptiker bist", hat er immer gesagt. „Sei froh!"

„Krankheit macht frei!, nicht Arbeit! Nicht einmal die Dummheit macht so frei wie die Krankheit!" In Wahrheit würde er seine Patienten beneiden, mit ihnen tauschen, wenn er könnte. Er müsse die Suppe auslöffeln. Wenn man eine Doktorarbeit schreibe, müsse man gefälligst abschreiben, möglichst einen Schmarren schreiben, die Leute stürzten sich sonst drauf und wenn einer „Koryphäe!" schreie, sei es vorbei. Das habe er viel zu spät gemerkt. Als er die ganzen Briefe bei seiner Mutter in der Küche habe liegen gesehen, sei es ihm schon verdächtig vorgekommen, verstanden habe er es erst viel später. Dabei wäre es die letzte Chance gewesen, sich beim Schwammerlsuchen zu verirren oder einfach zu verschwinden, sich einen Bart wachsen zu lassen und auszuwandern. Nach Paraguay vielleicht, mit Nazikindern Karten spielen und Kaninchen züchten. Das sei ihm doch zu billig gewesen, zu feig. „Wie komme ich dazu, in Paraguay mit Nazikindern Karten zu spielen, Installateur in einem Nazihotel, obwohl ich als Installateur höchstens der schlechteste Installateur hätte werden können in ganz Paraguay. Dr. Fritz Pausenhofer, schlechtester Installateur in Paraguay!" Das habe ihm nicht vorgeschwebt, es wäre eine Niederlage gewesen, eine billige Niederlage. Genau!, das Billigste habe ihm nie geschmeckt, wie die Milch, die nicht mindestens einen oder zwei Euro kosten würde. Am besten für jeden einen Tagessatz, zehn Euro ein Liter Milch. Eine Leberkäs'semmel vierzig Euro für mich, drei für dich, basta! Ich verdien' doch nicht so viel, wie ich kriege", fängt er wieder an. Lebensmittel in Tagessätzen zu bezahlen, sei das mindeste, an der Kasse die Gehaltsabrechnungen vorzeigen, könnte ja nicht so schwer sein heute. Jeden Tag würde ihm die Staatsbürgerschaft eingeredet und angetragen. „Die Chemnitzer Beamten, der Bürgermeister. Ich will hier nicht wählen, Politiker werden. Schau'n Sie, sage ich, ich würde Sie ja nur abwählen, Ihre ganzen Parteien abwählen. Wollen Sie das? Die Klinik hier, alles verstaatlichen, Sie alle gleich mit!"

Ich denke an den Dozenten, die Knitterfratze, die ja auch nur importiert wurden damals, aus Lichtenberg eingeführt, damit sie hier jammern können, wie sie vorher gejammert haben, in ihrem Wartburg gesessen sind und gejammert haben, sich vom Regen, sagen sie, in die Traufe gejammert haben. Jetzt haben sie das gute Recht, mich zu schikanieren, wenn ich arbeitslos bin, wenn ich aus dem Museum rausgeworfen werde, würden sie mich wieder kriegen, haben sie gesagt, mich fortbilden.

Das wird ihnen nicht gelingen, weil ich sie totschreiben werde, während Sultan der Held wird. Sicher, ich habe es in der Hand und ich bin noch nicht fertig mit ihm und seinem Luder. Vielleicht verpfuscht sie alles wieder mit ihrer Spielsucht, die mir langsam auf die Nerven geht.

Meine Laune ändert sich permanent beim Schreiben, je nachdem, wie sie mich ärgern im Museum, wo ich nichts anderes als die kleinste Nummer bin. Fritz würde mich ja beneiden, sagt er. Er habe den Chef zu machen, bei den Einstellungsgesprächen den Scharfrichter zu spielen und ich könne mein Buch schreiben, mit ihm hinausfahren zu unseren Posten, wo die Wiese schon zusammengetreten ist, das Gras sich oft noch nicht wieder aufgestellt hat.

Es ist ja nicht so, dass wir den Posten immer wechseln würden nach Gusto. Oft kommen wir drei, viermal an einen Platz. Wenn die Gewohnheit mehr als die Abwechslung verspricht. Ich bin meistens für Abwechslung, er für die Gewohnheit. Er sitzt am Steuer, ich nicht. Es sei wie mit der Krankheit, sagt er. Die kleine Nummer habe immer die besseren Karten. Man könne immer nur besser sein als gewünscht. Ihm würde auf die Finger geschaut, mir nur auf die Füße. „Wenn dir mehr gezahlt wird als du verdienst, schaust du jeden Tag nur in die Neidgesichter, Neidfratzen, wenn sie um die Ecke biegen, aus

dem Auto steigen, das sie in Raten abzahlen, alle paar
Wochen mit neuen Felgen kommen, wenn das Geld wieder nicht gereicht hat für die neue Lackierung undsoweiter. Wenn ihre Frauen gerade wieder Kinder kriegen,
merkt man das gleich an den Felgen. Dann parken sie lieber vorne und nicht hinten bei mir". Dabei habe er den
Porsche nur meinetwegen, die Ledersitze, das Angeber-
cabrio. „Du brauchst ja die Neidgesichter, Fritz!"

„Wie geht's Gerhard?" Ich kann's nicht mehr hören, will
nicht mehr darüber reden. Ich erzähle immer das gleiche,
wenn ich ehrlich bin. Mit kleinen Änderungen natürlich.
Er habe immer seine schwammigen Projekte, die nie fertig würden, ihn mehr anstrengen würden, als der Rollstuhl es je geschafft hat. Auch Fritz fällt nichts mehr ein.
Er sei der beste Leichenwäscher gewesen in der Charité,
zuverlässig und geschickt. Er sei der Einzige, der nicht
gejammert habe, einer der wenigen, sagt Fritz. Anders
als Herr Krause, der immer explodiere und damit ganz
gut leben könne. „Mir sind die Choleriker lieber, die re-
signieren nie, jammern nicht". Er, Fritz, würde in Eisenhüttenstadt eingehen und Krause fährt nur mehr zu
schlafen hin. Gerhard und Herr Krause seien unbescha-
det rausgekommen, ohne größere Schäden.

„Die meisten Ehrenbeamten kommen aus der Reha, sind
aus dem Rollstuhl aufgestanden wie du. Ein menschlicher Reflex ist das. Das Ehrenamt ist ein Privileg, das keinem Arbeitslosen zusteht", die gefälligst zu arbeiten hätten. Wir sind in Deutschland, wo Arbeit weh tun muss,
sag' ich. Ehre, ein Geschenk, ein Präsent. Er wolle kein
Geschenk, im Gegenteil. „Wenn du den Mund auf-
machst, kommt ein Fehler raus! Du verstehst mich
nicht!" Und recht hat er.

Fritz bestraft mich noch am selben Abend mit Schweigen, Neurologen- und Psychiaterseufzer sind die schlimmsten, der Patient ist der Bestrafte, ohnehin schon krank, wird noch einmal draufgeschlagen. Wie ich Gerhard in die Falle gehen könne, lang und breit erzählen könne, Ehrenamt ein Privileg? Ich hätte völlig recht, hätte es aber nicht sagen dürfen. Er müsse alles selber machen, nicht mich hinschicken. Museumsaufseher hätten zu viel Zeit zum Denken. Gingen auf und ab und in Wirklichkeit dächten sie, dürften es zwar nicht, täten es aber. Dass ein Museumsdenken nichts mit dem wahren Leben zu tun habe, verstünden sie nicht.

Gerhard ist ein heikler Fall. Was in seinem Kopf vorgeht, wissen nur Neurologen, vielleicht noch Psychiater, Koryphäen wie Fritz, die Jahrzehnte nichts anderes getan haben, als über Spinner nachzudenken. Da wacht einer aus dem Koma auf, steigt aus dem Rollstuhl, was denkt er sich? „Wie hab' ich das verdient?" Das hätte er sich genauso denken können, wäre er im Bett oder im Rollstuhl aufgewacht.

Es sei halt ein Riesenunterschied, ob er in einem evangelischen oder in einem katholischen Krankenhaus aufwache, aufstehe, von mir aus. Es käme darauf an, ob der Lutheraner oder der katholische Pfarrer am Bett oder am Rollstuhl stünde. Zwischen Dankbarkeit und schlechtem Gewissen passt ein Kleinlaster und Fritz zeigt hinüber zur Kreuzung, wo eine Berliner Getränkefirma ein riesiges Gelände in Beschlag genommen, vor Jahren eine Wiese planiert und umgegraben hat. Monate haben wir zugeschaut und überlegt, welcher Fußballverein in Berlin sich ein neues Stadion leisten könne. Wir waren uns beide nicht sicher, ob in der Stadt überhaupt noch

Fußball gespielt würde oder ohnehin schon kapituliert worden sei.

Das falsche Wort sei ihm völlig unbekannt. Den Neurologen seien Fehler generell fremd, deren Arbeit unkontrollierbar. Das menschliche Hirn lasse sich nicht einfangen, geschweige denn messen und bewerten. Er könne sich austoben, jeder Patient eine Versuchsratte, kein Herz, das falsch oder richtig herausgeschnitten werden könne. Du kennst das, sagt Fritz, du warst ja selbst in der Kammer, wo wir dich haben warten lassen, bis der Anfall kommt. Man habe nicht wissen können, wann, nur wissen können, dass er kommt, um dann ein bisschen herumzumessen, Gehirnströme, Abweichungen und Ausschläge. Keine Diagnose, nichts Neues. Aber gefreut hast du dich, dir wieder eine Zigarette anzünden zu können nach vier Tagen. Bei ihm, bei den Spinnern und Epileptikern, gehe es nicht um Erfolg oder Scheitern. Um gute Laune, Tragik, Entertainment, Komödie oder Tragödie gehe es, wenn sie alle zusammen säßen im Ärztezimmer und Karten spielten und lachten bei einer Tasse Kaffee, der eine oder andere wieder aufspringen würde, wenn die Schwestern und Pfleger wie aufgescheucht in ein Zimmer liefen, wenn einer Scherereien mache zur Unzeit. Dabei seien ohnehin schon alle zur Stelle, die erste Reihe sei die beliebteste. Ein bisschen Augenrollen und Scheppern, Gläser- und Tellersplittern, manchmal nicht einmal das. Hellste Aufregung, wer der erste gewesen sei oder der zweite im Zimmer, am Bett. Er selbst sitze dann auf einmal allein da, die Karten noch in der Hand. Kartenspielen sei das Einzige, was er mit den Unterärzten zusammen aushalte, was ihm nicht zutiefst zuwider sei. Einem Anfall zuzuschauen ließen sie sich nicht nehmen, obwohl es schon der hundertste oder tausendste sei. Die Zimmer würden normalerweise gemieden, man mische sich nicht gern unters Volk, wie man die Pfleger und Schwestern nenne, von den Inhaftierten ganz zu schweigen, die nur einmal wöchentlich besichtigt würden, wenn sie glaubten, dabei sein zu müssen, wenn sie glaubten, ihm, Fritz, bei der Visite nachlaufen zu müssen. Dabei seien sie ihm nur lästig, seien unerwünscht, überflüssig. Wenn im Hof ein Epileptiker zusammenklappe, läge er allein im Dreck, auf dem Schotter und schürfe sich alles auf. Die Unterärzte fänden sich nur in den seltensten Fällen ein, vor allem im Winter nicht. Wenn die Schwachsinnigen sich an den Streichelzoogehegen zusammenrotten würden, weil sie nicht ins Haus zurückfänden, gehe sie das nichts an, die Damen und Herren Unterärzte, dafür seien sie sich zu schade. Wenn Fritz sich in das Chefarztzimmer flüchte, die Fenster aufrisse, um zu den Laubbäumen hinüberzuschauen, könne er sich beruhigen. Die Eichkatzen, die von Tag zu Tag fetter würden zum Herbst hin, kämen ihm gar nicht mehr wie eine Plage vor. Das Problem sei, dass die Zeit völlig nutzlos vergehen, sich zuerst an ihm vorbei wälzen und dann davonlaufen würde. Wochen und Monate würden wie ein Sarg an ihm vorbeigetragen, meint er zu mir, wie abgenutzt würde ihm die Tageszeit vorkommen.

Autounfälle habe er zum ersten Mal verstanden, als er in einer brandenburgischen Kurve aus der Spur gedrängt worden sei und sich überschlagen habe. Er sei in einem Maisfeld zum Stehen gekommen, als habe er eingeparkt. Er sei ihm schwindlig gewesen, er habe aussteigen und sich hinlegen müssen.

Ich weiß genau, dass er schon die längste Zeit nach einem Grund gesucht hat, sich ein neues Auto anzuschaffen. Die Maisfeldgeschichte nehme ich ihm übrigens auch nicht mehr ab, verdächtig oft hat er sie mir erzählt, genau wie der Kauf des Angebercabrios eine glatte Lüge ist. Autounfälle dagegen muss man tatsächlich erst verstanden haben, um deren Besonderheit zu erfassen. Wie ein Kind, das so lange rennt in seiner Ungeschicklichkeit und Tölpelhaftigkeit, bis ein kapitaler Sturz plötzlich wie eine Offenbarung über es kommt. Wie aus dem Nichts taucht das Wort Gefahr zum ersten Mal auf, kommt zum ersten Mal aus dem Muttermund, Vatermund, Tantenmund von mir aus. Die Erleichterung der Mütter und Tanten ist verständlich, wenn das Kind es überlebt und so, wie geimpft mit der Gefahr, die nächsten Jahre angehen könne. „Andere müssen fünfzig werden, bis sie die elementarsten Zusammenhänge erfassen, um im besten Fall Lehren daraus ziehen zu können". Den Alois, seinen Bruder, habe es oft mit dem Traktor überschlagen und er habe nichts daraus gelernt. Immer wieder sei er die Wiese vom Feuchtlerbauer bis zum Pausenhoferstall heruntergerollt und sei sofort, kaum zurück aus dem Krankenhaus, gleich wieder hinaufgefahren. Die ganzen Gipsverbände und Schienen, die er noch angehabt habe, hätten ihn nicht davon abgehalten, die riskantesten Manöver zu fahren, um den kürzesten Weg unter dem uralten Baum zum Zaun hinüber zu finden. Mit dem Finden allein sei es nicht getan gewesen, er habe erst alles ausprobieren müssen, um dann wieder zum Pausenhoferstall herunterzurollen. Ein Traktor, so Fritz, hätte ja eine ganz andere Betriebsfestigkeit, ein Wort, das mir bis dahin nicht bekannt war. Ein Traktor sei dazu da, um sich zu überschlagen, er sei also nicht nur zum Fahren und

Ziehen gebaut, sondern ebenso gut zum Sichüberschlagen. Das gäbe ihm diese eindrucksvolle Ausstrahlung, diese Aura der Unverletzlichkeit, diese wilde, männliche Kraft, Willenskraft, die er schon am Hof des Traktorhändlers eindrucksvoll und männlich auszustrahlen habe. Ein Traktor würde ja nicht für eine Saison, sondern fürs Leben gekauft, zumal das aktive Bauernleben natürlich kurz sei, das aktive Traktorfahrerleben noch kürzer. Man fange damit schon als Kind an, das könne ich jeden Bauern fragen, und müsse meistens recht früh damit aufhören. Deshalb hätten die Bergbauern so viele Kinder, Söhne im Idealfall, nicht so wie die Pausenhofers, fast nur Töchter. Die Bergbauernsöhne würden bis heute als Verschleißteile angesehen, als Nutztiere, die für die Schlachtbank gezüchtet würden, nicht für die Küchenbank, wo das Essen ausreichen muss für alle. Bei den Töchtern könne man sich auf das Brautgeld verlassen, das es nur noch in der Steiermark gibt. Es wird ohnehin nur dazu verwendet, einen Traktor zu kaufen.

Die weltbesten Bergtraktoren werden in Österreich hergestellt, überschlagsfest. Für flaches Land völlig ungeeignet. Im Ausland unbeliebt und eigentlich gehasst. Sie werden aus Trotz gebaut und nur in Österreich gekauft. Deutsche Bauern brauchen monströse Schleppmaschinen, die am Brandenburger Tor eine Fuhre Mist hinschütten, wenn ihnen die Subventionen nicht passen. Überschlagsfestigkeit stört beim Misthinschütten nur. Alle paar Wochen kommen die Bauern nach Berlin und halten den Verkehr auf, damit Fritz und ich ohne Unfälle dastehen. Und das nur, weil die Berliner keinen Groschen zu viel in ihre Milch investieren.

Wir waren länger nicht an der Straße, ich werde unruhig. Ich kann weder das Museum, noch das Schreiben ertragen. Der Berliner Ring, den Fritz immer gern zur Entspannung vorschlägt, ist mir heute nur recht. Es muss nicht immer viel passieren, es ist in diesem Moment eher das Warten, das uns beiden guttut. In den Baumkronen sitzen riesige Vögel, die Äste biegen sich unter den hühnergroßen Tieren. Er habe noch nie derart große Vögel auf Bäumen gesehen, sagt Fritz. Sie müssten, wollten sie zum Abflug ansetzen, unmittelbar auf uns herunterfallen, er könne sich nicht vorstellen, dass die Tiere auch nur zwei Meter weit kommen würden. Zu gut erinnere er sich an die Pausenhoferhühner, wenn sie aufgeschreckt worden seien. Gestaubt habe es, so verkrustet seien die Flügel gewesen und höher als sein Kopf seien sie nie gekommen. Einfangen hätte er sie trotzdem nicht können, so schnell seien sie auseinander gerannt, auf den Traktor gesprungen. Sie hätten immer in einer solchen Lautstärke um Hilfe geschrien, dass die Mutter aus dem Küchenfenster geschaut und herübergefuchtelt habe. Die Sommerwiese sei derart trocken und staubig gewesen, dass der Dreck an den Schuhen nicht lange hängen geblieben sei. Bis zum Mittagessen seien Alois und er immer schon ausreichend sauber gewesen, damit der Vater die Fußabdrücke im Vorhaus nicht mehr habe sehen können. Die Unaufmerksamkeit und den Stumpfsinn des Vaters habe er wenigstens nicht geerbt, im Gegenteil. Er frage sich immer, wo das ganze Erbgut des Vaters sei und ob es gänzlich an seinen Geschwistern hängengeblieben sei.

Er müsse unmittelbar an seine Unterneurologen, überhaupt an das ganze blaue und weiße Personal denken, wenn es von seinem Einparken aufgeschreckt würde. Wie alle, irgendwelche Zettel und Geräte in der Hand, in angemessenem Tempo durch die Gänge streichen würden. Zu schnell würde auffallen, zu langsam auch, dächten sie. Sofort würde Fritz alles durchschauen. Nicht das Tempo, das sollte ihnen inzwischen bekannt sein, sondern die Sinnlosigkeit ihrer Verrichtungen würden ihm sofort ins Auge springen. Der Kühlschrank, offengelassen und voll mit Eistee und dem ganzen Gelumpe, das sie alle in den Pausen trinken würden, sei ein offenes Buch, eine Dokumentation der Verkommenheit seines Wachregiments, wie er sie nennt. Ausgerechnet im Sommer, wenn andere Leute, vor allem seine ganzen schwulen Freunde auf die sogenannte Bikinifigur hinarbeiten und zumindest ein paar Kilo verlieren würden, würden seine Schwestern, Pfleger und Unterneurologen fetter werden vom zuckerfreien Cola, das sie für gesünder halten. Grausig, denke er sich immer, wenn er den Kühlschrank möglichst laut zutreten und in seinem Zimmer verschwinden würde.

In Amerika habe er sich Gott sei Dank nie an den giftigen Fraß gewöhnen können, der einen dort auf Schritt und Tritt begleite. In seiner Kindheit sei in der Pausenhoferküche noch lange kein Kühlschrank gestanden. Im Dorf unten schon, wo alle sofort fetter geworden seien von den picksüßen Limonaden, von denen seine Mutter immer gesagt habe, sie seien süß wie der Teufel und den Kindern würden schon bald die Zähne braun werden und ausfallen.

Wenn er dann das Fenster aufmachen und Luft hereinlassen würde, denke er inzwischen nur noch ans Altwerden. Ob er an das Schlechte oder an das Gute daran denke, hänge vom Zustand des Kühlschranks ab, behauptet er. Wenn er am Fenster stehe, denke er an Wien, wo er damals auch davorgestanden und an nichts anderes als an Hinausspringen gedacht habe. Zum Glück sähe er heute die übergewichtigen Eichkatzen, die um den Porsche herumstünden, gefüttert von ein, zwei Idioten und alles sei mit einem Schlag vorbei. Den weißen Mantel mit den Kugelschreibern ziehe er nur ungern und oft gar nicht an. Seine Häftlinge begrüße er immer zuerst, bevor sich seine Laune langsam bessern, er endlich freundlich sein könne zu den Blauen. Er habe auf Blau bestanden, Blau für die Schwestern und Pfleger, er wolle sofort den Überblick haben, wenn er hereinkomme, sofort die Spreu vom Weizen trennen können. Oft dauere es ein, zwei Stunden, bis sich der erste Weiße ins Zimmer herein traue, sich ein paar Zettel hinlegen traue, EEG-Auswertungen und Ähnliches. Zu jedem Namen, jeder Nummer, habe Fritz das Patientengesicht parat.

Unter dem Baum warten wir noch immer und versuchen die Vögel wegzuscheuchen. Fliegen sie?, fliegen sie nicht? Fritz zeigt jetzt rüber zur Straße, ich drehe mich um. Ästeknacken und Laubrascheln lässt uns hinaufschauen, während die ersten Vögel schon auf uns fallen, neben uns hin und rund um den ganzen Baum in die Wiese. Die meisten stehen gleich wieder und gehen über den Hügel, der sich parallel zur Straße Richtung Wandlitz hinzieht, wo sich die DDR-Nomenklatura in einem von Bäumen umstandenen Areal ein ruhiges Wohnensemble bauen hat lassen, damals. Zurecht, wie ich meine.

Er wäre auch hinausgezogen, sagt Fritz, es wäre nicht auszuhalten gewesen, unter den undankbaren, durch die Bank völlig unsozialistischen Menschen. Wo soll man denn in Ruhe wohnen, wenn man sich unbeliebt gemacht hat? Die Politbürokraten in Wandlitz hätten vielleicht nicht gewusst, was ihre Offiziere und Sekretäre so angestellt hätten. Vor lauter Geheimhalten und Abhören hätten die Unteroffiziere, wie die Unterneurologen auch, den Überblick und den Faden verloren, während er, Fritz, einfach drüberstehen würde, was immer er mache, eigentlich nichts falsch machen könne. Ich erinnere ihn an meine Zeit am Traktorenfriedhof in der Baracke mit dem Dozenten und daran, dass er mich immer „rausholen, raushaben" wollte angeblich. In Wahrheit hat er mich dort abgegeben wie in einem Kindergarten. Es war ein Foltergarten und ist es bis heute, von Kindern keine Spur. Sogenannte Dozenten, die in der kleinen Diktatur Kinder verschickt haben in Transportkisten nach Zwickau, sind in der Baracke in Form gekommen, zur Spätform aufgelaufen.

Das Schreiben ist eigentlich ein Schaufeln, ein Graben. Was ich ausgehoben habe in den dreckigen Baugruben, interessiert die Archäologen nicht. Mein Museum ist voll mit Geschichten und Schätzen, Besucher bezahlen für das Anschauen alter Ziegel und Münzen. Die Wenigsten von uns sind Schriftsteller, denke ich, weil sie sich die Zeit nicht nehmen oder nicht schreiben können. Wahrscheinlich bin ich der Einzige, dem Geschichten einfallen, der unter die Vitrinen schauen muss, weil er zusammengeschlagen wird von Spaniern und Russen. Ich habe meine Uniform an, genau wie meine Kollegen, und sehe für die Leute wie ein Feind aus, ein Soldat, den man anschießen und zusammentreten darf.

Die Erdlöcher, in denen ich verschwinde jeden Tag, sind Teil meiner Wohnung geworden. Ganz tief unten ist ein weißer Haarschopf zu sehen, ein blütenweißer Kittel mit ausgetrockneten Kugelschreibern. Der Mann trampelt auf einer Gruppe von Ärzten herum, die bald nicht mehr leben werden. Ich will es nicht glauben und schütte das Loch zu. Mir wird schwindlig, wie so oft, wenn ich nicht mehr weiterweiß. Da sei ganz etwas anderes gewesen, sagt Fritz, eine andere Zeit.

Ich schaue den Vögeln nach und sehe sie nicht mehr. Der eine, der gerade noch da drüben gelegen ist, ist inzwischen auch auf und davon.

„Vergiss nie!", das höre ich bei jeder Gelegenheit, „dass wir uns hier in Feindesland befinden, dass jeder von uns geschätzte, geliebte Mensch eine Ausnahme ist. Und wenn es noch so viele Ausnahmen gibt, lass dich nicht täuschen!" Und jede Ausnahme könne man mit Gold aufwiegen, was ich gefälligst zu verinnerlichen hätte. „Mit Gold!" Dass sie uns im 38er-Jahr angeschlossen hätten, sei ihm nur erträglich, „weil wir nach dem Krieg wieder abgestoßen, herausoperiert, wie ein Blinddarm, ein Tumor, unter Vollnarkose entfernt worden sind". Seitdem könnten wir nur noch importiert werden, hoch versteuert, auf freundliche Nachfrage hin. Die Ostdeutschen hätten weniger Glück gehabt, sie hätten sich nur sowjetisieren lassen und sich so den Totenschein ausgestellt, vorzeitig und fahrlässig. Dann hätten sie die Suppe auszulöffeln gehabt, von der sie geglaubt hätten, dass sie ihnen schmecken würde. Nicht hätte sie geschmeckt, fad sei sie gewesen, zu spät gemerkt hätten sie es, sagen sie. Vierzig Jahre hätten sie geglaubt, dass man nichts bezahlen müsse, zumindest nicht mit Geld. Mit Geiselhaft, ja, mit Knast und Schlangestehen schon, aber nicht mit Geld. Das habe natürlich nicht gutgehen können, auf die

Dauer. Man sei jetzt schon dreißig Jahre dabei, den Denkfehler zu korrigieren, alles wieder einzurenken, dabei würde ständig wieder alles ausgerenkt, wenn niemand herschaue.

Wir hätten doch auch, sagt er, als Kind den Gips, den wir uns beim Schifahren eingehandelt hätten, aufgebogen und aufgebrochen in der Nacht, wenn es wieder angefangen habe zu jucken. Wir sind doch auch nicht gescheiter gewesen, hätten wissen müssen, dass wir einen Heilungsprozess torpedieren. Nur dass wir halt Kinder gewesen seien im Gegensatz zu den Ostdeutschen. Die hätten schließlich in Leipzig zu trampeln angefangen, Anlauf genommen, um dann im Ruhrgebiet ins Ziel zu stolpern, in München oder Hamburg, wo sie dann gemerkt hätten, dass sie sich dort nichts zum Anziehen und nichts zum Wohnen hätten leisten können. Ein Elend wäre das damals gewesen, sagt Fritz.

Die Zeit habe ich dann selbst erlebt, hier in Berlin. Mit offenem Mund und völlig überrumpelt bin ich dagestanden, blöd geschaut habe ich und trotzdem die ganzen Abenteuer mitgemacht, amüsiert habe ich mich, gut unterhalten und jeder Tag hat tatsächlich etwas Neues gebracht, jeden Tag habe ich als Neuigkeit erlebt, ich erinnere mich. Du bist aufgewacht und alles war eine Neuigkeit, ohne in die Zeitung geschaut zu haben, habe ich doch gewusst, dass es etwas Neues gibt. Glück habe ich natürlich gehabt, sicher, langweilig war es nicht. Als Geschenk habe ich es damals empfunden, das alles zu erleben, dabei sein zu können, wie alles zusammenbricht, abgerissen und neu aufgestellt wurde. Gemütlichkeit hat mich schon immer gelangweilt. Deshalb bin ich aus Österreich weg, geflüchtet. Und jetzt bedroht sie mich hier, die Gemütslangeweile, die Überraschungslosigkeit. Die immer gleichen Gesichter, auch wenn sie auf immer anderen Köpfen sitzen. Nur noch die Funktionen ändern sich bei den Leuten, die Gesichter nicht. In diese Stadt kommen Leute nur noch, um das Funktionieren zu lernen und anstatt wieder nach Hause zu gehen, funktionieren sie hier herum mit den immer gleichen Gesichtern im Kopf, die sie schon hatten, als sie gekommen sind. Es bleibt mir nur noch Fritz und Gerhard und Herr Krause. Alle anderen kann ich vergessen, sie einfach nicht mehr sehen. Verzweiflungseinkäufe haben sie gemacht, in die immer gleichen Verkäufer- und Passantenfratzen haben sie geschaut, die Tür haben sie aufgesperrt und alles in den Kühlschrank gestellt. Sie sind aus der Tür raus, ohne Schlüssel und sind davongelaufen. Natürlich wurden sie gleich wieder eingefangen und interniert bei Fritz in der Klinik, in der Idiotenabteilung, die fast nur aus diesen Menschen besteht, die ganze Belegschaft ist fast ausschließlich aus ihrer Wohnung davongelaufen.

Er frage sie immer, wo sie denn herkämen. Das wüssten sie meistens nicht, fast niemand habe die geringste Ahnung, wo er herkomme, sie wüssten aber genau, warum sie hierhergekommen seien. Sie hätten diese Passanten- und Verkäuferfratzen nicht mehr ausgehalten, die Nachbarn mit den immer gleichen Gesichtern und aufgedrehten Bärten, die amerikanischen, vor langer Zeit schon aus New York hinausgeschmissenen Eckfriseure.

Die Angst hat sie aus ihrem Viertel, ihrer Nachbarschaft heraus und in die Idiotenabteilung von Fritz hineingetrieben, wo sie jetzt sicher sind, geschützt in Obhut von Blauen, die alles andere als präpotent und gemein, oft sogar gut erzogen sind. Somalische Krankenpfleger halten das Ganze zusammen. Ihre Freundlichkeit und Hingabe, ihre Bereitschaft, selbst solche Menschen wie Gerhard aus dem Bach zu ziehen, hat etwas mit Ehre und Respekt zu tun. Meine eigenen Klinikaufenthalte waren Spaziergänge im Vergleich etwa zu den Spinner- und Idiotenaufenthalten, die nicht nach sechs Wochen zu Ende waren. Für die Schwachsinnigen waren wir, die Epileptiker, ein Segen. Während die Idioten den Streichelzoo immer geschätzt, wenn nicht gar geliebt haben, wären die Schwachsinnigen in den seltensten Fällen überhaupt so weit gekommen, wenn wir sie nicht hinausgeschmuggelt, jeden Tag aufs Neue unseren über Wochen aufgebauten guten Ruf aufs Spiel gesetzt hätten. Wenn einer von uns wieder ein paar Tage im ZAR verschwunden, einfach von heute auf morgen nicht mehr zum Essen, geschweige denn zum Fernsehen gekommen ist, haben wir alle unser Standing, den guten Ruf, verloren und verspielt. Fritz, der uns auch nicht immer helfen konnte, ohne wiederum den eigenen Ruf aufs Spiel zu setzen, hat immerhin zumeist für einen sogenannten „milderen Strafverlauf" gesorgt, selten über die Mindestdauer von zwei Tagen hinaus. Außerdem wiegt die Dankbarkeit eines Schwachsinnigen mindestens zwei, drei Tage ZAR auf.

Gerhard erzählt mir, während er mit einem schlampigen Abwasch beschäftigt ist, von den Tellern und Tassen und dass die Gläser billig gewesen seien. Dass er froh darüber sei, beim Abwasch nicht vorsichtig sein zu müssen. Ob ich schon wisse?, ich denke sofort an sein Projekt und bin überrascht. Ob ich es schon wisse?, fragt er wieder und wäscht weiter an seinen Tellern und Tassen herum. Einen Kaffee könne er mir anbieten. Die Messer fallen ihm noch schwer, ganz zu schweigen von den vielen Kuchengabeln und den Schnapsgläsern, die Gott sei Dank sehr billig gewesen seien. Es scheppert nämlich oft, wenn sie ins Becken fallen und manchmal schlagen sie derart an die Teller, dass ich mir nicht vorstellen kann, sie hätten billig gewesen sein können. Sie wären schon längst kaputt, denke ich. Die Küche gehört endlich herausgerissen, so verdreckt ist alles, von den Schränken, die ohnehin für nichts und wieder nichts hier herumstehen, weil die paar Tassen, die er noch hat, immer weniger, die Müllsäcke aber immer mehr werden. Er schaut aus dem Fenster hinunter, wo anstatt des Eckfriseurs jetzt ein Blumenladen ist, obwohl ich bis zum Schluss dachte – ich gehe ständig daran vorbei, wenn ich von der U-Bahn komme – es würde ein Copy-Shop werden. Die Gegend sei, so erzählt er mir, mit Copy-Shops über- und mit Blumenläden unterversorgt gewesen, weshalb die Polizei gekommen sei und den Copy-Shop einfach verboten habe. Daraufhin sei die längste Zeit nichts passiert, was ich natürlich weiß, weil ich ständig, von der U-Bahn kommend daran vorbeigehe. Ob ich noch nichts davon gehört hätte?, fragt er mich zum vierten oder fünften Mal, als endlich, endlich ein Glas wieder scheppernd in die Abwasch fällt und von ihm einfach liegen gelassen wird. Das Abwaschwasser sei auch nicht mehr das, was es war.

Früher, er fängt wahrscheinlich wieder mit dem Prenzlauer Berg und dem von Rost und anderem Dreck völlig braun, rötlich-braun aus dem Hahn geronnenen Wasser an, das man zwar nicht habe trinken können, aber für den Abwasch geeignet gewesen sei wie kein anderes. Er fing nach einer halben Stunde immer an, von der DDR zu reden, die es jetzt schon dreißig Jahre nicht mehr gibt. Ich habe den Verdacht, dass er damit immer irgend wovon ablenken will. Dreckiges Wasser habe es in der DDR nämlich nicht gegeben, was man jederzeit in den Untersuchungsprotokollen des Wasserministeriums hätte nachlesen können, die an alle Bürger der DDR jedes Jahr verschickt worden seien. Die Ergebnisse seien überhaupt die besten gewesen im Ostblock. Verglichen mit den bulgarischen seien die deutschen immer gut weggekommen, wenn wieder einmal über die Berichte berichtet wurde. Das Steinsalz habe ständig mit dem Uranabbau in Zusammenhang gebracht werden müssen, was nicht einfach gewesen sei in der vordigitalen Mangelwirtschaft. Man könne nicht immer so tun, sagt Gerhard, als ob in der Tschechoslowakei alles besser gewesen sei. Dort hätten die Tschechen sich auf die Slowaken ausreden können und umgekehrt, während das in der DDR nicht möglich gewesen sei. Es wurde immerhin sehr kreativ und erfolgreich, das habe man den Planwissenschaftlern im Wasserministerium zugestehen müssen, wenn es um den Uranbergbau ging und die Menschen in Sachsen besorgt über die Grenze geschaut hätten, nach Polen oder wohin immer, sehr kreativ und erfolgreich habe man die Traubenernte vorgeschoben, geschickt also das Thema gewechselt. Es seien, das könne ich nachlesen, keine Geheimnisse um das Wasser im Prenzlauer Berg gemacht worden, alles habe man transparent gemacht und schnurgerade heraus alles kommuniziert, was habe kommuniziert werden müssen oder dürfen. Rost und Dreck hätte es zwar gegeben, aber eben nicht im Wasser, sondern in den Leitungen, die mit dem Wasser nichts zu tun gehabt hätten, wie betont wurde.

Außerdem seien die Berichte über die Protokolle der ganze Stolz der zentralen Parteiführung in Berlin gewesen.

In Frankfurt/Oder, habe es geheißen, sei alles noch viel schlimmer und lange nicht so transparent und faktenbasiert gewesen. Man müsse heute, dreißig Jahre nach der sogenannten deutschen Wiedervereinigung, meint Gerhard, nicht mehr nur im Zorn zurückschauen, sondern so einiges anerkennen, was dort geschafft und geschaffen worden sei. Ohne Geld, Arbeit und Hirn sei das gegangen, wie schon Gerhards Eltern gehofft hätten. Sei der Aufbau einmal geschafft, hätten sie gesagt, könne man sich zurücklehnen und auf das viele Gute zurückblicken ohne Zorn. Wozu es nur nie gekommen sei. „Was", so Gerhard, „auch deine Schuld gewesen ist!"

Auch Österreich habe seinen Teil dazu beigetragen und somit ich ganz persönlich, da könne ich mich hundertmal aus der Verantwortung stehlen wollen. Die Österreicher hätten eine Grenze zu Ungarn gehabt. Ich sage ihm, dass er „am Watschenbaum rütteln" würde, was er natürlich nicht versteht. Die Grenze zu Ungarn wäre ein kapitales Verbrechen seitens der Österreicher gewesen, unverzeihlich.

Ich bin mir inzwischen sicher, dass er, wenn schon nicht in meiner Anwesenheit, so doch gelegentlich trinken würde. Sehr viel trinken würde, wie Fritz es befürchtet, nicht nur gelegentlich, sondern bei jeder Gelegenheit. Zum Beispiel hat er mich die ganze Zeit gefragt, „ob ich denn schon wisse", ohne mir den geringsten Hinweis zu geben, was ich denn hier wissen solle. Es könnte alles sein, denke ich. Unverzeihlich sei es gewesen mit der

Grenze zu Ungarn. Gute sozialistische Bürger seien nach Budapest oder an den Plattensee gefahren und seien von den Österreichern abgeworben worden, wie es im *Neues Deutschland* geheißen habe, das neben dem DDR-Fernsehen das dümmste Organ der orthodoxen Führungsorthodoxie gewesen ist. Was denn die Österreicher mit diesen „guten sozialistischen Bürgern der Deutschen Demokratischen Republik" hätten anfangen können, frage ich ihn. „Wahrscheinlich irgendeinen von ihnen zum Präsidenten wählen?!" Das glaube er noch heute, sagt er, und wäscht weiter an seinem Abwasch herum, was mich noch irgendwann wahnsinnig machen wird. Wahrscheinlich sind die billigen Gläser deshalb so robust und splittern nie, selbst dann nicht, wenn sie auf den Boden fallen, weil es Schnapsgläser sind, die generell nicht splittern, sondern von den Menschen irgendwann weggeworfen werden, weil sie nicht mehr funktionieren, sie so trübe geworden sind vom Abwaschwasser, dass der Schnaps nicht mehr schön aussieht. „Wenn der Schnaps kein Blickfang mehr ist, schmeckt er nicht mehr", sagt Gerhard auf einmal, aus heiterem Himmel heraus.

Ob ich denn schon wisse?, im Radio wäre es gestern gekommen, es habe ihn aufgeschreckt, erschüttert. Der Fußball, sagt er, würde abgeschafft. Von höchster Stelle, sagt er, von denen da oben, und er zeigt an die Decke, die auch nur noch grindig ist, denke ich.

Noch drei, vier Wochen und dann sei er weg. Die Leute hätten sich zu sehr hineingesteigert, sich auf ihn kapriziert. Zu viel sei über die Jahrzehnte vernachlässigt worden, weil er immer ganz vorne gestanden sei auf der Liste. Es seien Menschen verhungert seinetwegen, seien obdachlos und krank geworden, aber hätten ihn trotzdem geschaut. In die Kirchen seien sie nicht gegangen, ins Stadion schon, obwohl die Messe gratis, das Stadion hingegen, wie die Pfarrer spötteln, ein „Heidengeld" koste.

Man würde ja hier nicht Bürgermeister ohne den Fußball, jeder Gemeinderat müsse einen Verein haben, über ihn reden können. Sonst brauche er gar nicht kandidieren. Das würde ihnen von Kind auf eingeredet und man könne auf der Straße jeden fragen, welcher Verein gerade der beste, der schlechteste sei und alle würden es wissen, wissen müssen. Politik müsse einen nicht interessieren, zu irgendwelchen Wahlen brauche man nicht zu gehen, wenn man nur einen Verein und einen Schal zu Hause habe. Man kriege auch keine Wohnung, kein Auto und keine Milch, wenn man keinen Schal umhabe, kein Arzt würde einem helfen. Deshalb soll der Fußball jetzt abgeschafft werden, für immer oder zumindest so lange, bis wir, die keinen Verein hätten, Wohnungen und Ärzte fänden.

Ich sehe ihn nur noch als monströse Fratze, eine Schnapsfahne stinkt auf einmal von der Abwasch herüber. Obwohl er recht hat. Einen Arzt habe ich über Fritz gefunden, wie ich fast alle Ärzte nicht in ihrer Praxis gefunden habe, sondern dort, wo ich sie nicht gesucht oder vermutet habe. In Kellerlokalen oder auf Balkonen, in Stiegenhäusern, Schwulencafés oder sonstwo, nur nicht in ihren Arbeitsräumen, Ärztezimmern. Hätte ich sie in einer Praxis gesucht, hätte ich einen Verein haben müssen, einen Mitgliedsausweis. Ich wäre schon von Vorzimmerdamen weggeschickt worden, direkt in den Tod wahrscheinlich. Ich meide diese Menschen, wo es geht, gehe in Warteräume und bewege mich nicht, will sie nicht

aufschrecken. In den Vorzimmern selbst der besten
Ärzte sitzen oft Dozentenfrauen aus Lichtenberg, die
sich eine Vorzimmerarbeit suchen müssen. Henkerinnenarbeit, die nirgendwo sonst zu vergeben ist. „Vergiss
nie!", hat Fritz gesagt, „vergiss nie, dass du in Feindesland bist!"

Ohne die Thermoskanne ist die Kühltasche nichts wert,
ohne Decke die beste Bank, schon gar nicht die wie immer dreckige Wiese am Gewerbegebiet zwischen Biesdorf und Hoppegarten, wo die Baggerseenlandschaft
nach dem Osten hin expandiert. Wir sind gern hier, eigentlich ist mir die staubige Straße die liebste. Fritz, mit
seinen immer öfter völlig aus dem Nichts kommenden
Asthmaanfällen, ist sich nie sicher, ob er es heute aushalten oder nicht aushalten könne. An den Autos liegt es
nicht, an den Unfällen ist nichts auszusetzen. Die Thermoskanne vergessen zu haben ist wie immer meine
Schuld und ich biete ihm an, zur Tankstelle hinüber zu
gehen und einen Becher Fertigkaffee aus dem Automaten zu holen. „Pappendeckelkaffee!", wie er ihn nennt,
der brennheiß in den Becher rinnt, ihn ausbeult vor lauter Hitze und nach hundert Metern Transportweg oft
noch heißer wird. Der Schaum aus Haltbarmilch und Zucker verzieht sich schnell in den Kaffee hinein und man
denkt, jetzt könne er wenigstens theoretisch getrunken
werden. Gestritten wird nicht mehr darüber, wie früher.
Mit der Kühltasche bin ich unzufrieden, weil sie nichts
mehr kühl hält und für Fritz, dem die neuen Porschefelgen nicht teuer genug sein können, sind die billigsten
Kühltaschen nicht billig genug. Kinderkühltaschen, die
eine Wurstsemmel nur eine halbe, einen Krapfen höchstens eine Stunde einigermaßen konservieren können.

Marian

In der Charité seien ukrainische und moldawische Psychiater inzwischen im Kommen, während die deutschen, von der Pandemie geschwächt, ihre Zeit zu Hause verbringen würden. Patienten hätte man die letzten Wochen wohl eingeliefert, sie würden aber zumeist nicht auf der Psychischen bleiben, sondern über die Neurologische direkt in die Intensiv gebracht werden. In der Psychischen seien sie falsch, sagt der Neue immer. „Sie sind hier falsch!, Gehen Sie!" Kritisch wird es erst, wenn Patienten nicht von der Neurologischen in die Intensiv wollten, nach Hause aber auch nicht, weil sie kein Zuhause mehr hätten, wenn die Frau oder die Kinder in der Quarantäne, die Eltern auf der Lunge lägen, die inzwischen mit der Intensiv identisch sei. „Ganz falsch!" würden die Ukrainer in die Akte schreiben und die Leute mit der Akte zusammen nach Hause und somit zwangsläufig zurück in die Neurologische schicken. Fritz habe ein, zwei Weiße persönlich bei ihrer Mutter abgeholt und sie zur Arbeit gezwungen, selbst wenn diese nur als Blaue arbeiten, und somit weniger Verantwortung tragen wollten. Zumindest, so Fritz, könnten sie Blut abnehmen und die Brust abhören. Zum Großteil seien die Eingelieferten in Wirklichkeit gesund und könnten hinaus zum Streichelzoo geschickt werden, mit den Schwachsinnigen zusammen. Beaufsichtigt von Epileptikern, die dieser Tage ohnehin unterfordert seien.

Ganz zufrieden sei Fritz mit Marian gewesen, sofort im Bild, konzentriert und alles andere als faul. Die meisten Moldawier wolle er gerne übernehmen. Rechtliche Schwierigkeiten gäbe es augenblicklich nicht, solange eine Not bestehe, ein Mangel an Neurologen, die nicht zu feig zum Arbeiten seien oder ein Lungenproblem vortäuschten, sich drückten oder gleich ganz verschwinden würden. Telefonisch erreichbar seien sie alle nicht mehr, seit Wochen. Im Radio würde sich auch niemand für sie interessieren, weil sie von Viren nichts oder jedenfalls nicht genug verstünden. Arbeitsunfähig dürfe ein Arzt im Augenblick nicht sein, rein rechtlich gesehen. Im Gegensatz zu mir, der im Museum ohnehin nichts zu tun habe, eigentlich gar nicht gebraucht würde. Leute wie ich würden, wie Fritz mir in letzter Zeit vorhält, durchgefüttert von einem überforderten Staat, auf der faulen Haut liegen, während er selbst nicht wisse, wo anfangen, nicht wisse, wie er zu dirigieren, zu delegieren habe. Dass er ohnehin nur delegiere und sonst nichts, lasse er sich nicht gefallen, schon gar nicht von mir, einem durchgefütterten Museumsaufseher, der, wenn die Opern und Konzerthäuser nicht auch gleich mit zugemacht worden wären, mit seiner großartigen Freundin nur noch dort und nicht einmal mehr daheim anzutreffen sei, gleich auf Urlaub fahren würde, wenn er Geld hätte. Wie sonst wirklich nur angetrunken, wird er jetzt auch ohne getrunken zu haben, frech und penetrant.

In Moldawien hat die Pandemie so gut wie keine Schäden angerichtet. Das Land ist seit seiner Gründung kaum an den internationalen Verkehr angebunden, weil es an Ein- und Ausreisen, wie es heißt, nicht interessiert sei. Die wenigen Grenzübergänge haben in kürzester Zeit geschlossen, der einzige Flughafen sofort abgeriegelt und zugesperrt werden können. Kein einziges Beatmungsgerät hat eingeschaltet werden müssen. Der letzte Rest des Tourismus' ist einer Verlautbarung der Regierung zufolge „unter der Wahrnehmungsgrenze". Neurologen wie Marian sind direkt von der Weinlese weg in rumänische Krankenhäuser und dann nach Österreich und Deutschland verschoben worden, während moldawische Spinner und Epileptiker sich selbst überlassen wurden.

Winzer stellen für die Weinlese Psychiater an, wenn Neurologen und Maschinenbauingenieure ausgehen. Erntehelfer sind in Moldawien fast immer Akademiker, die zuverlässigste Arbeit leisten und, wenn es ums Gehalt geht, die Allerdümmsten und Naivsten sind. Die Winzer hingegen sind die rücksichtslosesten Kapitalisten und brutalsten Feudalherren im östlichen Europa. Die Pandemie ist für Marian ein Glücksfall gewesen, ein Segen.

Der Herr Professor Pausenhofer, so Marian, würde ihn und viele seiner Kollegen aus dem Müttersumpf herausziehen, der hauptsächlich aus Alkohol, Rücksichtslosigkeit und Brutalität bestehe. Die Mütter seien überhaupt keine, sie kümmerten sich nicht um ihre Söhne, würden sie zum nächsten Winzer schicken, um ihnen den hart erarbeiteten Hungerlohn aus der Tasche trinken. In der Neurologischen würde ein ganz anderer Wind wehen, wie Fritz sagt. Der Ärztemuff, der von ihm nur ansatzweise und über Jahre nur noch erfolglos ausgelüftet werden konnte, sei jetzt mit einem Schlag sowohl aus der Neurologischen, als auch aus der Psychischen abgezogen. Die Epileptiker hätten sofort weniger Anfälle und die Idioten hätten damit angefangen, die Schwachsinnigen in den Streichelzoo hinauszuschmuggeln. Entwicklungen seien jetzt im Gang, die er, Fritz, sich nie habe vorstellen können, über Jahre nicht.

3

Ein Psychiater darf kein Psychopath sein,
während ein Lungenarzt rauchen darf.

Fantasie

Gerhard fällt immer weiter in den Stumpfsinn zurück, der sich in seiner Rollstuhlzeit manifestiert hat. Seine Wohnung, ein Saustall, wie er noch nie da gewesen ist, würde seine Ambitionen, wie er selbst sagt, vorübergehend, wie Fritz sagt, ganz und gar, ersticken. Es sei schlicht nichts mehr zu machen mit ihm, Hopfen und Malz sei verloren und man könne froh sein, dass er überhaupt noch lebe, zu leben imstande sei. Wann immer Fritz über Gerhard spricht, habe ich das Gefühl, dass mehr hinter der Verantwortung steht, die ich mir bis heute nicht erklären kann. Schuld vielleicht?! Ein Anliegen sei es ihm, sagt er, dass es Gerhard gut gehe. Mehr nicht. Vielleicht wäre es besser gewesen, er wäre wirklich verblödet nach seinem Unfall in der Leichenwäscherei, sagt er. Im Rollstuhl sei er seltsam geworden. Wäre seine Frau nicht gewesen, hätte er, Fritz, wohl schon früher feststellen können, wohin es mit ihm in Zukunft gehe. Ob er verblöde oder erst im Rollstuhl verrückt würde, habe Fritz nicht sehen, geschweige denn mit Sicherheit sagen können. Zumal seine Frau Fritz nicht zu ihm hin gelassen habe die ganzen Jahre, zwingen habe er sie nicht können. Wie hätte er ihr erklären sollen, warum er, der Herr Professor Pausenhofer persönlich, mehr als nur das geringste Interesse an Gerhard habe. Ärzte hätten sich über Jahrzehnte, wahrscheinlich über Jahrhunderte aus der Quacksalberei heraus und irgendwann, man wisse es nicht genau, wieder zu Quacksalbern zurückentwickelt. Das höchste Ansehen sei nie angemessen, das Herr Doktor oder viel später natürlich, das Frau Doktor, ein Missverständnis gewesen. Der ganze Berufsstand sei auf jeden Fall überbewertet. Herr Bäcker sei auch nie gesagt worden, Herr Klempner. Man hätte schon merken müssen, „da stimmt etwas nicht". Mehr als das Geringste zu tun, hat heute etwas Anrüchiges, Verdächtiges. Das hätten die Menschen verinnerlicht. Selbst seine Frau habe nie verstanden, warum Fritz sich immer um Gerhard gekümmert habe. Alles andere hätte ihm endgültig das Genick gedreht.

Die Reha ist schon lange vorbei, die Oberschenkel auf achtundfünfzig Zentimeter, die Prognosen der Ärzte sind gut, nur dass die Reha-Ärzte keine Psychiater sind, ist ein Kreuz. Was helfen einem die achtundfünfzig Zentimeter, wenn der Kopf nicht mitspielt?! Dazu kommt noch der Krankenpfleger, der Gerhard noch immer beschäftigt, das weiß ich. Immerhin ein Lebenszeichen. Krankenpfleger, so habe er immer gedacht, seien grundsätzlich schwul, bis er gemerkt habe, das gelte nicht für den somalischen. Aber er wolle ja gar nichts von ihm, habe das alles satt und wolle fast überhaupt nichts mehr. Es falle ihm nichts ein. Und wenn, dann zum unmöglichsten Zeitpunkt, in der Badewanne oder beim Arzt, den er jeden zweiten Tag aufsuchen müsse wegen seiner Fantasielosigkeit. Diese sei ja keine Denkunfähigkeit, sagt der Arzt, der ein Fachmann sei, ein Denkexperte, von Fritz empfohlen. Denken habe mit Fantasie wenig zu tun, obwohl bei Gerhard beides zusammenkäme. Die Fantasie überkomme einen, falle über einen her, man stehe ihr hilflos gegenüber, sei nur ein Opfer. Außerdem kenne sie keine Schranken und dränge sich auf. Man könne für Fantasie nicht bestraft werden und sei sie noch so brutal. Es würde einem nichts übelgenommen, nichts vorgeworfen. Man habe sie, wie einen Krebs, der ungesund sei. Man würde sogar bewundert und beneidet um sie, es gäbe genug Menschen, die gar nicht wüssten, dass es sie gebe. Obwohl Ornithologen denken müssten jeden Tag, Fantasie müssten sie keine haben, bräuchten sie auch nicht. Wenn Vögel, wie die in Brandenburg damals, abgeflogen und heruntergefallen sind wie Hühner, wüssten sie sofort, welche Vögel dafür infrage kämen, welche Vögel das gewesen seien. Darum gehe es aber nicht, wie der Arzt sagt. Ein Ornithologe wisse das sofort, obwohl er keine Fantasie habe, ja, gar nicht haben dürfe. Für die meisten Berufe sei Fantasie unbrauchbar, störe nur eingefahrene Abläufe, die immer die gleichen sein müssten. Ein Beamter im Gesundheits- oder Hochbauamt zum Beispiel müsse am Morgen jegliche Fantasie an der Garderobe abgeben, hinhängen und am Abend wieder abholen, mit nach Hause nehmen. Tue er das nicht, könne er nicht arbeiten oder müsse am Abend den Hochbau mitnehmen und beim Fernsehen nur Hochbaufilme anschauen. Davon gäbe es nicht so viele, sie seien ihm schon langweilig und er müsse sich im allerschlimmsten Fall vom Balkon entweder in den Innenhof, oder auf die Straße werfen. Man würde sofort erkennen, wer vom Hochbau und wer von der Gesundheit käme. Beide hätten Angst, einen grauenhaften Ausdruck im Gesicht, wenn sie da unten lägen am Gehsteig wie in einem Horrorfilm und Polizisten müssten sich oft gleich übergeben, Polizistinnen sowieso. Fantasie sei ein Schutz, genau wie ihr Gegenteil, man müsse nur wissen,

193

wie man sie kontrollieren, im Idealfall nutzbar machen könne.

Er, der Denkexperte, habe zum Beispiel keine Fantasie und brauche sie auch nicht. Er habe immer Notmedikamente dabei, die er konsequent einsetzen müsse, sonst wäre es ihm schon längst so gegangen, wie dem Herrn vom Gesundheitsamt, er würde schon längst aus dem Hinterhoffenster seiner Wilmersdorfer Expertenwohnung hinuntergesprungen sein. Gesundheitsfilme gäbe es zwar genug im Gegensatz zu Hochbaufilmen, nur habe er sie alle gesehen. Medikamente hin oder her. Deshalb würde er Gerhard auch nicht zur Fantasie raten.

Der „Fall Gerhard", wie Fritz inzwischen sagt, bleibt zunehmend an mir hängen. Ich kenne das aus der Zeit in der Baracke, wie er mich hat hängen lassen. Er hat mich abgestellt, geparkt in einem Lager und mich geholt, wenn er mich gebraucht hat. Dass er nicht ohne mich leben könne, habe ich ihm geglaubt.

Die Schriftstellerei macht einen empfindlich, sensibel, denke ich, je länger ich mich damit beschäftige. Wenn ich Kinder verstehen will, muss ich ein Kinderbuch schreiben. Die ganze Zeit, die ich jetzt schon an meinem Buch arbeite, ist keine verlorene Zeit, wie ich immer befürchtet habe. Das Verrennen, das Steckenbleiben in Sultan, im Regenwald, dem Luder aus Ghana, macht mich unglaublich hellsichtig und gescheit. Gescheiter als andere zu sein habe ich mir immer gewünscht. Darum gehe es, Gerhard sei der Patient und nicht ich. Der Krankenpfleger könne dabei keine Rolle spielen, müsse hintenanstehen, sei der Statist. Obwohl die Dankbarkeit ein Hund sei, mit dem man nicht spaßen solle, der einen schon zerfleischen könne, müsse man ihn doch bewältigen, genau wie die Fantasie. Nur dass die Dankbarkeit psychologisch gesehen wie die Wut sei, meint der Arzt, der inzwischen zur Flasche greift und mir etwas anbietet. Ich dürfe nicht, könne so etwas nicht trinken, würde sofort einen Anfall bekommen.

Er könne nicht verstehen, warum Professor Pausenhofer nur noch Hirnkranke zu ihm schicke und keine Alkoholiker, mit denen doch viel leichter zu arbeiten sei, seiner Ansicht nach. Die Wut sei, im Gegensatz zum Zorn, etwas objektbezogenes und könne überhaupt nur so verstanden werden. Er wird dabei laut wie der Dozent aus Treptow.

Fritz hat mir nicht erzählt, dass er diesen Kollegen bei den jährlich stattfindenden sogenannten *Pausenhofer Summer Lectures* in Palo Alto und später bei einer Podiumsdiskussion im Königin Elisabeth Krankenhaus kennengelernt habe. Der Festsaal ist hundert Meter von dem Chefarztzimmer entfernt, wo ich schon oft mit Fritz am Fenster gestanden bin und wir den Eichkatzen zugeschaut haben, die er inzwischen Eichdackel nennt. Das etwa vier Kilo schwere und an der graumelierten Felldecke sofort als älteres Exemplar erkennbare Stück habe der vom Verwalter inzwischen fast täglich gerufene Jäger, von Kammerjägern sei bei einer derartigen Stückgröße schon lange nicht mehr zu sprechen, gleich als erstes geschossen. Man habe es sofort ausstopfen lassen und ihm, Fritz, zu irgendeinem Geburtstag, welchen wisse er nicht mehr, geschenkt. Auf einen extra dafür zugeschnittenen Ast, der auf ein Brett montiert worden war, habe man das Tier hin drapiert, eine sogenannte Trophäe, wie sie bei meinem Vater oder besser, im elterlichen Haus auch herumgehangen seien und die ganzen Wände blockiert hätten.

„Dein Herr Kollege ist ein Alkoholiker!, er behandelt Alkoholiker!" Mehr könne er nicht, nur seinesgleichen behandele er. Wahrscheinlich tue er sich bei der Diagnose leichter. Warum er den Gerhard überhaupt dort abgebe?!, werde ich ihm ins Gesicht sagen. Wenn er doch wisse, dass diese Leute nur Schaden anrichten, alles kaputt machen würden, was wir mit Gerhard zusammengebracht hätten.

„Während du nur deine moldawischen Kollegen im Kopf hast, diesen Marian im Besonderen! Dem du deine Geschichten erzählen kannst, von uns, deinen Schnorrern, von denen nicht du, was der Wahrheit entspricht, abhängig bist, sondern umgekehrt!" Die dir auf der Tasche lägen seit Jahren und Jahrzehnten, deinen Porsche verdrecken würden von innen, für die du dich nur schämen würdest die ganze Zeit, „die du aber dann mitnimmst, wenn du Begleitung brauchst!" „Deine Vorträge in Palo Alto und Helsinki kannst du dir in die Haare schmieren, wenn ich nicht dabei bin, den du deinen Koryphäenkollegen herzeigen kannst, der dir deine Vorträge zusammenschreibt und überhaupt!"

Das muss gesagt werden bei nächster Gelegenheit, bei allernächster. Ich werde es nicht tun. Er ist der Wichtigste für mich, eigentlich kann ich mich auf ihn verlassen unter seiner Bananenstaude in Charlottenburg. Zu wem komme ich, wenn ich was brauche? Es sei ihm peinlich, sagt er, es täte ihm leid. Wenn er das gewusst hätte mit seinem Kollegen, der, wie ich mich erinnere bei dem Vortrag im Königin Elisabeth, im Festsaal schon vorher, bevor die ersten Zuhörer gekommen sind, sich nur noch mit größter Mühe auf seinem Tisch hat festhalten können, die Flasche Cognac mindestens zur Hälfte leer.

Im Grunde ist Fritz so naiv wie ich, gutgläubig, einer zum Ausnutzen, was auch jeder versucht. Von meiner Mutter an mich, von seiner an ihn vererbt, ist das Nicht-nein-sagen-können eine zweischneidige Fähigkeit, die man unter Kontrolle haben muss. Als einziges der Pausenhoferkinder sei er es gewesen, der zum Heueinfahren gekommen sei, würde er ihr noch Geld schicken, weil sie fast keine Rente kriege, obwohl sie ihr Lebtag lang jeden, sein versoffener Vater aber gar keinen Handgriff gemacht habe. Vom Traktor sei er nach kürzester Zeit immer schon heruntergefallen, bevor man ihn zum Einfahren gebraucht habe. Im Heustadl habe er sich den Rausch ausgeschlafen, den von gestern und vorgestern gleichzeitig, was entsprechend länger gedauert habe, ihn aber in die Lage versetzt habe, beim Essen wieder auf der Küchenbank zu sitzen, zu thronen, und darauf zu bestehen, den größten Brocken Fleisch, das vollste Teller mit der Leberknödelsuppe angerichtet zu kriegen. Seine Mutter, so Fritz, sei inzwischen die am besten versorgte Rentnerin, die keine Rente, von Fritz aber mehr als genug bekäme. Das sei das Mindeste, das Selbstverständlichste, sagt er.

Richtung Frankfurt/Oder sind die Straßen langweiliger und wir fahren nur hin, um das Wetter zu genießen. Und genau dann passieren sie, die Unfälle, einer nach dem anderen, sodass sie schon lästig werden. „Sie werden produziert, Unfälle passieren nicht", doziert Fritz. „Nur Ignoranten glauben das. Die Inkompetenz erkennt man daran, wie die Menschen Naturkatastrophen, wenn's sein muss, an den Haaren herbeiziehen, ihre Schlamperei und Faulheit wie ein Sturmtief abheften, schubladisieren. Wie ein Kammerjäger sein Ungeziefer wollen sie ihre Schuld ausmerzen".

Er müsse kilometerweit, schon aus der Stadt hinausfahren, um einen Friseur zu finden, der ihm die Haare schneide. „Wie ich es will! Ich! Ich!" Bei seinen langen weißen Fransen, die ohnehin langsam undicht werden, sei es von größter Wichtigkeit, mit Gefühl zu schneiden, nicht einfach zu kürzen. Sonst kippe es leicht ins Lächerliche, das Dach könne er dann nicht mehr aufmachen, wenn alles so verfliege und die Leute ihn an der Ampel sowieso schon wie einen Verbrecher anschauten. Er wolle auch nicht dazugehören, auch nicht zu den Porschefahrern, die oft herüberwinken, von ihm aber nur übersehen würden, durch und durch verachtet. Er leide oft an seinem analytischen Verstand und könne nicht in Ruhe Autofahren, wenn er von Deppen umzingelt würde, die er geringschätze, im Gegensatz zu mir, wie ich weiß, dem Deppen, dem Einzigen, den er pflegt wie die Bananenstaude.

Ich weiß, wann ich ihn ernst zu nehmen habe. „Du und deine hirnkranken Freunde, Kollegen, brauche ich mehr als alles andere. Nicht, weil ich der Chef bin". Das Wort Privatpatient habe er erst in Deutschland zum ersten Mal gehört. Es reiche nicht, Privatkranker zu sein, habe er erfahren müssen, ein Privatpatient müsse es sein, der das Taschengeld aufstocke. Selbstverständlich habe er noch nie einen sogenannten Privatpatienten nur auf irgendeine Weise anders behandelt. Der Schwedenkönig, wie er ihn nennt, der ihm immer weggelaufen, auf die Straße gerannt sei, den man habe einfangen müssen, indem ein

Haufen Polizisten Straßen habe absperren müssen, sei von ihm zuerst schlecht behandelt worden in seinem Einzelzimmer. Am schlechtesten. Er habe ihn erst später und dann immer mehr zu schätzen begonnen, je länger er ihn kannte. Nicht wegen, sondern trotz seiner Königlichkeit habe er den Menschen, den Spinner ins Herz geschlossen, während seine Kinder dauernd im Weg gestanden seien und lästige Hofschranzen ständig Blumen auf den Tisch gestellt hätten.

Ich hätte nie geglaubt, dass das Denunzieren noch einmal so populär würde. Fritz meint, ich sei naiv, Gerhard nennt es einfältig. Er gibt noch immer Momente, in denen er ganz klar im Kopf ist, speziell dann, wenn es um längst Vergangenes geht.

Das Land

Das untergegangene Land habe die Demokratie schon im Namen gehabt, eine ganz andere Demokratie sei das gewesen. Ohne Denunzieren sei nichts gegangen. Man habe nicht einmal denunzieren wollen müssen, man habe, wenn er jetzt so zurückdenke, kaum irgendwas gemusst. Dankbar habe er sein müssen und das sei nicht zu viel verlangt gewesen. Weil man durch Nichtssagen auch irgendjemanden, auf jeden Fall aber sich selbst denunziert hätte, sei es ihm ein Anliegen gewesen, das eine oder andere Mal dem Lehrer etwas über den Sitznachbarn zu sagen. Auf Nachfrage natürlich nur. Ein paar Nächte habe er schlecht schlafen können. Am Anfang, als er Fritz und später auch mich kennengelernt habe, sei er überrascht gewesen, dass wir fast ohne Denunziation hätten aufwachsen können, dass die sogenannte „g'sunde Watschen" ein hilfreiches Mittel der Erziehung, ein Stück im pädagogischen Werkzeugkasten war, während man in seiner DDR aus der Vergangenheit gelernt und so gut wie alles modernisiert habe.

Herausgekommen sei die Staubwolke, vor der die Leute davongerannt sind. „Man muss sich das vorstellen. Ein in den Fünfzigern schon baufällig gebautes Haus bricht 89 vor aller Augen, den Live-Kameras der Weltmedien zusammen. Von Kapstadt bis Tokio hat man die Staubwolke, hat man die Leute davonlaufen gesehen". Wenn er so zurückdenke, sagt er, würde ihm schon einiges einfallen, was man hätte besser machen können. Was es gewesen sei, hat er mir bis heute nicht sagen können. Der Major hat gewusst, dass die Post hätte besser arbeiten müssen, dass der Omikron hätte fertig werden müssen. Das habe er erst als Dozent mit den Erkenntnissen von heute realisiert.

Woran sich die Alten noch hätten gewöhnen müssen, sei für die Jungen schon angerichtet gewesen. Er habe sich aussuchen können, ob er Arbeiter oder Bauer sein wolle, habe sich aber nicht entscheiden können. Sekretär sei nichts für ihn gewesen, zumal er nie so recht wusste, was man hätte sekretieren können damals, wo schon so viele Sekretäre und Majore herumgesessen seien. Beim Uniformkombinat habe schon jeder Dritte gearbeitet und in der Ordenstanzerei habe oft pausiert werden müssen, wenn das Material wieder ausgegangen sei. An Probleme der Wirtschaft könne er sich sonst nicht erinnern, man habe ja alles gehabt. Arbeitsämter habe er nur aus dem Westfernsehen gekannt und schon gar nicht verstanden, wozu man das gebraucht habe. Schade, sagt Gerhard dann immer, schade sei das, wenn er heute zurückschaue, wie das hätte alles werden können. Keine Arbeitslosen habe es gegeben, obwohl es nicht so viel zum Arbeiten gegeben habe. Man habe das Arbeiten modernisiert und umdefiniert, gut verteilt eben. Gerecht sei es schon zugegangen, sagt er. Wenn angeblich alles Mist gewesen wäre, hätte man den Mist wenigstens gerecht verteilt. Nicht an alle, aber an fast alle und das sei besser als nichts gewesen. Die DDR sei besser als nichts gewesen und das solle man gefälligst anerkennen.

Ich wundere mich, warum seine Frau zu Gerhard zurückgekommen ist nach der Kamillenteegeschichte, die nichts Harmloses gewesen ist, keine Kleinigkeit. Dass ein Mensch, der alles andere als impulsiv ist, so die Fassung verlieren konnte, hat mich damals regelrecht erschüttert. Zum Glück, so Gerhard, sei bei ihr fast nichts mehr zu sehen, keine Narben, nur neben dem Auge gebe es noch eine Stelle, die rötlich verfärbt und von einer etwas glatteren Haut überzogen sei. Ähnlich, wie man das bei Niki Lauda hat sehen können nach seinem Unfall. Im Nachhinein könne sie das verstehen, wenn sie ihm auch nicht verzeihen könne. Vor allem sei das nie zu erwarten gewesen, weil er doch so ein ruhiger Mensch gewesen sei, als sie ihn kennengelernt habe. Ich bin sicher, wie Fritz übrigens auch, dass sich seine Persönlichkeit verändert hat nach dem Unfall, dem fatalen Ausrutscher in der Leichenwäscherei. „Das gibt sich schon wieder", meint Fritz. Er sei da zuversichtlich. Ruhig wirkt er schon auf mich. Das Selbstvertrauen ist jetzt das Problem. Er bringt nichts zustande, es geht nichts weiter mit seinen Projekten. Die ganzen Ausländer, die Flüchtlinge meint er, seien wohl jetzt die Schwächsten, um die man sich zu kümmern habe. Jetzt, wenn sie schon mal da seien, solle man sie auch benutzen können wie ein Werkzeug, einen Schraubenzieher. Wie das Luder, das ihren Sultan mitsamt den Kindern arm gespielt hat in den Wettbüros und Spielhallen, sollten sie alle jetzt mit echtem deutschen Fleiß alles wieder herein arbeiten, die Drecksarbeit machen, für die Papiere mit deutschem Stempel. Echt, nicht gefälscht, wie die meisten es ja versuchen würden, die allermeisten.

Gerhard kommt das nur gerecht vor, recht und billig sei das, „wenn sie auch was tun und nicht nur nach Hause telefonieren, Fußball spielen im Heim und sonst nichts". Sprache sei das Wichtigste, am besten wäre es, sie hätten sie schon gelernt, bevor sie hier aus dem Zug, den Lastwägen gestiegen wären. Hat ja oft lang gedauert, der Weg, da hätten sie schon ein bisschen lernen können, gefälligst. Wie damals die nach Polen überstellten Menschen, die zwar nicht gewusst hätten, wo sie hinkommen, auf der Fahrt schon Polnisch oder Weißrussisch gelernt hätten, um dann gar nichts mehr davon zu haben. Meistens waren es ja Viehwaggons, in denen die Menschen kaum Luft gekriegt haben.

Ich werde Fritz nichts mehr zum Lesen geben, nie wieder. „Die Kreuzberger können nichts dafür, können nicht anders, kennen's nicht anders", meint Fritz. „Ja, ich hab' sie nach Hause geschickt, stelle keinen mehr ein. Angezeigt hat er mich, der Kreuzberger. Und recht hat er. Unter der Bananenstaude steht jeden Tag ein Nazi und schaut auf die Sportwettenlokale hinaus. Er geht mit einem Nazi Eis essen, einem Museumsaufseher, Schriftsteller noch dazu, der immer mit einer geradezu lächerlichen Kokettiererei auf sein Geschreibe aufmerksam machen will". „In Viehwaggons", schreibt er, „In Viehwaggons nach Polen überstellt". Der Schriftsteller spekuliert damit, dass sein Manuskript von einem Kreuzberger gestohlen und bis dahin gelesen wird. Er vergisst, dass Holocaustleugnung inzwischen ein Fall fürs Ordnungsamt ist, ein Bagatelldelikt. Wenn mich aber einer Schwuchtel nennt, mich eine österreichische Schwuchtel nennt, die in der Charité ihr Unwesen treibt und mit seinem Schriftsteller im Cabrio spazieren fährt, wird er noch am selben Tag an die Wand gestellt. Und wenn er zehnmal recht hat. Dabei ist beim „Luder aus Ghana" deine Geschichte gelaufen. Wenn du Glück hast, wirst du nur ausgewiesen. Weil man mit einem Schriftsteller höchstens Mitleid hat, mit einem Museumsaufseher sowieso".

Die Thermoskanne fällt schon zum x-ten Mal um. Er schlägt die ganze Zeit mit der Hand ins Gras, das schon knickt und in Büscheln ausfranst. „Luder aus Ghana?! Aus Ghana? Aus Halle vielleicht! Paderborn!, du Trottel!" Ich werde ihm nichts mehr zum Lesen geben, nie wieder.

Der Polizist, den ich damals auf dreizehn, vierzehn geschätzt habe, war damals fünfzehn, was die Geschichte nicht wesentlich glaubwürdiger macht, aber sei's drum. Der Umgang mit seinem Kollegen war unwirsch und herablassend, die Leute im Rotkreuzwagen und mich behandelte er tatsächlich wie Untermenschen, wie ich es noch nie erlebt habe, schon gar nicht von einem Rotzlöffel. Die maßgeschneiderte Uniform hat mich beeindruckt und eingeschüchtert, von den Rotkreuzleuten gar nicht zu reden. Er war der Sohn des Postenkommandanten und ein polizeiliches Talent, wie es hieß. Zuerst hatte ich Zweifel an seiner Echtheit. Das Luftpistolenschießen beim Tag der offenen Tür hat er mit großem Abstand für sich entschieden und es wurde ihm ein sogenannter Ferialjob angeboten. In Deutschland undenkbar, weil man derartige Rekrutierungsmaßnahmen aus mehreren Gründen für sittenwidrig hält. Nicht so in Österreich, wo die Kleinlichkeit der Nachbarn bis heute belächelt wird.

Der Bub war dem Lehrer schon lange aufgefallen, ich musste sofort an Fritz denken, dem es ähnlich gegangen war in den Siebzigern. Der Lehrer hat den Postenkommandanten beim Frühschoppen ernsthaft nahegelegt, die Begabung seines Ältesten zumindest im Auge zu behalten. Bevor er anfängt herumzustudieren, so der Lehrer, und sein Potenzial zu verplempern, sollten sie ihm eine Uniform anfertigen lassen, der Rest würde sich geben. Den unwirschen Habitus hatte der Kleine nicht von seinem Vater, sondern vom Onkel mütterlicherseits. Sein Vater, hieß es schon lange, könne sich beim Sohn „ein Scheiberl abschneiden".

Wovon die Rede ist, weiß ich. Wie das heißt, wovon die Rede ist, kommt Monate und Jahre zu spät, wenn überhaupt jemals ans Licht. Dozenten, Traktorenfriedhöfe heißen jetzt anders. Grauenhafte Monster haben jahrzehntelang verkleidet und geschminkt überlebt, wie Wollnashörner im Permafrostboden. Einfach gewartet haben sie auf den Moment, in dem sie wieder auftauen und ihre Arbeit fortsetzen können. Schmerzhafte Selbstzweifel traktieren mich auf dem Weg ins Museum, arbeiten stundenlang in mir weiter. Hätte ich an die Öffentlichkeit gehen sollen als Aktivist. Tote, dachte ich, braucht man nicht anzuklagen, wie man nackten

Gaunern nicht in die Taschen greifen kann und seien sie
noch so verschuldet, hätten sie noch so viele Opfer auf
dem Gewissen. Fritz zweifelt nie an sich. Sollte er aber,
sag' ich, „solltest du!" Über Klima und Erderwärmung
nachdenken. Meditieren unter der Bananenstaude, die
langen Hebel in der Hand.

Der Herr Krause hat ihn verlassen, er fehle ihm. Fritz hat
nicht geübt, das wird's gewesen sein. Er hat nicht nachgedacht. Nicht in der Neurologischen, nicht auf der
Campingdecke, hat sich nicht geschert um die Dreck-
schleuder, die sein Porsche in Wirklichkeit ist. Das Hackbrett verstaubt in der Kiste da drüben, wenn man an der
Bananenstaude vorbei Richtung zweites Fenster geht. Er
habe Herrn Krause frei gelassen, einfach ein paar Monate
nach Hause geschickt, sagt er. Die moldawischen Kollegen, einer im Besonderen, beschäftigten ihn. Die Neurologie fordere ihn nicht mehr, die Psychiatrie nehme einen
immer größeren Platz ein. Die Epileptiker habe er abgegeben, ich sei bei Marian in guten Händen, falls es nötig
sein sollte. Im schlimmsten Fall würde er sich einmischen. Das Chefarztzimmer mit Blick auf die Laubbäume, die Eichkatzen, würde er nie aufgeben, nie den
Posten räumen, bis er hinaussterbe, wie er sagt. Er würde
nie Kollege sein wollen und könnte es gar nicht. Er wisse,
sei davon überzeugt, dass er der Erste sei, der abgeholt
würde, sobald er das Chefarztzimmer räume, den Dingen ihren perversen Lauf lasse. Er sei der Erste auf der
Liste, ganz oben, dick unterstrichen. „Professor Fritz
Pausenhofer weg! Abholen! Gesundheitssenat von Berlin, Exekutionspräsidium". Eh schon überfordert von der
Pandemie, würden sie mit Neurologen ganz schnell fertig. Die wehrten sich nicht, wenn sie aus ihren Zimmern

herausgeholt würden. Mitsamt ihren ausgestopften Eichkatzen, Trophäen aller Art und Marmeladengläsern. „Ich bin der Einzige, der nie in Rente gehen kann. Idioten sind mir das Wichtigste, neben dir natürlich!"

Wenn ich auf die Straße hinausgehe, dann nur um einkaufen zu gehen, dem Polizeigebäude entlang, wo die Feuerwehr gleich mit einquartiert ist. Wenn sie alle gleichzeitig aus den riesigen Garagentoren herausbrechen, denke ich, ist es vorbei mit dir, „hast du die Geldtasche umsonst eingesteckt, wirst du sie nicht mehr brauchen, nie wieder". Im Supermarkt daneben treffe ich Polizisten, die auch nicht verhungern wollen, Bananen und ähnliches Zeug kaufen. Polizeischüler, bei denen es tatsächlich auf die Uniform ankommt, wie schon beim Zwergpolizisten in der Steiermark damals. Schön, dass Frauen und Kinder den Beruf entdecken, dem wir so viel zu verdanken haben, wenn wir ehrlich sind. Wenn die Handschellen scheppern beim Gehen, die Finger um Schlagstöcke spielen, sie unter ihren Helmen blinzeln vor Entschlossenheit, könnten sie jederzeit auf mich zukommen, die Straßenseite wechseln, mich grün und blau dreschen und liegen lassen. Sie tun es nicht. Ihr Auftritt verliert sofort an Brachialität, wenn sie an der Kasse Überraschungseier und ähnliche Süßigkeiten aufs Band legen. Kindlich einfach, mädchenhaft, ohne die entschlossen blinzelnden Augen auszuschalten, sie abzustellen, für einen kurzen Moment. Die Handschellen scheppern bei jedem Schritt zum Ausgang hin. Lässig, als wüssten sie nicht, wie das auf mich, einen hergelaufenen Museumsaufseher, wirkt. Die Jahre sind vorbei, in denen die Frauen Prügel einstecken mussten von ihren Männern, Vätern und Söhnen. Ich habe immer darauf gewartet, dass sie zurückschlagen, endlich zurückprügeln. Ich schätze das, ja, es ist Zeit geworden dafür. Die Schwester von Fritz hat das damals nicht gekonnt, es war nicht vorgesehen, dass sie aufmuckt.

Ich bin noch nie verdroschen worden, fällt mir ein. Die Baracke ist längst untergegangen im Sumpf, der Erinnerungen nur selten durchlässt. Vielleicht fehlt mir genau diese Erfahrung, allein schon um mitreden zu können. Nein, ich bin nie verdroschen worden. Sicher wäre es wichtig gewesen, vielleicht kommt es ja noch. Vielleicht muss es doch nicht sein. „Schmerz ist Schmerz", meint Fritz, wo und wie es wehtue, spiele keine Rolle. Wahrscheinlich hat er recht. Beschimpft bin ich worden, schlecht behandelt, zu Unrecht beschuldigt. Der Unterschied wird immer gemacht, wenn es ums Körperliche geht. Unsinn eigentlich und unfair. Vergewaltigt kann man auch ohne Körper werden, geschlagen werden auch ohne Faust, so banal ist das! Dem Strafrecht ist das gleich, es schert sich nicht drum. Kein Wunder, wenn es jeglichen Respekt verspielt.

Gerhard zuckt bei dem Wort Weißrussisch zusammen. Eine Sprache, die man im Zug, wo nichts als Verzweiflung herrschte, noch schnell gelernt hat. Es hat geklingelt, ein Groschen ist gefallen. Dass die Sprache das Wichtigste sei, hat er zu spät realisiert. In einem Land, das überwiegend und zurecht aus Formularen, Ämtern und Nachrichtensendungen besteht, sind Flüchtlinge aufgeschmissen, wollen gleich wieder umdrehen, zurück in den Bürgerkrieg.

Er, Gerhard, habe sich nie dafür interessiert, sagt er, er sei ja immer Deutscher gewesen. Was hätte da neu gelernt werden müssen, wenn's die Sprache nicht war? Ich erzähle ihm von meinen Arbeitskollegen, die zuerst den Führerschein machen wollen. Das sei das Allerwichtigste, habe absolute Priorität, sagen sie. Das Autofahren könne nicht so schwer sein. Verkehrszeichen sind die Hürde.

Gerhard hat wochenlang darüber nachgedacht, Fritz und ich beobachten ihn. Zwischen amerikanischen Eckfriseuren und somalischen Pflegern bestehe für ihn kein Unterschied, Staatsbürgerschaft sei ein Gottesgeschenk, habe mit Politik nichts zu tun. Hautfarbe und Intelligenz, Boshaftigkeit und Alkoholismus, Frechheit und Tod könne man sich aussuchen. Dass es umgekehrt richtiger ist, schert ihn nicht, seine Philosophie sei „die beste und wahrste" die man sich vorstellen könne.

Die Zeit im Rollstuhl, die er mit Fenster- und Fernsehschauen vertrieben hat, hätten Verwüstungen angerichtet, Tornadoschneisen in den wichtigsten Hirnregionen, sagt Fritz. Er habe es damals befürchtet, obwohl es nicht ganz so schlimm gekommen sei, Gott sei Dank. Andererseits wäre eine Verblödung einfacher zu handhaben gewesen und sei es heute noch. Entertainment und Strenge, die Zügel loslassen und zum rechten Zeitpunkt kalte Duschen. Es gebe nichts Schlimmeres als schlecht gelaunte Idioten, die ein kleines Krankenhaus in kürzester Zeit ruinieren können. Wie im Herbst fünfundachtzig in Palo Alto und Heidelberg. Vor kurzem in Wiener Neustadt habe man nur von Glück reden können, dass Polizei und Bundesheer rechtzeitig vor Ort gewesen seien. Die *Facetten des Idiotismus* seien in Palo Alto gar nicht bekannt gewesen. Die *Typisierung nach Wirnsberger* in Heidelberg in den Kinderschuhen. „In den Windeln eigentlich. Ärgert mich noch heute, dass ich in der Karolinska nicht mehr geforscht habe". Der Respekt vor der Psychiatrie sei mit dem König zuerst immer größer geworden, bis er keine Alternative mehr gehabt habe, mit den *Ethischen Standards* in der ersten Fassung nicht mehr weitergekommen sei. Die Neurologie stand vor der Zwangsfusionierung mit der Psychiatrie und die Entscheidung sei ihm abgenommen worden. „Es ist nicht alles schlecht gewesen in der DDR".

Professor Fritz Pausenhofer abgetriftet! In diesem Moment verloren gegangen, mir gestohlen worden, denke ich auf dem Weg nach Charlottenburg, für den ich ewig brauchen werde. Besenkammer und Knitterfratze, die Schleifspuren am Gang, der Kollege, den ich noch gestreichelt habe, der nur noch gewimmert hat, die zugenagelten Fenster, schlammige Traktorenfriedhöfe, gleich mehrere bis zum Horizont. Kalk über den Leichen, Pestgestank, Arbeitslose Isolieren! Im Tiergarten lege ich mich ins Gras und hoffe schnell einschlafen zu können.

Typ-Eins-Idioten seien nachtaktiv, emotional berechenbar und scheiterten zumeist schon am Anziehen der Schuhe, besonders in Stresssituationen, hat er gesagt, Typ-Zwei-Idioten neigten zu spontanen Gemütseruptionen, *inflagranten Gemütseruptionen* hat er gesagt und könnten ausgesprochen gewalttätig werden. Er sei mitten in der Nacht angerufen worden, so Fritz. Wiener Neustadt habe die Psychische nach Wien ausgelagert.

Verkehrszeichen, meint Gerhard, seien extra für Analphabeten gemacht, die wir hier nicht wollten, auf die Dauer, nicht brauchen könnten. Die deutsche Sozialpolitik sei an der Spitze in ganz Europa, der ganzen Welt.

Auf der ganzen Welt würde man „unsere" Sozialpolitik kopieren. „Ganz Deutschland kopiert man". Vorrangstraße, Stoppzeichen, Gefahr und Steinschlag verstünden die Afrikaner, gleichzeitig könnten sie ihren Führerschein nicht lesen. Wo wir da hinkämen, Gerhard wird immer lauter, ich denke, er hat wieder einmal getrunken. Ich muss an meine Zeit in der Klinik denken, ans ZAR, wo ich sehr viel Zeit verbracht habe. Ich denke an die Baracke in Treptow, die Handlanger genau dieser Sozialpolitik. Ausgezeichnet, wie Gerhard sie nennt, ohne sich auszukennen, ohne einen Funken Ahnung davon zu haben. Das ist das Problem bei ihm, dass er immer eine Kleinigkeit recht hat, ein Brösel Recht, wie damals im Teigwarenkombinat. Gerhard strengt mich an und ich bin immer froh, aus seiner Wohnung hinauszukommen. Der Teppich stinkt gar nicht mehr. Wahrscheinlich ist er inzwischen versiegelt und verkrustet unter den Zeitungen.

Heimat sei inzwischen „sein Steckenpferd". Ein entsetzlicher Ausdruck. Ein Wort, das ich nie von Fritz, von Herrn Krause, von Marian, von dem Krankenpfleger gehört habe. Steckenpferd, Hobby und Stracciatella verderben mir die Laune. Ich stehe auf und gehe. Ohne zu zahlen, zu grüßen, ohne ein Wort. Ich bin auch stolz drauf. Man braucht den Stolz wie das Geld. Man muss es nicht haben, weil es den Charakter verdirbt, das Denken und das Tun vergiftet, weil es einmal zu viel, einmal zu wenig ist und man leicht so weit kommt, dass man nur noch mit Balancieren beschäftigt ist. Ich verliere alles, was mir lieb ist, wenn ich nur balanciere, sonst nichts mehr tun kann. Ständig beschäftigen einen Geiz oder Neid, denke ich, als ich im Stiegenhaus zuerst aus Versehen hinauf, dann endlich hinunter auf die Straße gehe. Solange ich noch denken darf, kann ich mehr als andere. Das Museum, das Schreiben, die Krankenhäuser, die Spinner, die Ärzte und selbst die Dozenten in Treptow, an die ich mein ganzes Leben lang denken werde. Fritz wäre verrückt geworden am Traktorenfriedhof und Gerhard wäre eingegangen.

Ich habe diese Menschen überlebt und bin am Schluss der Sieger geblieben. Das hat mir den Glauben an Stolz und Disziplin wiedergegeben, den ich schon abgeschrieben hatte, vergessen in der Baracke, im Schlamm. Jeden Tag habe ich an den Gulag gedacht, damals, an Konzentrationslager, Demütigung und Folter. Allein wenn man in der Früh hineingekommen ist und „Guten Morgen" gesagt hat, hat man schon zum ersten Mal gelogen. In Wirklichkeit lügt man ja schon, wenn man nur daran denkt, Guten Morgen! zu sagen. Die Lüge fängt nicht erst beim Reden an.

Ich musste das Denken und das Wissen wieder lernen, wie ein Kind. Über Jahrzehnte hab' ich immer gern gedacht und gewusst, bis es mir in der Baracke heraus gefoltert worden ist. Wenn sie gekommen sind und so getan haben, als würden sie mir die Finger abhacken, zuerst die Fingernägel herausziehen und mir dann alles Mögliche abschneiden und zerquetschen, habe ich alles unterschrieben, alle möglichen Geständnisse abgelegt, zu schreien angefangen im Keller, wo man noch so lautes Brüllen nicht gehört hat. Dass ich aufhöre mit dem Denken und dem Wissen, dass ich alles freiwillig vergessen würde, habe ich hoch und heilig geschworen. Ich habe damals gesündigt, ja! Ich habe nicht gleich aufgehört, sondern erst, als ich endgültig draußen war, aus Wut

und Verzweiflung habe ich wirklich eine Zeitlang aufgehört, dann aber, als es geheißen hat, du brauchst es wieder, wieder damit angefangen. Der einzige Vorteil der
Folter ist, dass sie alles ausradiert, man alles neu lernen
muss.

Von Gerhard zur S-Bahn komme ich vorbei am ehemaligen Eckfriseur, der heute wieder ein Lokal ist mit
Schultheiss und *Berliner Kindl. Hertha BSC*, der die Menschen an Samstagabenden zuschauen, von der man nie
weiß, was die eigentlich spielen, nie weiß, warum die
Menschen hier sitzen an Wochenenden, die sie genauso
gut in Schrebergärten verbringen könnten beim Kartenspielen. Eigentlich gehen sie nicht wegen Fußball, sondern zum Nörgeln hin, zum Jammern und Politisieren.
Gerhard hat sich gefreut, dass das Lokal wieder da ist.

Er sei damals sofort Westberliner geworden, wie er sagt,
sofort umgezogen, als die Mauer weg war. Das Biedere
sei etwas für ihn gewesen, das im Prenzlauer Berg gleich
verschwunden und erst viel später wieder gekommen
ist. Etwas Griffiges, Handfestes, Gemütliches habe er gebraucht. „Drüben" sei die Biederkeit nicht echt gewesen,
die Arbeiter hätten ein ganz anderes Biederkeitsbewusst-
sein gehabt als die Bauern, die es in seinen Augen ohnehin nicht gegeben habe, zumindest habe er sie nicht kennengelernt. Gelitten hätten die Menschen dort ja nicht,
sagt er. Es sei nur vieles nicht da gewesen, einfach nicht
vorhanden gewesen. Heimat zum Beispiel sei abgeschafft worden, das Wort verboten, dabei gehöre das zur
Biederkeit, zur Gemütlichkeit, wie der Teddybär zum
Kind. *Schultheiss* ist das biederste Bier und *Hertha BSC*
der biederste Fußballverein, den sich eine Großstadt erlauben kann. Im Osten habe es keinen Sport ohne die

Stasi gegeben, keine Verlierer, keine Sieger. Nichts, was einen Sport ausmacht. „Wozu braucht es Fans und Zuschauer, wenn man schon weiß, wer welchen Pokal holt?", hätten sich die Leute gedacht. Ob man in Dresden, Leipzig, Berlin oder sonstwo ins Stadion gegangen sei, gewonnen habe immer die Stasi. Es sei auch völlig egal gewesen, wo man gewohnt und gelebt habe. Lokalkolorit wäre nicht erwünscht gewesen, die Wurzel und der Dung für ein Heimatgefühl. Das musste man sich dort erkämpfen, zurückerobern. Es sei das Mindeste, was der Mensch braucht, vor allem jemand wie Gerhard, der ja nicht freiwillig dort aufgewachsen ist.

Als er zum Denken angefangen habe, habe er sich sofort gefragt, wie seine Eltern auf die Idee gekommen seien, hier in diesem Staat etwas aufbauen zu wollen. Frieden und Freiheit, wie es in den Schulbüchern stand, hätten in Wirklichkeit gefehlt, seien niemandem bekannt gewesen und den Antikapitalismus habe man auch nicht essen können, selbst wenn er da gewesen wäre. Wie kann da Gemütlichkeit aufkommen?

Als er dann umziehen konnte nach Tempelhof, sei das *Berliner Kindl* und das *Schultheiss* schon kaltgestellt gewesen für ihn und *Hertha BSC* habe schon gewartet. Damals seien die Ostdeutschen noch beliebt gewesen, man habe sie gemocht, wo immer sie hingekommen seien. Man habe gefragt, wie es ihnen gehe und habe sich gekümmert und interessiert. Er habe sich gewundert, dass die Tempelhofer Gemütlichkeit auch ohne Heimat funktioniere, dass man hier über Jahrzehnte mit einem Placebo ausgekommen sei.

Fritz fährt wie ein Automat Richtung Innenstadt, er kennt jeden Kanaldeckel. Die Unfälle seien nicht mehr das, was sie waren. Das habe nichts mit Nostalgie zu tun, es läge schlicht am technischen Fortschritt, den er ja generell nicht ertragen könne. Obwohl es in diesem Land nie von Relevanz gewesen wäre, wie viele Tote es im Straßenverkehr gegeben habe. Er fängt wie immer zu fuchteln an und schlägt auf das Lenkrad. „Nie! Bis heute nicht! Wir fragen uns, warum schaffen die Amerikaner die Waffen nicht ab, wenn wieder einer Amok gelaufen ist?!" Das liege ihnen eben im Blut, das Erschießen, wie es dem Deutschen im Blut liege, zu überfahren. Der Mensch sei, im Gegensatz zum Auto, immer zu vernachlässigen gewesen. Dabei würde man zum Überfahren gar kein Auto brauchen. „Hauptsache, es wird überfahren. Heute kann jeder Volltrottel ins Auto steigen, „der Führerschein eine Farce! Weißt du, was wirklich unter die Räder kommt? Wenn keiner mehr überfahren wird? Die Leidenschaft!" Das sei doch das Menschlichste, das Allermenschlichste überhaupt. Wir würden alle untergehen, verschwinden, die Neurologen sowieso, die Eisverkäufer wie die Beamten. Wenn alle Hackbrett spielten wie Herr Krause, würde er, Fritz, sofort aufhören.

Man könne, den Rat würde er mir ernsthaft in aller Freundschaft geben, wenn man einen Roman angehen wolle, nicht einfach so drauflosschreiben. Man müsse einen Plan im Kopf haben, alles schon einmal durchgedacht haben, von Anfang bis Ende. Eine Geschichte, einen Plot zu haben sei unabdingbar, sonst würde sich alles verlaufen, zerfransen, einem aus der Hand rutschen und alles würde umsonst, die ganze Arbeit, die ganze Zeit verplempert gewesen sein. Wenn man es bemerke, sei es zu spät. Er habe ja schon längst mit ein paar Büchern angefangen gehabt, bevor wir uns kennengelernt hätten. Eines sei fast fertig geworden, ein Sachbuch hätte es werden sollen. Natürlich sei es um Autounfälle gegangen. Dann sei ich dazwischengekommen und er habe alles versteckt, bis er selbst nicht mehr gewusst habe, wo er es hin geräumt habe. Letztlich sei das Geschichte, Literaturgeschichte. Bücher gebe es sowieso zu viele, über jeden Mist würden die Leute ein Buch schreiben, weil ihnen nichts Besseres einfalle. Aber gut, ich könne ja jetzt für ihn einspringen, sagt er, seine Arbeit übernehmen, weitermachen, in seinem Sinn natürlich.

Die Fachleute

Im Museum geht alles seinen Gang, selbständig. Wie eine Maschine frisst es mich täglich neu auf, spuckt mich abends aus und lässt mich liegen. Die Angst, selbst zu einem Museum zu werden, museal zu verkommen, ist ständig präsent, ich schwitze auf meinem Rad nach Hause. Es ist lange her, dass ich mich mit mir selbst beschäftigt habe. Ja, ich wollte eine Geschichte schreiben für Leser, nicht für mich.

Sultan weigert sich, in eine Moschee hineinzugehen, um Kemal zu befreien. Er hat eine Strategie, einen gefinkelten Plan. Nur will er in die Moschee nicht rein, er traut sich nicht. Kemal kommt in der ersten Version nicht vor. Er ist mir später eingefallen. Er muss nicht einmal rausgeschrieben werden. Es reicht, ihn einfach wegzulassen und die Sache hat sich. Fritz hat recht, ein Gerüst, eine

Struktur erleichtert die Arbeit ungemein, würde es mir aber zu leicht machen und vielleicht in Schichtarbeit enden. Thomas Mann zum Beispiel, meint Fritz, sei über Jahre Schichtarbeiter gewesen und irgendwann zum Verlagsangestellten befördert worden. Ein Stechuhrromancier. Das Wort Story widert mich an, andererseits ist mein Leben viel zu langweilig, gibt nichts her für den Leser. Der Tod ist nur spannend, wenn man Liebe dazu mischt, alles andere habe der Pausenhoferopa in einem Satz zusammengefasst, der mich immer noch anrührt. „Der Tod kommt so oder so, aber er kommt", er mache mit uns, was er wolle, der Tod. Jedes Mal, wenn ich daran denke, kommen mir die Tränen, gehe ich zur Tür, um zu horchen, ob er nicht schon dasteht, der Tod.

Ich werde wahrscheinlich überfahren, denke ich. Ordinäre Berliner schnauzen Radfahrer an, die ihnen am Gehsteig entgegenkommen. Unfälle kommen vor, zumeist vorhersehbar für geschulte Augen. Ordinäre Berliner gaffen auch. Das Gaffen, früher normal, ist heute verboten und wird so selten bestraft wie das „Sieg Heil!" in einem Görlitzer Gasthaus. Es ist billig und out, kommt nicht infrage.

Früher haben wir oft darüber gesprochen, bei abendlichen Bestandsaufnahmen, wenn meine Aufzeichnungen in Statistiken eingearbeitet werden mussten, während Fritz sein Hackbrett stimmte. Es war ja nicht so, dass wir locker und schlampig mit unseren Beobachtungen umgegangen sind. „Seriös muss es zugehen, im Dienst der Menschheit muss man diszipliniert sein". Das sei ihm das Wichtigste. Ich dachte damals, ich höre nicht richtig. Die Straße zu einem besseren Ort machen wolle er. Wo man gern fahre und an die Umwelt denke, das Klima und die Erderwärmung, die Kinder, die hoffentlich irgendwann profitieren könnten von unserer Arbeit.

Längst ist mir das Beobachten von Unfällen zur zweitwichtigsten Angelegenheit geworden, wie das Billardspielen, das ich gelassen habe vor Jahren, von einem Tag auf den anderen. Die Medikamente arbeiten nicht gratis für einen, nicht ohne Bedingungen. Fritz meinte, ich solle heilfroh sein, dass er mich hingekriegt habe.

Gerhard, erzählt er, habe mit seinem Heimatfimmel aufgehört. Er habe die Polizeipsychologin beim Einkaufen getroffen und sie kurz entschlossen angerempelt. Sie habe ihn gleich wiedererkannt. Wie es mit der Verarbeitung gewesen sei?, wie er das weggesteckt habe mit dem Friseur?. Er log, dass er den Eckfriseur „überwunden" habe, seinen Hund und den eingeschmierten Bart. Das Wort Überwunden habe er bewusst gewählt, schlagfertig, wie das Anrempeln. Die Beiden waren sich im Präsidium schon sympathisch. Der Job sei nichts für sie gewesen und psychologische Betreuung brauche man nur bei Katastrophen, die viel zu selten vorkämen, um davon leben zu können. Sie habe an der Supermarktkasse angefangen, was ihr zu wenig psychologisch gewesen sei. Ich wusste von Fritz, dass einen die Psyche packt oder nicht. Wenn ja, käme man nicht wieder davon los. Für die kleine Psychologin spiele die Psyche eine „tragende Rolle", wie sie sagt, so banal das klinge. Gerhard ist sich sicher, dass er an ihr dranbleiben müsse.

Er muss seine Wohnung ausräumen, den klebrigen Belag abspachteln. Fritz bezahlt den Container und bestellt einige Fachleute, die gleich wieder umdrehen und gehen wollen. Fachleute, sagen sie, seien sie auf jeden Fall bis zum Einparken. Wenn sie mit ihrem Spezialbus einen Platz fänden, die Gegend fachlich geprüft hätten, das Haus sähen, würden sie manchmal keine Fachleute mehr sein und in eine Laienhaftigkeit hinüberwechseln wollen. Sie seien auch nur Menschen und könnten sich täuschen. Fritz droht ihnen mit der Polizei, die er gut kenne. Sie zucken zusammen und holen die Schimmelgiftflaschen aus dem Spezialbus. Der Preis, sagen sie, müsse nach Begutachtung der Wohnung grundsätzlich neu ausgehandelt werden, das sei in der Branche üblich. Der Preis ist Fritz ohnehin völlig egal und wir werden uns schnell einig. Wir schreien uns gegenseitig an den ganzen Tag und am Abend habe ich das Gefühl, wir hätten gar nichts weitergebracht. Er habe, sagt Fritz, bei den Idioten oft das Gefühl, die ganze Arbeit sei umsonst und Jahre später würde sich das Gegenteil herausstellen. Epileptiker könnten zu Assistenten werden, zu Freunden sogar, sie könnten ihm Autoschlüssel abnehmen, ihn nach Hause bringen.

Die Fachleute trinken immer mehr, sind überfordert, wie sie sagen. Dabei tragen sie die ganze Zeit nur die Schimmelgiftflaschen hinunter und Bierflaschen herauf. Die Psychologin, deren Name mich nichts anginge, dürfe auf keinen Fall ins Haus, bevor er seine Vergangenheit „überwunden" habe, vom Bewältigen würde die Psychologin ungern sprechen wollen, nehme ihn aber so, wie er sei.

Sie wird von seiner Wohnung erfahren, irgendwann. Fritz und mich wird sie treffen, sehr bald. Vom Unfall in der Leichenwäscherei wird sie erfahren, vom somalischen Pfleger und Herrn Krause erzählt kriegen, vom Hackbrett und der Bananenstaude in der

Pausenhoferwohnung. Es wird ihr nichts erspart bleiben. Die Fachleute sind jetzt schon in der Früh besoffen und lästig, bis sie irgendwann die Wohnung gar nicht mehr finden. Ich weiß nicht, wie lange wir brauchen, bis die Maler fertig sind. Zu Mittag steht die Psychologin vor der Tür und Gerhard kommen die Tränen. Die Rührung ist nicht gespielt. Ich weine mit, es kommt so oder so, aber es kommt.

Der Eckfriseur ist nicht tot, er wohnt in der Baracke und wird von Dozenten gepflegt. Zweimal im Jahr wird er gekreuzigt zur Sonnenwende, er trägt das Kreuz die Via Dolorosa hinauf nach Golgatha, wird von Juden und Palästinensern angespuckt, niemand hilft ihm. Der ölige Schlamm ist im Winter gefroren, im Sommer versinkt man bis zu den Knien.

Ich würde mich vor mir selber drücken, meint Fritz. Ich denke noch immer über ein Konzept nach, das ich seiner Ansicht nach brauchen würde. „Du bist befangen", meint er, „zu viel gelesen". Das würde mir den Blick auf die Realität verstellen. In meiner Vergangenheit hätte ich doch Verwertbares, ich sei nur zu faul, um mich zu erinnern. Sicher, wir vergessen, was wir wollen und erinnern uns an den letzten Schmarren, das beste Schnitzel, an Selzthal und das Wetter zwischen den Gleisen, den ewigen Herbst und die Dunkelheit. Meine eigene Mutter hat mir nicht geglaubt, hat meine Sensibilität immer unterschätzt. Ich erzähle ihr nichts von dem Bahnsteig und dem Automaten, der nicht funktioniert hat. Früher gab es noch Menschen dort, Fahrdienstleiter und Bahnhofsvorsteher, die mich hätten trösten, mir gut zureden können. Sie hätten bestimmt funktioniert, im Gegensatz zum Schokoladeautomaten, der Strom gebraucht hätte für die

Riemen und Schubladen, die auch nicht hätten klemmen dürfen. Die Schokolade ist bestimmt vertrocknet und spröde, ausgebleicht und porös, wie die verpickelte Haut des Schülers, den ich glaubte, gesehen zu haben, der blöd gegrinst hat, weil er den Automaten kannte. Immerhin ein lebendiger Mensch, dachte ich. Bis er weg war, abgeholt vom Vater in einem Jäger- oder Bauernauto.

Golgatha, wo sie schon ganz andere gekreuzigt haben, andere Kaliber, hat inzwischen einen schlechten Ruf. Aus gutem Grund. Die Lage unweit der Jerusalemer Altstadt, hat es zu einem Ausflugsgebiet werden lassen und es wurden Plastikflaschen dort weggeworfen und abgestellt, wo ein großer Mann gestorben ist. Ein Prominenter, damals schon, als das Wort noch gar nicht bekannt war. Dort zu sterben ist nicht jedem vergönnt. Gekreuzigt, gestorben und begraben, heißt es, hinabgestiegen in das Reich der Qualen, am dritten Tage auferstanden. Man sagt, er wäre in den Himmel aufgefahren und würde zur rechten Gottes sitzen, des allmächtigen Vaters. Von dort würde er kommen zu richten die Lebenden und die Toten. Ich solle gefälligst an den Heiligen Geist glauben, die heilige katholische Kirche, Gemeinschaft der Heiligen und die Vergebung der Sünden. Die Auferstehung ist mir nicht ganz koscher, vom ewigen Leben ganz zu schweigen. Das Amen ist ein Gerücht, von Arabern erfunden.

In Treptow möchte kein Schwein begraben werden. Der Bezirk wird von Wasser, Straßen und S-Bahn-Gleisen derart schlampig durchquert und eingefasst, dass man nicht wissen kann, ob man da ist oder nicht, schon weg oder noch mittendrin. Wer will da enden? Vergessen werden im Öl- und Traktorenschlamm, knietief im

Sommer, wenn es regnet, im Winter zugefroren. Das Arbeitsamt hat das Gelände damals erworben, die Baracke als Außenstelle zu nutzen begonnen, nachdem die Amerikaner Guantánamo eingerichtet hatten. Die sogenannten Dozenten waren frisch aus der Haft entlassene Mitarbeiter des Ministeriums für Staatssicherheit der DDR. In Präpotenz und Spitzelei geschult in den besten Lagern Nordkoreas. Musterschüler und Klassenbeste, Schergen eines verrückten Regimes, von dem nichts übriggeblieben ist. Ich betone das immer, wenn ich mit Fremden spreche, Zugezogenen, die nicht wissen, wo sie hinsollen. Ich rate von Treptow ab.

Das Umland Berlins hat Gerhard als Jugendlicher kaum kennengelernt. Er habe sich keine Hoffnungen gemacht, sagt er, dass daraus noch etwas werden würde, so trostlos kamen ihm die Wiesen vor, immer vertrocknet und von knatternden Kleinwagen verdreckt. Die schütteren Wälder ohne Grün, dachte er damals, seien ein Bestandteil, ein Merkmal dieses Landstrichs, der für seine charmanten Alleen bekannt ist. Die holprigen Straßen sind kaum sichtbar, obwohl deren Verlauf aus größter Entfernung durch die Laubbaumreihen erkennbar ist. Man muss dort schnell überholen können, schnell wieder auf der richtigen Straßenseite sein, bevor ein entgegenkommendes Auto am Hügelhorizont auftaucht und einen, wie Fritz immer sagt, schon Sekunden später „abschießt". Die Bäume haben Verletzungen, die meterweit nach oben sichtbar sind. Blechfetzen hängen oft an den Ästen, an den Straßenrändern liegen Karosserieteile, verrostet und verbogen, fast malerisch hin drapiert. Die Entsetzlichkeiten werden einem permanent in Erinnerung gerufen, von Unfällen dieser Art liest man immer nur in

Zeitungen, die Fritz schon lange nicht mehr aushält. Die Schmierblätter sind es vor allem, die in ihren Archiven Zeugnis ablegen von der Furchtbarkeit der Ereignisse, die ganze Generationen junger Männer dezimierte, bis die Straßenbauverwaltung auf die Idee kam, stabile und später noch viel stabilere Leitplankensysteme dort zu installieren, zuerst nur an neuralgischen Stellen, um das Landschaftsbild nicht zu stören. Irgendwann, in absehbarer Zeit sei sicher die ganze Landschaft zur Gänze zerstört, vernichtet, auf jeden Fall aber schwer beeinträchtigt durch solche Eingriffe.

Der Brandenburger Sommertag ist wie gemalt, kitschig hellblau. Die Psychologin wird mit Gerhard auf die Rückbank gesetzt und eingesperrt und schon auf dem Weg aus der Stadt hinaus beginnt sie bei jeder Kurve laut pfeifend auszuatmen. Vom Porschefahren hat ihr Gerhard bestimmt nicht genug erzählen können, weil er selbst fast nie dabei war bei unseren Ausflügen, die außerdem nur Umwege zu unseren Aussichtsposten waren. Sie sei selbst nie über hundert km/h hinausgekommen mit ihrem Vater in einem Lada, der auf der Strecke nach Frankfurt/Oder und zurück mindestens zweimal habe stehenbleiben müssen, wenn die Keilriemen zu quietschen angefangen hätten. Ihr Vater habe ihr oft eingeredet, in Wirklichkeit aber eher sich selbst eingeredet, dass ein sozialistisches Autofahren das einzig richtige Autofahren sei, dass ihm ein Westauto, wie er es nur aus dem Fernsehen gekannt habe, nie ins Haus käme. Kein VW, kein Mercedes würde ihm sozialistisches Autofahren ersetzen können, im Gegenteil. Für ihn sei es eine Horrorvorstellung gewesen, auf dem Weg nach Frankfurt/Oder nicht zweimal stehenbleiben zu müssen. Sie, die Psychologin, hätte das natürlich geglaubt, bis weit in die Neunzigerjahre hinein, bevor sie selbst den Führerschein gemacht habe und schon längst kein Lada mehr herumfahren durfte, ein Trabant oder Wartburg schon strengstens verboten war. Mit der DDR sind sie mitzerfallen, mitgestorben. Auferstanden noch einmal mit der sogenannten Ostalgiewelle, die sich, so Gerhard, besser hätte auf Spreewaldgurken beschränken sollen.

Im Mecklenburgischen haben wir damals die hühnergroßen, flugunfähigen Vögel in einem Baum beobachtet, die dann, nervös geworden, gleichzeitig auffliegen wollten und auf uns heruntergefallen sind. Die Kanarienvögelschwärme, die plötzlich aus Wiesen aufsteigenden Farbwolken, die es hier gar nicht geben dürfte, bringen Touristen ins Land, das sonst nichts zu bieten hat. Die Luft ist noch immer nicht so sauber, wie weiter im Norden, wo man mit der Luft Geschäft macht, weil es keine Kanarienvogelschwärme gibt. Die echten Charakterländer der Republik sind heute auf DDR-Boden zusammengepfercht, wie in einem Reagenzglas. Es ist dort was los und wenn es noch so katastrophal ist. Man braucht sich für nichts zu schämen, freut sich über jedes Stück Aufmerksamkeit und wird eigentlich nie ernst genommen. Es werden hier Spinner und Epileptiker von ausländischen Koryphäen behandelt, Traktorenfriedhöfe zur Umerziehung von Arbeitslosen genutzt. „Nach dreißig Jahren noch immer ein Labor, ein Vergnügungspark". Fritz schaut sich nach der Thermosflasche um und streicht die Falten der Picknickdecke glatt, bis er sie ein paar Meter weiter unten liegen sieht. Er sei zu faul zum Reden, würde sich freuen, wenn ich Kaffee holen würde, so nett sein würde, einfach seine Geldtasche nehmen würde, zur Tankstelle ginge. Als ich mich mit zwei Bechern wieder zu ihm setze, sagt er: „Ein Vergnügungspark, der von den Gästen Eintritt kassieren sollte". In Österreich habe sich das über Jahrzehnte bewährt. Der Eckfriseur wird nicht der Letzte sein. Die Eichkatzen auf dem Gelände des Königin-Elisabeth-Krankenhauses haben sich auch nicht in Westberliner Kliniken, sondern nur in Lichtenberg eingenistet, wo ihnen buchstäblich alles zum Maul getragen wird, die Spinner sie mit Frühstücks- und Fleischbrocken überfüttern bis zum Platzen. Eine unprofessionelle Tiermast dieses Kalibers führt nach spätestens zwei Jahren zur Verwässerung des Gehirns, das den Tieren aus den Ohren rinnt. Ein Tier, im Unterschied zum Menschen, hört zu fressen auf, wenn es genug hat. Die Natur kennt in Wirklichkeit feste Regeln, die wir nicht verstehen. Konrad Lorenz war nah dran, bis er gestorben und alles ganz weit weggelogen worden ist, in die Archive. Seine Bücher sind nie wieder gedruckt und gelesen worden. Zu fressen aufhören, für uns eine Kunst, ist für die Tiere eine Selbstverständlichkeit. Wir hören nur auf, weil wir uns immer neue Hosen kaufen müssen, längere Gürtel, größere Hemden. Unser Geiz wächst mit dem Fressen, dem Nichtaufhörenkönnen. In Wirklichkeit, so Fritz in den *Ethischen Standards*, sei der Geiz und das Fressen unser Untergang, was damals niemand geglaubt habe. Niemand, auch in Stanford nicht. In Palo Alto höchstens, wo man den Leuten buchstäblich alles erzählen könne. Er fahre eigentlich nur dahin, wenn er neue Ledersitze brauche, mir mein Taschengeld auszahlen müsse, damit ich mit meiner großartigen Freundin, die mich als Einzige aushält, mit mir auch in die „unmusikalischsten Opern" gehen könne, die niemand sonst überhaupt vertrage, geschweige denn genießen könne.

Dort, wo die Opern nur eine „pseudomusikalische Anmaßung" wären. Wo man sich beim Hineingehen schämen, jeder Musiker sich im Orchestergraben verstecken müsse. Die *Komische Oper*, die ja eigentlich keine Oper sei, sondern eine Immobilie, die abgerissen gehöre, sei noch dazu meine Lieblingsoper, sei in Wirklichkeit nie komisch gewesen, lachhaft höchstens, lächerlich. Ich würde ja nur hingehen zum Männerschauen, dabei seien das alte Männer, die auch nur zum Männerschauen hingingen. Der Herr Krause sei ihm da noch lieber, der wenigstens Hackbrett spielen könne wie kein anderer.

Der Buchhändler

Ich schreibe nur, was ich bitter ernst meine. Fritz sagt lange nichts und reißt das Fenster neben der Bananenstaude auf. Ich hätte den Ernst, wenn überhaupt, dann zumindest nicht mit Löffeln gefressen. Es sei nichts für mich. Meine Stärke, so meint er, würde ganz woanders liegen, darniederliegen, in einem Eck, unter meinem Bett solle ich suchen, „in deinem Museum!", wo ich meine Zeit vertrödeln, mein Talent verheizen würde, „zwischen dem alten Graffel". Ja die Kultur, man müsse sie irgendwo verstauen für die nächsten Generationen. Ich weiß dann schon, was kommt und kann mich zurücklehnen. Hinter mir die Bananenstaude, links das Fenster auf halb Charlottenburg hinaus, die Copy-Shops und Sportwettenlokale, die inzwischen dominant sind in der Gegend. „Keine Bewohner mehr! Nur noch Wetter und Kopierer!" Was es zu Kopieren und Wetten gebe, übersteige seine Vorstellungskraft und wo die Leute wohnen, frage er sich jeden Tag. „Der Buchhändler hat sich umgebracht. In dem Copy-Shop da drüben. Aufgehängt!" Die *Caritas* habe sich die Miete nicht leisten können, sei gar nicht erst eingezogen, wie er sich das gewünscht habe. Buchstäblich unter dem Hintern wachsen die Copy-Shops in den zweiten Stock herauf. „Dreihundert Kopierer stehen unter mir. Papiergestank beim Fenster herein, die Bananenstaude wird schon ganz braun, weil sie den Papiergestank abfangen muss. Den Tintengestank schafft sie nicht mehr".

Der Gehsteig ist vollgestellt mit Plakatständern und Werbebanner verhängen den Hauseingang, die Post kommt nicht mehr, weil die Zusteller die Hausnummer nicht finden oder steckenbleiben zwischen den Plakatständern. Wir kommen nur mehr hintereinander aus der Tür, Passanten nur noch im Gänsemarsch vorbei. Die Werbekisten und Ständer habe Fritz schon oft umgetreten, „wie du deinen Elektroroller!" Jetzt verstehe er mich, das Umtreten hätte doch etwas, etwas Beruhigendes, Befriedigendes. Vor dem Museum, wo ich die Elektroroller umtreten muss, ist es eine Notwendigkeit. Ich komme nicht mehr zum Fahrrad, kriege es nicht mehr raus.

Archäologie interessiere doch keinen mehr. Gediegen habe er es sich vorgestellt als er mich hingeschickt habe. Ein feiner Job für einen wie mich, nicht zu hart, zu brutal.

Arbeit müsse weht tun und gleichzeitig frei machen stand auf den Werbebroschüren, die in der Baracke überall herumgelegen sind. Ein Beispiel hätte man sich an ihm, dem Dozenten, nehmen können, der es geschafft habe aus der Staatssicherheit in Lichtenberg heraus, wo jeden Tag ein Bürger totgetreten wurde. Leider, traurig letztendlich, aber doch habe es sein müssen. Ausgequetscht habe man die Bürger da, wenn es habe sein müssen, aber nur dann. Die meisten seien wieder herausgekommen, wenn sie kooperiert hätten, was schließlich nicht zu viel verlangt gewesen sei. Die ganze qualifizierte Arbeit, die es damals gegeben habe, könne man sich nicht mehr vorstellen.

Seine Kollegen, wenn sie aus den Gefängnissen herausgekommen sind in den Neunzigern, sind gleich in das Sicherheitsgewerbe gegangen, wo sie sich ausgekannt haben, in die Straßen, Kaufhäuser und Museen mit Uniformen wie damals, aus Plastik. Den Dienstgrad haben sie geglaubt, könnten sie mitnehmen. Schmerzlich sei das gewesen, hat mir ein Kollege aus dem Museum erzählt, wenn man wieder ganz von vorn hat anfangen müssen, ohne Kündigungsschutz in der Probezeit. Obwohl man vor dem Umbruch jahrzehntelang erfolgreich gearbeitet, sich zum Offizier hinaufgedient habe, oft habe gegen seinen Willen unangenehme Dinge tun müssen. Dagegen sei die Arbeit im Museum etwas, das ihn unterfordern würde, aber man könne besser schlafen und gewöhne sich daran. Die Arbeit sei ja die gleiche, bis zu einem gewissen Grad. Nach dem Rechten sei immer zu schauen gewesen damals, ein bisschen strenger sei es schon zugegangen. Schon damals sei er immer gefragt worden, warum er immer alles aufschreiben würde, jedes Bier, dass er getrunken habe, aufschreiben und abheften würde. So genau habe er das nicht gewusst, bis heute wisse er das nicht genau, aber tun würde er es doch. Er wisse, sagt er, von den meisten seiner Kollegen, die heute wieder seine Kollegen seien, ganz genau, wie viel und vor allem welchen Dreck sie auf dem Stecken hätten, deswegen gehorchten sie ihm auch brav. Er sei der Einzige, der nur kurz eingesperrt gewesen und bald wieder freigelassen worden sei. Aus Mangel an Beweisen, hieß es, sagt er, wobei ja überhaupt nichts vorgefallen sei, das habe bewiesen werden können. Er habe nur aufgeschrieben und abgeheftet, während der Leninismusprofessor an der Humboldt-Universität, der mit ihm in Untersuchungshaft gewesen sei, länger habe einsitzen müssen. Der habe zwar auch nur was aufgeschrieben, aber es sei doch folgenschwerer gewesen.

Seine heutigen Kollegen seien empfindlich höher bestraft worden. Sehr empfindlich. Der Lutz zum Beispiel, der da drüben stehe, sagt er, habe einen Studenten in der Besenkammer niedergetreten, bis er dann herausgekommen sei, ohne den Studenten. Erschüttert seien sie alle gewesen, die das gesehen hätten. Wie beim Eckfriseur, denke ich, und meinem Kollegen in der Baracke.

Wie man in den Wald hineinruft, so schallt es zurück, und Freundlichkeit gegenüber Menschen, wenn man sie auch nicht direkt mag, zahlt sich irgendwann aus. Der Eckfriseur hat das nicht verstanden und so ist es passiert, das Furchtbare, Unbeschreibliche, das wir alle nicht sehen wollen und gleichzeitig wollen wir solche Dinge doch sehen, wenn wir ehrlich sind. Notwendigkeiten sind immer das Brutalste, man kann hinschauen, wo man will.

So sehr Fritz auch immer behauptet hat, er sei durch Zufall zur Neurologie und später „unfreiwillig" zur Psychiatrie gekommen, so sehr ist Leidenschaft für den Beruf ganz obenauf gestanden. Selbst der Großvater hat sich damit abgefunden, dass Alois doch den Hof hat übernehmen müssen und ihn, wie es zu erwarten war, nach kürzester Zeit heruntergewirtschaftet hat. Abgehaust hat er, sodass der Feuchtlerbauer den ganzen Grund zum Spottpreis hat kaufen können. Und trotzdem war der Großvater stolz auf seinen Fritz. Ein Weltneurologe sei er, Professor und gar eine Koryphäe, wie es hieß. Das Wort hat er nie richtig lesen oder gar aussprechen können bis zu seinem Tod. Seine Schwiegertochter, „dem Fritz seine Mutter" und ihn, den Großvater selber, hat Fritz nie hängen lassen. Nachdem Alois abgehaust und der Feuchtlerbauer den Grund übernommen hatte, sind ihnen nur mehr das Haus, die Zufahrt, der Gemüsegarten und eine morsche Hütte geblieben. Einen hundertfünfzig Jahre alten Ochsenpflug, den eines der vielen Enkelkinder unter den Spinnweben gefunden hatte, hat ihnen das Steirische Heimatmuseum abgekauft. Er sei in Ruhe eingeschlafen.

Ich habe das Gefühl, Fritz würde mir so einiges verschweigen, wie ich es sonst nicht kenne von ihm. Die „rosa Gesichtsfarbe" kann ich mir bei Gerhard nicht vorstellen, auch nicht vor dem Treffen am Flughafen. Er ist immer von einer außergewöhnlichen Farblosigkeit gewesen, solange ich ihn kenne. Noch im Rollstuhl war er farblos und danach ist er noch farbloser geworden.

4

*Dass König Hans Magnus II.
Olof Palme erschossen hat,
wird von niemandem mehr
bezweifelt. Das Motiv liegt
bis heute im Dunklen.*

Zwischen allen Lappen ist Ruh'

Stanford, 1974-79

Als er aus dem Zug hinausschaute, irritierten ihn Licht und Farben, er dachte das Gepäck durch und es graute ihm vor dem schweren Koffer mit einem Wörterbuch und einer Flasche Kernöl. Medizin hatte ihn bis zum Abflug in Wien nicht interessiert. Geflogen war er noch nie und es überraschte ihn, dass er nicht die kleinste Spur von Angst hatte, als er vom Boden abhob. Er las in der Zeitschrift, die am Vordersitz befestigt war.

Der Vietnamkrieg, den Fritz Pausenhofer für naturgegeben hielt, war noch nicht zu Ende, als sich für ihn alles änderte, ihm sein schulischer Erfolg auf den Kopf fiel. Nach Stanford solle er, müsse er!, hieß es, als erster Schüler aus der Steiermark. Verschlagen würde es ihn in Wahrheit, verstoßen fühlte er sich, abgeschoben. Dankbar solle er sein, gefälligst, sagten Lehrer und Landesschuldirektor, die sich nicht weiter einmischen wollten. Ihre Arbeit sei getan, sie wollten mit ihm angeben und alle zusammen haben ihn letztlich dazu gebracht, in

Stanford ein Studium anzufangen, irgendetwas anzufangen. Was, wusste er nicht, dürfe er sich aussuchen.

Roswitha meinte Medizin, der Vater nichts. Auf den Weg nach San Francisco hatte man Fritz allein geschickt in der Hoffnung, er würde es nach Stanford schaffen, wo er angekündigt sei und abgeholt würde.

„Liebe Mutter, auf dem Bahnsteig einen dunklen Mann gesehen, vom Zugfenster aus", „man wird komisch angeschaut, wenn man zu Fuß geht" oder „alles ist zu groß hier". Fritz Pausenhofer schrieb oft seiner Mutter in den ersten Wochen und Monaten. Ihr vertraute er mehr als einem Tagebuch, auf das man hätte aufpassen müssen, wie ein Haftlmacher, weil jeder Eintrag einem Geständnis gleichgekommen wäre, das man genauso gut durch Folter hätte erpressen können.

„Man wird für jeden Dreck eingesperrt, so wie ich gestern". Dabei habe er nur ein, zwei Schnäpse getrunken, die der Vater immerhin schon vor dem Frühstück gebraucht habe. Dass er sich in das offene Fenster des Polizeiautos und somit in das Gesicht des Sheriffs erbrochen hatte, wusste er nicht mehr.

Fernseher gab es am Pausenhofer Hof nicht, für Kinobesuche war keine Zeit. Die Schule war das einzige Fenster in eine theoretische, für ihn völlig verschlossene, unerreichbare Welt. In Wahrheit hatte er seine Schuljahre in einem Käfig verbracht, nur minimal ausgestattet mit einer Ahnung von kalifornischen Palmen, verschiedenfarbigen Menschen.

Ein Baumarkt, den er aus dem Fenster des Studentenzimmers sehen konnte, war allein deshalb Ziel seiner

Ausflüge, weil er noch nie ein derart großes Gebäude gesehen hatte. Er betrat es meistens schon am Vormittag und hatte gegen Abend Blasen an den Fersen, wie er sie vom Schwammerlsuchen nicht kannte. Er schätzte die Anonymität, die ihm ebenfalls nie zuvor begegnet war. Stundenlang wurde er nicht angesprochen und schrieb Vokabeln in das mitgebrachte Notizbuch. So waren Abdeckplane und Stichsägeblatt bald in seinem Wortschatz, um den ihn selbst einheimische Handwerker beneidet hätten. Jeden Tag aufs Neue erschrak er vor den Schrauben und Blumentöpfen, die einfach viel zu groß waren, überdimensioniert.

Fritz Pausenhofer entschied sich mitten im Baumarkt. Wie aus dem Nichts heraus haben Betonmischkübel den Ausschlag gegeben für Neurologie. Er hatte darüber nur Gutes gehört. Hirn und Nerven faszinierten ihn, Psychiatrie solle angeblich dazu gehören, angeblich.

Er fürchtete intuitiv das Kippen in die Welt der Spinner und Idioten, obwohl er von den einen so wenig wie von den anderen verstand. Dass hirnkrank nicht hirnkrank sei, das eine mit dem anderen vielleicht nichts zu tun habe, hielt er für ein Gerücht, war ihm von Anfang an suspekt. Das von ihm in der Schule gelernte Englisch half ihm vorerst nicht weiter, obwohl er die Grammatik bald besser beherrschte als seine Kommilitonen. Ein Phänomen, das bestens bekannt war und die Einheimischen immer wieder in ihrem Glauben erschütterte. Amerikanisch erinnerte Fritz Pausenhofer an einen untersteirische Dialekt, der in der Gegend um St. Veit am Vogau unweit der slowenischen Grenze gesprochen wurde. Er wurde kurz nach dem Ersten Weltkrieg als untauglich erkannt und verboten.

Amerikaner glaubten Jahrhunderte an die Qualität ihres Bildungssystems und ihrer überkommenen Form der Demokratie. „Sie leben in einer anderen Welt, die Amerikaner", wie Fritz Pausenhofer an seine Mutter schrieb. Sie wollen bis heute nicht verstehen, dass ihre Universitäten bei Ausländern so beliebt sind, obwohl und nicht, weil sie mit dem Staat nichts zu tun haben. Sie wurden von Milliardären gestiftet, die das Volk zuerst mit Zucker und Düngemittel umgebracht und am Lebensabend erkannt haben, dass es gut wäre, Buße zu tun.

„Sie alle gehören Freikirchen an und haben ihre *License to Kill* zu Hause hängen", formulierte es ein berühmter Schriftsteller, dessen Name Fritz Pausenhofer nicht geläufig war.

Später in James-Bond-Filmen verharmlost, war sie ein vom Gouverneur unterschriebenes Dokument, das ausschließlich Milliardären ausgestellt wurde und nicht etwa Polizisten, die ihre Delinquenten bis heute auf illegalem Weg umbringen, sie aus Versehen zertrampeln und erwürgen müssen.

Das alles konnte Fritz Pausenhofer nicht wissen, aber er ahnen in seiner Naivität, die ihm von der Mutter bescheinigt wurde bei jeder Gelegenheit. Sie machte sich zurecht Sorgen. „Pass auf, Fritz!, sei brav!" schrieb sie immer, „reiß' dich zusammen!" Das tat er so lange, bis er die Neurologic verstanden hatte. Das Kippen in die Psychiatrie konnte er nicht verhindern. Er kam ihr nicht aus zwischen den fünfzig Meter langen Gängen mit brutalsten Vertilgungsmitteln, während er über Blindschleichen und Weberknechte nachdachte, die dortzulande als Ungeziefer galten.

Danach ging alles sehr schnell. Seine Doktorarbeit über *Ethische Standards in der klinischen Gehirnforschung* stieß alle vor den Kopf, in der Fachwelt rumorte es. Zwischen Empörung und Bewunderung passte nichts, man musste sich entscheiden und man tat es. Das Wort Koryphäe hörte die Mutter zum ersten Mal, als der Landesschuldirektor und der Lehrer vor der Tür standen. Fritz Pausenhofer war zum Heueinfahren und Schwammerlsuchen angekündigt, der Vater saß im Gasthaus oder schlief im Stadel seinen Rausch aus. Seine Schwester Roswitha hatte man tagelang nicht gesehen.

Wien, 1980-84

Dr. Wirnsberger hatte die Reichsbrücke gerade noch in Richtung AKH verlassen können, bevor diese sich am Ostufer aufgebogen und durch ein sogenanntes Abscheren eines, wie sich später herausgestellt hat, viel zu schwachen Pylons in Längsrichtung gespalten hat. Von Augenzeugen, die zu dieser Uhrzeit am Südwestufer der Donauinsel ihre Hunde ausführten, wurde bemerkenswert oft von einem „schönen Einsturz" berichtet, was der damalige Bürgermeister noch am gleichen Abend in einer Nachrichtensendung des ORF empört als Zynismus und Verhöhnung der Opfer bezeichnete. Im Lauf des Abends nutzte er jede Gelegenheit, die Worte „aufs Schärfste" und „Verurteilen" auszusprechen, um die Zeugen zu verunglimpfen, die bei den Live-Schaltungen zum Donauufer laut protestierten, ihn gar als „Wappler" und „Oasch" beschimpften. Empört, sagte er, sei er vor allem über den Ton der Hundehalter, die jegliches Mitgefühl würden vermissen lassen. Empörung, so wusste er, ist der letzte Pfeil im Köcher eines jeden Politikers, wenn das Mitleid verschossen ist. Der Hauch einer Schuld, der Geruch einer Verantwortung hätten selbstverständlich seinen sofortigen Rücktritt zur Folge haben müssen, den es um jeden Preis zu vermeiden galt.

Dass von einer derart zerrissenen Brücke nach der Längsspaltung an abschüssigen Querbruchstellen im Beton Stahlbewehrungen abzuplatzen begonnen hätten, sei unvermeidlich gewesen, wie die befragten Brückenbaustatiker übereinstimmend betonten. Ein Wegschnalzen der Stahladern in Richtung der Spaziergänger, wäre daher nicht unwahrscheinlich, sondern im Gegenteil, geradezu zwangsläufig zu erwarten gewesen. Jedenfalls, so die Augenzeugen, sei die Brücke daraufhin in kürzester Zeit zusammengebrochen und das Krachen sei für die Spaziergänger am Ostufer kaum, für diejenigen am Westufer sehr deutlich wahrzunehmen gewesen. Am Ostufer sei das Anschlagen der Wellen in der Regel „lauter als ein noch so lautes Krachen", erklärte ein Vertreter des Donauschifferverbandes ebenfalls in der Nachrichtensendung des ORF, die wesentlich länger gedauert und den Beginn des Hauptabendprogramms um etwa zwanzig Minuten verschoben hat. Der Vertreter des Schifferverbandes hat im Zuge einer Gegenüberstellung mit dem Landesbaurat und dem etwas später dazugekommenen Bürgermeisters, dessen Empörung als „verlogen" und „gespielt" bezeichnet, was dieser wiederum „aufs Schärfste" zurückgewiesen und eine unverzügliche Untersuchung gefordert hat. Der Schifferverbandssprecher hat im Lauf des Sendeabends einräumen müssen, dass seit Jahren hellbraune Flecken auf den Stirnseiten der Walzlager gesichtet worden wären. Bereits im vergangenen Sommer hätte ein Passagier auf der Route Linz/Bratislava Rostflocken in seiner Weißen Mischung bemerkt und sofort den Kellner gerufen. Seine Witwe hat bei einem Interview mit der *Kronen Zeitung* angegeben, sich genauestens erinnern zu können, wie die Rostflocken nach der Unterquerung der Brücke auf dem ganzen Tischtuch verstreut waren, das kurz zuvor noch „blütenweiß" gewesen sei.

Die Sachlage war kompliziert, weil auf der Suche nach Schuldigen wertvolle Zeit verloren ging. Reedereitechniker, die jedes Jahr routinemäßig Brückenkontrollen durchzuführen hatten, waren auf Urlaub oder krankgeschrieben. Man war kurz davor, „Höhere Gewalt" in den Abschlussbericht der Untersuchung zum Hergang des nach dem Einsturz der Reichsbrücke zweitgrößten österreichischen Brückeneinsturzes zu schreiben, als sich ein Bauingenieur aus Regensburg gemeldet hat. Er wollte gesehen haben, wie Wochen vor dem Geschehnis auf einer Fahrt Passau/Schwarzes Meer/Passau auskragende Rostsequenzen von Bewehrungsgitterstangen dort herausgeschaut hätten, wo sie „definitiv nicht hingehören".

Dr. Wirnsberger war das in diesem Moment weder bewusst noch habe es ihn interessiert, wer das Schnalzen der Bewehrungsadern für zwangsläufig gehalten oder den Zusammenbruch als „schön" bezeichnet hätte. Angesichts der Entsetzlichkeit des Ereignisses verbot es sich, an anderes als die Entsetzlichkeit zu denken. Sofort wären dutzende Schaulustige ans Ufer zurückgelaufen, nachdem sie ihre Autos in sicherem Abstand an Aus- und Abfahrtsstraßenrändern geparkt hätten und seien, wie Dr. Wirnsberger später auf der Neurologischen buchstäblich jedem erzählt hat, überall herumgestanden und hätten die nach spätestens fünfzehn Minuten eingetroffenen Polizei- und Krankenwagen an der Zufahrt gehindert. Er selbst habe, wie er ebenfalls in einer erst sehr spät am selben Abend ausgestrahlten Spezialsendung des ORF gemeinsam mit dem zuständigen Polizeisprecher erzählte, mit Abscheu zur Kenntnis nehmen müssen, wie sich rücksichtslose Gaffer nicht geschämt hätten, dringend nötige Versorgungs- und Bergungsarbeiten zu behindern. Erst als die später durch den Baustadtrat, den Bürgermeister, den Brückenbaustatiker und den Vertreter des Donauschifferverbandes aufgestockte Nachrichtensendung wesentlich interessanter geworden war als das Hauptabendprogramm, wurde dieses komplett storniert und dessen Ausstrahlung auf die kommenden Tage verschoben.

Man wird sich vermutlich noch Jahre später an diesen Abend erinnern, an dem die Abscheu und die Empörung mit der Wahrscheinlichkeit und der Spekulation bis mitten in die Nacht gerungen haben, während die Bergungsarbeiten erst am Anfang waren. Die mit noch größerer Empörung vorgetragene Erklärung des Bürgermeisters am nächsten Tag wurde immer wieder von Nachrichten über zunehmende Opferzahlen unterbrochen. Weder der Bürgermeister, noch der regelmäßig aus der Hofburg in irgendwelche ORF-Sendungen zugeschaltete Bundespräsident verabsäumte es darauf hinzuweisen, wie geschlossen „alle Österreicherinnen und Österreicher zusammenstehen und an die vielen Opfer, Trauernden und Hinterbliebenen denken" würden. Man habe sich seitens der Politik zwar nichts vorzuwerfen, dürfe aber „die

Tragik des Vorfalls sowie die Betroffenheit der Opfer im Blick behalten." Einer der Spaziergänger sei auch unter den Opfern gewesen. Er wurde von einer Bewehrungsstange des östlichen Pylonsockels an Kopf und Oberkörper verletzt und erlag Stunden danach im Allgemeinen Krankenhaus seinen Verletzungen. Sein Hund und ein Rotkreuzhelfer standen unter Schock.

Nachdem bereits im 76er-Jahr die Reichsbrücke eingestürzt war, hatte man gehofft, dass die verbliebenen Brücken den Verkehr auffangen könnten. Das habe man, so Dr. Wirnsberger, noch am selben Tag vergessen können.

Am Nachmittag ist Dr. Fritz Pausenhofer angekommen und wurde mit einem kleinen Umtrunk in der Neurologischen seiner Meinung nach etwas zu feierlich empfangen. Das Büro vor Dr. Wirnsberger schien ausgeräumt noch größer zu sein, als es ohnehin war. Er selbst hatte darauf bestanden, die Begrüßung des „geschätzten Dr. Pausenhofer" zu übernehmen, der trotz, oder besser aufgrund seiner Jugend, einen „längst fälligen neuen Schwung" in die neurologische Abteilung bringen werde. Wie sich später herausgestellt hat, war in dem Moment, als die zweite Zehnliterflasche Schlumberger vom Hauswart aus dem Keller geholt worden war, eine Gondel des Riesenrads heruntergefallen. Eine höchst unglückliche Koinzidenz, zumal in den folgenden Tagen von nichts anderem die Rede war, als dem Brückeneinsturz und der Gondel, die immerhin eine Handvoll deutscher Touristen erschlagen und das strengstens verbotene, aber erwartbare Eindringen von *BILD*-Reportern ins AKH ausgelöst hat. Abzusehen war auch die Penetranz der deutschen Schwerverletzten, die, obwohl halbtot eingeliefert, darauf bestanden haben, als Erste, auf jeden Fall aber vor den Italienern und Belgiern versorgt zu werden. Noch waren sie in der Unfallchirurgie, wurden aber schnellstmöglich weiter verschoben.

Pausenhofer folgte dem Rat seines Vorgängers, den Deutschen keinesfalls nachzugeben, sich von ihrer Penetranz nicht irritieren zu lassen. Von der Unfallchirurgie wurden die Ersten auf die Neurologische gebracht, wo eine Integration jedweder Neuzugänge generell schwer zu realisieren war. Die Eifersucht der Spinner durfte in solchen Fällen nicht unterschätzt werden. Zumeist kam es zu *psychotisch initiierten Fraternisierungen*, die von Pausenhofer bereits in den *Ethischen Standards* als Elemente des sogenannten *Allianzsyndroms* bezeichnet wurden. Die Definition des Krankheitsbildes zog sich tatsächlich wie ein roter Faden durch das Kapitel über *Exzellenzmutationen im peripheren Stirnlappenbereich*. Die Schwachsinnigen, die sich hauptsächlich in der Psychischen aufhielten und nur in die Neurologische kamen, wenn sie von den dort stationierten Spinnern ins Freie geschleust werden wollten, wurden ungehalten und randalierten auf den Fluren und in Treppenhäusern. Nur wenige Schwestern waren in der Lage, solche kritischen Situationen unter Kontrolle zu bringen. Die resolute Schwester Helga musste gelegentlich aus dem Wochenende geholt werden, was die Atmosphäre auf der Stelle vergiftete. Eine Zusammenarbeit mit ihr war nur möglich, wenn Frau Dr. Ferstl dabei war, die wiederum auch erst geholt werden musste. „Helga Ferstl", hieß es, würde da und dort gebraucht, nur „Helga Ferstl" könne hier noch was ausrichten. Die jahre-, wenn nicht jahrzehntelange Zusammenarbeit, wobei alle Handgriffe sitzen, alle Zahnräder ineinandergreifen mussten, machten auf Pausenhofer allergrößten Eindruck. Dabei handelte es sich bei „Helga Ferstl" um eine Notlösung, weil beide nur miteinander funktionierten. Angeblich auch nur innerhalb der Neurologischen. Außerhalb habe man sie noch nie zusammen gesehen, was eigentlich zu erwarten gewesen wäre. Beide hatten keine sozialen Kontakte, keine Freunde oder Geschwister, die sie ertrugen. Vielleicht, dachte Pausenhofer, darf man keine Freunde und Geschwister haben, um in der Neurologischen funktionieren zu können.

Dr. Pausenhofer waren Begriffe wie Personalführung, Krankenhausalltag und Verwaltungsaufgabe völlig neu und er erschrak jedes Mal, wenn Dr. Wirnsberger damit anfing und stundenlang referierte. Bis dahin hatte er das Gesundheitssystem für ein Krankheitssystem gehalten, ein Experimentierfeld, wo die Theorie mit der Praxis fast identisch war. Die *Ethischen Standards* waren eine Vorwegnahme, eine Studie der Klinik, als er noch nie unter klinischen Bedingungen gearbeitet hatte. Zwischen Stanford und der Steiermark, zwischen Bibliothek und Heueinfahren hatte er die Arbeit aufs Präziseste durchgedacht. Schon im Vorwort hatte er von *Trockener Theorie und Feuchter Relevanz als präformalem Parakonnex im neuronalen Raum* gesprochen. Das Sauerstoffquantum zwischen Gehirnlappenfuge und Innengrenze/Schädel musste stimmen, während Ärzteschaft und Kollegen völlig überflüssige Kategorisierungen des Ärztematerials seien. Erst im Nachwort ist Pausenhofer unter *Personalfragen und Expertisenkumulation* in einem lapidaren Satz darauf eingegangen. Es sei, so heißt es da, völlig egal, welche Spezialisten sich zur Behandlung der simpelsten Idiotismen heranlassen würden, sie könnten jederzeit durch angelernte Pflegehelfer ersetzt werden. Vorausgesetzt müsse die *Erotik der Makelhaftigkeit* werden. In Stanford haben ihn die Spaziergänge im Baumarkt gutgetan, die er im Nachhinein belächelt hat. Philosophische Fragen haben ihn damals zum letzten Mal beschäftigt, die Lust am Fabulieren, das Literarische hat er zwischen Zementsäcken, Blindschleichen und Sonnenschirmen liegen gelassen. *Erotik der Makelhaftigkeit* zum Beispiel, *Argwohn unter Palmen, Jesus als Sozialdemokrat*, hat er aus den *Ethischen Standards* herausgestrichen, als es nicht mehr weiterging, ohne sich zu verzetteln. Den Alkohol hat er nach dem Gefängnisaufenthalt von heute auf morgen gelassen. Die ganzen Umtrünke, die er später über sich ergehen lassen musste, in Stockholm nicht anders als in Wien, von Berlin gar nicht zu reden, waren ihm unerträglich.

Er war der erste Neurologe, der Arbeitslosigkeit als medizinisches und nicht als sozialpolitisches Problem begriffen hat. Er wusste sehr früh, was in die Neurologie hineingehört, was in den Baumarkt und wer ins Gefängnis. Im Wien der Achtzigerjahre war Arbeitslosigkeit etwas ganz Normales. Ein Beruf, wie jeder andere, gewerkschaftlich organisiert. Damals gab es noch eine Berufsethik, die ihren Namen verdiente.

Professor Pausenhofer, der ein scharfer Beobachter war, für das Beobachten geeignet war wie kein anderer, musste zur Kenntnis nehmen, dass er viel zu lernen hatte und wollte sich nicht schon jetzt für ein zukünftiges Berufsleben disqualifizieren. Im Schnellzug nach Wien, den er bis dahin selten genutzt hatte, war er über die nahezu völlige Geräuschlosigkeit erstaunt, die mit dem dunkelgrünen sogenannten Milchzug, der auf dem Weg ins

Gymnasium eineinhalb Stunden gebraucht hat, nicht einmal theoretisch denkbar war. Zwischen Stanford und Heustadel gab es ein Loch, das mit Naivität aufgefüllt war und schnellstens gefüllt werden musste. Zum Beispiel hielt er es für selbstverständlich, dass Ärzte sich gegenseitig vertragen und respektieren würden. Er dachte, es würde sich vertragen und geschätzt, zumindest innerhalb der jeweiligen Abteilungen, innerhalb der eigenen Branche. Dabei wurde sich nicht vertragen, ganz und gar nicht respektiert, sondern höchstens geduldet und ausgehalten.

Verhältnismäßig schnell hatte er sich in die Arbeitsumgebung eingefügt, zumindest hatte es den Anschein. Ein Gespräch mit Professor Wirnsberger, das bald darauf in dessen Zimmer stattfand, belehrte ihn eines Besseren und machte ihn mit einem Schlag erwachsen. Wirnsberger sprach von Milde, die er sich hatte aufzwingen und antrainieren müssen über die Jahre in Krankenhäusern, sonst hätte er es nicht einen Tag lang ausgehalten. In Wahrheit hätte man als Chefarzt einen harten Kurs zu fahren, den man brauche, um in der Neurologie überleben zu können. Hirnkrankheiten seien hartnäckig und es könnte ihnen nur mit Hartnäckigkeit begegnet werden, mit Härte und Gnadenlosigkeit. Das Wichtigste sei aber, dass die Strenge nur innerhalb der Ärzte- und Pflegerschaft eine Rolle spielen könne. Ein Prinzip also, das als Werkzeug der Behandlung gedacht sei. Er selbst könne hier durch nichts mehr aus der Ruhe gebracht werden, würde nur noch die Leitung der Neurologischen in jüngere Hände geben wollen. Sonst nichts. Pausenhofer hat Strenge und Härte noch nie so oft gehört wie in Wien. Wirnsberger würde ihm gern sein Büchlein an die Hand geben, das er über die Jahre verfasst, immer wieder ergänzt und überarbeitet habe, das Pausenhofer sich in der Bibliothek des Hauses abholen solle.

Dr. Hofstätter sei für seine Nachfolge vorgesehen gewesen. Dass er, Fritz Pausenhofer, dazwischenkam, sei eine positive Überraschung, die ihm den Abschied erleichtern würde. Was Pausenhofer in Wien sowie später in Stockholm immer vermisst hat, war der transparente Umgang mit Aversion, wie er sie aus seiner Heimat kannte, womit er aufgewachsen war. Wer wem die Traktorreifen aufgestochen hatte, wurde in Form von handgeschriebenen Steckbriefen in den Glaskästen gegenüber der Kirche ausgehängt. Es kam nie zu Übergriffen, wie etwa in den schwedischen Weilern, mit der sich speziell die Psychiater zu beschäftigen hatten. Feindschaft und Streit waren Verwaltungsakte innerhalb der Gemeinde. Die Bosheit und schlechte Nachrede wurden zivilisiert abgewickelt.

Die am Marktplatz fest installierten Pranger waren, wie sich Pausenhofer erinnern konnte, für Delinquenten gedacht, die wussten, warum sie dort ausgestellt wurden und was sie in Zukunft zu tun und gefälligst zu lassen hätten. Dass die steirischen Bauern zu Selbstjustiz neigten, war schon immer ein Gerücht, das sich hartnäckig hielt. Stammtische, die Brutstätten der Selbstjustiz und eigentlich eine amerikanische Erfindung, kamen erst in Mode, als die Bauern genug Geld hatten, um es beim Kartenspielen zu verlieren. Bis dahin hatte man um Haus und Hof gespielt, Rindvieh und Arbeitskinder verliehen oder hergegeben.

Justiz und Exekutive waren seit Jahrhunderten Angelegenheit der Gemeinden, die Bürgermeister regierten autoritär bis diktatorisch, waren aber letztlich nur Marionetten des Gemeinderats. Die Dörfer waren de facto institutionelle Kleinmonarchien nach angelsächsischem Vorbild. Genau das vermisste Pausenhofer in der Neurologischen des AKH. Zu den Spinnern und Epileptikern pflegte er von Anfang an ein ausgesprochen gutes Verhältnis, die Pfleger und Schwestern mussten eine harte Bewährungsphase durchlaufen, um sich sein Vertrauen zu erarbeiten, während er den Medizinern in ihrer höchstens angemaßten Kompetenz keinerlei Sympathien entgegenbrachte. „Die Medizin leidet unter den Medizinern!“, das hätte ihn schon bei der Veröffentlichung seiner Doktorarbeit fast die Karriere und dann den Kopf gekostet.

Hätte er nicht einflussreiche Unterstützer gehabt, die seine Brillanz erkannt hätten, wäre er direkt von Stanford aus zur Eisenbahn gegangen, der SPÖ beigetreten und hätte seinen eigentlichen Wunschberuf des Streckenläufers ergreifen und bis zur Rente Erfüllung finden können. Der Bauernbund, bei dem ihn sein Vater schon kurz nach der Geburt angemeldet hatte, hätte allerdings einen derartigen Frontwechsel, den für die Ausübung einer Eisenbahnertätigkeit nötigen Austritt gar nicht zugelassen. Die Mitgliedschaft wurde bei Erreichen der Volljährigkeit sofort in eine ÖVP-Mitgliedschaft umgewandelt. Im Gegensatz zur SPÖ, hieß es, die ein Parteibuch bereits ab der dritten Schwangerschaftswoche von der Eisenbahnerfrau auf das Kind übergehen lasse, sei das ohnehin schon ein Entgegenkommen, das der SPÖ nie einfallen würde. Der Bauernbund, hieß es weiter, sei eine moderne Einrichtung, die den Mitgliedern entgegenkomme, wo es nur ginge. Eisenbahnerkinder seien hingegen nicht erwünscht und Aufnahmeanträge würden grundsätzlich und umgehend aussortiert. Bei der SPÖ, so wusste man im Bauernbundsekretariat, würden selbst von den Großeltern Erkundungen eingeholt. Der Klassenstandpunkt würde regelmäßig strengstens überprüft. Das Blut könne nur rot oder schwarz sein. Bei der Eisenbahn anzufangen wäre für Fritz Pausenhofer also gar nicht möglich gewesen. Bauernkinder kommen eher nach Stanford als zur Eisenbahn, die mittlerweile auch den Ehrgeiz entwickelt hat, sich als eine moderne Einrichtung zu etablieren.

Inzwischen hat das Parteibuch so gut wie keine Relevanz mehr in Österreich, es sei denn, man würde verbeamtet werden wollen. Der Eid auf die Verfassung hat schon damals niemanden interessiert. Niemanden! Die Verfassung interessiert bis zum heutigen Tag niemanden, außer die Verfassungsrichter, die sich zumindest beruflich damit auseinanderzusetzen haben.

Fritz Pausenhofer war in eine bäuerliche Welt geboren worden, die kein Außen kannte. Weihnachten war ein Bauernweihnachten, Ostern ein Bauernostern, die Eisstockschützen waren Bauerneisstockschützen. In der Bauernkirche predigte ein Bauernsohn, der von den Eltern maßlos überschätzt worden, zur Übernahme des Hofs aber nicht geeignet war. Er war am Bauernstammtisch dummgeredet worden, schlechtgeredet. Klugheit, so hat es geheißen, würde einen nicht weiterbringen, schlau müsse man sein. Bauernschläue habe man oder habe sie nicht. Der Pfarrer hatte, wie Pausenhofer als Bub vermutete, einen unehelichen Sohn, von dem er ständig redete, obsessiv und leidenschaftlich. Er hieß Jesus und die Kirche war mit Bildern und Schnitzereien voll, die ihn als Baby und als Erwachsenen zeigten. Pausenhofer beneidete Jesus, der eine schöne Kindheit gehabt haben musste, voller Gold und Weihrauch. Könige kamen einmal im Jahr zu Besuch und seine Mutter war eine Jungfrau, zumindest sah sie danach aus. Am Karfreitag verkehrte sich die Idylle ins Gegenteil, als Jesus älter geworden, aber bei weitem nicht im sogenannten Sterbealter war, wie der Pausenhoferopa. Aufs Kreuz haben sie ihn genagelt, nachdem sie ihn durch die Jerusalemer Altstadt getrieben und angespuckt hatten, die Dreckschweine.

Nein, das darf man nicht vergessen, jeden Sonntag muss uns das erzählt werden, dachte Fritz Pausenhofer damals. Er war sich auch sicher, dass es nur die Eisenbahner gewesen sein konnten, von der SPÖ. Rot, gehässig und gemein eben. Gewerkschafter, die nie in die Kirche gekommen seien, weil sie sich nicht getraut hätten, weil sie sich hätten schämen müssen, was sie getan hätten, mit dem Sohn vom Pfarrer. In der Volksschule, die er damals besuchte, hat er zum ersten Mal Eisenbahnerkinder gesehen. Sie waren sich der Schuld ihrer Eltern offenbar nicht bewusst, kannten nicht einmal die Geschichte von Jesus und erzählten von ganz anderen Dingen. Vom Eisenbahnergesangsverein wusste Pausenhofer nichts anderes, als dass dort falsch gesungen wurde.

Pausenhofer hatte abgesehen von seinen Patienten wenige Freunde. Eigentlich nur eine polnische Putzfrau und den Neurochirurgen Dr. Hofstätter. Das Wien der Achtzigerjahre zehrte von seiner Vergangenheit wie keine andere Stadt dieser Welt. Wollte man über die Medizin, die Neurologie im Besonderen sprechen, käme man um die Gegenwart herum, so Hofstätter, könne man die Gegenwart ganz vergessen. Man wäre im vergangenen

Jahrhundert mit Nobelpreisen zugeschüttet worden, „an jeder Straßenecke ein Nobelpreisträger".

Es mache keinen Sinn, auch nur die geringste Anstrengung zu unternehmen. Jegliche Idee, die Hofstätter zumeist beim Essen habe, habe man vor hundert Jahren schon längst im klinischen Einsatz gehabt. Erschlagen würde er jeden Tag, wenn er der Aula an den Bildergalerien vorbeiging. An Forschung war zu dieser Zeit nicht zu denken, obwohl nirgendwo so viele Idioten und Schwachsinnige in den Kliniken herumlaufen würden wie in Wien. Abgesehen von Pausenhofers *Ethischen Standards* hätte man hier seit hundert Jahren keine Schrift ernst genommen, so Hofstätter. Und diese auch nur deshalb, weil sie wie eine Bombe eingeschlagen habe, weil man sich schon in Tokio damit befasst habe, als Pausenhofer noch in Stanford in der Badewanne gesessen sei.

Wenn Hofstätter über die Lerchenfelder Straße in Richtung Ringstraße fuhr, erzählte er Pausenhofer, kämen ihm auf dem Gehsteig die ganzen Großkaliber entgegen, mehrfach, jeden Tag eine Koryphäe, jeder Taxifahrer ein Jahrhundertarzt. Auch Fritz Pausenhofer hat in der Straßenbahn zumindest einmal Karl Landsteiner zu sehen geglaubt. Hofstätter glaubte es nicht nur, er war sich sicher. Er traf sie nicht nur jeden Tag im *Brigitte*, auch in der Pförtnerloge saß er mit ihnen zusammen. Es drehte sich alles um die Vergangenheit, als man lebhaft die Eugenik diskutierte, von der man in der Schweiz erst vor kurzem abgekommen ist.

Was Fritz Pausenhofer an Dr. Hofstätter unangenehm aufgefallen ist, waren dessen völlig unmotivierte Stimmungsschwankungen. Außerdem neigte er dazu, seine

Ansichten mit einer Vehemenz vorzutragen, die ihn an seinen Vater erinnerte. Ignaz Semmelweis, davon war Hofstätter überzeugt, hätte als einziger den Nobelpreis verdient gehabt, obwohl er sein Leben lang nichts anderes als das Händewaschen gepredigt hätte. „Immerhin! Immerhin das Händewaschen!"

Richtig laut konnte er werden, was sonst nicht seine Art war und ihn, wie Pausenhofer anfänglich dachte, von seinem Vater unterschied. Bei den Schwestern, die in der Regel leicht angeheitert zur Arbeit kamen, war er gefürchtet, weil er das Scheppern der Weinflaschen schon aus größter Entfernung vom Scheppern von Wasserflaschen unterscheiden konnte. Während er Pausenhofer gegenüber der Freundlichste war, konnte er im Schwesternzimmer aus der Fassung geraten. Ein Beispiel solle man sich nehmen am Kollegen Pausenhofer, an ihm selbst und dem Pförtner. Dass er bei jeder Gelegenheit nicht den Pförtner im Haus B, sondern den im Haus A aufsuchte und mit ihm schon seit Jahren eine, wie sich später herausstellte, fatale Freundschaft pflegte, war Pausenhofer von Dr. Wirnsberger erzählt worden, dessen tragischer Tod schon einige Monate zurücklag.

Das Vogelgesicht ist an dem tatsächlich für alle traumatischen Tag mit einer Dreistigkeit vorgegangen, eiskalt, wie man es nur Ausländern zutraute. Der aus Weißrussland gebürtige Mann war mit einem gefälschten Dissidentenvisum nach Österreich eingereist. Der Begriff Dissident kam in den Achtzigerjahren auf, nachdem Spion aus der Mode gekommen und automatisch mit Ostblock verbunden war. In der DDR war er Pfarrern und Liedermachern vorbehalten, egal ob sie je eine Messe gelesen oder ordentlich gesungen haben. In Wien wurden sie als

Helden angesehen und standen in der Zeitung. Talk-
shows gab es damals gottseidank nicht, zumal diese
Menschen nicht dafür getaugt und die anspruchsvollen
österreichischen Zuschauern gelangweilt hätten. Sie waren schlecht zu integrieren und schlecht angezogen, was
ihrem Ruf in gewissen Gesellschaftsschichten nicht scha-
dete. Man konnte damals mit schmutzigen Jobs mehr
verdienen als ein Bürgermeister, der in seiner Funktion
vom Volk für überbezahlt oder gar reich angesehen
wurde.

Das Vogelgesicht wohnte zuerst am Lerchenfelder Gürtel, wo man zwar nicht als Pfarrer, aber wenigstens
schlecht angezogen sofort dazugehörte. Dass er nach
kürzester Zeit eine Zweietagenwohnung im Stadtzent-
rum gekauft hat und gleichzeitig als Busfahrer und
Hausmeister in einem städtischen Kindergarten gemeldet war, ist den Behörden nicht aufgefallen. Mit dem
dunklen VW-Bus fuhr er in Begleitung eines arbeitslosen
niederösterreichischen Installateurgehilfen einmal die
Woche zu Frauenauktionen in einem Minsker Gewerbegebiet. Mit einer Fuhre brachten die Männer acht bis
zehn Personen mit, obwohl es oft eng wurde im VW-Bus.
Die jungen Frauen, „immerhin volljährig", wie der An-
walt des Vogelgesichts später betonte, hätten sich „auf
ihre Karriere als Fotomodelle oder Schauspielerinnen"
gefreut und seien „hochmotiviert" gewesen.

Mit Frau Dr. Ferstl kam er erstmals in einem sogenannten Schanigarten zusammen, später wurden sie öfter im
Espresso Lord an einer Ottakringer Tankstelle gesehen. Fi-
nanziell sind sie sich bald einig gewesen. Es ging hauptsächlich um Termine und Modalitäten. Im AKH war se-
riöses und doch entspanntes Auftreten vonnöten,

worum sich Frau Dr. Ferstl bis zum letzten Moment Sorgen machte. Zu Unrecht, wie sie später anerkennen musste.

Angeblich sind in der Pförtnerloge ausschließlich Dienstgespräche von größter Wichtigkeit geführt worden, bis in die Abend- und Nachtstunden. Oft war Dr. Hofstätter die Anstrengung nächtlicher Aufenthalte im Haus A anzumerken. Glasige Augen, eine bläuliche Gesichtsfarbe und deutliche Anzeichen eines *manifesten Flattertremors*, der sich am späten Vormittag wieder legte.

Es war ein Mittwoch im März, den niemand vergessen würde. Schon gar nicht Frau Dr. Ferstl, die die Erinnerung daran wachhielt, so gut sie konnte. Ein übernächtigter Pfleger hat Dr. Hofstätter allein im Operationssaal angetroffen. Dieser habe sich ruckartig zu ihm umgedreht. Ein derart wahnsinniges Lachen habe er, der Pfleger, noch nie gesehen, obwohl er schon über zwanzig Jahre auf der Neurologischen gearbeitet hatte. Es habe ihn an Stanley Kubricks *Shining* erinnert, an Jack Nicholson mit der Axt vor der Badezimmertür.

Hofstätter sei aufgestanden und zum Medikamentenschrank gegangen, wo er mehrere Tabletten mit „mindestens einem Liter Wasser in einem Zug" hinuntergespült habe. Sofort sei er wieder wach und konzentriert gewesen. Es sei Schlag zwölf Uhr Mittag gewesen, als Hofstätter alles fallen gelassen und im „soldatischen Paradeschritt" aus der Neurologischen ins Treppenhaus marschiert sei. Niemand hat ihn sich damals aufzuhalten getraut, zumal er immer wieder ein Skalpell aus der Manteltasche zog. Eine Gruppe verängstigter Schwestern hat er „wie Schlachtvieh" vor sich hergetrieben,

hinunter in die Aula zu den riesigen Gemälden.
„Schweine!", hat er geschrien, „Ihr Schweine!" Er hat das
Fenster aufgerissen und war dabei, Oskar Kokoschkas
Ignaz Semmelweis in Blau aufs Fensterbrett zu heben, um
das riesige Gemälde auf den Hinterhof hinunterzuwer-
fen, bevor er von einigen Pflegern zu Boden gerissen
werden konnte.

Es war längst vor Pausenhofers Amtsantritt absehbar gewesen, dass Hofstätter als Nachfolger nicht mehr zu halten war. Die polnische Putzfrau und die Nachtschwes-
tern konnten sich an mehrere Vorkommnisse erinnern,
die zum Glück nur wenigen bekannt geworden sind. Einmal hatte er sich im Operationssaal gerade noch in eine
Nierenschale erbrochen, bevor ihn Frau Dr. Ferstl nach
Hause geschickt und sofort einen Bericht an die Anstalts-
leitung aufgesetzt hat. Wie alle von Dr. Ferstl verfassten
Briefe hat auch dieser die Neurologische nie verlassen.
Derartige Denunziationen sind bis heute unerwünscht in
einem Haus mit seiner unvergleichlichen Geschichte. Besonders die Neurologie und Psychiatrie hatten in Wien
einen „exzellenten Ruf", wie der Bürgermeister bei jeder
Gelegenheit, besonders anlässlich der Weihnachtsfeiern
immer wieder hervorhob.

Schwule gab es genug in der Hauptstadt, nur hat man sie
damals nicht gesehen. In irgendwelchen Löchern, zumeist Kellerlokalen, haben sie sich treffen müssen. Dass
Dr. Hofstätter auch dort verkehrte, durfte nicht auch
noch bekannt werden, obwohl es schon Gerüchte gab.
Pausenhofers erstes Auto war der Lada der polnischen
Putzfrau der noch monatelang nach einem scharfen polnischen Putzmittel gerochen hat. Pausenhofer hat sich
nie über sein Gehalt Gedanken gemacht und erst Monate

später gemerkt, dass er sich längst einen Porsche hätte leisten können. Das Auto der Putzfrau war jedenfalls ganz hilfreich um Dr. Hofstätter nach Hause zu bringen. Dieser hat meistens schon getrunken, noch während der Arbeit und davor mit dem Pförtner. Er wohnte als einer der wenigen von der Neurologischen nicht innerhalb des Gürtels und war froh, dass er jemanden zum Mitfahren hatte. Es war ihm inzwischen egal, was die Kollegen über ihn redeten.

Viel schlimmer sei seine Schwester, die ihm angeblich keinen Groschen mehr geben wollte. Zuerst war es ein Leihen, dann nur noch ein Geben und, wie sie Pausenhofer gegenüber später sagte, nur noch ein Aus-dem-Fenster-Schmeißen. Außerdem, sagte sie, sei es „eigentlich eine Kunst", ein Gehalt wie das seine bis zum Monatsende zu versaufen. Hofstätter war einer der besten Neurochirurgen in Österreich und würde in Graz oder Innsbruck „sicher einen Chefarztposten nachgeschmissen" kriegen. Das habe er jetzt davon. Und von diesen Lokalen, in die er immer gehe, höre man auch nichts Gutes. „Warme sind das!", und ihr Bruder „wär' doch nie ein Warmer gewesen".

Im Praterstadion waren Parkett, Rang, Sektoren und Fankurven durch Gitter voneinander getrennt, das Spielfeld wurde unter der Woche von schlecht bezahlten Arbeitern frisiert und am Sonntag von genauso schlecht bezahlten Sportlern wieder zertreten. Stimmung kam so gut wie nie auf, weil die guten Fußballer nie die eigenen, sondern immer nur die anderen waren. Trotzdem kamen die Menschen immer wieder.

Kennt man das Praterstadion, kennt man die Stadt, dachte Pausenhofer, nachdem er zum ersten und einzigen Mal mit Hofstätter dort war. Vom Fußball verstanden beide nichts und haben sich gewundert, warum die Leute so laut waren. „Wenn doch die eigenen immer verlieren. Immer!" Beim Fußball, so Hofstätter, gehe es nicht darum, wer gewinne, wer wie spiele und warum. Man gehe hin, um die Welt zu verstehen, an einem Abend werde einem erklärt, was einem nicht in den Nachrichten, in keinem Film gezeigt werde. Das gelte vor allem in Wien, wo man als Einzelner nie die ganze Stadt wahrnehme.

Die Innenstadt wurde von der Ringstraße eingezäunt und zeigte dem überwiegenden Teil der Wiener, wo Schluss war. Jeder Fußballfan wusste, dass er auf dem Rasen nichts zu suchen habe. Er würde sofort eingefangen, abgeführt und weggesperrt, weiß Gott wohin gebracht und zusammengeschlagen. Die Ringwiener lebten ausschließlich zwischen Ring und Gürtel, von Geburt an bis zum Tod, den sie entweder im AKH oder im Wohnzimmer erlitten. Gürtelwiener wurden, sollten sie es zu weit reingeschafft haben, sofort an ihren Autos erkannt und aussortiert. Die Innenstadt kannten sie nur von Postkarten und aus dem Fernsehen.

Die Ringstraße bildete eine natürliche Grenze, kein Stacheldraht war jemals nötig. Der Geruch von Pferdeäpfeln hat den Ersten Bezirk über Jahrzehnte gegen den Hundekot des Gürtels verteidigt, die Pracht eingehegt, das ehemalige Rote Wien vergessen gemacht. Wollte man sich in der Stadt niederlassen, wurde man routinemäßig selektiert und den Bezirken zugeteilt, dem Kollektiv der Ringwiener oder dem der Gürtelwiener sowie dem Areal dahinter. Jenseits der „Hundekotgrenze" galten andere Gesetze.

Proleten und Ausländer, sagte man, würden Schwarzzigaretten an Schwarzlokale verkaufen und von Schwarztaxifahrern durch die Gegend chauffiert. Diese waren billiger als die Straßenbahn, wenn auch um einiges gefährlicher. Für die Proleten gut genug, wenn sie aus den Sportwettenlokalen hinaus sind und nicht mehr heimfanden.

Pausenhofer hat Hofstätters Schwester oft zuhören müssen. Wie er es aus der eigenen Familie kannte, hat sich jeder um jeden Sorgen gemacht, hat jeder jedem die Schuld gegeben, sind überall schwarze und weiße Schafe unter den Geschwistern gewesen. Dass er das weiße und Hofstätter das schwarze war, hätte genauso gut umgekehrt sein können.

Erst viel später hat er von Dr. Hofstätter erfahren, dass seine Schwester, bevor sie in eine große Wiener Konditorei eingeheiratet hat, jahrelang mit einem Schwarztaxifahrer liiert und davor mit einem bulgarischen Pornoheftverkäufer verheiratet war, der sein Geschäft im Vollrausch angezündet und in der Folge seine Hefte auf dem Gehsteig ausgebreitet und verkauft hat. In Sofia hätte man ihn deshalb längst eingesperrt. Kindergefährdung wurde dort so ernst genommen wie nirgendwo in Europa. In Wien konnten die Kinder gar nicht verdorbener werden, als sie es ohnehin waren. Es hat sich niemand um solche Dinge geschert. Er, Hofstätter, hätte seine Schwester damals in der Wohnung in Favoriten abgeholt und sie für ein paar hundert Schilling aus der Ehe

„herausgekauft", wie er sagte, und müsse jetzt zuschauen, wie sie ihn regelmäßig hängen lasse.

Dr. Hofstätter ist einmal zu Silvester, als die Proleten und Ausländer stadteinwärts gegangen sind und er sich unbeobachtet gefühlt hat, stadtauswärts in ein Puff gefahren. Er wollte mitreden können, da gewesen sein, nicht immer mit dem Pförtner dasitzen und hin und her rutschen wollen auf dem Sessel in der Loge. Geschämt hat er sich, weil er die dreihundert Schilling wieder zurückhaben wollte, bevor er sich über seinen Geiz geärgert hat und einfach gegangen ist. Der Pförtner hat nie davon erfahren.

Seine Mutter hat damals gedacht, es würde noch was mit dem Sohn, der schon längst Neurochirurg, aber noch nicht verheiratet war. Mit dem Heiraten hätte er bei ihr noch was reißen können, wenigstens Enkel zum Aufpassen hätte sie gern gehabt. Der Traum für jede Mutter ist das Enkelschauen und Enkelaufpassen, wenn schon aus den Kindern nichts wird. Wenn schon alt werden, dann wenigstens mit Enkelschauen und -aufpassen.

Auf jeden Fall hat Hofstätter die ganzen Warmenbeisln gekannt am Gürtel und Dr. Pausenhofer einmal aus Versehen mitgenommen, weil ihm schon wieder ganz schlecht war von dem Pförtnerschnaps und sie irgendwo einkehren mussten, wo er sich auskannte, er den Weg zum Klosett mühelos fand, vorbei an Toni, Fred und den anderen. Pausenhofer hat sich dazugestellt und sich unbeschreiblich fremd gefühlt. So schnell hat er gar nicht schauen können, hat ihm schon einer ein Bier hingestellt und ihm zwischen die Beine gegriffen, was fast immer funktionierte in solchen Lokalen, die eng und finster waren, der Barkeeper unter den Flaschen einen winzigen Fernseher stehen hatte, wo Professor Pausenhofer zum ersten Mal die damals so beliebten tschechischen Schwulenpornos gesehen hat. Pausenhofer war zuerst erschrocken, konnte aber bald nicht mehr wegschauen.

Der Mord an Dr. Hofstätter hätte wohl keine derart hohen Wellen geschlagen, wäre er nach dem bewährten Muster verübt worden. Wenn ein sogenannter Volksschauspieler im Milieu von einem Stricher erschlagen wird, schreiben die verwerflichsten Zeitungen von Verwerflichkeit, ziehen alles und jeden durch den Dreck, um die Empörung und das Entsetzen der Leser wochenlang auf höchstmöglichem Niveau zu halten. Anstatt den Enkeln zu erklären, was ein Schwuler ist oder gar die verwerfliche Zeitung abzubestellen, das Abonnement für die grauenhafteste Zeitung Österreichs zu stornieren, war man eher bereit, die schauspielerischen Leistungen im Vorabendprogramm schlechtzureden.

Dabei wurde Dr. Hofstätter nicht von einem Stricher erschlagen, sondern von Schwester Helga zuerst vergewaltigt und dann kaltblütig erwürgt. Während Frau Dr. Ferstl vor dem Hauseingang nervös auf und abging, immer wieder zum dritten Stock hinaufschaute, sich die widerlichsten Szenen ausmalte, wollte das gelbe Licht hinter dem Vorhang nicht ausgehen, wie es verabredet war. Allein schon der Plan war eiskalt, das war ihr sehr wohl bewusst, nur noch von der Wirklichkeit übertroffen, die man sich selbst im *Espresso Lord* an der Ottakringer Tankstelle nicht ausmalen wollte. Erst als der wuchtige Körper der Krankenschwester das Stiegenhaus herunter trampelte, dachte Frau Dr. Ferstl nur noch an den Triumph und sei er noch so unverdient.

Hofstätters Wohnungstür wurde von innen lautstark mit Fäusten bearbeitet. Es waren die Fäuste eines jungen Mannes, wahrscheinlich kroatischer, serbischer, wie es die Zeitung wusste, auf jeden Fall „ausländischer" Herkunft, der nicht nur von Schwester Helga vergewaltigt und gewürgt, sondern auch geschlagen und letztlich eingesperrt wurde.

Wie die Zeitungen ebenfalls bald wussten, ist die Limousine des kroatischen Botschafters die ganze Nacht auf dem Gürtel unterwegs gewesen. Der Botschafter war es nicht gewohnt, selbst einen viel zu großen Wagen zu steuern. Noch dazu in einer ihm völlig fremden Umgebung.

Am Hintereingang des Zagreber Bahnhofs, wo er als Student gewohnt hatte, erinnerte er sich, war er auf einer Flasche ausgerutscht und auf dem Hund eines reglos am Boden liegenden Junkies zum Liegen gekommen. Auf einer schmierigen Pritsche in der Bahnhofsmission hatten wildfremde Menschen ihm damals die Bandagen gewechselt und trotzdem war der Blutverlust enorm.

In Wien hätte man ihn vermutlich liegen gelassen, dachte der Botschafter, der sich nicht auszusteigen getraut hat, um seinen sechzehnjährigen Sohn zu suchen. Somit wurde aus dem für die Zeitung völlig irrelevanten alltäglichen Mord am „Schmutzgürtel" ein handfester diplomatischer Skandal, den man in den Redaktionen zu schätzen wusste. Immerhin kam der Sohn des Botschafters nach Wochen wieder frei, da ihm weder Mord noch Totschlag nachgewiesen werden konnte. Das schwere Trauma, die Vergewaltigung durch eine ihm körperlich überlegene Frau fand man nicht der Erwähnung wert.

Mit Sicherheit, so vermutete man intern, war es eine Krankenschwester.

Als Dr. Pausenhofer das nächste Mal in der Steiermark war bei seiner Mutter, hat er natürlich nichts davon erzählt, weil er sich so geschämt hat. Homosexualität war bei Neurologen nichts Ungewöhnliches, bei Neurochirurgen wie Hofstätter sogar die Regel. In der österreichischen Bauernschaft dagegen gab es keine derartigen Phänomene, damals nicht und heute nicht, eigentlich nie.

Seinen ersten Porsche hat er damals gerade gekauft gehabt und ist damit auf den Hof gefahren. Seine Mutter hat gerade Schnitzel geklopft, während der Vater seinen Rausch im Heuhaufen ausgeschlafen hat. Spätestens dann, wenn die Mutter das Fenster zum Hof aufgemacht und den heißen Schmalzgeruch hinausgelassen hat, kam er aus dem Haufen heraus, ging mit unsicheren Schritten an der seit Jahren leeren, aber immer noch nicht abgerissenen Hundehütte vorbei aufs Haus zu und trampelte durchs Vorhaus in die Küche.

Stockholm, 1984-93

Dass König Hans Magnus II. Olof Palme erschossen hat, wird von niemandem mehr bezweifelt. Das Motiv liegt bis heute im Dunklen. Es gibt eine Menge Ungereimtheiten in dem Fall, keinerlei Zeugen, geschweige denn Beweise für die längst fällige und dennoch schreckliche Tat. Sofort wurden Scheinermittlungen angestellt, während die Schuldigen von vornherein im Umfeld der faschistischen Königstreuen vermutet wurden. Die Hetzgeschichten des Hauptstadtboulevards waren handwerklich derart schlecht, dass sie nicht einmal von den Abonnenten gelesen wurden. Ein riesiger Polizeiapparat wurde angeworfen, bis in die Familien hinein wurde denunziert, Wohnungen und Kindergärten wurden gestürmt, sodass jeder Spaziergänger damit rechnen musste, vom Gehsteig weg verhaftet zu werden. Ermittlungserfolge wurden nicht erzielt.

Die Strategie wurde schnell geändert, die königliche Familie vernommen, vor Gericht ausgequetscht unter den Augen der Welt. Es gab unzählige Nervenzusammenbrüche, unter anderem den spektakulären, vermutlich inszenierten und völlig übertriebenen der Königin Matilde und den etwas harmloseren, mit jugendlicher Naivität vorgetragenen von Prinzessin Svenja. Nur Mitleid, so dachte man, könne den Verdacht entkräften, die Königstreuen hätten sich eines Störenfrieds entledigen wollen. Olof Palme war über die Jahre zum Monster aufgeblasen worden, das angetreten war, einer Clique von Staatsdienern das Wasser abzugraben. Über Jahrzehnte hatte sich ein Beamtensumpf etabliert, der sich nicht mehr nur mit Steuergeldern zufriedengab, sondern sich auch an Geldzuflüsse seitens des Königshauses gewöhnt hat, das wiederum auf Schmier- und Schutzgelderpressung gar nicht angewiesen war, sondern sich durch den Verkauf von Fernsehrechten durchschmarotzte wie jede andere Monarchenfamilie auch. Das Problem des Ministerpräsidenten war, dass er versehentlich für einen Sozialisten gehalten wurde, der er nachweislich nie war. Olof Palme war ein Opfer seiner Wähler und hat den Tod allein schon deshalb nicht verdient.

Der Skandal lag bleischwer auf dem altmodischen Land und die Union der skandinavischen Linken verzeichnete einen zuvor nie gekannten Zuspruch. Aus der Vereinigung von Schwedenkommunisten mit den Freien Samen ging die Sveriges Kommunistiska Parti hervor, die in den nordschwedischen Wahlkreisen bald die absolute Mehrheit stellte.

Für Professor Pausenhofer war das Angebot der Karolinska Universitätsklinik zur richtigen Zeit gekommen. Nach dem rätselhaften Unfall von Frau Dr. Ferstl im Freibad Wien Favoriten waren zu Recht diverse Vermutungen angestellt worden. Sie war als gute Schwimmerin bekannt gewesen. Im Blut fanden sich größere Mengen von Antiepileptika der ersten Generation. Es ging so weit, dass im Allgemeinen Krankenhaus Fahndungen eingeleitet worden waren. In neurologischen Kreisen war man für Missgunst und Misstrauen anfällig. Obwohl Professor Pausenhofer davon völlig frei war, war er doch sein Leben lang damit konfrontiert. Allein die Anwürfe seitens der Fachkreise hatten ihn seinerzeit zum Rückzug in die steirische Provinz bewogen. Seitdem war im bewusst, dass er nur den Patienten trauen konnte, nur die Spinner seine Rettung sein würden.

Nein, Professor Pausenhofer wusste nicht, was er getan hatte. Geschlafen hat er schlecht oder gar nicht. Die Worte Anstiftung, Mord und Niedere Beweggründe standen auf der Innenseite seines Schädels wie eingebrannt. Er las sie, wenn er die Augen zu machte. Schwester Helga in ihrer Grobschlächtigkeit imaginierte er nackt auf ihm sitzend, immer wieder aufstehend, trampelnd durch eine Gummizelle laufen, Transparente hochhaltend mit den Worten Anstiftung!, Mord!, Niedere

Beweggründe! Dabei hatte er sie nur bezahlt, gut bezahlt, sehr gut, wie er dachte. In ihrem fetten Gesicht sah er alles, was schlecht und böse war, keine Reue, von Scham nicht zu reden. Sonst würde sie nicht auf ihm sitzen, stinkend und böse. Selbstjustiz hat er nie gutgeheißen, seit er in Stanford angeschossen wurde, weil er ein Eis gestohlen hatte. Ein Delikt, das in seiner Heimat nur mit einem strengen Blick des Greißlers geahndet worden wäre. Die grauenhaften Bilder, der ekelhafte Gestank verschwammen erst nach Wochen, ließen nach, wenn er den Blick über die kleinen Inseln, das knorrige Heidekraut schweifen ließ bis zum Schwindligwerden.

Der Schritt aus der Theorie in die Praxis, also direkt in den Sumpf hinein, der für Nervenärzte nur Lebensgefahr bedeutete, so manchen zum Stolpern, ins Schleudern brachte, war ihm nach anfänglichen Problemen letztlich nicht schwergefallen. Dass er vermutlich ein ganz Großer werden, die Neurologie auf den Kopf stellen würde, hat er nicht ahnen können. Für Stockholm war Pausenhofer ein Glücksfall, wie die Karolinska für ihn einer war.

Inzwischen hat sich Pausenhofer etabliert und die Neurologische sowie die Psychische fest in der Hand. Die Vorfälle um das Attentat auf Palme, den „Ministerpräsident der Herzen“, haben ihn emotional nicht berührt, schon gar nicht erschüttert, wie einige Kollegen, die als Staatsbürger vom Gesundheitsministerium zur Erschütterung angehalten wurden, gefälligst. Auf jeden Fall haben die Ereignisse ihm dabei geholfen, die Grundlagen des ihm völlig fremdem schwedischen Systems zumindest ansatzweise zu verstehen. Eine spezifische *nervöse Psychotik*, die in der Zwangslage entstehen kann, war schon sehr früh Teil seiner Vorbereitung der *Ethischen*

Standards gewesen. Dass ein modernes Staatswesen nicht auf royalem Gestrüpp wachsen kann, war eine botanische Frage, die ihn nichts anging. Die Auswirkungen auf das Individuum selbst haben ihn interessiert und sonst gar nichts.

Als der König Jahre nach dem Mord das Polizeipräsidium Kungsholmen betrat, war er sichtlich erschöpft. Obwohl es nicht mehr als einen Steinwurf von seiner ehemaligen Residenz entfernt war, schien er einen kilometerlangen Irrweg durch die Stadt hinter sich gebracht zu haben. Er bestand darauf, mit dem Revierleiter zu sprechen und berief sich auf seinen gesellschaftlichen Rang. „Kraft seines Amtes", wie er sagte, erwarte er angemessenen Respekt. Der junge Vollzugsdienstanwärter hielt den König für einen obdachlosen Spinner, wunderte sich aber über dessen gewählte Ausdrucksweise. Er selbst war sich seiner Stellung als Untertan nicht bewusst, kannte Könige nur aus Wikingermärchen und begann in einer Schublade nach Gummihandschellen zu suchen, die seit Antritt der sozialdemokratischen Regierung für obdachlose Spinner vorgesehen waren. Der junge Mann, wie er später zu seiner Verteidigung vorbrachte, wusste tatsächlich nichts von Königen, weder in Schweden noch sonstwo. Es waren die Jahrzehnte der Knechtschaft, Jahrhunderte der Unsicherheit, die selbst gestandene Staatsdiener im Unklaren ließ, wem sie Loyalität schuldig waren bis zum Tod. Professor Pausenhofer war in ein gespaltenes Land gekommen, die einzige stabile Größe war die Anzahl der Epileptiker und Schwachsinnigen.

Das Präsidium war bald vom Schweiß der Polizisten vollgestunken und der König riss die Fenster auf, bis sich die Belegschaft nach langem Hin und Her für den bewährten Dienstweg entschied.

Der König erklärte, er habe am achtundzwanzigsten Februar des Jahres 87 den Ministerpräsidenten Olof Palme nach einem Kinobesuch mit seiner Frau auf offener Straße mit einem Revolver der Marke Colt erschossen. Dass der Mord im Jahr 86 geschah und nachweislich mit einer tschechischen Armeepistole begangen wurde, tat er als Gerücht ab, von Geheimdiensten, Juden oder Freimaurern in die Welt gesetzt.

Es war das kürzeste Geständnis, das die Sekretärin je aufgesetzt hatte. Es durchzulesen überforderte den König sichtlich und er begann damit, die von ihm aufgerissenen Fenster wieder zu schließen. Nachdem sie es ihm langsam vorgelesen hatte, unterzeichnete er mit „Magnus König".

Als er kurz darauf das Präsidium verlassen wollte, war er fassungslos, als er von zwei Beamten in Handschellen gelegt und in ein kleines, nur mit einer Pritsche ausgestattetes Zimmer geführt wurde. Noch nie war ihm Ähnliches vorgekommen und er wehrte sich entsprechend. Da er nur mit einem Schlafrock und einem abgewetzten Trainingsanzug bekleidet war, fröstelte ihn nach kurzer Zeit, zumal auch das Fenster halb offenstand. Immerhin war es November, während der König fest davon überzeugt war, es wäre Anfang Mai. Schlagartig wurde ihm klar, dass er zum ersten Mal mit eigener Hand ein Fenster geöffnet hatte. Er war entsetzt und schämte sich.

Mit den Folgen seines Geständnisses hat Hans Magnus nicht gerechnet. Kurze Zeit später betrat ein

Polizeibeamter den Raum und nahm ihm die Handschellen ab. Er teilte dem König mit, dass er wahrscheinlich bald frei gelassen würde. Es seien nur noch einige Kleinigkeiten zu überprüfen. Routine eben. Er ließ ihn im Raum zurück, nachdem er das Fenster geschlossen hatte. Erste Recherchen ergaben, dass Hans Magnus II. für die Tatzeit ein „bombensicheres" Alibi zu haben schien, dessen Überprüfung nur kurze Zeit in Anspruch nehmen dürfte. Er wäre am achtundzwanzigsten Februar 86 in stationärer Behandlung im Karolinska Universitätsklinikum gewesen, das sich in einem Vorort, weit vom Tatort entfernt befand. Alles ging aus der Krankenakte und den Dienstplänen hervor. Magnus' Anwesenheit konnte durch Zeugenaussagen bestätigt werden.

Professor Pausenhofer erinnerte sich gut an den Tag. Die Tür des königlichen Einzelzimmers war verschlossen und von innen unmöglich zu öffnen gewesen. Der Gestank verwelkender Blumen aus den königlichen Gewächshäusern hatte schon bei seinem Amtsantritt eine ernsthafte Diskussion ausgelöst. Per Dekret hatte er damals ein generelles Kamillenteeverbot innerhalb der Psychischen erlassen sowie die Öffnungszeiten der Zimmer limitiert. Er hatte bei einer ersten Lagebesprechung anlässlich seiner offiziellen Begrüßung durch die Klinikleitung und einige Würdenträger aus dem Gesundheitsministerium an das Pflegepersonal, vor allem an deren Aufmerksamkeit appelliert. Auf das Personal wolle er sich unbedingt verlassen können. Vor ihm, auf dem Tisch lagen zwei Bücher. Zum einen die *Ethischen Standards in der klinischen Gehirnforschung*, zum anderen *Der kleine Wirnsberger*. Das Erste müsse man nicht verstehen, aber wenigstens zur Kenntnis nehmen. Das Zweite habe man auswendig zu lernen.

Zusammenrottungen der Spinner und interne Absprachen zwischen Epileptikern und Schwachsinnigen sollten im Keim erstickt werden. Die gefürchteten rhythmisch auftretenden Fluchtwellen, aufs engste verwandt mit dem in den *Ethischen Standards* ausführlich behandelten *volatilen Zelebraleskapismus*, würden die Idiotenkohorte im Durchschnitt um die Hälfte dezimieren, die Gefahr von Revolten unnötig auf höchstem Niveau halten und so die Machtbalance innerhalb der Psychischen in Gefahr bringen.

Die Neurologische hätte, wie in Wien längst erprobt, mit der Psychischen einen Pakt zur friedlichen Koexistenz zu schließen. Regelmäßige Verhandlungen müssten fester Bestandteil bilateraler Beziehungen werden, vertragliche Änderungen wären erfahrungsgemäß am besten mit einer Vierfünftelmehrheit zu erreichen, Absetzungen gewählter Vertreter dürften ausschließlich durch den Chefarzt erfolgen etc.

Pausenhofer hatte in den Wiener Jahren gewaltige Hürden zu nehmen gehabt und Erfahrung sammeln müssen. Das Kollegium war zu dem Zeitpunkt zerrüttet, durch Eifersüchteleien aufgerieben und war mit dem nicht einmal dreißigjährigen Chefarzt konfrontiert worden. Von höchster Stelle war er damals der Ärzteschaft vorgesetzt worden. Vielleicht wurde er zu früh als Koryphäe gehandelt?! Der Bauernsohn aus der Steiermark war zuerst in Stanford aufgefallen, hat mit seiner Abschlussarbeit eine durch und durch verkrustete Disziplin ins Wanken und letztlich zu Fall gebracht. Professor Wirnsberger hatte ihm in Wien die jugendliche Weltfremdheit ausgetrieben und ihn dazu ermahnt, die Theorie nicht mit der Praxis zu verwechseln, die Pausenhofer, so Wirnsberger, nur aus der Theorie kenne. Er hat ihm die Wichtigkeit der Sozialpolitik vor Augen geführt und ihn vor den Kollegen gewarnt. Die Psychische und erst recht die Neurologische verlangten ein strenges Regime, so Wirnsberger, eine harte Hand. Oberärzte müssten zu Unterärzten degradiert werden und hätten als erste zu schweigen, sowie als letzte zu reden. An Wien musste er immer denken, wenn er an sich zweifelte.

Das *Wirnsberger'sche Dominanzprinzip* hatte er nach Stockholm mitgebracht und von Anfang an größten Wert auf dessen Umsetzung gelegt. Er bestand darauf, den König unter keinen Umständen besser zu behandeln als die Putzfrau. Professor Pausenhofer legte sich mit dem penetranten schwedischen Boulevard an, der selbst österreichische Schmierblätter bei weitem übertraf.

„SKAM – Österrikisk bög regerar Karolinska" titelte *Expressen*, nachdem Pausenhofer dem König hundertprozentige Unzurechnungsfähigkeit bescheinigt hatte. Was das Wort Bög bedeute, hat er erst später erfahren. Dass eine österreichische Schwuchtel die Karolinska regiere, nahm er mit Gelassenheit zur Kenntnis. In einem Interview mit dem *Dagens Nyheter* nahm er das Wort *Expressen* nicht in den Mund, um sich Rufschädigungsklagen zu ersparen. Ansonsten ging er keiner Konfrontation aus dem Weg.

Den König hat man zweifellos unterschätzt. In Wirklichkeit hat er die Klinik an dem genannten Tag sehr wohl verlassen. Er war umsichtig genug, die wenigen Meter in die Besenkammer flink und geräuschlos zurückzulegen, obwohl er bis dahin mit anderen Mitteln erfolgreicher war. Von dort war es ihm ein Leichtes, über ein Fluchttreppenhaus in den Keller, vorbei an der Gärtnergarage und dem Urinflaschenlager durch den Lieferanteneingang ins Freie zu gelangen. Das ummauerte und von Stacheldrahtzäunen eingefasste Gelände hatte er gewohnheitsmäßig durch eine dilettantisch reparierte Gittertür verlassen, die, wie er ebenfalls wusste, vom Pförtner nicht einsehbar war. Nächtliche Ausflüge unternahm er, sobald er körperlich in der Lage war, er die hellen Momente einzuschätzen wusste, die ihn hauptsächlich in Vollmondphasen überkamen, ihn überraschten und einen Lebensmut wachriefen, der ihm während seiner Regentschaft nie vorgekommen war. „Königlichkeit" nannte er die Zeiten der Qual immer mit einer derartigen Abscheu, dass er sich sofort in mehrere Urinflaschen übergab. Stunden verbrachte er auf den nachts von windigen Gestalten belebten Spielplätzen und Stadtbrachen, wo er seinesgleichen vorfand, Menschen, denen der Wahn nicht fremd war. Mit dem Bodensatz einer völlig verkommenen Gesellschaft, die nur unter monarchischen Umständen entstehen und existieren konnte. Er lernte den Drogengebrauch kennen, der in den Hochglanzpostillen nur als Drogenmissbrauch vorkam, die ständige Präsenz des Todes, wenn wieder einer liegenblieb im Dreck und in Frieden gelassen wurde, wieder einer unter Lastwagenräder starb, wie es vor der Karolinska jeden Tag passierte und totgeschwiegen wurde. Er lernte das wahre Leben kennen, dachte er, wie er es sich jahrzehntelang gewünscht hatte.

Die Lage der Klinik am Stadtrand war von Vorteil, wenn er sich an folgende Regeln hielt: Erstens, den Passanten nicht ins Gesicht schauen, zweitens, kleine Einkäufe wortlos erledigen und drittens, im öffentlichen Verkehrsmitteln Zerstreutheit, keinesfalls aber Hilflosigkeit vortäuschen.

Die tschechische Armeepistole wurde ihm von seinem Dealer überlassen, den alle nur unter dem Namen Stieg kannten. Kleinkriminelle seines Kalibers wissen nicht, wer ihre Präsidenten oder Könige sind und sind in der Regel auf unterstem intellektuellen Niveau anzusiedeln. Hans Magnus II. fühlte sich in dessen Anwesenheit jedenfalls sicher und das zurecht. Von irgendwelchen Diskussionen über Sozialismus und amerikanische Comics abgesehen, interessierte sich Stieg für absolut nichts, während er für ein paar tausend Kronen seine Mutter verkauft hätte.

Der König verließ um Viertel nach zehn Stiegs Wohnung in einem Sechzigerjahrebau in Södermalm und machte sich auf den Weg zur Tunnelgatan. Nach Jahren in der Psychischen hatte er keinerlei Bedenken, sich auf nächtlichen Straßen zu bewegen. Er drückte sich in einen Hauseingang und wartete etwa zwanzig Minuten, bevor der Ministerpräsident mit seiner Frau leicht angeheitert aus dem *Kino Grand* trat. Wie in Monarchien üblich, interessiert sich bis heute niemand für hochrangige Regierungsmitglieder, die zwar sämtliche Entscheidungen treffen und somit die politische Drecksarbeit leisten, während im Königspalast höchstens über den Speiseplan der nächsten Woche abgestimmt wird. So werden Verkehrsminister in der Straßenbahn angeschnauzt, Innenminister von Polizisten schikaniert und andere

Amtsträger gar nicht erkannt. Warum auch?! Untertan zu sein schweißt die Menschen zusammen, Parlamentarier werden wie Eisenbahnschaffner bezahlt. In einer vernünftigen Demokratie unvorstellbar, zumal sich für die Schinderei niemand freiwillig zur Wahl stellt und nur die dümmsten an die Schalthebel der Macht gespült werden. Flache Hierarchien sind der ganze Stolz der Schweden, Schlamperei und Wurschtigkeit das Ergebnis des tief verankerten Untertanengeists.

Ein Laissez-faire, das dem Ehepaar Palme zum Verhängnis wurde. Der König schob die linke Schweißhand in eine der vielen Manteltaschen und erschrak. Seine Hoffnung, dort eine tschechische Pistole zu finden, erfüllte sich nicht. Die zweite enthielt eine norwegische Wurstsemmel, die Stiegs Bruder aus dem Nachbarland mitgebracht hatte. Erst in der dritten ertastete er etwas Kühles, Metallisches. Es war ein vollgerotztes Taschentuch, vom Nachtfrost spröde geworden, verklumpt und bröselig. Er konnte sich nicht erinnern, in einer derart kurzen Zeitspanne jemals so viele Enttäuschungen erlebt zu haben. Trotzdem war sein Vertrauen in sich selbst noch nie so groß gewesen, seine Entschlossenheit zu einer heroischen Tat. Notfalls, dachte er, würde er den „sozialistischen Hund" mit dem Taschentuch erschlagen. Das Verlangen nach einer letzten Zigarette ließ ihm keine Ruhe. Er fand eine flachgesessene Lucky Strike in der Hosentasche und wollte sie mit der tschechischen Pistole anzünden, die er in der Brusttasche zu fassen kriegte, wo er sie im Leben nie zu finden erwartet hatte. Mit einem Schlag war er hellwach, hoch konzentriert und trat aus dem Hauseingang. Er wusste, dass er niemanden von hinten erschießen wollte. Niemals von hinten!, dachte er, schon gar nicht Frauen und Kinder.

Mit weichen Knien überquerte er die enge Straße und folgte dem Paar bis zur Ecke Tunnelgatan/Sveavägen. Er hatte ein paar Floskeln vorbereitet, um die Beiden anzusprechen: „Entschuldigung, Herr Palme?" war eine, „Ich bin's, Ihr König", eine andere. „Umdrehen! Du Hund!" war ihm auf dem Weg eingefallen. Er konnte sich nicht entscheiden und war kurz davor das Vorhaben abzubrechen, als er zum Vorbeigehen ansetzte. Seine Stimme überschlug sich, obwohl er sehr leise sprach. „Und?, der Film?". Als sich beide etwas irritiert umdrehten, immerhin hatte der Ministerpräsident mit seiner Frau gerade über die seiner Meinung nach unpassende, auf jeden Fall aber viel zu laute Filmmusik gesprochen, hob der König die Pistole und schoss auf Palme und seine Frau. Es waren wenige Menschen unterwegs, die einige Zeit brauchten, um das entsetzliche Geschehen zu erfassen. Der König entfernte sich in gemessenem Tempo, die Passanten nahmen in kaum noch wahr oder waren zumindest der Ansicht, er würde sich zu einer öffentlichen Telefonzelle in unmittelbarer Nähe begeben, um den Notarzt zu rufen.

Als er um die nächste Straßenecke gebogen war, wurde im schlagartig klar, was er getan hatte. Er spürte das leichte Fieber und den Schweiß auf der Stirn, als er sich, mehrmals verwirrt die Straßenseite wechselnd, mehr zufällig als absichtlich auf den Weg machte, den er so gut zu kennen glaubte. Die fiebrige Stirn fühlte sich noch kälter an, als er die Gittertür auf dem Hinterhof der Klinik öffnete, völlig unbeobachtet über den Hof ging und im Lieferanteneingang verschwand. In den seltenen hellen

Momenten bewies er den schärfsten Verstand. So hatte er die Pistole nicht etwa irgendwo ins Wasser geworfen, was ihm ein kleiner Umweg leicht möglich gemacht hätte, sondern sie auf einem Kinderspielplatz abgelegt, an dem sich nachts eine große Anzahl Junkies aufhielt. Die Waffe würde, so dachte er, bald gefunden und bei nächster Gelegenheit verkauft werden. Spätestens einen Tag später wäre sie durch unzählige Hände gegangen, um wieder in den Besitz von Leuten wie Stieg zu gelangen. Besser konnte man es nicht machen, die Waffe tauchte nie wieder auf.

Der König wurde am nächsten Morgen in der zentralen Wäscherei der Klinik gefunden, schlafend am Boden. Das kam so oft vor, dass es nicht einmal eine Erwähnung wert und er schon zur Frühstückszeit wieder in seinem Bett war. Nachdem er nicht mehr als seinen Kakao zu sich genommen hatte, überstieg sein Fieber den kurzfristig den kritischen Richtwert von 41 Grad. Bis zur Chefarztvisite war sein Bettzeug zweimal gewechselt worden.

Pausenhofer hatte seit Amtsantritt sämtliche Abläufe am *Wirnsberger'schen Dominanzprinzip* ausgerichtet, das den Schwestern ein Quantum Schwatzhaftigkeit zugestand, solange Diskretion ernst genommen wurde. Blinder Gehorsam hat, so heißt es dort ausdrücklich, ein unilateraler Tauschwert zu sein, der ausschließlich auf den Chefarzt zu fokussieren sei. Am Schutz des Patienten gab es nichts zu rütteln, was häufig ein Geltungsloch seitens der Unterarztseite offenlässt. Eine strukturelle Schwäche des ansonsten sehr wirksamen Instruments, die Pausenhofer Sorgen machte. Erfolge auf Pflegerseite waren dagegen spätestens seit dem Sommer zweiundachtzig deutlich zu registrieren. Schwestern hielten zusammen wie Pech und Schwefel.

Der König hatte längst mit seinem Amt und seiner Familie gebrochen, seiner Frau hatte er verboten ins Krankenhaus zu kommen, ebenso der Prinzessin, die er je nach Gemüts- und Geisteszustand als Erbschleicherin oder „verzogenen Trampel" bezeichnete. Er meinte, sie solle möglichst weit wegheiraten und wenn er Tage wie heute erlebte, die ihm nicht oft vergönnt waren, sprach er mit Pausenhofer über die „hundertjährige Ehehölle", die Schmierblätter mitsamt ihren kriminellen Reportern, die nichts anders könnten, als Titelseiten mit Traumhochzeiten anzufüllen. Aufgeputzte Kutschen würden Traumprinzen durch Traumstädte fahren, während die Rentner Flaschen sammelten. Immer, wenn er das Wort Ehe auszusprechen hatte, erbrach er sich über das Bett, die Schwestern und Pausenhofers Arztkittel.

Die Königin sei eine Bürgerliche gewesen, er wisse es nicht mehr genau, wie er eigentlich überhaupt nichts mehr genau wissen wollte. Vielleicht habe er sie auf dem Adelsstrich aufgelesen?! Matilde sei für ihn wie eine Wurzelbehandlung gewesen, eine Lebensenttäuschung. Er habe ihr einen Posten verschafft und zum Dank habe sie ihn mit einem Kind bestraft in ihrer Gemeinheit. Er könne sich an keinen schönen Tag erinnern, er habe aufgeatmet, als er zum ersten Mal in die Karolinska eingeliefert wurde. Und jetzt, sagte er, müsse er Matilde dafür dankbar sein, dass sie ihn krankenhausreif geärgert habe. Tatsächlich war er damals zum ganz normalen Spinner geworden.

Pausenhofer war zum ersten Mal soweit, an der Medizin im Allgemeinen und der Neurologie im Speziellen zu zweifeln. Die Psychiatrie hatte er sich nie zugetraut am Anfang und jetzt, so dachte er, müsse er seine Feigheit, sein Zaudern ausbaden. Abhängig war er von der Psychiatrie geworden, angewiesen auf seine Unterärzte, die in Wahrheit nicht mehr als Knechte und Handlanger waren. Professor Wirnsberger war der letzte gewesen, von dem er hatte lernen können. Jetzt war es der König, der ihm die Pflicht abverlangte und er konnte ihn nicht im Stich lassen. Pausenhofer war auf sich allein gestellt. Die Welt schaute auf ihn.

Magnus, der „tief gefallene, abgehalfterte Nichtsnutz" (*Expressen*), hieß es, sei immer schon „eine Marionette seiner Frau" gewesen, jede Behandlung rausgeschmissenes Geld. Der König nahm schon lange keine Notiz von der Welt, hat sich verabschiedet in die Parallelwelt der Spinner und Epileptiker, deren Respekt er sich mit jedem Wort, mit jedem Tag erarbeitete in der Psychischen, der Neurologischen, während die vor Wochen noch kriecherischen Ärzte die Seite wechselten. Jeden Morgen fuhr Pausenhofer an den Kiosken vorbei, wenn Dr. Svensson in gut bezahlten Interviews den Schmierblättern seine Dummheiten angedient hatte am Vortag. Die bei *Optimera* gekauften Hundertfünfzigernägel waren, im Gegensatz zu den in anderen Baumärkten ausprobierten Geräten, aus Stahl, und immer dann, wenn er an Svenssons Auto die meterlangen Kratzer hinterließ, dachte er über ganz andere Dinge nach.

Magnus hat sein Meisterstück abgeliefert draußen am *Kino Grand*, wenn auch sein Werkzeug nicht der Colt gewesen war, sondern eine tschechische Armeepistole. Es gab nichts zu beschönigen, er hat mit Vorsatz getötet, aus Überzeugung. Warum, wusste er nicht. Seine Strafe hatte er nicht anzutreten wegen der absoluten Schuldunfähigkeit, die ihm von Seiten Pausenhofers bescheinigt wurde. Somit hat er, wenn auch nicht wissentlich, seine Mission erfüllt und darüber hinaus mit seinem Geständnis Charakter gezeigt. Im Gegensatz zu seiner Familie, die immer nur Dekoration war. Eine unschöne, charakterlose Dekoration, ein langweiliger Witz. Jeden einzelnen Tag verfluchte er, der an ihm vorbeizog, immergleich.

Abdankungsformulare unterzeichnete er mit Stolz, Ernst und Gefasstheit. Die Notare und andere Schmeißfliegen wollte er nur die kürzeste Zeit im Zimmer haben, solange es eben nötig war. Als sie verschwanden, delirierte er für Stunden, bevor er tagelang in ununterbrochenen Schlaf fiel. Wenn er aufwachte, das wussten die Schwestern, sollte das Zimmer gelüftet sein, wie er es gern hatte. Er ließ sich mit Magnus ansprechen, Hans klang ihm zu deutsch.

Pausenhofer fühlte sich zu Unvollkommenheit hingezogen, sie rührte ihn an. Der Makel im Menschen hatte etwas Erotisches, eine Attraktivität, was er in Stanford formuliert und danach verdrängt hatte. Ein Phänomen, das er sich selbst nicht erklären konnte, an dem es nichts zu verstehen gab. Makellosigkeit stieß ihn ab, langweilte ihn. Er schämte sich dafür, dass er erst jetzt begriff, welchen Schaden Königlichkeit anrichtet. Ein König hat ein Lügner zu sein, sonst kann er gehen oder zerbrechen. Magnus hat es noch in die Karolinska geschafft, sich abgesetzt, ohne Wenn und Aber. Er hat seinen Wohnsitz geändert, seine Adresse gewechselt, für immer.

Eigentlich hat Magnus den Ministerpräsidenten geschätzt, sich gern mit ihm unterhalten. Er konnte sich nicht mehr an den Ort des letzten Treffens erinnern, aber es muss das Bankett gewesen sein, das schicksalhafte Bankett, bei dem er nachweislich zum letzten Mal öffentlich aufgetreten ist. Sie hätten über den Niedergang des schwedischen Dramas nach Strindberg und den Bau der Stadtautobahn gesprochen. Er habe, man hat es in allen Zeitungen lesen können, einen schlechten Tag erwischt, er sei unpässlich gewesen, wie der *Dagens Nyheter* berichtet und eine Schande gewesen, wie *Expressen* getitelt hat. Selbst Palme hat nach einer Ausrede gesucht, um ihn stehen lassen zu können. Es war der letzte Auftritt des Königs, sein letztes Bankett überhaupt.

Er hat seine Tochter Svenja gesehen, wie sie, nur mit einem Bikini bekleidet, in einer Schwarzwälder Kirschtorte gestanden sei. Sie habe ein Krokodilgesicht gehabt und die Augen seien kurz vor dem Herausfallen gewesen, so aufgeblasen hätten sie ausgesehen. Sie habe sich wie eine Marionette bewegt. Schwammig und lächerlich habe sie das Krokodilgesicht hin und her geschleudert, bis die Augen tatsächlich herausgefallen seien. Ein Rauhaardackel, dessen Schuhe ihm bekannt vorgekommen seien, habe sie sofort apportiert. Der ganze Saal sei ihm wie ein Zoo vorgekommen, auf unerklärliche Weise befremdlich. Die Tiere auf dem Bankett seien abstoßend gewesen, von einer Krankheit angesteckt, von Menschlichkeit angesteckt und für immer verseucht. Entsetzt sei er gewesen, erschüttert.

Sein Fieber ist schlagartig gekommen, sein Kopf hat sich auf vierzig Grad aufgewärmt. Die Schwestern waren das gewohnt und haben routiniert die Putzlappen und Kübel zusammengesucht. Sie kannten seine blitzartig wechselnden Gemütszustände wie niemand sonst und konnten durch nichts mehr aus der Ruhe gebracht werden.

Magnus erinnerte sich genau an die Torte, die wie eine Bratwurst geschmeckt habe, von der er wusste, dass sie in Schweden nicht zubereitet werden könne, weil die Köche dazu nicht in der Lage seien. Der Tod sei ihm aus dem Krokodilgesicht seiner Tochter entgegengeschlagen wie normalerweise nur deren Spott. Im Dackelgesicht des Ministerpräsidenten sei nur eine geringfügige, im Bockgesicht des Staatssekretärs überhaupt keine Rührung mehr sichtbar gewesen, während Matildes Schlangengesicht die Boshaftigkeit und Gemeinheit zur Schau getragen habe, mit denen sie ihn tagtäglich überzogen habe seit ihrer Hochzeit vor etwa hundert Jahren. Vielleicht wäre alles anders gekommen, wenn der König seinen Beruf, den er sich nicht aussuchen konnte, nicht in aller Gewissenhaftigkeit ausgeübt, sondern gar nicht erst hinein gegangen wäre damals, nicht hinuntergestiegen wäre in den feuchten Keller, den schimmligen Königskerker, wo er schon immer die verfaulten Knochen seiner Groß- und Urgroßeltern vermutet hatte. Eine müßige Frage aus heutiger Sicht.

Er habe immer auf seinen Vater schauen müssen. Aus jedem Fenster hätte er schauen können, er habe immer nur den Vater gesehen. Jede Suppe, die er im Drottningholmer Speisezimmer gegessen habe, es sei immer der Vater gewesen, der sich in der Suppe gespiegelt habe. Die einzige Lösung, habe er damals gedacht, wäre ein schneller, überraschender Tod des Vaters gewesen.

Begräbnisse seien der Höhepunkt einer monarchischen Karriere nach der Hochzeit und den fatalen Schwangerschaften, den Geburten. Am Morgen habe er nicht sicher sein können, nicht aus dem Schlaf gerissen zu werden und es geheißen habe, dahin oder dorthin zu einem Kreißbett zu fahren, wie zu einem Fußballspiel. Bei allen Geburten hätten die darin verwickelten Familien zusammenlaufen müssen, sich in den Kreißbettzimmern zusammendrängen müssen, um zu sehen, was dabei herauskomme, sofort hätten die Verhandlungen angefangen, die Erbstreitereien und Nachfolgediskussionen angefangen, habe der ganze Schrecken angefangen, der sich oft wochenlang hingezogen habe. Tagelang habe er an Kreißbetten stehen müssen in der zweiten und dritten Reihe und sich den Lärm anhören müssen. Gesehen habe er Gott sei Dank nie etwas, aber gehört alles. Intimität gebe es für Prinzessinnen nicht, bei Spaziergängen würde ihnen unter die Röcke fotografiert, in Schlafzimmerfenster würde hinein fotografiert, die Kreißsäle würden verwanzt. Gebetet habe er, dass er nicht aus dem Schlaf gerissen und nach Norwegen auf irgendein Landschloss deportiert würde zum Ausverhandeln irgendeiner Geburtsvorbereitung. Bevor er überhaupt gewusst habe, was eine Geburt ist, habe er schon bei zweien dabei sein müssen, habe von klein auf nie schlafen können ohne Angst. Außerdem würden ihm Geburten heute viel schlimmer als der Tod vorkommen und Matilde, davon sei er überzeugt, habe ihm mit seiner Tochter Svenja ein Kuckuckskind aufgezwungen, das mit ihm nichts zu tun habe, das nichts von ihm habe.

Das Schönste an einer Fußball-WM seien die Niederlage beim Entscheidungsspiel, die Stille nach dem

Ausscheiden und der Spaziergang durch die Straßen der Hauptstadt, den er als Prinz natürlich nie habe machen können. Gern hätte er die Bierdosen der Menschen zusammengeklaubt, die Straßen am Ufer gekehrt, sich irgendwie nützlich gemacht. Seine Kindheit habe er nur mitgemacht, um auf den Tod des Vaters zu warten, beim Löffeln zu warten, bis der Kopf des Vaters in den Suppenteller schlägt. Die schwedischen Pfarrer würden selbst beim Begräbnis alle zum Einschlafen bringen und er hätte den richtigen Moment abpassen und in das Grab nachspringen können, sich unter den Sarg zwängen und zuschaufeln lassen können. Er hätte nie auf die Rednerpulte steigen, appellieren und gratulieren müssen.

Hans Magnus I. war ein sogenannter Jahrhundertmonarch, ein durch und durch grober Klotz gewesen, man hätte ihm die Haare büschelweise ausreißen können und er hätte nichts bemerkt. Er ist gestorben wie ein Ochse, der auf der Weide stehen bleibt, noch Wochen nach seinem Tod wie festbetoniert stehen bleibt, bis ihn ein Windstoß umschmeißt. Hans Magnus II. hingegen war hoch sensibel und feinsinnig. Disziplin hätte ihm antrainiert, die Grobschlächtigkeit seines Vaters eingeimpft werden müssen. Was den Vater zeitlebens vor der Welt geschützt hatte, ist bei Magnus nicht in Ansätzen vorhanden gewesen. Im Schloss Drottningholm hat er die elendslangen und nie beheizten Flure auf und abfahren müssen mit dem Dreirad und seine unzähligen Erkältungen und die schubweise auftretenden Hirnhautentzündungen hatten seinen Geisteszustand zunehmend beeinträchtigt. Auffällig daran sei gewesen, dass es immer Phasen der völligen Klarheit gegeben habe, die nicht vorherbestimmt, in irgendeiner Weise hätten vorhergesagt

werden können. Später, er war schon längst König und
hatte zwei Kinder, war er nie länger als zwei Tage in der
Karolinska Klinik, konnte immer ambulant behandelt
werden, bis er dann, als Professor Pausenhofer die neurologische sowie die psychiatrische Abteilung übernommen und das Zepter in der Hand hatte, in ständig gerin-
ger werdenden Abständen zu stationären Aufenthalten
im Klinikum behalten werden musste. So sehr Pausenhofer den Fall Hans Magnus II. erstmals korrekt einge-
schätzt hatte, musste er sich doch den Vorwurf gefallen
lassen, den Charakter dieser Person erst nach und nach
richtig erschlossen zu haben, die Person hinter dem Amt,
begraben unter der Königlichkeit, erstickt unter der Last
der Pflicht, als solche nicht wahrgenommen zu haben. Es
war auch nicht einfach, dem Mann in seinem Einzelzimmer, das jeden Tag mehrmals geputzt und mit unnützen
Blumenvasen vollgestellt wurde, emotional nahezukom-
men. Für Pausenhofer die Voraussetzung für eine Anam-
nese. Vor der Visite mussten oft seine Familienmitglieder
und Hofschranzen aus dem Zimmer hinaus und von den
Schwestern zum Teufel gejagt werden. Pausenhofer war
bald davon überzeugt, dass der Drottningholmer Luft-
zug nicht der Grund, sondern höchstens der Anlass für
seinen bedauerlichen Zustand gewesen sein konnte.

Von dynastischen Streitigkeiten, wie sie das Herrscher-
geschlecht der süddeutschen Merowinger am Beginn der
europäischen Völkerwanderung zu Fall gebracht hatten,
hat in Magnus' Fall keine Rede sein können. Er ist der
erste und einzige Sohn und die Nachfolge unumstritten
gewesen. Er habe gedacht, dass er notfalls immer noch
aus einem der vielen Drottningholmer Fenster würde
springen können. Er war fähig, aber nicht willens

gewesen, sein Leben mit dem Unterschreiben irgendwelcher Urkunden zu verbringen und, wie sein Vater, sich bei der Völlerei auf den zahllosen Banketten zu gefallen, sich zwischen rülpsenden Monarchen und deren Hofstaat Wege zu Buffettischen und Rednerpulten frei zu stoßen. Als Luftverschmutzung hätte er allein schon den Schlossküchengeruch empfunden, als Plage die Empfänge und Veranstaltungen, die er hätte auszurichten, Reden zu halten, Grußworte und Danksagungen in den Sektdunst hinauslügen zu müssen. Sein Vater habe immer frei geredet, die Zuhörer mitgerissen, sie selbst mit Appellen und Grußworten begeistern können.

„Ohne das Fieber, das Delirium, wäre es nicht zum Attentat gekommen, so Professor Pausenhofer, Chefarzt der neurologischen und psychiatrischen Abteilung im Karolinska Universitätsklinikum" schrieb der *Dagens Nyheter*, der immer respektvoll mit Pausenhofer umgegangen war. Dieser hat sich in einer Talkshow dazu geäußert. Zwischen Umnachtung und Handlungsfähigkeit, sagte er, fände man einen Raum vor, der verschiedenen Inhalts sein könne. Sei dieser mit einem entzündlichen Gas gefüllt, reiche ein sogenannter zerebraler Funke, um Aktionsräume unbegrenzten Ausmaßes zu öffnen. Dies sei in jenem Fall passiert. Ein Risiko, mit dem man leben müsse, zumal die Wahrscheinlichkeit für eine derartige Koinzidenz verschwindend gering sei. Alternativ würde man in die Anfänge der Psychiatrie zurückfallen, als Menschen in Zwangsjacken gesteckt worden seien. Damit war die Diskussion beendet, bevor sie richtig angefangen hatte. Hans Magnus II. galt ab diesem Zeitpunkt zumindest für diese Tat als schuldunfähig, während es in den Redaktionsräumen des schwedischen Boulevards zu hitzigen Diskussionen kam. Man sah sich bald mit einem Dilemma konfrontiert, das fataler nicht sein konnte: Der König sei entweder ein Mörder oder ein Narr. Da beides nicht im Sinn des Boulevards war, beschloss man, die Affäre versickern zu lassen und sie durch anderen Stoff zu ersetzen.

Der Untergang sowohl eines Schulungsschiffes der schwedischen Marine, als auch einer Fähre aus staatlicher Fertigung innerhalb eines Jahres konnte die Leser allerdings nicht entschädigen. Journalismus galt für den schwedischen Boulevard jahrzehntelang als überflüssig. Die Akte Pausenhofer war eigentlich abgearbeitet und der Rest längst an Provinzblätter verkauft, die damit noch ein paar Spalten haben füllen können. Was über dessen geradezu leidenschaftliches Interesse an Autounfällen durchgesickert war, reichte für einen ordentlichen Skandal nicht aus, zumindest vorerst nicht. Dass Ärzte zu Zynismus neigen, Patienten gelegentlich wie Nutzvieh behandeln und für menschenverachtende Versuche heranziehen, sei aus der Geschichte hinlänglich bekannt und würde zum Teil auch von der Öffentlichkeit nicht als verwerflich empfunden. Der schwedische Boulevard hatte Anfang der Neunzigerjahre mit dem König und Olof Palme Freund und Feind verloren. Einige Blätter sind sofort eingegangen, andere konnten sich als Genossenschaften mit Scheininsolvenzen retten. Sogenannte Journalisten haben sich als Ghostwriter und Nachhilfelehrer durchgebracht. Das sollte sich lohnen. Zähneknirschend entschied man sich dafür, den Blick auf die Wirklichkeit zu richten, die man, wie es hieß, „zur Not verwenden könnte".

Schließlich war das Königreich internationalen Beobachtern immer als ein lauwarmes Wohnzimmer erschienen, ein Pflegeheim für das Volk, als sicherer Ort für Flüchtlinge und Gestrandete, per Gesetz zur einer geradezu unheimlichen Harmlosigkeit verpflichtet. Obwohl man am Aufkommen der sogenannten Schwedenkrimis hätte erkennen müssen, wie sich das Volk nach Brutalität sehnte. Dass ein Ministerpräsident mitten auf der Straße hingemetzelt wurde, ließ die Untertanen aufhorchen. Das längst verloren geglaubte Image der brandschatzenden Kolonisatoren schien wieder in Reichweite. *Expressen* erholte sich schneller als gedacht.

Frau Dr. Svensson-Söderling, obwohl Pausenhofer sie nicht ausstehen konnte, hat er ein-, zweimal zum Flughafen Arlanda mitgenommen. Ein viel zu großer Flughafen, dachte er jedes Mal, viel zu groß. Er hat dort zum ersten Mal Gerhard getroffen, der mit seiner Sonnenbrille wie eine Interflughostess aussah.

In Flugzeugen wurde einem bis weit in die Sechzigerjahre hinein noch von echten Familienvätern Kaffee eingeschenkt, was spätestens in den 80ern endgültig vorbei war. Das Berufsbild hat sich verändert und die echten Väter sind ins Taxi umgestiegen. Schwiegermütter fühlten sich nicht mehr entsprechend gewürdigt und sind Busfahrerinnen geworden, wo sie den Taxifahrern wieder zublinzeln konnten auf den Kreuzungen. Schwule Dachdeckerlehrlinge sind ins Flugzeug gewechselt und über die Dächer geflogen, die sie vor kurzem noch gedeckt hatten.

Gerhard ist Pausenhofer sofort aufgefallen. Der junge Mann setzte sich an einen Tisch in der Nähe, holte eine

Zigarette heraus und bat ihn um Feuer. Damals konnte man noch im Flughafengebäude rauchen, weil das Wetter anders war. „Brauchbar, nützlich", wie Pausenhofers Großvater immer gesagt hat, bevor er zu den Sensen hinübergegangen ist, um sie zu wetzen, sie für den baldigen Einsatz vorzubereiten. Die Dankbarkeit für das Wetter ist dem Raucher verloren gegangen. Speziell die schwedischen Raucher glaubten, dass sie das Wetter im Kiosk mitkaufen würden, dabei haben sie nur die immensen Steuern bezahlt und machten die Sozialdemokraten für das schlechte Wetter verantwortlich. Das Rauchen im Freien war jedenfalls nur im Juli und August möglich. Pausenhofer wurde gesprächig, wenn er sich etwas davon versprach, wenn es sich lohnen könnte. Ein einsamer Flugbegleiter lohnt sich immer, dachte er und hat ihn nach kürzester Zeit dazu gebracht, sich von ihm nach Stockholm chauffieren zu lassen.

Ein Platz am Tisch der Kantine blieb leer an diesem Montag. Dr. Svenssons Abwesenheit war nicht ungewöhnlich, weil er von Wochenendausflügen so gut wie nie rechtzeitig zurück war. Er ist deshalb schon mehrmals von Pausenhofer verwarnt worden. Svensson war ihm dadurch aufgefallen, dass er bei Unterärzten und Schwestern gleichermaßen unbeliebt war. Sein Platz war der zweite von links unten am Tisch der Psychischen, an den sich der von der Neurologischen anschloss. Der Abstand zwischen den Tischen hatte auf Pausenhofers Wunsch hin mindestens zwanzig Zentimeter zu betragen. Dr. Svenssons Abwesenheit führte dazu, dass es beim Essen nicht so laut war wie sonst. Er war ein Schwätzer, ein Angeber und wenn er sich in der Neurologischen aufhielt, ließen sich die Schwachsinnigen sofort in die Psychische hinüberbringen während sich Epileptiker und Idioten als Fluchthelfer anboten.

Der König äußerte sich nicht dazu, als er am Nachmittag gebadet wurde. Dennoch zeigte er sich zufrieden und erleichtert. Er habe Dr. Svensson nie leiden können. Dieser wurde auch nicht wieder gesehen. Hie und da kamen Gerüchte auf, es wäre etwas vorgefallen, etwas Unangenehmes, Unappetitliches. Genaueres wisse man nicht.

Pausenhofer nutzte sein rotes Porsche-Cabrio, um die Weißen zu demütigen und hat in der Neurologischen wie in der Psychischen das umstrittene *Wirnsberger'sche Dominanzprinzip* etabliert. Das Arztweiß konnte er aus großem Abstand von Schnee- und erst recht von Cremeweiß unterscheiden. Freund und Feind, wenn es sein musste, voneinander trennen zu können, hielt Pausenhofer für hilfreich, wenn es um Schuldverteilung ging. Viel später, Jahre später, würde er von seiner Beobachtungsgabe profitieren, die er beim Schwammerlsuchen ausgeprägt und trainiert hatte, um sich weite Wege zu ersparen, um nicht für einen faulen Pilz durch Unterholz kriechen zu müssen und wertvolle Zeit zu verschwenden. Ja, Pausenhofer war gefürchtet bei denen, die Strafe verdient haben, „immer verdient" haben, während er Fairness hochhielt sein Lebtag lang. *Quod licet Jovi, non licet Bovi!*, ließ er sich auf den Kittel sticken, wohl wissend, dass Mediziner ihr Latein längst abgeschüttelt haben wie ein Hund das Regenwasser, eigentlich die Medizin schon an der Kliniktür, der Garderobe abgegeben haben, bevor sie dem ersten Patienten begegnet sind. Pausenhofer kultivierte Herablassung, je länger er in einer feindlichen Welt zu verkehren hatte, wo er nicht hingehörte, nie hingehören wollte.

Er behauptete zudem, noch nie bei IKEA eingekauft zu haben. Von Schokolade und Knäckebrot abgesehen, gäbe es dort nur Graffel und der Kaffee schmecke wie eingeschlafene Füße. Der König behauptete das auch, wurde aber nicht ernst genommen.

Das nur wenige Seiten umfassende Handbuch seines geschätzten Vorgängers im AKH Wien hat Pausenhofer erst spät in seiner ganzen Tragweite erfasst und im Reclamformat binden lassen. Neben den *Ethischen Standards* war es ihm zur wichtigsten Referenz für seine Arbeit geworden. Zum ersten Mal war ihm dort die scharfe Trennung zwischen Ober- und Unterärzten aufgefallen, die Aufwertung der Rolle des Pflegepersonals und den sogenannten Unilateralen Tauschwert, der in seiner Komplexität an dieser Stelle nicht erläutert werden kann. Wörtlich heißt es dort unter anderem, dass sich „… die Schlechtigkeit der Neurologenschaft, wie im Übrigen auch der Psychiaterschaft, direkt auf deren soziale und familiäre Herkunft" zurückführen lasse. Durch Inzucht bedingte Degenerationserscheinungen – in Herrscher-, Eisenbahner- und Bauerndynastien längst belegt – sind besonders in Ärztedynastien nie erforscht worden.

Magnus sei unberechenbar, hieß es, jeden Tag eine andere Marotte, auf jeden Fall aber würde es anstrengender für das zuständige Personal. Ärzte, die sich aus Eigennutz und Opportunismus noch vor kurzem bemüht hatten, drückten sich vor der Arbeit, ließen sich versetzen, kündigten oder verschwanden für immer. Pausenhofer sah, wo er auch hinkam, wie sich eine Front gegen ihn aufbaute, sah Feinde, die ihre Truppen hinter einem Hügel zusammenzogen. Ein feiges Heer natürlich, das den Gegner in seinen Zelten mitten in der Nacht zusammen trampelt. Er hatte es immer mit einem feigen Feind zu tun, der die richtige Gelegenheit abpassen und ihn, Pausenhofer, im Schlaf erschlagen wollte.

Dr. Svensson ist überhaupt nur zum Fischen gefahren, um seine Fotos herumzeigen zu können, was ihn mit jedem Fischfoto noch unbeliebter gemacht hat. Er ist immer eine Belastung gewesen, ein lauter, lästiger Mensch. Pausenhofer dachte an den Bauernpfarrer, der von seinem unehelichen Sohn erzählt hat. Er war beliebt bei seinen Jüngern und hat Brot vermehrt, Fische und Wein. Im Gegensatz zu diesem hat Svensson alles, Brot, Fische und vor allem Wein dezimiert und damit auch noch angegeben. Mit seiner Schwester, der Neuropathologin Dr. Svensson- Söderling und seinem Schwager, dem Psychiater und langjährigen Leiter der Psychischen, Dr. Söderling, hat an den Wochenenden die vielen Seen im Umland überfallen und Fische umgebracht.

Magnus hat sich von Dr. Söderling ruhigstellen und von seiner lästigen Familie besuchen lassen müssen, die doch nur stinkende Blumentöpfe und Notare mitgebracht hat. Stundenlang war er nur mit dem Unterschreiben beschäftigt und haderte mit seiner Vergangenheit, wand sich fiebernd unter den Erinnerungswolken, die sein Bett einhüllten, Angstschweiß abregneten und sich durch das Fenster verzogen. Die Schwestern kamen aus dem Bettzeugwechseln nicht heraus, mussten sich mit „Svenja" ansprechen und mit Urinflaschen bewerfen lassen. Er schrie wie ein Gefolterter, bevor er von einer Sekunde auf die andere wieder völlig gefasst und mitteilungsbedürftig war, wenn Pausenhofer neben dem Bett saß und ihn Bericht erstatten ließ in seiner Not.

Die ganzen Reden, die er gehalten habe, seien immer nur
Ausreden gewesen, bei jedem Schluck Kakao konnte er
sich an Reden erinnern, die nichts als Ausreden gewesen
seien. In Belgien seien es ausschließlich Lügen gewesen,
in Norwegen auch. Permanent habe man ihn in Kutschen
herum transportiert, ungefragt. Sein Vater habe das ertragen, mit seiner Ochsennatur, seiner Grobheit und Abgestumpftheit. In Wien habe man ihn, Magnus, solange
mit einem Fiaker über die Ringstraße kutschiert, bis er
sich vor der Hofburg habe übergeben müssen vor den
Kameras der Weltmedien.

Magnus müsse man erzählen lassen, reden lassen, ihn
nicht unterbrechen, hatte Pausenhofer den Schwestern
eingebläut. Das Wichtigste sei, alles aufzuschreiben,
nicht an andere weiterzuleiten, auf keinen Fall elektro-
nisch aufzuzeichnen. Pausenhofer hat in seinem Vorwort
zu den *Ethischen Standards* ausdrücklich die Rolle des
Pflegekollektivs hervorgehoben, die jede klinische Arbeit
zwingend zu berücksichtigen habe. Dem Chefarzt sei be-
dingungslos Folge zu leisten. Scheitert der Chefarzt,
scheitert alles, hieß es da.

Das Ärzteregime, bei dem jeder Mediziner seine Hände
drin habe, seinen Senf dazu gebe, sei laut Pausenhofer
überholt, habe keinen Zweck mehr. Habe nie einen
Zweck gehabt. Spätestens mit Ende des Zweiten Welt-
krieges sei es auf der Hand gelegen. „Systematik, Pragmatismus und ausschweifende Buchhalterei" habe in der
Hirnforschung nichts zu suchen.

Magnus war inzwischen eingeschlafen. Wenn er nicht so
geschwitzt hätte, hätte man ihn für tot halten können.
Man konnte nur vermuten, dass er gelegentlich an den

Hauseingang in der Tunnelgatan, den Hundekothaufen und die Pistole dachte.

Dr. Söderling hatte sich schon vor Monaten am Universitätsklinikum in Uppsala beworben und Pausenhofer meinte, dass er dort besser aufgehoben sei, vielleicht sogar die Psychische leiten könne irgendwann. Er hielt ihn für einen passablen Arzt, der die falsche Frau geheiratet hat, anstatt sich im Schwesternzimmer umzuschauen. Svensson hat ihm seine Schwester eingeredet, zugeschanzt im Suff beim Eisfischen in Finnland.

Der nordische Menschenschlag ist Pausenhofer immer fremd geblieben. Aus der Not heraus ist er damals gekommen, hat die Sachen gepackt in Wien.

Traurig, dachte Pausenhofer, wenn man an das schöne Land denkt. Das Kapital des Landes ist die Natur. Die Schönheit der Weite, die durchsichtigen Wälder, von wenigen Straßen durchschnitten, die hinter dem knorrigen Gestrüpp nicht zu sehen sind. Das Problem war immer schon der Mensch, dachte er, die Größe des Landes eine Notwendigkeit, um sich aus dem Weg gehen zu können. Stundenlang konnte er auf Wurzeln sitzen, um in den dünnen Wald zu schauen, wo es Elche und Bären geben sollte. Gesehen hat er sie nicht. Schweden war anders, als er es sich vorgestellt hatte. Sicher, als Psychiater von Rang müsse man unbedingt in Schweden gelernt haben, die Theorie allein sei nichts wert, bevor man in Schweden geforscht habe, kennengelernt habe, was man an keinem anderen Ort der Welt erlebe. Hätte man Autounfälle studieren wollen, hätte man in die Steiermark kommen müssen, damals. Unbedingt, in den Siebzigerjahren.

Die schwedische Psychiatrie hat Maßstäbe gesetzt. Nicht nur auf den Schären, den winzigen Inseln entlang der Küsten, speziell dem sogenannten Schärengarten vor Stockholm, sind die Menschen von Hasspsychosen geplagt worden über Generationen. Noch viel schlimmer war es in den kleinen Weilern in Mittelschweden. Man hasste sich ohne Grund, erschlug sich in Gasthäusern. Niemand wusste, ob die Großeltern zurückkommen nach dem Kirchgang oder irgendwo liegen im Frost. Die Kinder wuchsen damit auf, mit der Unsicherheit, der Angst vor dem Schulweg. Man bespuckte sich beim Spaziergang, ein Menschenleben war nichts wert.

Dr. Söderling ist in einem solchen Weiler zum letzten Mal gesehen worden. Die Stelle in Uppsala bekam letztendlich dessen Frau, was ihr vermutlich das Leben gerettet hat. Aufenthalte in ländlichen Gebieten vermeidet sie bis heute.

Berlin, 1993-2021

Als ein Streckenläufer der Autobahnmeisterei nach dem Verzehr einer Wurstsemmel und einer Flasche Lausitzer Wechselbrand den routinierten Blick von einer Anhöhe unweit des Tempelhofer Flughafens im Uhrzeigersinn über die Stadtautobahn schweifen ließ, beschloss er seinen Augen nicht zu trauen. Immerhin war es ein Montag, den die meisten Berliner Alkoholiker nie sonderlich ernst genommen haben. Überrascht hat ihn der Schnee, den man selbst im Winter normalerweise vermisst in der Hauptstadt. Außerdem war es nur ein Fleck in der Größe

eines Basketball- und einige Minuten später eines Fuß-
ballplatzes, der sich noch dazu bewegte. Wie eine La-
wine schob er sich in seine Richtung. Bergauf also.

Ein Streckenläufer kennt im Gegensatz zu den Kollegen
in der Verwaltung keine Angst. Ständig kommt etwas
auf ihn zu. Lastwagen, Züge und Wildschweine, die er
nach jahrelanger Praxis gar nicht mehr als Feinde wahr-
nimmt, bringen ihn nicht aus der Ruhe und die frische
Luft entschädigt ihn für den Verlust der Wärme im muffigen Autobahnmeistereibüro. Schon längst hat er mit
dem Bearbeiten, Archivieren abgeschlossen. Er dachte an
den sogenannten Zwickauer Lebendverschub, die Trockenbauplatten und Schreie und an die Schnäpse in den
Schubladen. Seine erste Abmahnung hat er zu Weihnachten 87 gekriegt, als seine Panikattacken nicht mehr
zu kaschieren waren. Damals waren es Bleistifte und Büroklammern gewesen, die auf ihn zukamen, Zettel, Brief-
umschläge und Stempel, die mit ihm sprachen.

Die Morgenluft auf der Tempelhofer Anhöhe wolle er
nicht mehr missen, dachte er, während der Dunst des
Lausitzer Wechselbrand neben dem angekauten Wurst-
brotbatzen aus dem Mund nach außen drang mit jedem
Atemstoß. Von Angst konnte noch immer keine Rede
sein, obwohl sich eine Übelkeit ankündigte.

Wie er später einem Reporter zu Protokoll gegeben hat,
sei es ihm „noch nie so schlecht" geworden, wie in dem
Moment, als der Bodennebelfetzen nur noch ein zwei
Meter von ihm entfernt war und er den „Werkzeugkof-
fer", eigentlich eine Sporttasche seines kürzlich verstor-
benen Bruders, nicht mehr sehen konnte. Er habe sich

wie das fiebernde Kind gefühlt, das den Erlkönig zu sehen glaubte. „Mit Kron' und Schweif!" Bedrohlich.

Da er schon Jahre zuvor den Posten in der Verwaltung der Autobahnmeisterei nach mehreren Verwarnungen verloren hatte und ihm aus Kulanz, wie es damals hieß, die Streckenläufertätigkeit angeboten wurde, hatte er sich vorgenommen, sich nichts, aber auch gar nichts mehr zuschulden kommen zu lassen. Das hat er auch konsequent durchgehalten, bis ihm der Nachbar von der Kleingartenkolonie wenige Tropfen des kurz zuvor auf den Markt gekommenen Lausitzer Wechselbrand in den Tee geschüttet hat.

Dass er dem Reporter von Todesangst und Erlkönig erzählt hatte, war der größte Fehler, den er hätte machen können.

Erstmals ließ sich nachweisen, dass ganz normaler Bodennebel, wenn er in Bewegung kommt, die seit Mitte der Achtzigerjahre an Autobahnkreuzungen platzierten Absorbatoren „wie nichts" überwindet. Selbst die Messgeräte der Autobahnmeisterei registrierten einige Tage später ernsthafte Probleme mit den Nebelabsorbatoren aus schwedischer Fertigung. Was den Laien nicht überraschte, traf die Verkehrsbeamten wie ein Schlag. Die Berliner Klatschmedien hatten sofort den Schwarzen Freitag auf der Titelseite.

Noch am selben Tag wurde das Verkehrsamt in einen Strudel von Ermittlungen und Vorwürfen hineingezogen. Selbst der Bürgermeister tat, was alle Bürgermeister getan hätten. Ob in Wien, Stockholm, Tokio, Teheran oder Lagos. Er appellierte an alle und jeden und mahnte zu einer „Besonnenheit", die schon längst nicht mehr greifbar war, in der ganzen Stadtverwaltung nicht mehr zur Verfügung stand. Es wäre vermessen und überhaupt nicht angebracht, das läppische Versagen irgendwelcher Nebelabsorbatoren mit dem zu vergleichen, was am 14. Oktober 1881 an der schottischen Küste vor sich gegangen war, als im tosenden Sturm 189 Fischer ihr Leben verloren hatten, den Zusammenbruch der New Yorker Börse am 5. Oktober 1929. Alle anderen sogenannten Schwarzen Freitage, die sich in der Menschheitsgeschichte geradezu inflationär breit gemacht hätten, so der Bürgermeister, solle man „in ihrer Tragik würdevoll ruhen lassen".

Unter den Tisch konnte der Skandal nicht mehr gekehrt werden und das Verkehrsamt Berlin wurde längst von den Redaktionen in Tokio und Washington aus mit Hohn und Schmutz übergossen. Auf höherer Verwaltungsebene war sofort von Rücktrittsgesuchen die Rede. Dafür wurden in der Regel Beamte aus dem mittleren Dienst in den oberen Stockwerken zusammengezogen. Gutachter drängten sich in den Fluren. Ordner mit Aufträgen und Rechnungen wurden durchsucht, Zuständigkeiten geprüft. Erste Stellungnahmen waren längst in Vorbereitung, während Akten abgeglichen, da und dort Notizen angefertigt wurden. Vorfälle wie diese bringen Unruhe in einen Apparat, der gefälligst zu funktionieren habe, was immer dabei herauskomme.

„Gesuche und Erklärungen dürfen nicht in Formularform eingereicht werden, sind stilsicher und ohne Rechtschreibfehler abzufassen und sollten nicht vor vierzehn Uhr im Referat Sicherheit eingehen", stand in den Handlungsanweisungen, wo noch der preußische Ton des vergangenen Jahrhunderts vorherrschte. Hürden, die man sich selbst in den Weg gestellt hat, um etwaige Entscheidungen zu verlangsamen, stellen sich in solchen Fällen als problematisch heraus. Bevor die Kohorte eigens für solche Fälle geschulter Funktionäre wieder eingeschwärmt war, drang nichts an die Öffentlichkeit. Nichts. Zumal man auf die Auswertung der jeweiligen Faktenlagen angewiesen war.

Es komme, so die vorläufigen Schnellgutachten, „zu Verwirbelungen und Verdichtungen eigentlich harmloser Morgendunstfetzen zwischen Brückenpfeilern", die sich in neunzig Prozent der Fälle gegen Mittag auflösten. Die Absorbatoren würden um diese Zeit ausgeschaltet. Was „um diese Zeit" genau heiße, ist bei der Pressekonferenz natürlich zuerst gefragt worden. Ob denn die zehn Prozent nicht ausreichten, eine relevante Größe zu sein, wurde vom Abteilungsleiter sofort an die operativen Organe zur Beantwortung weitergereicht. In der Autobahnmeisterei war man auf solche Fragen vorbereitet. Für menschliches Versagen gab es einen Pool aus freiwilligen vor der Verrentung stehenden Kader, die sich der Öffentlichkeit zum Fraß vorwerfen, weil nichts so gut bezahlt wird wie eine unehrenhafte Entlassung. Eine Spezialität der Berliner Stadtbürokratie, die sich schon in Magdeburg und Karl-Marx-Stadt als erfolgreich erwiesen hat. Die zehn Prozent seien außerdem „noch nicht ausreichend erforscht" und es wäre „verantwortungslos", dem autofahrenden Bürger, der in Deutschland generell über einem Fußgänger stünde, das Geld unnötig aus der Tasche zu ziehen.

Unter dem Etikett Menschliches Versagen, amtsintern als praktikable Lösung so gut wie aller Probleme anerkannt, lassen sich noch so skandalöse Entgleisungen als Kavaliersdelikte abheften. So sind Serienvergewaltigungen, illegale Pokerevents sowie der Konsum beschlagnahmter Drogen in den oberen Stockwerken noch nie zum Pförtner, geschweige denn aus den Objekten hinaus gedrungen.

Städtische Institutionen sind mit Vorliebe in nationalsozialistische Repräsentationsbauten untergebracht, die in der Stadt nicht auffallen. Man hatte schlicht andere Sorgen in der Nachkriegszeit, die eigentlich für Entnazifizierung gedacht war. Arbeits- und Sozialbeamte in Westberlin forderten zurecht Arbeits- und Sozialämter ein, zumal eine Flutwelle Arbeitsunwilliger aus dem demolierten Ruhrgebiet in Richtung Osten unterwegs war. Braunschweig und Hannover waren bereits vom Mob überrascht und eingenommen worden.

Man hat dort noch weniger Gedanken auf Erwerbslosigkeit verschwendet, als in Köln und Berlin, wo das sogenannte Wirtschaftswunder von Anfang an mit Skepsis betrachtet und Entnazifizierung gar nicht erst in Erwägung gezogen wurde. Im Stil des bulgarischen Brutalismus der Sechzigerjahre wurden Arbeitsämter in Hannover zwar gebaut, aber zumeist schon vor Inbetriebnahme zu Kauf- und Zuchthäusern umgewidmet. Das Bauen wurde zum größten Problem in Deutschland. Fragen nach Sinn und Zweck wurden landesweit vernachlässigt, im Gegensatz zur russischen Besatzungszone, wo Sinnhaftigkeit nie zur Debatte stand und Kreativität jeglicher Art bis zur Auflösung der DDR generell verpönt waren. Notdurftbauten zur Unterbringung staatlicher Organe wurden dort aus Bauschutt und mithilfe idealistischer Arbeitskollektive zusammengeschustert. Die Dekoration war alles andere als dekorativ und folgte einem kindischen Muster. Mit aufmunternden Mosaiken wurde an die Bevölkerung appelliert, sich gefälligst mehr anzustrengen, was oft das Gegenteil bewirkte. Probleme mit dem Bauen gab es nicht, eher mit dem Abbauen, vierzig Jahre später.

Das Verkehrsamt war von Adolf Hitler persönlich eingeweiht und als Reichsjugendamt seiner Bestimmung übergeben worden. Heute ist jungen Menschen das Betreten strengstens verboten, weil Insignien und Propagandamosaike noch immer nicht restlos entfernt wurden.

Pausenhofer hat sich im Flugzeug aus Stockholm kommend als einziger die *Berliner Zeitung* genommen und ist sofort darüber eingeschlafen. Schon damals, von Wien nach Stockholm war er über dem *Dagens Nyheter* eingeschlafen. Über der *Expressen* hat man nicht einschlafen können, weil einem von jeder Seite Prinzessin Svenja ins Gesicht gesprungen ist, wie sie aus irgendwelchen Kutschen gelacht, von irgendwelchen Balkonen heruntergewinkt oder irgendwelche Schiffe der schwedischen Marine getauft hat. Zumeist hatte sie die Korvetten auf den Namen ihrer Mutter Matilde getauft, weil diese die ersten waren, die später untergingen, während die Fregatten, die sie regelmäßig auf Svenja getauft hatte, ein, zwei Jahre länger über Wasser gehalten werden konnten.

Er erinnerte sich genau an die Flucht aus Wien, wofür er aus Versehen die Interflug gebucht hatte und war sich im Nachhinein sicher, zum ersten Mal auf Gerhard getroffen zu sein, der ihm Kaffee auf Hemd und Hose geschüttet hat. Er hat die Wolkenbündel schon aus dem Flugzeug beobachtet, als sie sich über den Schären gesammelt haben und wie auf Kommando über die Stadt hergefallen sind. Er wusste von Stockholm nicht das Geringste, obwohl in Fachkreisen der Besuch mittelschwedischer Weiler für Neurologen weltweit obligatorisch war. Angehende Psychiater waren spätestens im zweiten Semester dazu verpflichtet, die Wurzel des Übels, des psychopathologischen Grundübels unserer Zivilisation vor Ort zu studieren.

Von Berlin hat er zum ersten Mal gehört, als er die Briefe auf der Fensterbank der elterlichen Küche liegen gesehen und irgendwann doch aufgemacht hatte. Dass er den massiven Anwerbeversuchen aus Berlin endlich nachgekommen ist, hatte mit den Vorkommnissen in Stockholm zu tun.

Seine ersten Eindrücke hielt er in Notizen fest, die man Jahrzehnte später im Handschuhfach seines Porsche Cabrio fand. Die Briefe, die für Professor Pausenhofer aus Berlin gekommen waren, obwohl er schon viele weggeworfen und wie die *Neurological Affairs* in der Stockholmer Marmorbadewanne verbrannt hatte.

Letztendlich gab es zwei Gründe, die Stadt und somit das Land zu verlassen. Magnus war endgültig in einer Umnachtung verschwunden, die abzusehen und vor allem auf seine Familie zurückgeführt werden konnte. Pausenhofer selbst hat seine eigenen immer häufiger aufgetretenen nächtlichen Schweißausbrüche als Angstwahn interpretiert, der einen jeden Mediziner zur Umkehr mahnen müsste.

In Berlin angekommen ist er vom Flughafen abgeholt und direkt nach Charlottenburg in eine viel zu große Wohnung gebracht worden, die ihm zuerst eher suspekt als angenehm war. Froh war er auf jeden Fall, weil er die Svensson-Söderling nicht mehr aus Mitleid nach Uppsala oder zum Flughafen Arlanda chauffieren musste. Er hatte diese eine Schwäche, neben vielen anderen, die er nicht wahrhaben wollte, dass er, wie seine Mutter ihm von Kind auf gepredigt hat, viel zu gutmütig war. Das Nachgeben und Nichtneinsagenkönnen unterschied ihn von seinem Vater. In Wahrheit hätte er die Svensson-Söderling auch mit dem Zug oder sostwie fahren lassen können. Das Verstörende war, dass Pausenhofer jeden Tag, wenn er auf den Karolinskaparkplatz eingebogen war, Polizeisirenen und das Geräusch von Handschellen gehört hatte. Außerdem waren innerhalb einer Woche drei Schwachsinnige, die von Epileptikern ins Freie gebracht worden waren, dem Straßenverkehr zum Opfer gefallen. So oft wie möglich hatte er sich ins Auto gesetzt und war ziellos durch die Stadt, wenn möglich aus der Stadt hinausgefahren. Dem Telefonklingeln war er davongefahren, in die Dörfer hinaus, um das Falunrot der Holzhäuser zum letzten Mal zu sehen, die Weiler und das knorrige Buschwerk.

Bevor Pausenhofer zum ersten Mal das Virchow-Krankenhaus betrat, hatte er seine Zeit mit der Suche nach Wandfarben für die Charlottenburger Wohnung verbracht. Das Warten auf den Porsche, der eigentlich jeden Tag hätte geliefert werden sollen, und das Spazierengehen, das immer wieder an denselben Plätzen Vorbeigehen und das Auskundschaften der riesigen Stadt, drohte ihn schon jetzt zu langweilen. In Berlin, dachte er, würde er nie irgendwo ankommen, alles kam ihm befremdlich und drückend vor und er wusste zuerst nicht warum. Vielleicht war es das Warten, das er schon als Kind nicht hatte ertragen können, wenn er schon im Frühjahr nur das Schwammerlsuchen im Kopf gehabt hatte, der Großvater ihm Jahr für Jahr aufs Neue erklären musste, dass es erst im Herbst, frühestens aber im Spätsommer soweit sei.

Berlin war von einer erschreckenden Hässlichkeit, von einer Formlosigkeit und Beliebigkeit, wie er sie nicht einmal in Los Angeles gesehen hatte. Der einzige Platz, um eine Übersicht zu kriegen, war der Funkturm, von wo aus er das Durcheinander beobachten konnte. Für Schwule gab es ein Ghetto um den Nollendorfplatz, das er zur Not aufsuchen und sich in eines der Neurologencafés hineinflüchten könnte. Es war ihm schon in Stockholm wichtig gewesen, einen Fluchtort zu haben. Viel wichtiger als Menschen waren ihm die Orte, die er aufsuchen, einfach nur hatte benutzen können. Er verließ das Hotelzimmer nur, um Fluchtorte auszuspähen.

Es war eine Jahreszeit, die man in Selzthal Herbstwinter nennt, in dem sich mehr Menschen als sonst auf die Gleise legen, in denen die Sonne so gut wie nie herauskommt. Je weniger Menschen im Frühjahr und Sommer auf die Berge steigen und abstürzen, desto mehr müssen im Herbstwinter von den Gleisen geräumt werden, damit der Zugverkehr nicht leidet. Die Selzthaler sind robuste, fröhliche Menschen. Ihre Existenz hängt vom Funktionieren der Eisenbahn ab. Die Gleise sauber zu halten ist ihnen ein derart wichtiges Anliegen, dass sie oft in freiwilligen Arbeitseinsätzen die Flecken und Stofffetzen von den Schwellen kratzen, den Schotter mit

Schaufel und Rechen umdrehen, bis alles blitzsauber aussieht bis zum nächsten Unfall, den sie einen „Vorfall" nennen oder ein „Etwas", das einfach passiert, gelegentlich.

Pausenhofer dachte an die Bauernweihnachten seiner Kindheit und war mittlerweile davon überzeugt, dass die Trennung von Bauern und Eisenbahnern nicht mehr zeitgemäß war. Es gab sie in ländlichen Gegenden der Steiermark, bis die Fernseher kamen und die Leute Telefon zu Hause hatten, die Bauern aus Versehen Eisenbahner angerufen haben, auf den Schulhöfen Bauern- und Eisenbahnerkinder neben einander gestanden sind. Sicher, es gab noch immer Eisenbahnerstädte und Bauerndörfer. In Selzthal gibt es bis heute keine Bauern und die Gasthäuser sind um den Bahnhof herum gebaut, wo man das dauernde Rangieren, das Pfeifen und Quietschen als etwas zum Leben Dazugehöriges empfindet während die jungen Frauen, wenn sie in einen Bergbauernhof hineinheiraten, den Lärm der Hennen und Kühe als irritierend und völlig unnatürlich wahrnehmen. Professor Pausenhofer dachte oft an seine Heimat zurück und hat sich in Stockholm steirische Zeitungen schicken lassen, die natürlich erst einen Tag zu spät und an Sonntagen gar nicht gekommen sind. Mit seiner Mutter hat er damals jede Woche telefoniert und sich Neuigkeiten erzählen lassen. Dass es den ersten Eisenbahnerpfarrer geben würde zum Beispiel und überhaupt alles im Umbruch war.

In Berlin, wo die Natur keine Rolle spielt, ein Landmensch ohnehin auf den Kalender schauen muss, um die Jahreszeiten unterscheiden zu können, hat er mit dem Wetter abgeschlossen, sich verabschiedet von Himmel,

Regen und Natur, dem Wald- und Heustadelgeruch. Schon eher hat er erwartet, von Formlosigkeit und Beliebigkeit dieser Stadt deprimiert zu werden. Umso mehr war er überrascht in den ersten Berliner Tagen, wie das Braun über ihm, die Nässe, die mit Feuchtigkeit und Regen nichts zu tun hatte, sich in Wasserlachen und Schaufenstern spiegelte und ihm die Laune nicht verdorben hat. Als er jeden Morgen aufstand, das „beliebige" Frühstück stehen ließ, um nach Schöneberg zu fahren, auf der Suche nach Fluchtpunkten, Notausgängen, die er dringend brauchen würde, wusste er nie, wann und wo er wieder auftauchen würde, ob er überhaupt wieder Licht sehen, je wieder ins formlose Hotel finden würde.

Das Ghetto hat er sich anders vorgestellt, dreckig und dunkel, eng, wie Greenwich Village in den Achtzigerjahren, das er aus dem Schwarzweißfernsehen kannte. Das erste Mal fühlte er sich erleichtert, kam ihm Berlin freundlich vor und hell, trotz der Herbstkälte. Ein Spaziergang reichte ihm an diesem Tag und er fand auf Umwegen zurück. Spaziergänge musste er sich immer so einteilen, dass das Zurückfinden ihn nicht zu sehr anstrengte. Die Beine, die ganzen Sehnen und Knorpel waren inzwischen für das Autofahren optimiert, die Muskeln verkümmert oder angeschwollen, für das aufrechte Gehen nicht mehr geeignet. Ausgerechnet in Berlin, wo das Davonlaufen wichtiger als das Stehenbleiben, das Aufhören wichtiger als das Anfangen war. Ein paar Tage später wurde der Porsche geliefert und fast gleichzeitig erreichte ihn die Nachricht von der Wohnung, in die er zumindest, wie es hieß, vorerst einziehen könne. Der Geruch von Wandfarben und Putzmittel war tagelang herausgesaugt und herausgeblasen worden mit allen möglichen Geräten. Das Durchlüften hatte wegen des schlechten Wetters länger als geplant gedauert. Sofort vergaß er das Problem der fortschreitenden Verkrüppelung und freute sich auf den Geruch von Porscheleder, der sich ohnehin bald wieder durch Brandlöcher und Kaffeeflecken relativieren würde.

Schon in Stanford war das Gerücht umgegangen, dass in Berlin alles eingekauft würde, was weltweit an Kompetenz zu haben und abzuwerben war. In den Siebzigerjahren hatte man gemerkt, dass die Psychopathen und Epileptiker frei herumgerannt und bei aufkommendem Hunger in Lebensmittelschäfte eingebrochen sind. Jeder zweite hätte aufbewahrt werden müssen, wenn genug Psychiater und Neurologen zur Verfügung gewesen wären. In allen Branchen habe man niemanden gehabt, der international relevant und herzeigbar gewesen wäre. Professor Pausenhofer sei sofort nach Veröffentlichung seiner Arbeit ganz oben auf der Berliner Liste gestanden, unmittelbar neben Dr. Hofstätter und Dr. Söderling, die jetzt nicht mehr zur Verfügung standen.

Berlin hatte keine Hirnforscher, im Gegensatz zu Wien, wo sich die Neurologen in den Warmenbeisln am Gürtel auf die Füße getreten sind. Man hätte sie getroffen, ohne das AKH aufsuchen zu müssen. Wenn man in Wien mehr als einen Neurologen am Tisch hätte antreffen wollen, hätte man nur in ein Warmenbeisl gehen müssen, wie sie dort genannt wurden. Es war eine ganz andere Zeit.

Pausenhofers Erinnerung an Svensson-Söderling verblasste, löste sich auf im Dunst der Schärennebel. Er wird nie ihr Gesicht vergessen, mit der verbogene Nase, die an ihrem Bruder wesentlich schlimmer ausgeprägt war. Im Handschuhfach des Porsche fand er neben einem Haufen ausgetrockneter Filzstifte eine Telefonnummer von Gerhard, den er vorerst nicht sehen wollte. Abgesehen davon gab es weder den Stadtteil, noch das Haus, noch den Staat, von dem dieser so oft erzählt hatte. Pausenhofer hatte nicht viel zu erledigen in den ersten Wochen. Eigentlich nichts.

Die Gehsteige waren voll mit Spinnern, die er beobachtet und gezählt hat aus Langeweile. Entsetzliche Leere, die er bis ins Letzte theoretisch erfasst und beschrieben, sie aber nie erlebt hatte. Vielleicht eine unmittelbare Folge von Angstwahn?! Hirntrockenheit ist schmerzlos, das konnte er in den *Ethischen Standards* beweisen. In Zusammenhang mit dem Angstwahn wäre eventuell ein theoretischer Schmerz möglich, ein praktischer völlig ausgeschlossen. Pausenhofer erschrak.

Gerhard wird am Flughafen Arlanda oft nach ihm Ausschau gehalten haben und um den riesigen Karolinska-Parkplatz geschlichen sein. Nach jedem Porschegeräusch wird er sich umgedreht haben. Er wird sich irgendwann sicher gewesen sein, dass Pausenhofer das ungeliebte Land verlassen, irgendwelchen Abwerbeversuchen nachgegeben habe, von denen Gerhard natürlich gewusst haben muss. Allein die Zettelreste, die nach dem Verbrennen überall herumgelegen sind im Bad und in der Küche, hätten darauf schließen lassen können.

Papierkörbe und die Besenkammer waren voll mit ungeöffneten Briefen, die zumeist dick und schwer gewesen sind, wie sich Pausenhofer erinnerte. Er hatte sie als Belästigung abgetan, bis er gemerkt hat, dass es ihm nur

hätte recht sein können. Er hat ja nichts anderes gemacht
in seinem Leben, als Fluchtwege zu suchen, sie auszu-
kundschaften, falls es irgendwann darauf ankommt,
sonst nichts mehr bleibt. Gerhard ist auch nicht mehr
ganz wohl gewesen in dem kargen Land, wo man tagelang gehen kann, ohne einen Menschen zu sehen, höchstens ein paar dunkelrote Holzhäuser, Gestrüpp und Weiler. Wo er immer dachte, verhungern zu müssen, falls er
irgendwo ausgesetzt würde am Polarkreis.

Nein, an „die Sache mit Svensson, die Sache mit Söderling" wollte er nicht denken. Am schlimmsten sind die
Dinge, die keine Leistung abverlangen. Es war im lieber,
etwas zu tun für sein Geld, was er als Jugendlicher vermisst hat, wo einem alles reingefüttert wurde, was einem
gar nicht geschmeckt hat, damit man einfach nur überlebt, damit man zählbar bleibt, wo man nicht umgebracht
wurde, sondern lieber in Hohenschönhausen eingesperrt
wurde für nichts und wieder nichts. Wo man als Lebendiger gebraucht wurde, der noch was wert war zur Not.

Mit Svensson hatte er nicht viel zu tun, es ging alles zu
schnell und vor allem viel zu leicht. Er musste nicht einmal eine Waffe benutzen. Das Eisfischen ist, wie das Fischen generell, eine Einladung, geradezu eine Aufforde-
rung zu einem feigen Mord. Er ist fast unblutig, das
Leiden der Opfer kaum wahrnehmbar. Fischer haben immer ein reines Gewissen im Gegensatz zu den Jägern, die
immerhin das Krachen hören und Blut sehen. Die Jäger
erschießen sich oft selbst, bevor sie ihre Opfer zu Trophäen umarbeiten lassen. Schon im Auto, während ihr
Opfer im Kofferraum liegt, halten sie ihr schlechtes Gewissen nicht mehr aus. In Bergregionen braucht man nur
auf dem Forstweg Gas geben, anstatt um die Kurve zu

biegen. In Schweden schießt sich der Jäger zumeist in den Mund, nachdem er am Straßenrand angehalten hat. Der Fischer dagegen ist eine skrupellose Mordmaschine, dachte Gerhard, als er Svensson in das Eisloch gestoßen hat, das allerdings viel zu klein war. Es reichte aber, den Kopf so lange hineinzudrücken, solange auf dem Schädel zu stehen, bis das Zappeln aufhörte. Richtig arbeiten musste er nur beim Vergrößern des Loches. Es wäre gut, wurde ihm gesagt, wenn sich der Körper ein paar Meter vom Loch wegbewegen würde. Er solle frühestens nach der Eisschmelze gefunden werden, wenn überhaupt. Die Nacht war mondhell. Die Einsamkeit, dachte Gerhard, ist das Einzige, was ein Fischer aushalten muss. Für einen Schwätzer wie Svensson immerhin eine Leistung.

Die einzige Leistung!, so Professor Pausenhofer, die einzige! Neurologen, die einem auf die Nerven gehen, seien wie Straßenkehrer, die den Gehsteig verdrecken, Sänger, die den Mund halten, auf der Bühne stehen und nicht singen wollen. Ärgerlich, diese Menschen, überflüssig und lästig. Man muss sie dafür nicht gleich umbringen, sagte Gerhard, als sie im Auto zurückfuhren. Man muss nicht, aber man kann, man darf, meinte Pausenhofer. Zumal ein Fisch auch nichts verbrochen habe und in die Fänge solcher Menschen gerate, die sich auf ihre Kosten wichtig machten, sich mit ihnen fotografieren ließen und damit noch angäben.

Gerhard wird ihm die andere Hälfte der Stadt irgendwann zeigen müssen, bevor sie aus der schmutzigen Schäbigkeit heraus- und auf die Westberliner Beliebigkeit hinuntergezogen wird. Tatsächlich hat die Stadt in ihrer kurzen Geschichte nie ein Konzept gehabt, keine Ordnung in ihrem Wildwuchs. Zu spät hat man das

Wasser umgeleitet, gegraben, Brachen umzäunt und Hütten aufgestellt, war man in eine Modernität hineingestolpert, zur Reparaturwerkstatt geworden, die der Welt gezeigt hat, wie man einen Moloch repariert, aufputzt, bis der Geduldsfaden gerissen und für immer als ausgefranster Faden herumgelegen ist. Seitdem ist nur noch herumgeschustert und herumgedoktert, das Elend organisiert worden.

Pausenhofer hat gerade das imponiert. Er hatte das Gefühl, dass er hier und nirgendwo sonst als Mechaniker arbeiten könnte. Er fand eine Krisenstadt vor, ein Experimentierfeld. In Berlin, dachte er, kann man der Krise zuschauen, der Architektur-, die Gesundheitskrise und natürlich der Verkehrskrise, die ihn immer mehr zu interessieren begann.

Die damals noch holprigen Landstraßen hat Pausenhofer zuerst nicht ausprobieren wollen, weil er Angst hatte, seinen Porsche zu ruinieren. Die Brandenburger Alleen waren nicht für West-Autos gebaut, sondern für Unfälle prädestiniert. Die Hügel und Bäume machten es unmöglich, entgegenkommende Autos rechtzeitig zu erkennen, bevor sie einem „ins Gesicht fahren" würden. Aus der Landschaft könne in der Zukunft einmal was werden, wie er dachte, wenn von weitem ein aus dem Nichts herausgewachsenes Wäldchen auftauchte, irgendein Haufen Buschwerk Traktorruinen zuwuchsen und verstellten. Sozialistisches Ackergerät, das dafür geeignet sein musste, ohne Menschen zu funktionieren, wie das ganze Land eigentlich dafür vorgesehen war, ohne Menschen auszukommen. Es war ja für jeden absehbar gewesen, dass nach dem Krieg niemand freiwillig hierbleiben würde. Die DDR war von vornherein als Auswanderungsland geplant, dachte Pausenhofer.

Die Ostzone war ein Denkfehler, für Idealisten wie Gerhards Eltern immerhin einen Versuch wert. Sie wussten natürlich nicht, was sie taten, was da auf sie warten würde. Nichts anderes nämlich, als Zukunftsvertrauen, das den Menschen im 89er-Jahr das zweite Mal Erleichterung versprochen hat. In betrügerischer Absicht ihnen einen Streich gespielt, ihnen einen schlechten Witz erzählt hat, über den sie nicht lange lachen konnten.

Ein Tornadostaat, ein Deutschlandplacebo, dachte Pausenhofer. Immer aus Fetzen zusammengebaut, die mit Sicherheit wieder weggeweht und zertrümmert würden. Vertrauen auf schönes Wetter, das Glück und die Windrichtung. Ein Staat für nichts und wieder nichts, nie war jemand mit irgendwas zufrieden, geärgert hat sich jeder, bis irgendwann alles zugesperrt wurde wie ein abgewirtschaftetes Gasthaus.

Es dauerte nicht lang, bis Pausenhofer von Gerhard vor der Krankenhauseinfahrt abgepasst wurde. Die Interflug gab es nicht mehr und Jobs für Ostdeutsche lagen nicht auf der Straße. Für das meiste waren sie nicht geeignet und als Bürgerrechtler wurde Gerhard auch nicht eingestuft. Dissidenten und Revoluzzer hatten gut reden gelernt in den Friedenskirchen, sind oft Pfarrer gewesen, Schriftsteller, die nicht schreiben durften und oft ganz froh waren, in den Gefängnissen wenigstens ein Dach über dem Kopf zu haben. Im Gegensatz zu den Stasi-Offizieren, die in den Verhörzimmern arbeiten mussten, oft einen Zwanzigstundentag hatten, geschrien und geprügelt haben zwischen den Trockenbauwänden, bis sie abgelöst haben werden müssen. Man darf das alles nicht vergessen. Die Sekretäre in den muffigen Büros hatten sich ihr Leben auch ganz anders, viel angenehmer vorgestellt. Ein paar Jahre buckeln um sich sorglos in die Rente schreien und dreschen zu können, sei für die niedrigeren Ränge, die gerade aus dem Straßendienst gekommen sind nur ein leeres Versprechen gewesen. Oft hätten sie viel länger gebuckelt als geschrien und die Enttäuschung ist groß gewesen. Man hat sogar versucht, zu den Pfarrern und Schriftstellern hinüberzuwechseln, als das Ende schon abzusehen war, es überall schon zu knirschen angefangen hat. Die Truppen sind nur mehr ungern ausgerückt, die Offiziere haben schon längst zu schreiben angefangen. Vom Anfangen hat man nur noch geredet, nicht vom Ende. Nur der Dümmste hat noch gejammert, geschwitzt in der Plastikuniform.

Vielleicht hilft es ja, wenn man vom Anfangen redet, haben viele gehofft. Geholfen hat nichts mehr zum Schluss, das Schreiben nicht, das Reden nicht und das Anfangen hat es auch nicht gegeben, für niemanden. Das war letztendlich der Skandal.

Sie hätten sich ins neue Deutschland revoluzzern, im Fernsehen auftreten können. Es hat nur niemand wissen können, dass man besser vom Fernsehstudio aus in Rente gegangen wäre, die Dissidentenrente. Als Sekretär hingegen sind die Menschen in eine ungewisse Zukunft aufgebrochen. Die Träume der Majore sind immer geplatzt, als Barackendozenten haben sie ihr Leben zu Ende fristen müssen.

So oder so, auf jeden Fall ist alles anders geworden, das hat Pausenhofer schon in den Gesichtern gesehen, ohne neurologische Untersuchung hat er die Nervenschäden gesehen und die Ostspinner auf den Gehsteigen von den Westspinnern unterscheiden können. Über eine Ost- und Westpathologie konnte man von Stanford aus nur spekulieren und Gedanken über egal welche Politik hat er sich nie gemacht in den Bibliotheken. In Stanford hat er ja nicht über den Campus hinausgedacht, sich nie über das Heueinfahren und Schwammerlsuchen hinaus auch nur im Entferntesten irgendein Wissen durch die dicken Mauern hineingeholt.

Als Hilfsarbeiter in der Leichenwäscherei, das wusste Pausenhofer, würden Leute wie Gerhard gebraucht. Es handelt sich um eine unappetitliche Arbeit, da die Leichen oft in einem Zustand angeliefert wurden, den man sich „nicht vorstellen, überhaupt nicht vorstellen kann". Oft mussten Teile zuerst zusammengesucht und sortiert werden. Sicher, er hat schon in Schweden Erfahrung sammeln können, dort schon sehen können, was es heißt, dass es nicht immer so einfach ist, so weiter geht, als junger Mensch ausprobiert, wie es wäre, einmal über den Schatten zu springen, Gut und Böse und so weiter. Auch einmal in das Schicksal eingreifen und nicht nur wie ein Leichenwäscher oder Bestatter verarbeiten müssen, was geliefert wird.

Bei Dr. Söderling, erinnerte sich Gerhard, gab es gar nichts mehr zu sortieren, nachdem sie zu dritt eine sogenannte Spritzfahrt über die mittelschwedischen Weiler gemacht hatten. Die missmutigen Blicke der Bewohner wird er nie vergessen, obwohl sie sich im Auto sicher fühlten. Das Volltanken eines Porsche kostete damals doppelt so viel wie eine Monatsmiete in Berlin. Pausenhofer schickte Söderling mit tausend Kronen zum Zahlen hinein und fuhr einfach weg. Gerhard hielt es zuerst für einen Scherz, einen schlechten Scherz, zumal der schlechte Scherz die beiden mit der Polizei in Kontakt brachte. Immerhin haben einige von dem Ausflug gewusst. Andererseits fanden sich genug Leute, die Dr. Söderling aussteigen und auf dem Weg zum Zahlen gesehen haben. Die Beamten weigerten sich, unter diesen Umständen weiter zu ermitteln. Mittelschwedische Weiler galten damals als rechtsfreie Räume. „Betreten auf eigene Gefahr!, Eltern haften für ihre Kinder!" Es gab also nichts zu sortieren bei Söderling. Die Tankstelle jedenfalls hat er nicht mehr verlassen. Wahrscheinlich wurde sein lebloser Körper im Keller eingefroren.

Anders in der Leichenwäscherei, wo für ein Begräbnis nur blitzsaubere Leichen herausgegeben werden durften, die von einem Spezialisten begutachtet und erst dann von Bestattungsunternehmen abgeholt wurden. Zum Feinschliff, wie man gesagt hat. Oft haben die Kollegen noch einmal drüberschminken müssen. Allein dieses Vokabular war für Gerhard zuerst befremdlich, er gewöhnte sich aber schnell dran. Er hat nach kürzester Zeit schon sagen können, dass die Arbeit wie für ihn gemacht sei.

Für Professor Pausenhofer änderte sich die Situation Mitte der Neunzigerjahre gravierend. Der Aufbau des Epilepsiezentrum Berlin Brandenburg war schon länger geplant. Man wollte damit das Problem mit den aus der Psychischen davonlaufenden Epileptikern und Idioten aus der Welt schaffen, den schlechten Ruf, der damit einhergegangen war, ein für alle Mal auf andere Abteilungen schieben. Dafür bot sich die Orthopädische an, die ohnehin im Fokus der einschlägigen Presseorgane stand.

Pausenhofer war überrascht, wie reibungslos sich seine Vorstellungen umsetzen ließen. Er ist mit einer Machtfülle ausgestattet worden, die ihn fast überfordert hätte. Bedingungen, die er gestellt hat, waren eigentlich Erpressungen. Hoch gepokert hat er, übermütig und frech, wie er sich erinnerte. Seiner Autorität war er sich schon in Stockholm schnell bewusst geworden, der letzte Rest Bescheidenheit aber, die ihm seine Mutter fürs Leben mitgegeben hatte, wurde erst in der Berliner Zeit, eigentlich bald nach seiner Ankunft endgültig ausgemerzt. Vielleicht war es der preußischen Volksseele geschuldet. Ein Wort, das Hegel in seinen späten Schriften auf Berliner und Brandenburger bezogen hatte, wovon Pausenhofer nichts wusste.

Sinngemäß heißt es bei Hegel, dass, wenn der Preuße seine Uniform zum Waschen ausziehe, ein Untertan herauswachse. Professor Pausenhofer kam das sicherlich zugute. Die *Ethischen Standards* sind als Verfassung dem Epilepsiezentrum zugrunde gelegt, sämtliche Planungen und Entwürfe von Pausenhofer abgesegnet worden. Das Gelände des Krankenhaus Königin Elisabeth hat sich als idealer Ort erwiesen, von dem Pausenhofer sofort bei der ersten Besichtigung begeistert war.

Das Gelände ist zufällig von einem Spaziergänger entdeckt worden, dessen Hund in einem Gebüsch vor einem Haufen menschlicher Knochen angeschlagen hat. Bei den routinemäßigen Grabungen stieß man auf mehrere Skelette, die sich in einem Stacheldraht verfangen hatten und offenbar einfach liegen gelassen wurden. Das ehemalige Irrenhaus war im neunzehnten Jahrhundert erbaut, im Zweiten Weltkrieg zerstört und unter dem völlig nutzlosen, dilettantischen DDR-Regime endgültig verrottet. In der für Berliner Verhältnisse kürzesten, für andere Städte dieser Größe völlig normalen Bauzeit konnte die Psychische und wenig später auch die Neurologische dorthin verlegt werden.

Berliner Taxifahrer traf es wie ein Schlag, den sie bis heute in Erinnerung haben. Seit seinen ersten Tagen hat Pausenhofer die Taxifahrer als Gefahr wahrgenommen und ist lieber kilometerweit zu Fuß gegangen, als sich von ihnen mitnehmen zu lassen. Ein einziges und letztes Mal war er nach einem Spaziergang von Charlottenburg aus in den Norden tief im Wedding steckengeblieben und in ein Taxi gestiegen. Im Fond eines dieser cremeweißen Limousinen hatte er Todesangst gehabt, wie er sie bis dahin nicht kannte, sie nur beschrieben hatte damals im dritten oder vierten Kapitel der *Ethischen Standards*, wo er die Todesangst eines jugendlichen Idioten mit der eines erwachsenen Epileptikers verglichen und Parallelen herausgearbeitet hatte. Das Bahnbrechende, das Einzigartige an seiner wissenschaftlichen Arbeit war es, die Fähigkeit der Synapsen mit einem Brückenschlag von der Theorie in die Praxis zu überführen.

Spätestens seit Broca und Wernicke, Mitte des neunzehnten Jahrhunderts, war die theoretische Todesangst präzise lokalisiert, aber nie in die Praxis überführt worden. Pausenhofer fand wie schon so oft erst viel später am eigenen Leib das schon längst Bekannte bestätigt. Im Fond des cremeweißen Taxis hatte er mit sich abgeschlossen, mit der Neurologie abgeschlossen, überhaupt mit allem abgeschlossen, war mit seiner Kindheit und seiner Schuld, jeglicher Art von Sünde im Reinen.

Aufgewacht ist er in einem Hinterhof, wo er sich hingelegt und ausgesprochen gut geschlafen hat. Dass er dem Fahrer zweitausend Mark bezahlt und ausgestiegen ist, war ihm in dem Augenblick gleichgültig.

Hinter den Lenkrädern hat er seitdem immer nur Verbrechergesichter gesehen, durch die Scheiben hinein nur Brutalität und Hass auf die Menschheit im Allgemeinen und freilaufende Idioten im Speziellen. Blutverschmierte Gehsteige und rotweiß gestreifte Absperrungen waren damals eine Normalität auf Berliner Straßen, in der Psychischen haben immer Patienten gefehlt beim Essen, bevor man sie auf der Straße gefunden hat.

Von Anfang an war ihm der Umzug seiner Abteilungen an einen weniger gefährlichen Teil der Stadt „ein Herzensanliegen". Der Senat hat erst unter dem Druck der Öffentlichkeit auf die Schande reagiert und tausende Taxifahrer aus den Betten heraus eingesperrt. Ihrem gehässigen Wahn, den sie sich über Jahrzehnte antrainiert hatten, hieß es plötzlich, seien „wehrlose Patienten zum Opfer gefallen", die Spinner auf den Gehsteigen und gelegentlich die ganz normalen Menschen, wenn sie arglos die Geschäfte verlassen und sofort niedergefahren wurden.

Während das südlichere Lichtenberg bis dahin abwechselnd von linken und rechten Proleten, von der Staatssicherheit, rechten und linken Randalierern bewohnt wurde, hat man um das Krankenhaus herum eine Siedlung für Neurologen und Psychiatern geplant, umgeben von Schafherden und Plattenbaublöcken postsowjetischer Bauweise. Pausenhofer hat die sofortige Umfärbung sowohl der trostlosen Blöcke, als auch der Schafe von Bausenat und Bezirksbehörden erpresst. Was ihm später als Entschlossenheit zugeschrieben wurde, war zu dieser Zeit in Wahrheit ein Gestaltungsrausch, in den er immer dann verfiel, wenn man ihm freie Hand und die nötigen Werkzeuge gab. Das mussten zwei Lichtenberger Bezirksräte zur Kenntnis nehmen, die sich auf geradezu hysterische Weise gegen die Umfärbungen der Plattenbaublöcke stemmten, um sich Jahre später in angeblich suizidaler Absicht genau von diesen Plattenbaublöcken zu stürzen.

Unterstützung erfuhren sie durch das Privatfernsehen, dessen widerwärtige Sozialneidreportagen selbst vom völlig verrohten Publikum nicht mehr angenommen wurden. Auch der überaus beliebte Moderator Thorsten Schweinfurt musste zur Kenntnis nehmen, dass ständig gesäter Hass nur noch auf ausgelaugten Boden fiel, auf einen stumpfen Acker, der keine Quoten mehr garantierte. Spott und Verleumdung waren inzwischen vielversprechender und auf Ausländer jeder sozialen Schicht zu dreschen, war für ihn eine willkommene Abwechslung.

Er war in der chemischen Industrie der DDR tätig gewesen. Im Gegensatz zu Gerhard war er klug genug, sich im Sommer 89 als Umwelt- und Tierschutzaktivist zu profilieren. Evangelischen Pfarrern, lästigen Aufrührern und Querulanten jeglicher Art wurde ohne weitere Überprüfung der damals sehr begehrte Dissidentenstatus zuerkannt. Als sogenannter Wendehals war Schweinfurt zwar sozial geächtet, konnte sich in den folgenden Jahren aber in der Tierschützer- und Öko-Szene hervortun, bevor er ins Privatfernsehen wechselte. Seither galt er als

Opportunist und Verräter, was ihn bei seinem Publikum umso beliebter machte.

Professor Pausenhofer war mittlerweile routinierter und kaltblütiger geworden und es ging ihm nicht um ein Das, sondern nur mehr um ein Wie. Schweinfurth in einer Baugrube verschwinden und in Beton eingießen zu lassen schien Pausenhofer so langweilig wie Sozialneidreportagen im Frühstücksfernsehen. Spektakel sollte es sein, Fanal und Futter für den Boulevard. Schweinfurths legendäre Pumphosensammlung wurde in Japan versteigert, wo er eine erstaunlich große Fangemeinde unterhielt, seine handsignierte Ray Ban erstand ein seniler chinesischer Milliardär. Das Geld kam dem Kindergarten 7 Zwerge in Berlin/Hellersdorf für den Bau einer Turnhalle zugute. Professor Pausenhofer hätte nie gedacht, welche Dynamik Sozialneid haben und wie vielen Menschen man mit einem letztendlich harmlosen Verbrechen Freude machen kann.

Schweinfurths überaus fülliger Körper musste zerteilt werden, bevor er in Gerhards Faschiermaschine passte. Sie war ausschließlich für Körperteile vorgesehen, die keinem Torso mehr zuzuordnen waren. Bei Motorradunfällen leider die Regel. Im Fall Schweinfurth kam erschwerend hinzu, dass sein unappetitlicher Vollbart das Mahlwerk über Tage hinaus verstopfte.

Am Gelände des Krankenhauses wurde ein Streichelzoo für die Schwachsinnigen eingerichtet, gleichzeitig legte Pausenhofer Wert auf eine zuverlässige Abschottung nach außen. In Stockholm und Wien waren die Spinner und Idioten auf die Straßen und somit in den Tod gelaufen, in Berlin sollten die Fluchten von vornherein unterbunden werden. Schlimmstenfalls würden sich die Patienten von den Elektrozäunen abschrecken, spätestens aber in den Stacheldrähten wieder auffinden lassen. Der kleine, völlig verrückte Staat hat in Berlin viel mehr Spuren hinterlassen als der Bürger vermutet.

Die Demokratie ist heute der Knüppel, der demokratische Knüppel, dachte Pausenhofer, als man ihn am Flughafen abholte, kurz nach seiner Flucht aus Schweden. Er schaute in Charlottenburg auf eine Fassade, wenn er ans Fenster ging, potemkinsche Dörfer, eine Schaubudenlandschaft, die von einer Zivilisation, wie man sie aus anderen Städten Europas kannte, „kilometerweit entfernt" war.

Die besten Zahnärzte haben sich in Berlin niedergelassen, exzellente Internisten in Stockholm, in Wien hat man Professor Wirnsberger und Dr. Hofstätter durch arbeitslose Neurologen, die jahrelang in den Warmenbeisln am Ring Karten gespielt hatten, bald ersetzen können.

Pausenhofer hatte die größte Mühe, die Neurologische besetzen zu können. Die Mittelmäßigkeit der Bewerber ließ ihn schlecht schlafen. Inzwischen konnte er sich nicht einmal mehr auf Mittelmäßigkeit verlassen, wenn sich jemand überhaupt zum Vorstellungsgespräch traute. Die meisten stellten sich auf den ersten Blick als unqualifiziert heraus und das vorhandene Ärztematerial war von der Internistischen ausgeglichen, bestand aus Zahnärzten und Praktikanten. Mit Dr. Söderling und Dr. Hofstätter, hieß es, habe man fest gerechnet, deren Wechsel nach Berlin stand kurz bevor. Ihr unvorhersehbares Ableben sei eine Katastrophe gewesen, schicksalhaft.

Pausenhofer erschrak schon, wenn sich die Menschen ihm gegenüber an den Schreibtisch setzten. Die Neurologische wurde interimsmäßig von Dr. Pointner geleitet, der sich ihm nie vorgestellt hat. Er war Orthopäde und hatte über Kniewarzen promoviert. Er wusste, dass er nicht für den Posten qualifiziert war und hat sich für die Begrüßung von Professor Pausenhofer entschuldigen lassen. Es war niemandem nach Feiern zumute, der Gesundheitssenator schämte sich. Seine Vorgänger hätten „leider alles heruntergewirtschaftet". Er sprach von den politischen Umwälzungen, einem Chaos, das enorme Summen verschlingen würde jeden Tag. Die besten Ärzte seien abgeworben und verkauft worden.

In Wirklichkeit hat es in der Stadt nie relevantes Personal gegeben. Westberlin wurde nach dem Krieg von Dilettanten geplant und zusammengeschustert. Friseure mussten aus der Türkei, Architekten und Installateure aus der ganzen Welt herangeschafft, Automechaniker im Sudan, Bademeister in Burkina Faso rekrutiert werden. Erst Ende der Achtzigerjahre habe man mit Neurologen angefangen, so der Gesundheitssenator. Die Dringlichkeit, die Not, der Verkauf staatlicher Betriebe der DDR habe dann finanzielle Ressourcen erschlossen, die nunmehr zur Gänze der Neurologie zugutekämen. Deshalb die großzügigen Angebote. An Koryphäen habe man noch vor zehn Jahren nicht ernsthaft denken können. Fritz Pausenhofer dachte man als Berufseinsteiger vielleicht holen zu können, was sich in Folge der *Ethischen Standards* als völlige Illusion herausgestellt hat. Die Verzweiflung der Verantwortlichen sei groß gewesen damals. Das sei die schockierende, die erschreckende Wahrheit.

Pausenhofer dachte an Wien, an den Tag, als er das Chefarztzimmer bezogen hatte, die Verkrustungen in jeder Ecke, während der Schreibtisch immer geglänzt hat, der neurologische Verstand in das schwere Holz hinein poliert worden war, die Fachbücher nur noch von Konservatoren umgeblättert werden durften, Professor Wirnsberger, ein exzellenter Neurologe, in einem Antiquariat gesessen ist. Die Neurologische war damals ein Museum, wo nur noch Kuratoren das Sagen hatten. Wenn er ein Gerät gebraucht hat, mussten zuerst der Kurator, dann die Konservatoren gefragt werden.

In Berlin hatte Pausenhofer alles neu aufzubauen, jeden Arzt von Grund auf auszubilden. Die Spinner sind nur deshalb auf den Gehsteigen herumgegangen, weil man sie nirgends unterbringen konnte. Die städtischen Aufbewahrungsanstalten entsprachen provisorischen Notlagern, wo Epileptiker und Spinner gehalten und eingesperrt wurden. Nach kurzer Zeit sind sogenannte leichte Fälle wieder freigelassen und nach ebenso kurzer Zeit als schwere Fälle wieder eingesammelt worden. Es war zur Normalität geworden in der Stadt und die Spaziergänger flanierten zwischen den Spinnern, Schwachsinnigen und Idioten auf den inzwischen gefährlich gewordenen Gehsteigen, wo sie auf alles gefasst sein mussten, von Verrückten angerempelt und bespuckt wurden. Er beschloss zu handeln und einzustellen, wen er kriegen konnte.

In Wien hatte er die Neurologische ausräumen lassen müssen, in Berlin musste er sie auffüllen. Ärzte einzustellen war einerseits lästig, andererseits wollte er niemandem die Verantwortung übertragen.

Zerstreuung fand er auf der Straße, beim Spazieren fahren in Brandenburg. Deutschland kann man nur auf der Straße verstehen, die deutsche Psychiatrie konnte sich nur aus dem Asphalt heraus entwickeln. Die Gastarbeiter waren so lange fremd, bis sie sich ein Auto leisten konnten. Generationen von Türken und Italienern haben sich nicht über die Sprache, sondern über das Auto eingedeutscht. Ohne ein ordentliches Auto bleibt man in Deutschland immer Gastarbeiter, geduldet, dachte Pausenhofer.

In aller Eile begann Pausenhofer die Belegschaft zu sortieren. Frau Dr. Severs schickte er in die Kinderneurologische, wo sie ihr Leben lang bleiben und wenig Schaden anrichten konnte. Der wirkliche Grund für die Abschiebung war ihre Impertinenz. Aufmüpfigkeit und Ungehorsam hätten in der Gehirnforschung nichts zu suchen und in der Kinderneurologischen wird nicht geforscht. Pausenhofers strenges Regiment war nicht nur auf seinem Mist gewachsen. Immer noch hatte er den *Kleinen Wirnsberger* im Chefarztzimmer am Schreibtisch liegen. Voll mit Lesezeichen und Anmerkungen war er oft benutzter Ratgeber. Das *Wirnsberger'sche Dominanzprinzip* war im Kern die Anweisung, Strenge mit Geduld und Milde aufs Präziseste auszubalancieren. Man müsse als Neurologe damit rechnen, dass einem brennheißer Kamillentee ins Gesicht geschüttet, einem jeden Tag an den Haaren gerissen würde. Einen guten Neurologen erkenne man an den roten Flecken im Gesicht, wenn er Glück hat nur am Ohr oder sonstwo. Da habe Eitelkeit, die Pausenhofer nicht fremd war, hintenanzustehen.

Er selbst hatte als Kind schon gewusst, wie sich der Stich einer Mistgabel anfühlt, wie der von einer Sense abgeschnittene Finger im Gasthaus vorgezeigt wurde, beim Frühschoppen. Selbst die beim Schnapsen, einem genauso beliebten wie brutalen Kartenspiel, eingefangenen Spielschulden wären für einen ordentlichen Bauern etwas zum Angeben gewesen. Ein richtiger Held wäre keiner gewesen, hätte er nicht mindestens einmal den halben Hof verloren sowie im Idealfall wieder zurückgewonnen. Ehrenmänner seien, bevor das Duell durch Kaiser Karl offiziell verboten wurde, selbstverständlich lieber in den Tod gegangen, als bis zum Lebensende als Feiglinge dazustehen.

„Nur ein schlechter Neurologe duckt sich vor dem Kamillentee weg", hat Pausenhofer im Vorwort geschrieben. Das alles ist seinen Unterärzten immer fremd gewesen, obwohl diese zumeist bis zu zwanzig Jahre älter waren als er. Die Bescheidenheit, mit der er in Wien angekommen war, ist spätestens in Stockholm ins Gegenteil umgeschlagen, wo er seine theoretische Kompetenz in der Praxis verfeinert und präzisiert hat. Studien zum Einsatz von Teesorten, Blumentöpfen und Arbeitsbekleidung, Lautstärken im Patientengespräch sowie der rhythmische Bettzeugwechsel, damals noch kontrovers diskutiert, gehören seit den frühen Neunzigerjahren zum Kanon der Hirnforschung. Nichtsdestotrotz waren seine Abhandlungen zu *neuroleptischer Vernunft*, *Patientendiktat* und *synaptischer Balance* in der Charité völlig unbekannt.

Arztkittel in einem zerknitterten Zustand würden therapeutische Erfolge, bei Epileptikern ohnehin ein hohes Gut, um Jahre zurückwerfen. In der Psychischen müsse man davon ausgehen, dass Idioten noch idiotischer, Verrückte noch verrückter würden. Mit der Schmutzigkeit eines Arztkittels würde es anfangen und mit dem Tod der Schwachsinnigen enden. Deshalb könne ein Arzt auf fast alles Gelernte, nicht aber auf einen ordentlichen Arztkittel verzichten. Dieser hatte jeden Tag blütenweiß zu sein, dafür war eine Kittelschwester verantwortlich. Die wenigsten Pfleger haben sich als Kittelbrüder bewähren können, waren aber besser als gar nichts.

Die ersten Berliner Jahre waren mit Entbehrung und Ärger verbunden, nur Gerhard hat sich in der Leichenwäscherei verdient gemacht, war dort bald nicht mehr wegzudenken, hatte dort inzwischen die Zügel in der Hand.

Das Königin Elisabeth Krankenhaus ist im neunzehnten Jahrhundert in Pavillonbauweise errichtet worden, wo der Patientenpool erstmals überschaubar gruppiert werden konnte. Später wurde das Separieren zwar wieder als kontraproduktiv erkannt, nichtsdestotrotz konnte die Wichtigkeit des *Patientendiktats* nachgewiesen werden. Der Neubau hatte auf Pausenhofers ausdrückliche Anweisung nach dem Pavillonsystem zu erfolgen, verfallene Bebauung hatte rekonstruiert, alte Pläne berücksichtigt werden müssen. Von ihm als überaus zweckmäßig befunden, war es den verweichlichten und tatsächlich völlig verfaulten Unterärzten ein Gräuel, bei Regen und Kälte die Abstände zwischen den einzelnen Häusern überwinden zu müssen. Pausenhofer hat sie bei jeder Gelegenheit hinausgeschickt, hin und hergeschickt, oft auch im Regen stehen gelassen. Sie wurden für Botengänge eingesetzt, degradiert und zu Hilfstätigkeiten gezwungen. Nicht Putzfrauen, sondern Neurologen trugen Schmutzwasserkübel übers Gelände und sammelten Müll ein, bevor sie die Arbeit antreten durften, wofür sie dachten qualifiziert zu sein. Das von Pausenhofer etablierte Modell der Disziplinierung wurde von behördlicher Seite mit Argwohn beobachtet, wäre aber „noch lange nicht ausgereizt". Solange seine Schwachsinnigen einen gepflegten Streichelzoo vorfänden, wäre er ohnehin bereit, wetterbedingte Zugeständnisse zu machen. In Stockholm ist der ganze Boulevard vor ihm eingeknickt, nachdem er in Wien noch Lehrgeld gezahlt hatte. Seine Entscheidung, nach Berlin gekommen zu sein, alles mit hierher genommen zu haben, sei das Geschickteste gewesen, wahrscheinlich habe er nur Glück gehabt, wie so oft. Über Stockholm las Pausenhofer nur noch in der Zeitung und war nicht überrascht, als er vom Niedergang der Neurologischen in der Karolinska erfuhr.

Pausenhofers Autounfall passierte auf einer seiner Lieblingsstraße in Brandenburg, südlich von Berlin. Die Geschwindigkeit war überhöht. „Maßlos", war im Polizeibericht zu lesen, „Gelogen", sagten die Augenzeugen. Der Porsche sei wie ein Hund, er müsse ausgeführt werden, ausgelassen, von der Leine gelassen werden. Rasen sei nicht seine Art. „Das Angeben nicht, das Rasen nicht." Leicht überhöhte Geschwindigkeit sei mit seinem Auto nicht zu vermeiden. Allein schon aus neurologischer Sicht. Bei geöffnetem Verdeck würde sich eine Art Rausch einstellen, da mehr Luft durch Mund und Nase direkt in den Stirnlappen drängt, der an dieser Stelle besonders sauerstoffempfindlich sei. Die zweihundert km/h wären dort, wie er sagt, nie ein Problem gewesen. Er hatte sich mehrfach überschlagen und ist auf drei Rädern zum Stehen gekommen. Das vierte fand sich erst Wochen später in der Sensentrommel eines Mähdreschers an. Wahrscheinlich der schmutzigste Rechtsstreit in der brandenburgischen Verkehrsgeschichte, wo

Menschenleben mit Maschinenschäden verrechnet wurden. Pausenhofer war so gut wie unverletzt. Er hätte zehnmal tot gewesen sein können. Er habe etwas verschwommen gesehen und erinnerte sich später nur noch an ein helles Gesicht und bräunliche Finger, die ihm Luft zugefächelt hätten. Beim entsetzlichen Lärm der Notarztwagen habe Pausenhofer nur ans Fegefeuer gedacht, die Hölle stellte er sich anders vor, nicht so laut. Der Notarzt berichtete, Professor Pausenhofer habe eine halbe Stunde wirres Zeug geredet, das er beim besten Willen und aufgrund seiner Schweigepflicht nicht wiedergeben wolle und könne. Ein olivgrüner Blechhaufen lag abseits der Straße in einem Maisfeld. Bei genauerem Hinschauen konnte man zwei blutverschmierte Menschen erkennen, die sich bald als zwei Hälften eines einzigen Menschen herausstellten. Der Traktorfahrer, der sich kreidebleich über ihn gebeugt und ihm Luft zugefächelt hat mit dem völlig blutleeren, bei der Aufnahme des Unfallprotokolls hingegen wieder hellrosa gefärbtem Gesicht, sagte später, als sein Gesicht längst wieder braun war, er hätte genau gesehen, wie der Jaguar Pausenhofer die Vorfahrt genommen habe. Abgesehen von der überhöhten Geschwindigkeit konnte diesem aber nichts vorgeworfen werden.

Gerhard saß neben dem Bett und las eine zusammenfantasierte Geschichte in einem Hochglanzmagazin, als Pausenhofer in einem Krankenhausbett aufwachte. Er wäre sofort herausgesprungen, hätten ihn nicht die vielen Bandagen daran gehindert. Er dachte an Magnus, die Schweißkrämpfe und Fregatten. Noch nie hatte er sich so darüber gefreut, einen Menschen zu sehen. Blumentöpfe, Notare und Abdankungsurkunden konnte er nirgendwo erkennen, geschweige denn riechen, während er den Geschmack der Schläuche als Strafe wahrnahm, die er nicht verdient habe. Sie waren ihm in die Nase gesteckt worden, um ihn dreimal am Tag mit Nahrung zu versorgen. Er wusste aus ärztlicher Erfahrung, dass man sich an alles Unangenehme gewöhnt. Der Kopf war offenbar in Ordnung, es ließen sich Finger und Hals bewegen, die Bandagen waren zum Großteil vorsichtshalber angebracht worden. Man hat ihm Unvernunft unterstellt. Er war noch immer voll mit Medikamenten, die er seinen Epileptikern zur Not hat geben lassen, bevor sie erstickt wären. Die Nebenwirkungen waren ihm bekannt. Er bereute es, sie nie selbst ausprobiert zu haben aus Angst.

Gerhard war verschwommen. Trotzdem konnte er ihn von Matilde und Prinzessin Svenja unterscheiden, die auf der Titelseite gerade ein Freibad in Husqvarna feierlich eröffneten. Das künstliche Fieber sollte eine stabile Temperatur garantieren, die Knochenrisse leichter zusammenwachsen lässt. Außerdem spielte es ihm oft Filme vor, Fieberfilme, die spannend zu werden versprachen, bevor sie ruckartig zu Ende waren.

Das olivgrüne Auto, wahrscheinlich ein Jaguar E aus den Achtzigerjahren, war zur Hälfte aus dem Maisfeld herausgekommen und mit mindestens zwei Menschen besetzt. Es deutete alles auf ein Roadmovie hin. Danach in Großaufnahme ein Gesicht, weiß wie ein Arztkittel, zugefächelte Luft und wirres Geschwätz eines Medizinmannes in Leuchtfarbenjacke und mit Besteck in der Hand. Medizinerbesteck, Blutdruckmessbesteck, eine Tasche mit Spritzen, Flaschen, Salben und Verbandszeug. An Wiesengeruch, den er als Kind in seine feinsten Nuancen zerlegen und wieder zusammenzusetzen vermochte, konnte er sich nicht erinnern, zumal der Film falsche Gerüche vorgaukelte. Außerdem war die Bildqualität schlecht, verwischt und verschwommen jede einzelne Aufnahme. Gerumpel und Schläge, Windstöße, Splitter und olivgrüne Blechfetzen erzeugten billige Spannung. Die letzte Einstellung zeigte Gerhard, der neben dem Bett saß und in einem Magazin blätterte, gelangweilt.

Pausenhofer nutzte das Nichtstun, genoss die Patientenfaulheit, um die er seine Spinner immer beneidet hatte. Sie bestand vor allem darin, neben dem Nichtstun die größtmöglichen Ansprüche zu stellen. Er wolle, wenn er nach Hause komme, ein neues Porsche-Cabrio im Hof stehen haben. Eingefahren, ausgelüftet und mit offenem Verdeck.

Dr. Pausenhofer wurde erst nach dem Umzug der Neurologischen nach Lichtenberg mit einer Kollegin konfrontiert, deren schlechten Ruf er für ein Gerücht hielt. Gerüchte sind in der Charité, wie in jedem anderen Krankenhaus auch, ein Teil des psychosozialen Fundaments und Fairness ging ihm über alles. Was er nicht wusste, Frau Dr. Juliane von Donnersbach hatte gegen Pausenhofer schon intrigiert, bevor er ihr Zimmer bezogen hat. Er dachte an Frau Dr. Ferstl und zweifelte nicht daran, sie unter Kontrolle kriegen zu können. Vom Pflegepersonal wollte niemand mit ihr zu tun haben und Professor Pausenhofer wurde noch nie derart wohlwollend aufgenommen. Solange sie Chefin gewesen ist, sind ihr nur die simpelsten Eingriffe übertragen worden. Ihre Doktorarbeit sei eine unterdurchschnittliche gewesen und sei von ihrem Onkel überhaupt erst zugelassen worden. Alle damit befassten Gremien seien von Verwandten und deren Golf- und Tennisfreunden durchsetzt gewesen.

Für die dunkle Vergangenheit ihrer Familie konnte sie nichts. Im Gegenteil, Professor Pausenhofer haben solche Menschen immer leidgetan. Juliane und ihre Geschwister waren zudem die ersten, die den Holocaust nicht mehr geleugnet haben. Schwerer fiel es ihnen, ihre Familie auszuziehen wie ein stinkendes Gewand. Noch ihr Großvater, Herold von Donnersbach, ist an der Ausarbeitung der Nürnberger Rassegesetze beteiligt gewesen und hatte schon in seinen frühen Publikationen die Begriffe Lebensunwert, Volksschädling sowie Umblutung geprägt.

Dass Juliane von Donnersbach in der Neurologischen eine leitende Funktion bekleidet hat, lag natürlich am eklatanten Mangel an Kompetenz im Westberlin der Nachkriegszeit. Den zuständigen Stellen war das wohl bekannt und hatte letztlich zur Erstellung der sogenannten Berliner Liste und zu großzügigen Angeboten an Koryphäen wie Fritz Pausenhofer geführt.

Naivität ist immer schon seine Schwäche gewesen und er hatte seiner Mutter diesbezüglich nie ernst genommen. Die Neurochirurgin wurde sofort nach Pausenhofers Amtsantritt abgezogen und in eine Reha-Klinik im Erzgebirge versetzt, wo sie zur Kenntnis nehmen musste, dass polternde Landnazis mit der feinsinnigen, völkischen Gesinnung derer von Donnersbach nichts anfangen konnten. Jedenfalls klagte sie sich erfolgreich zurück nach Berlin, wo sie in der Neurologischen unter Professor Pausenhofer neu anfangen durfte. Sie hatte bei Regen und Kälte vor Dienstantritt den Müll auf dem Gelände aufzusammeln und den Putzkolonnen die Schmutzkübel über das Gelände zu tragen. Ihrem Wunsch, doch wieder ins Erzgebirge zurückkehren zu dürfen, wurde nicht entsprochen. Sie torpedierte das neue Regime unter Professor Pausenhofer nach Kräften, mit allen Mitteln, und verspielte so jegliches Entgegenkommen ihres Vorgesetzten, der zusehends die Geduld verlor.

Demütigung und die Degradierung traf Frau Dr. von Donnersbach wohl am härtesten. Vielleicht war es in ihrem Sinne, dass sie von den Schwachsinnigen in den Elektrozaun getrieben und liegen gelassen wurde. So stand es zumindest im Protokoll. Sie galt lange als vermisst, zumindest für ihre Geschwister. In der Leichenwäscherei war sie nur ein Stück von vielen.

Im Gegensatz zur Politik, der Bäckerei und der Automechanik war die Medizin zu jeder Zeit ein Biotop für Dünkel, ein Treibhaus für Hass und Faulheit. Schon in Wien war es immer nur bergab gegangen. Noch vor hundertfünfzig Jahren wäre jemand wie Fritz Pausenhofer gar nicht aufgefallen. Die Metropole des degenerierten Kaiserreichs war eine Brutstätte der Weltmedizin, überhaupt der ganzen Wissenschaft. Die Unzahl an Psychopathen hat Wien zum Triumph verholfen, es groß werden lassen. Auf der Ringstraße sind Koryphäen flaniert, in jedem Fiaker ein Nobelpreisträger. Dr. Hofstätter hat das gewusst und den Alkohol zum Überleben gebraucht, sensibel wie er war. Entsetzt und empört war er, verzweifelt zum Schluss. Frau Dr. Ferstl hatte leichtes Spiel mit ihm.

In Deutschland war die Medizin ein Wegbereiter des Nazi-Regimes, ein Stützpfeiler im völkischen Sumpf.

Herold von Donnersbach und seine Frau, die Pausenhofer an Königin Matilde erinnerte, hatten die deutsche Medizin verseucht mit ihren Kindern. Verbrecherdynastien, zusammengeheiratet in den Universitäten, den Neurologischen, Psychischen sowie in den Zuchtanstalten, die erst in den späten Siebzigerjahren aufgelöst worden waren. Das Inzestgebot freilich hielt sich bis heute.

Es wurde ein Psychiater gebraucht, einer, der nichts anderes gelernt hat. Einer, der die Neurologische nur betritt, wenn der Chef ihn dazu auffordert. Über die Eignung entschied Professor Pausenhofer, und zwar ganz allein. Zuerst wird sein Auto angeschaut, was er gern einen Kittelbruder machen lässt. Marke, Modell, Zustand, Ausstattung. Von angeborenen Indizien spricht der Neurologe, wenn bei der Geburt Weichen gestellt werden, die nicht unbedingt befahren werden müssen. Ein Geisterfahrer tut nichts anderes, als sich seiner Geburtsfehler zu erwehren, ein Serienmörder hat oft nur seine Mutter missverstanden. Ein heikles Kapitel in Pausenhofers *Ethischen Standards*, aber nicht ohne Grund im Zentrum seiner viel beachteten Schrift.

Er zog sich mit den persönlichen Daten zur Meditation zurück in sein Chefarztzimmer, beobachtete die Eichkatzen und machte sich Notizen. Beim Auto zog er oft eine Bilanz, nach der die meisten Bewerber sofort ausschieden. Eingeladen wurde ein kleiner Mann, der, wie sich herausgestellt hat, gar kein Auto besaß. Entscheidungen, dachte Pausenhofer, könne er nur selbst treffen und tat es nach bewährtem Muster, routiniert inzwischen. In der Gehirnforschung, besonders in der klinischen, spielt Charakter die größte, Gehorsamkeit die zweitgrößte Rolle. Dr. Carsten Pelzig war die Gehorsamkeit selbst, der Charakter schien Pausenhofer ein kontrollierbares Risiko zu sein. Er erkannte sofort, dass Pelzig sich für die Idioten, keinesfalls aber für die Schwachsinnigen eignen würde.

Zu schlampig ist Pausenhofer in diesem Fall gewesen und hat das Risiko unterschätzt. Pelzig, der seine Studienzeit abgesessen hat wie eine Haftstrafe, ist aus jeder Vorlesung dümmer herausgekommen, als er hineingegangen ist, hat nur die Ärztehäuser umschlichen, gelauert auf eine Tochter zum Einheiraten. Zudem war er ausschließlich an Schwachsinnigen interessiert, für die er nicht geeignet war. Interesse war für Pausenhofer keine nennenswerte Kategorie, wenn die Gehorsamkeit stimmte. Ein Akrobat muss sich, so Pausenhofer, nicht für den Zirkus interessieren, ein Lehrer nicht für die Schule undsoweiter. Die meisten Ärzte würden ihre Patienten verspotten und schikanieren und trotzdem passable Arbeit verrichten.

Pausenhofer hat sich vergriffen, schuldig gemacht vor sich und vor seinen Spinnern. Er hat Pelzigs vermeintliche Gehorsamkeit mit Unterwürfigkeit verwechselt. Unverzeihlich. Jeder Handgriff ist bei solchen Menschen vorherzusehen, was sie am Ende überflüssig macht. Sie haben keine Fähigkeiten, nur Eigenschaften, wenn überhaupt.

Vielleicht hätte Pelzig ein umgänglicher Buchhalter werden können. Eine Rechenmaschine, ohne Fantasie, brav bis zum Tod. Pausenhofer hatte sich zum ersten Mal etwas vorzuwerfen. Und das zur Unzeit, als sich die Machtverhältnisse in der Psychischen, die immer schwankend, aber nie bedrohlich gewesen waren, geändert haben. Die Idioten hatten nicht nur die Schwachsinnigen und Epileptiker unter Kontrolle gebracht, sondern auch das medizinische Personal unterworfen. Förmlich die Macht in der einen und kurz danach in der anderen Abteilung, der Neurologischen, übernommen. In der Orthopädischen, die gleich gegenüber hinter der Cafeteria untergebracht war, gingen schon Gerüchte um. Eine Machtübernahme durch Patienten ist dort nicht vorstellbar. Man sitzt in Rollstühlen oder nicht, hat irgendwelche Gips- und Metallschienen oder nicht, hat die furchtbarsten Schmerzen oder nicht, Verbiegungen und Quetschungen oder eben nicht. Machtverhältnisse sind stabil, Hierarchien festbetoniert. Orthopäden kennen keine Überraschungen. Ihre Aktien stehen immer gut und fallen nie. Alle Medizinstudenten träumen von der Orthopädie, von der Schaukelstuhlexistenz, weit weg von den Härten anderer Berufe. Man erwirbt mit seiner Approbation einen Schaukelstuhl, in den man hineinsinkt und nie wieder aufstehen muss.

Neurologen und Psychiater hingegen kämpfen jeden Tag ums Überleben, lassen sich brennheißen Kamillentee ins Gesicht schütten und freuen sich an den kleinsten Dingen. Fast wäre Pausenhofer nicht nach Stanford, sondern in die Orthopädie gegangen, nachdem sich sein Bruder mit dem Traktor überschlagen hatte. Das Abrollen, wie man es heute noch nennt, war damals bei den Bergbauern eine Alltäglichkeit, beim Frühschoppen am Sonntag eigentlich keiner Erwähnung wert. Er ist abgerollt, hieß es beim Frühschoppen immer, abgerollt mit Traktor, Jauchewagen und Heulader. Oft hat man ohnehin nur einen Leichenwagen und keine Orthopäden gebraucht.

In dieser Zeit konnte man ihn hauptsächlich im Ghetto um den Nollendorfplatz antreffen, wo er sich verstanden, wenn auch nicht wirklich wohlfühlte. Einige Affären hatte er in dieser Zeit, die er im Nachhinein nicht missen wollte, kurz hat er die Freiheit geschätzt, die ein Homosexueller hat, wenn er bereit ist, sich auf gewisse Bedingungen einzulassen. Enttäuschungen hat er erlebt wie nie zuvor, Verletzungen, die er als Psychiater und Neurologe immer nur an seinen Idioten und Epileptikern beobachtet hat. Er wusste, dass er nicht mehr jung genug war.

Oft kehrte er zu der Stelle seines Unfalls zurück, vor Jahren. Wo sich die Landschaft langsam von der DDR erholt, wieder aufatmet, nimmt er den Hauch des Todes wahr, Bremsspuren, die die Straßen wie Graffiti aussehen lassen, hundert Meter lange Schlangenlinien, die in Maisfeldern enden, wo die Kreuze stecken und Kerzen immer wieder aufs Neue angezündet werden. Jugendliche, Kinder vielleicht noch, die mit und ohne Führerschein ausgefahren waren um nie wieder zurückzukommen.

Pausenhofer kam nicht zum letzten Mal her, fuhr nicht zum letzten Mal hinaus, um die Stelle zu sezieren, wie er später sagen wird. Um das Sezieren ging es ihm bald nicht mehr, zumal ihm vor Skalpellen und blutigen Eingriffen immer gegraut hat. Ja, „die Psychologie menschlichen Versagens" war es, die ihn fasziniert hat, die sich im Autounfall von selbst erklärt. „Im deutschen Autounfall spiegelt sich das ganze Land. Der Bremsspur zu folgen heißt, der Volksseele auf die Spur zu kommen." Die Psychiater wollten das lange nicht wahrhaben. Dafür sind ausländische Experten geholt worden, die an der steirischen Gastarbeiterroute sowie in den mittelschwedischen Weilern zu nationalen Identitäten geforscht haben, jahrzehntelang, bis das Feld von Paläoanthropologen entdeckt wurde, die den Weg des Homo erectus nach Norden verstehen wollten.

Was in den Neunzigerjahren die Frage aufwarf, wer zuerst da war. Das Automobil oder der Deutsche. In einer Eishöhle in Kaprun hat man wertvolle Erkenntnisse über das Umkippen von Traktoren Anfang des zwanzigsten Jahrhunderts gewonnen und die Hangneigung als Auslöser identifizieren können. Das Abrollen kennt der Deutsche nicht und wird Österreich bestenfalls theoretisch verstehen. Das menschliche Versagen kann man nirgendwo so gut lesen, wie auf einer deutschen Straße, dachte Pausenhofer, und begann in der Charité damit, Synapsenkammern im externen Querschnitt zu analysieren.

In den ersten Wochen und Monaten konzentrierte er sich auf Bremsspuren, später auf die Beobachtung von Unfällen, die Analyse von Konstellationen, bis eine Lust, eine Leidenschaft dazukam, die ihn nie wieder loslassen sollte.

Die Arbeit in der Neurologischen beschränkte sich in den folgenden Wochen, Monaten und Jahren auf ein Minimum. Zumeist besuchte er am Montag die Epileptiker, am Mittwoch die Idioten und am Freitag die Schwachsinnigen, hielt sich von Frau Dr. Severs und Dr. Pelzig fern. Seine Anordnungen verschickte er mit der Post. Auf Nachfragen reagierte er nicht. Die Zeit, die er an Straßenrändern oder Aussichtsposten verbrachte, nutzte er, um über die Zukunft nachzudenken.

2005 war alles vorbei, als er nicht nur Gerhard an den Rollstuhl, an die lebenslange Querschnittslähmung verlor, sondern auch ein Patient in die Neurologische eingeliefert wurde, an einem Freitag. Ein hoffnungsloser Fall, hieß es. Empfangsdiener hatten ihn schon mehrere Tage zusammen mit den Idioten zusammengesperrt gehabt, wie es üblich war, ohne Essen, tagelang. Martin Pichler konnte es egal sein. Nicht zum ersten Mal sprach man von ihm als „hoffnungsloser Fall". Bereuen mussten es diesmal andere. Selektionen hatten Unterärzte vorzunehmen und Fehlentscheidungen konnten teuer sein, „sauteuer". Die Pranger im dritten Stock der Psychischen waren Eisenringe, die in der Psychiatrie des neunzehnten Jahrhunderts Verwendung fanden. Damals für freche Idioten und Pfleger, weniger für die Zurschaustellung, als für die Ruhigstellung bestimmt. Wie später die sogenannte Gummizelle mit dem Nebeneffekt, dass der Idiot einer Kontrolle unterlag. Pausenhofer hat die Pranger für Ärzte umarbeiten lassen, die nach schweren Vergehen keine Geständnisse ablegten und keinerlei Reue zeigten. „Entscheidungen, die zum Wegsperren der Patienten führen, sind eine Hürde, die von einem guten Neurologen erst zu nehmen ist", war schon im *Kleinen Wirnsberger* zu lesen. Es gab kaum einen Arzt in der Abteilung, der noch nie an einem der Pranger festgemacht war. Inzwischen stand längst die Demütigung im Vordergrund.

Was unbedingt erwähnt werden muss zum Verständnis, war Pausenhofers humanistischer Ansatz bei der Wahl der Sanktionsmethoden. Zum Beispiel durfte keine Erniedrigung in der Öffentlichkeit erfolgen. Zeugen, Publikum, öffentliche Verhöhnung, wie etwa auf mittelalterlichen Marktplätzen, war völlig tabu. Die Unglücklichen wurden einige Stunden den Schwachsinnigen zur Verfügung gestellt, danach waren sie wie ausgewechselt. Sie wurden abgeschnallt und nach Hause geschickt. Die Demütigungen haben besonders die Frauen schwer ertragen können, eine ist ins Wasser gegangen. Nur die Strenge könne einen Neurologen zu einem echten, einem richtigen machen, mit anderen wollte Professor Pausenhofer nichts zu tun haben.

Dr. Pelzig, der Pausenhofer damals in eine Krise gestürzt, ihn schwer verwundet hatte, sei letztendlich zurück nach Gelsenkirchen oder weiß der Teufel, wo er herkam. In Wirklichkeit hing er monatelang im Grunewald kopfüber im dichten Ahornblattwerk. Er war sehr hoch ins Geäst hinaufgezogen worden, gesehen hatte ihn niemand, bevor er einem Spaziergänger vor die Füße gefallen ist.

Er sei „für nichts gut" gewesen, so Pausenhofer, habe auch den Mund nicht halten können, habe dauernd damit gedroht, ihn anzuzeigen. Dabei seien seine Drohungen lachhaft gewesen, er habe sich damit blamiert und zum Gespött gemacht. Genau wie Frau Dr. Severs aus der Kinderneurologischen, die aus dem Weihnachtsurlaub nicht mehr zurückgekommen ist.

5

Abgesang

„Aufpassen! Kein Geschwätz!", schreibe ich mir an die
Ränder, die immer voller werden. Ob Fritz das verdient
hat, frage ich mich. „Die Hauptfigur, ungerecht behandelt!", man wird es mir vorwerfen irgendwann. Ich bin
nicht der erste, der mit einer Story sein Buch rettet, einen
billigen Witz erzählt, um langweilige Küchengespräche
herumzubiegen. Im neunzehnten Jahrhundert hat der
protestantische Moralroman die deutsche Literatur aus
der Versenkung geholt und bis heute auf einem Mittel-
maß stabilisiert, bis der Alkohol sie kurzzeitig an die
Weltspitze gebracht hat. Ich komme da nicht hin, weil ich
das Saufen nicht vertrage und Fritz mir nicht helfen
kann.

Der letzte Kitsch muss einem geglaubt werden, der Leser
muss Zeuge eines Verbrechens sein, Mittäter, Zuhälter-
gehilfe. Was Fritz erzählt hat, war lückenhaft, unvoll-
ständig. Wo genug Platz ist, kann ich arbeiten, in den
Zwischenräumen kann ich mich ausspinnen und werde
es tun. Richter werde ich sein und Geschworener in einem Schmutzprozess. Der Idealismus, den Fritz nach
Wien mitgebracht hat, ist von Frau Dr. Ferstl von Anfang
an torpediert worden, Dr. Hofstätter hat sie in ihre Fall-
gruben gestoßen, die sie jeden Tag in ihrem Büro geplant
und dann gegraben hat. Chirurgische Brillanz war im
AKH eine Dornenkrone, die Hofstätter aufgesetzt gekriegt hat, die ihn verletzbar gemacht hat. Der Suff

kommt nicht von ungefähr über die Leute, er sucht sich den leichtesten Weg. Er ist ein Schwein, obwohl mir der Vergleich nicht gefällt.

Die Geschichte mit Dr. Wirnsberger erinnert mich an Stieg, der für eine Handvoll Kronen auch den König umgelegt hätte. Magnus ist der Held in Stockholm, sympathischer kann ein Spinner nicht sein, schrill und prominent, ein Opfer seiner Frau, der schlampigen Tochter, seines Vaters und des Boulevards.

Fritz hat von der Karolinska fast nichts erzählt, während er sich über die Königsfamilie ausgelassen hat, das schwedische Nationalkolorit, die rätselhaften Hasspsychosen auf den Schären und die Weiten, wo das knorrige Gestrüpp den Kleingeist überwuchert hat seit ewigen Zeiten. Die Drottningholmer Hofschranzen haben Magnus das Leben gekostet und das altmodische Land erstickt. Wikingerjahre, ein Wort mit Zunder, ein Kunstgriff.

Im Gymnasium, erzählt Fritz, habe man sich das Mittelalter gespart. Sein Geschichtslehrer habe erst wieder mit Mozart angefangen, mit Palestrina und den wichtigsten Revolutionen. Von Relevanz sei nichts gewesen in diesem Geschichtsloch, wie der Lehrer es genannt hätte. Dass etliche Völker von hier nach da getrieben worden und letztendlich dezimiert wieder dort angekommen sind, wo sie herkamen, oft in die Häuser, aus denen sie hinausgebrannt worden waren, wieder eingezogen sind, hat im Rest der Welt nur Hohn und Spott ausgelöst, Gelächter. Bei den Mongolen zum Beispiel. Die Europäer hätten sich ein Mittelalter geleistet, eine Pause der Kultur. Beim Mittelalter hätten sie alle „mitgemacht, mitgemittelt", ein Mitmachalter, so der Geschichtslehrer. Volksdezimierung wäre von Nutzen gewesen damals, davon sei man überzeugt gewesen und habe mitgemacht.

Gürtelschnallen wurden en masse hergestellt, Lanzen und Bier zwar nicht erfunden, aber weiterentwickelt. Die Feinsinnigkeit der Römer, die ganze Zivilisiertheit ist den Menschen zum Hals herausgehangen. Pergamentschwarten hat man in den Klöstern vollgeschrieben, die schon beim Schreiben vergammelt sind. Weiß Gott, wo sie die Tinte herhatten, ägyptische Rezepte wahrscheinlich. Den Biomüll zumindest hat man in Augsburg erfunden, als die Folianten zum Schimmeln angefangen haben in den Kellern. Archäologen sind am Schimmel gestorben, später, das rostige Schwerterblech, die Biergläser sind nach dem Ausgraben sofort in den Museen verschwunden, wo die Restauratoren aus dem Restaurieren nicht mehr herausgekommen und mit Rost- und Grünspanlungen in Frührente geschickt worden sind. Ein Fluch ist das gewesen.

Heute wird das Mittelalter auf jedem Kirtag zelebriert. Mit Dudelsäcken, Gestank, Pestilenz und Trommeln schustern sich die Menschen eine lächerliche Folklore zusammen, wie in Schweden die Wikinger zu Entdeckungsreisenden umgelogen werden, die in Wirklichkeit nur Brutalität exportiert haben. Immer bessere, schnellere Ruderschiffe haben sie gebaut, um ihren Frauen, dem Kindergebrüll davonzufahren. Farben hatten sie auch nicht, die Schweden. Das Rot war ein Zufall, beim Abschlachten ist es ihnen untergekommen, überhaupt erst aufgefallen. Seitdem schmieren sie Häuser damit ein.

Fritz hat sich in der Karolinska ausgetobt bevor er fast krepiert wäre vor Frust, vor Langeweile, vor Angst. Wenn ihn die Berliner nicht geholt hätten, er wäre schon längst in die Schären gegangen.

In Wirklichkeit hat er nie an den Tod denken wollen, an den eigenen schon gar nicht. Das einfache Verschwinden hat er niemandem gewünscht, hat er als etwas Aufgezwungenes empfunden. Ich weiß, dass er auf Beerdigungen gegangen ist, egal welche, völlig beliebige Beerdigungen, wenn er auf den Friedhof gelassen wurde oder sich reingedrängt hat in Kirchen und Kapellen. Nur um mitweinen zu dürfen, hätte er auch Eintritt bezahlt, wenn es nötig gewesen wäre. Als den eigenen Tod könne er sich am ehesten das Explodieren vorstellen, hat er einmal gesagt.

Als Dr. Wirnsberger damals abgeholt worden war und Fritz auf den Parkplatz hinunterspringen wollte, hat er es nicht zusammengebracht. Selzthal kennt er nur von der Straße aus. Ob er je mit dem Zug gefahren sei, habe ich ihn nie gefragt, über Bahnhöfe haben wir nie geredet.

Der Bahnhof ist in Selzthal das Gefährlichste, während er woanders das Friedlichste ist. Er ist Treffpunkt für Ortsfremde, die sonst nichts finden zum Warten, zum Trinken, sich über die Automaten freuen mit Bounty und Mineralwasser. Aus den Bahnsteigritzen wachsen Gras und den Wartenden völlig unbekannte Kräuter. In Selzthal ist alles Brauchbare in die Enge hineingebaut worden. Tankstellen in die Dunkelheit, in die Talengen hineinzubauen ist heute umstritten, in steirischen Dörfern dagegen noch immer die Regel. Wenn sich die Waldgenossenschaft mit der Eisenbahn nicht über den Baugrund einig wird, der Quadratmeterpreis zu hoch hinaufgetrieben wird von den Funktionären, werden Bahnhöfe, Holzlagerstätten und Tankstellen eben in derartige Schluchten hineingebaut. Ein SPÖ-Gemeinderat lässt immer einen Bahnhof bauen, ein ÖVP-Gemeinderat mit Sicherheit eine Tankstelle. Zum Tanken muss ein Bauernverbandausweis vorgezeigt werden, zum Zugfahren ein SPÖ-Parteibuch.

Ein Lebensmüder hätte in Selzthal nicht aussteigen dürfen, nicht auf den Bahnsteig gehen dürfen zum Schokoladeautomaten, der immer leer war, die Münzen geschluckt, aber nichts hergegeben hat. Wäre ich an Stelle von Fritz nach dem Tod von Professor Wirnsberger in Selzthal ausgestiegen und vor dem Automaten gestanden ohne Schokolade, wäre der Gummiriemen vor lauter Feuchtigkeit und Kälte verkalkt gewesen und hätte nichts mehr herausgeschoben, hätte das Bahnhofsrestaurant zu gehabt, wäre alles zu Ende gewesen.

Ich wusste, dass sich Schaffner und Fahrgäste bevorzugt in Selzthal auf die Schienen legen. Sogar ein Lokführer ist in den Siebzigerjahren extra im Bahnhof stehengeblieben, obwohl er hätte nur durchfahren müssen. Es hieß, er habe überhaupt nicht stehenbleiben wollen, sei frisch verheiratet und jung gewesen, habe das ganze Leben noch vor sich gehabt, sei der einzige Sohn aus einer Eisenbahnerfamilie gewesen, der etwas geworden und ein lustiger Mensch gewesen sei, beliebt im ganzen Dorf. Er sei trotzdem stehengeblieben, ausgestiegen und zum Automaten gegangen, der zehn Schilling geschluckt, aber nichts herausgeschoben habe. Dann sei er zum Bahnhofsrestaurant, das zu gehabt habe, habe sich umgedreht zu den Schienen, habe einen Zug gesehen, der gerade habe durchfahren wollen, sei hinuntergestiegen und habe den Kopf auf die Schiene gelegt. Die Fahrgäste haben lange warten müssen damals, bis ein Ersatzlokführer gekommen und die Fahrt weitergegangen ist.

Die Unübersichtlichkeit des Landes wird den Schweden zum Verhängnis. Die Menschen verlieren sich im Gestrüpp, werden in Schiffsschrauben gezogen und zerstückelt. Dr. Söderling könnte hier irgendwo hineingekommen sein, man weiß es nicht. Man denkt, man entkommt in der Weite, aber man entkommt nicht. Ich glaube, dass ich die Geschichten demnächst zu Ende bringen kann.

Fritz frage sich manchmal, warum?! Warum eigentlich? Warum Epileptiker therapieren, wenn sie ihm dann auf die Nerven gehen würden? Da kämen die Menschen mit Blumensträußen ins Krankenhaus und bedankten sich. Ein neues Leben, meinten sie, könnten sie jetzt führen, wobei dieses neue Leben zu hundert Prozent ein Vegetieren sei. Die Idioten würden ihn wenigstens in Frieden lassen, die Epileptiker würden sich weiß Gott was einbilden auf ihr Sensorium, das sie zweifellos hätten, ihre Intelligenz. Die einzigen Hirnkranken übrigens, die sich über ihre Normalität freuen würden. Einer davon würde jetzt seinen Porsche verdrecken, sein Ledersofa und seine Wohnung mit Kaffee anpatzen und redete dauernd von seinem neuen Leben, der Normalität. „Bescheidenheit kennen Epileptiker nicht. Du schon gar nicht! Weil ich dich davonkommen lassen wollte, mir das Skalpell ein Graus ist, stehst du überhaupt noch hier. In meinem Auto!, meinem! wird hier herumgesessen, meine Sitze werden von einem Schriftsteller angepatzt, einem sogenannten Schriftsteller!“

Ein Alkoholiker hat die größten Probleme mit der Trockenheit. Was er für ein neues Leben hält, ist ja bestenfalls das alte. Er gibt Geld für Blumensträuße und Geschenke aus. Geld, das er früher für Schnaps ausgegeben hat. Wenn er sich die Blumensträuße nicht mehr leisten kann, kauft er wieder Schnaps und das zahlt sich aus. Solange die Schnapspreise niedrig und die Blumenpreise hoch sind, zahlt sich Dankbarkeit nicht aus, sagt Fritz. Darüber hätte er lange nachgedacht und damit angefangen, den Epileptikern und Alkoholikern ordentlich ins Gewissen zu reden.

Er sei sich seiner Verantwortung bewusst, mit der man als Porschefahrer jeden Tag zu tun habe. Er sei davon überzeugt, dass ein Neurologe zumindest einen Porsche fahren sollte, um überhaupt zu wissen, was Verantwortung heißt. Das sei kein Geheimnis, nur würden sich die wenigsten dran halten. Außerdem würden ihm die wichtigsten Ideen beim Autofahren kommen. Speziell dann, wenn er einen Hirnkranken durch die Gegend fahre, der nur in der Theorie von seiner Epilepsie geheilt werden könne, in der Praxis hätte er das noch nicht erlebt. Er könne sehr wohl in die Idiotie hinüberwechseln, die zwar den subjektiven Leidensdruck mindern, am objektiven Befund aber nichts ändern würde.

So gut wie jeder Professor behaupte, dass er lieber forschen als unterrichten würde, sich am liebsten in geheizten Laboren herumtreiben und die kalte Jahreszeit der Wissenschaft widmen wolle. Seine Berufung sei es schließlich, der Sache und nicht den Patienten zu dienen. Von den Lehrverpflichtungen gar nicht zu reden, mit denen man sich tatsächlich nur die Hände dreckig machen und Zeit verschwenden würde. Fritz habe sich nie mit

Studenten abgeben müssen. Der Professor sei ihm in Wien ja für nichts und wieder nichts aufgedrängt worden. Ein Orden sei das inzwischen. Nützlich, mehr nicht. In Palo Alto würden sie das Doppelte für den Professor und noch einmal das Dreifache für die Koryphäe zahlen, was er angeblich nur meinetwegen einkassieren würde.

Ich hätte immerhin seine Arbeit von der Theorie in die Praxis transferiert und allein dafür lohnten sich die Flecken im Porscheleder. Von der „Logik der Prophezeiung" hat er bisher noch nie gesprochen, der inneren, der zwingenden Logik, die ein Witz sei, bis der Fall in seinem Zimmer liegen, sich im Chefarztzimmer abklopfen lassen könne. Dass ich schon ein zwei Neurologen auf dem Gewissen hätte, die hätten zu machen und sich nur noch selbst behandeln, ihre Praxen hätten verkaufen müssen, sei ein Kollateralschaden.

Hoffnungslos, aufgegeben, abgeschrieben sei ich gewesen. Die wenigsten Ärzte würden die Größe haben, einen wie mich rechtzeitig einzuliefern, ihn im Königin Elisabeth Krankenhaus abzugeben wie ein Findelkind. Mein Lieblingsneurologe sei wie meine großartige Freundin, „ich weiß nicht, wo du wärst", sagt er, „auf wen du eher verzichten könntest". Jedenfalls wäre mein Lieblingsneurologe der einzige, der die *Ethischen Standards* nicht nur gelesen, sondern auch verstanden habe.

Einen Krüppel zu produzieren sei für den Orthopäden das Ende. Zuerst verdiene er sich sein Geld im Schlaf und im Schaukelstuhl, bis er einen Krüppel produziere und sich eigentlich nur noch aufhängen könne. Jahrelanges Studium könne rausgeschmissene Zeit gewesen sein. Hätte ich genau aufgepasst damals, ich hätte in der

Baracke sicher einen Orthopäden neben mir sitzen gesehen, der irgendeinen zum Pflegefall umoperiert hat. Orthopäden würden ihr Leben lang auf einem schmalen
Grat herumspazieren, ohne es zu wissen. Ein Ausrutscher und sie würden unmittelbar in die Warteschlangen
der Arbeitsämter überstellt, wo sie mit ihren ehemaligen
Patienten in Wartezimmern warten, sich auf Traktoren-
friedhöfen schikanieren lassen müssten. Die Neurologen
hätten das so gut wie nie zu fürchten. Einen Fehler sei ein
Kavaliersdelikt, in den seltensten Fällen könne ein Fehler, ein Verschulden, eine Schlamperei nachgewiesen
werden. Die meisten Idioten und Epileptiker seien ohnehin ihr Leben lang Idioten und Epileptiker.

Das Einzige, was ein Neurologe könne, sei die Kultivie-
rung von Idiotie und Epilepsie, um die Idioten nicht noch
idiotischer, die Epileptiker nicht noch epileptischer zu
machen, als sie sind. Mein Lieblingsneurologe sei eine
absolute Ausnahme. Ihm hätte ich zu verdanken, dass
ich überhaupt noch hier sitzen und Unfälle beobachten
könne, mit meinem Scharfsinn, dem Sensorium, wie Fritz
sagt, um das er seine ganzen Spinner den ganzen Tag nur
beneide. „Bei dem, nicht bei mir hast du dich zu bedan-
ken! Wenn so jemand eine Melkkuh wie dich aus der
Hand gibt, wenn so jemand das tut, ist er ein Held." Ich
wäre für die Neurologen eine Altersvorsorge gewesen,
gutmütig und naiv. Was für Gerhard der somalische
Pfleger, wäre für mich mein Lieblingsneurologe gewesen, sagt Fritz und schmeißt schon wieder die Thermoskanne um mit seinem Gefuchtel. „Schau, dort hinten!
Schau, der überholt! In den Nebel hinein überholt er!"

Meine Geschichten hätte er mit Vergnügen gelesen. Er
hätte gern den Mut gehabt, den Menschen den Kragen

umzudrehen, sie eigenhändig um die Ecke zu bringen. So oft wie möglich hätte er es am liebsten getan. Größten Respekt habe er vor *Stockholm*, weil ich einiges verstanden hätte, seine Verbundenheit mit Magnus, die Zuneigung und gleichzeitig die professionelle Distanz, die man als Arzt nie vernachlässigen dürfe. Sonst würde man unweigerlich in alle nur möglichen Sümpfe hineingezogen werden und dort verkommen. Im Gegensatz zu seinen Idioten wäre der Arzt für diese Abgründe nicht gemacht. Was man behandeln würde, vielleicht sogar gut behandeln könne, wäre für einen Arzt selbst das Todesurteil. Die unglaublichen Fieberschübe auch nur zu überleben sei medizinisch eigentlich nicht vorstellbar, nicht einmal theoretisch eingeplant. Danach wieder aufzuwachen, als ob nichts gewesen wäre und seine Abdankungsformulare zu unterschreiben sei eine unbeschreibliche Sensation gewesen. Selbst für seine Vorstellung sei das zu weit gegangen. Magnus sei für Fritz ein Lehrbuch gewesen, das er studiert habe wie kein anderes.

Wien könne ich als Ganzes wegschmeißen. Wien könne man grundsätzlich nicht verstehen, alles schon gesagt, geschrieben und verfilmt worden, im Dreck stecken geblieben, untergegangen. Die Spannung sei schon lange raus, alles raus und für immer. Stockholm habe sogar heute noch einige Straßenecken, wo noch kein Krimi gedreht, keine Schmalzserien durchgespielt worden seien. Und wenn ja, man würde es nicht merken, es sehe alles gleich aus, wie eine McDonald's-Filiale überall gleich aussehe. *Berlin* sei mir gut gelungen. „Ein Drehbuch, Hollywood, ausgezeichnet!". Gerhard, schon damals ein Werkzeug. Lebensrolle!, genau auf ihn zugeschnitten. Den idealen Job die ganze Zeit. Die

Knochenzerkleinerung, die Faschiermaschine hätte er gehabt. Hat er gehabt, ich weiß, sag' ich. Wir sind auf dem Weg nach Hause und aus der umgefallenen Kühltasche rinnt der Kaffee auf den Rücksitz. „Der Berliner baut seine Unfälle im Nebel, Morgennebel, man neidet uns alles, gönnt uns nichts!" Und trotzdem habe er Berlin immer gemocht, von Anfang an.

Gelogen!, denke ich. Fritz ist durcheinander, irritiert, redet ins Nichts. Wenn er den Mund aufmacht, ist es schon zu spät, kann er mir nichts mehr vormachen, wie den anderen, die er nach Belieben dressiert hat.

Aus heutiger Sicht seien diese Geschichten viel spannender, als er sie in Erinnerung habe. Er selbst hätte aus Stockholm nicht soviel erzählen können. Hans Magnus ist heute schon längst nicht mehr am Leben, Matilde und ihre verschlampte Tochter sind mit Schiffstaufen beschäftigt. Ob Professor Wirnsberger nicht schon beim Einsturz der Reichsbrücke dabei gewesen sei, wisse er nicht. Hofstätter habe gar keine Schwester gehabt.

Ich bin mir sicher, dass er nichts als Nörgelei übrighat und mir noch den Mord an Olof Palme ausreden will. Ich bin überrascht, wie er lachen kann über sich, wenn er sich gefällt. Wie auf einem Foto, wenn er sich gut getroffen fühlt.

Wie es Gerhard mit seiner Psychologin geht, hätte ich gern gewusst, ob sie endlich bei ihm eingezogen sei, wie es mit seinen Projekten stünde. Davon wisse er nichts. Die Unterärzte würden ihn plagen.

Gerhard ruft mich an am Abend. Er habe sich wieder einen Rollstuhl besorgt, gebraucht natürlich, wo er sich einmal die Woche hineinsetzen und seine Ruhe haben könne, von Dankbarkeit sei keine Rede mehr. Er wisse auch nicht warum und wem. Außerdem sei Dankbarkeit kein Grund, sein eigenes Leben irgendwelchen Projekten zu opfern, die ohnehin nichts bringen würden. Ansonsten sei er mit seiner Wohnung zufrieden, mit der Psychologin weniger, die ihn immer mehr anstrenge. Er frage sich umgekehrt, ob überhaupt irgendjemand ihn noch aushalten könne, der somalische Pfleger sei auch nur ein paar Wochen geblieben.

Im Museum habe ich das Gefühl alles neu kennenlernen zu müssen, so fremd ist mir die Umgebung geworden. Obwohl ich nur Tage weg war. Die Beobachtungen mischen sich in die Geschichten von Fritz in Stockholm und Wien. Von *Stanford* gar nicht zu reden, das ich mit Sicherheit ganz weglassen werde.

Die Menschen sind im Winter besser angezogen, man sieht ihre Haut nicht mehr. Während im Sommer die Touristen wegen der Hitze kommen, kommen sie jetzt wegen der Kälte, die in Berlin schlimmer ist als die Hitze. Der Eintritt rechnet sich auf jeden Fall. Bei uns ist für jeden etwas dabei, fällt für jeden etwas ab. Wie alle Museumsbesucher wollen sie was haben für ihr Geld, das sie auf keinen Fall zurückkriegen. Viele wissen das nicht und merken, dass sie in die Falle gegangen sind, hineingetreten sind wie in einen Hundehaufen, der sich nie wieder aus den Schuhsohlen herauskratzen lässt. Selbstmitleid ist selbst für die Dümmsten keine Option. Oft wird Vorsatz und Absicht vorgetäuscht, Interesse geheuchelt. Der Tourist ist generell flexibel und steckt so einiges weg. Bedroht wird er nur durch das Nachhausefahren in dem Glauben, weiß Gott was versäumt zu haben.

Zu Hause versäumen sie nichts, wie ihnen gesagt wird und Geld sparen sie auch.

Tourismus ist dann oft das einzige, das ihnen einfällt, den Menschen. Der Urlaub ist schon immer ein Davonlaufen gewesen, ein Davonfahren, Davonfliegen, eine Flucht, Hals über Kopf. Deshalb fahren die meisten als Touristen herum, gehen dem Tourismus auf den Leim. Urlaubsparadiese stellen sich als Urlaubshöllen heraus, voll mit Flüchtlingen, die aus Angst und Not nirgendwo anders untergekommen sind. In unappetitlichen Lagern sind die Menschen zusammengesperrt, bis ihnen das Geld ausgeht und sie wieder abgeschoben werden.

Die Leute packt kurz vor dem Nachhausefahren die Angst, etwas vergessen zu haben. Sie fangen in aller Früh zu schwitzen an. Die letzten Tage des Touristen bestehen fast nur aus Angst, abgeschoben und nach Hause geschickt zu werden, ohne entschädigt worden zu sein für sein Geld. Aus Angst und Not sind sie gekommen, vor lauter Angst bleiben sie und aus Angst nehmen sie alles, was sie kriegen können. Und wenn es nur ein Museum ist, sie schauen herum, weil sie Angst vor der Kälte oder der Hitze haben, gehen auf und ab, wie es sich für einen Touristen gehört, bevor sie endgültig abgeschoben werden.

Es ist kein Volksaufstand, der heute früh angefangen hat, ein Streik höchstens. Auf Gewerkschaftsniveau und allein schon deshalb lächerlich. Die Erhöhung der Arbeitsnormen wurde mitten in der Nacht in einem Büro beschlossen und uns morgens beim Umziehen verkündet, offiziell. Ich finde das nicht fair. Bisher war es immer so, dass einige Stunden vor dem Umziehen die

Normerhöhungen zumindest als Gerücht umgegangen sind und wir nicht total überrumpelt wurden. Es blieb diesmal kaum Zeit, den Arbeitskampf zu organisieren, was meine Aufgabe gewesen wäre. Ich stelle mich mit meinen Kollegen im Treppenhaus auf mit Fahnen und Pfeifen. Nach kurzer Zeit bin ich entsetzt von meiner Fantasielosigkeit. Ich bin zum Beispiel nicht brutal aufgelegt, weil keine Milch mehr im Kühlschrank war. Dass Wut im Bauch entsteht, ist ein Gerücht, lässt sich nicht belegen. Bei mir kommt sie im Magen auf, wo sie auf Milchschaum gebettet zu Brutalität wird. Bei den Schweden, das hat mich überrascht, sei es laut Fritz umgekehrt.

Ich muss an den siebzehnten Juni dreiundfünfzig denken, wie die ohnehin schon überforderten Bauarbeiter auf der Stalinallee angefangen haben, Barrikaden zu bauen, Autos anzuzünden, wenn sie welche gefunden haben, die ordentlich brannten. Nicht die aus Plastik, die erst Jahre später erfunden wurden und beim Barrikadenbau nur als Zunder hätten gebraucht werden können. Während ein blechernes realistische Chancen auf einen siegreichen Häuserkampf eröffnet hätte, wäre der Trabant nach dem Schmelzen längst am Auskühlen gewesen, nur mehr ein schwarzer Brei, ab und zu mit Glutnestern, die meistens aus Rückspiegeln und Bremspedalen bestanden hätten. Ich hätte den Lärm gerne gehört, den Gummigestank gerochen. Ich frage mich auch, ob gesungen wurde, die Internationale oder Brechtlieder, die zu gebrauchen gewesen wären für diesen einen Zweck. Ich kenne nur die alten Filme, die noch übriggeblieben und nicht gleich vom Staatssicherheitsdienst eingesammelt und archiviert worden sind. Die Arbeiter haben gestresst ausgesehen, enttäuscht. Für viele war es schon der zweite oder dritte Schock, viele waren schon längst weg, ausgewandert ohne Gepäck und Pass. Papiere und Visa hat man noch gar nicht gehabt.

Dass es Aufstände überhaupt noch gibt, ist ein Wunder. Allein das Wort Streikbrecher versteht doch heute keiner mehr. Vor hundert, hundertzwanzig Jahren hat man in Chicago die Fahnen noch mit Rindsblut angemalt, das Arbeiterblut hat gar nicht mehr gereicht.

Bei uns haben Gewerkschaften Aufstände vereinnahmt, sie zu Pfeif- und Schrei-Events moderiert. Seitdem wird die Wut genehmigt, werden Rechtswege ordnungsgemäß beschritten. Einziges Risiko ist das Wetter. Nicht mehr die Prügel der Polizisten, die in den Sechzigern Zusammenrottung aufgebrachter Studenten noch mit roher Gewalt verhindert haben. Man kollabiert nicht mehr auf den Barrikaden, sondern in Verpflegungszelten, wo Eisenbahnerfrauen Wurstsemmeln zubereiten in ihrer Wut.

Gewerkschaften sind die Sargnägel mutiger Proteste, von Anfang an keinen Funken Vision von einer gerechten Welt. Alles, was uns heute wie ein Aufstand vorkommt, ist ein Witz, ist von Vornherein etwas Zuspätgekommenes, ohne Aussicht auf den geringsten Erfolg. Schon als Kind haben mir die Eisenbahnerkinder leidgetan, die ihr Taschengeld nie gesehen haben, weil es von den Eltern direkt in den Gewerkschaftsrachen geworfen wurde. Während ich vom Bauernpfarrer die schönen Geschichten gehört habe über Jesus, seinen unehelichen Sohn, habe ich genau gewusst, wofür ich mein Taschengeld in den Klingelbeutel geworfen habe. Ich habe gewusst, wo es hingeht, das Geld. In den Weihnachtsbaum, den Blumenschmuck und die ganzen schönen Dinge. Es ist ein Geben und Nehmen gewesen. Bei Fritz war es genauso, wie er mir erzählt hat. Die Bauern- und Försterkinder waren damals zufriedene und glückliche Kinder, während die Eisenbahnerkinder immer nur frustrierte Kinder waren. Während die Kirche schön war, waren die Gewerkschaftsheime nur stickig und verraucht, haben nach Bier und Schnaps gemüffelt. Vor allem ist die Gewerkschaft die einzige Institution dieser Welt, die nicht im Entferntesten eine Kultur hervorgebracht hat, bevor sie demnächst für immer wegstirbt und ihre zu Tattergreisen verkommenen Anführer gleich mit.

Wenn ich Demonstrationen sehe am Alexanderplatz, die Querdenker oder Kurden, denke ich mir immer, dass das nichts werden kann. Was immer da vorgetragen, gesungen und geschrien wird. Es wird mir übel, wenn ich an die Zeitverschwendung denke. Meistens kommt man ja nicht einmal ins Fernsehen, was dringend nötig wäre, eigentlich. Als ich damals nach Berlin gekommen bin, bin ich direkt in ein Freilichtmuseum gekommen, was ich nicht gemerkt habe am Anfang. Biersozialisten im Dunst der Eckkneipen, Hertha BSC-Wimpel neben Rudi Dutschke an der Wand.

Wie der Chlorgestank an der Hallenbadkasse hat einen die Vergangenheit im Griff, bevor man sich ausgezogen hat. Unser Aufstand von heute wird bald niedergeschlagen, niedergewalzt werden, ohne Panzer und Gewehre, ohne Barrikaden. Unsere Plastikanzüge werden genauso schnell abgebrannt sein, wie die Autos in der Stalinallee. Strohfeuer werden sie gewesen sein, die nichts gebracht haben, keinen sozialen Frieden. Die Normerhöhungen werden vielleicht zurückgenommen, wie damals am siebzehnten Juni. Mit Kompromissen wird man uns zur Räson bringen. Und trotzdem bin ich stolz auf unsere Entschlossenheit, unseren Mut. Es bleibt nichts außer Strohfeuer, geschmolzenes Plastik mit Glutnestern aus Rückspiegeln, Schrauben und Drähten, schwarz und wie Brei auf Asphalt. Den Aufstand im Museum muss ich demnächst geschickter anzetteln, mit etwas mehr Raffinesse, gefälligst. Die Ausreden der Sportler nach Niederlagen haben sich auch raffiniert über die Jahre. Nicht schlecht gespielt oder versagt hätten sie, sondern das im Training Geübte „nicht umsetzen können".

Das Schicksal von Revolten war ja immer der altmodische Glaube an die Gemeinsamkeit, die uns angeblich stark macht. Anstatt in die Kirche zu gehen und ordentlich zu glauben, glauben wir noch immer auf der Straße und in den Wohnzimmern.

Am Wochenende die Vögel, hühnerschwer, in Brandenburg unterm Baum, raus aus der Stadt im Cabrio, die neuen Felgen, die Fritz sich kaufen musste, um seine Unterärzte zu demütigen, die ihre Frechheiten längst bereut haben. In den Alleen vorbei an der Wandlitzer Waldsiedlung, ehemaliger Wohnpark der DDR-Bürokraten, gegen Norden hin. Wir fahren immer in den Norden, der nicht den Schweiß der alten Republik ausschwitzt. Man spricht gern davon, wie der Sozialismus leider gescheitert sei, weil es kein richtiger war, ein misslungener Versuch das Paradies einzurichten. In eine baufällige Wohnung ist man eingezogen aus Versehen und nichts repariert hat man, nicht ausgeräumt in der Not, in der Eile, die sicher geboten war. Mit wildfremden Menschen ist man gemeinsam eingezogen. Bis aufs Messer haben sie sich gestritten, die Arbeiter und Bauern, aufeinander losgegangen sind sie, wie der fette Dozent am Traktorenfriedhof auf seine Kollegin losgegangen ist, wenn wir nicht da waren. Er wird mir nie aus dem Kopf gehen, fürchte ich. Nie mehr.

Ein Motorrad kommt uns gefährlich nah und würde uns auffahren beim kleinsten Bremser. Sein Scharfsinn und die Routine, behauptet Fritz, würden über Leben und Tod zu Gericht sitzen. Entweder er fliegt über uns oder er kracht in den Gegenverkehr hinein, zumindest aber in einen Alleebaum, der ein schönes Grab wäre, neben den vielen anderen. Wie auf einem Friedhof hängen die Kreuze und Kerzen stehen rot leuchtend davor, die Fetzen von Motorradfahrern hängen in den Baumkronen und die Visiere der Helme reflektieren die mecklenburgische Sonne. Fritz genießt es darauf hinzuweisen, wie genau er diagnostizieren könne, wie er aus den Spuren ableiten könne, was passieren hätte können. Nicht nur, was passiert sei und passieren könnte. Es gehe darum, die Faktenlage lesen zu können, die Strukturen dahinter zu erkennen. Was den Straßenverkehr betrifft, dürfe man keine voreiligen Schlüsse ziehen. Zuerst komme immer das Wer, nicht etwa das Wie. Ein Verkehrsunfall sei wie Suppekochen. Nicht, welche Kräutel da drin wären, sei relevant, sondern wer sie koche. Wie oft habe er schon irgendwelche Scheußlichkeiten hinuntergewürgt, weil er gute Freunde nicht kompromittieren wollte. So ist es mit jemandem, der sich auskennt. Permanent balanciert man, den Stress kann sich jeder vorstellen. Abends sinkt Fritz windelweich in sein sauteures Ledersofa, erzählt von früher. Welches Früher es war, hängt von unserer Tour ab. Je weiter wir in die mecklenburgische

Seenlandschaft hinein sind, desto sicherer erzählt er von Schweden.

Die Schäreninseln seien nicht nur Dekoration, sondern würden ein Verständnis der schwedischen Seele erlauben. Stockholm sei ein Anhängsel der Schären und nicht etwa umgekehrt. Die uralten Hasspsychosen der Schärenbewohner seien schon lange aufs Festland und somit in die Hauptstadt übergesprungen. Inzucht und Hass seien Charakteristika der Schärenbewohner und Olof Palme hätte zeitlebens kein Mittel dagegen gefunden. Wahrscheinlich, so Fritz, sei dieser auch von einem Ureinwohner der Schäreninsel Rödlöga vor dem Kino Grand mit einer Machete angegriffen und am Ende nach minutenlangem Ringen und Dreschen mit einer tschechischen Armeepistole hingerichtet worden. Damit habe sich der Mann keinen Gefallen getan. Seine gerade erst fertig gestrichene Pension, den Ponyhof und überhaupt alles für die Feriengäste Hergerichtete seien nie zum Einsatz gekommen, dabei habe er sich das genaue Gegenteil erwartet. Ein mutiger Anschlag, dachte er, auf einen Sozialdemokraten, der nur den Schnaps teurer mache für die kleinen Leute, die Ureinwohner auf den Schären vertrocknen lasse, die Ponyhofbauern von den Touristen abschneide, würde als respektabel durchgehen. Rödlöga, meinte Fritz sich zu erinnern, sei in Suff und Psychose untergegangen.

Fritz sei in die Neurologie gegangen, vor der Psychiatrie habe er in Stanford noch den größten Respekt gehabt, sei aber in Wien schon eingeknickt. Er hätte das eine nicht ohne das andere kriegen können. Überrumpelt habe man ihn damals. Bei den Nerven, habe er gedacht, könne noch etwas ausgerichtet werden, irgendetwas sei vielleicht noch zu retten. In Wirklichkeit würde der Neurologe nach spätestens ein, zwei Jahren zum Zyniker und die Psychiatrie sei dann unausweichlich.

Die Medizin sei kein Beruf wie andere, man könne ihn nicht erlernen, es müsse in einem drin sein, von Geburt an. Er, Fritz, habe nichts davon gemerkt bis es ihn doch erwischt und eingeholt habe. Schon in Wien habe er sich damit abgefunden, seitdem würde er sich genau beobachten, jeden Tag in den Spiegel schauen, ob nicht schon ein Zyniker heraus grinst.

Alleen hätte es zwischen Uppsala und Stockholm nicht gegeben, die Straßen seien dort in den Boden eingegraben gewesen, zwischen Erdwällen sei man gefahren, ohne jegliche Weitsicht. Die Engstirnigkeit sei vorprogrammiert gewesen, wenn auch nicht mit Absicht. Aus der Not sei so vieles geboren worden in dem Land, das sehr inhomogen sei. Im Süden sei man schon längst rechts gefahren, als man im Norden noch links oder gar nicht gefahren sei. Hier seien die Elche, dort die Rentiere das Problem gewesen, hier die Menschen, dort die Tiere, angeblich.

Gerhard, der bis dahin nur den Flughafen Arlanda gekannt habe, habe sofort seine hellrosa Gesichtsfarbe verloren. Die Illusion von einer heilen Welt habe nirgendwo so schnell zerplatzen können wie in Schweden. In Österreich würde seit Jahrzehnten an einer ordentlichen Welt gearbeitet, wenn auch ohne Erfolg. Mit Faschingslarven würde hier wie dort aufgetreten, wie in einer Schmalzkomödie, die nichts als falsche Idyllen hervorbringe. Als Chefarzt habe er sich in Wien wie in Stockholm die Zähne ausgebissen, sei er in Wahrheit nicht robuster geworden. Seine Positionen hätten ihn schadlos gehalten, überall habe man ihn in einen Thron hineingesetzt und überbezahlt. Deshalb habe er sich seine Ärzte zu Unterärzten dressieren und sich seine Patienten aussuchen können. Magnus sei zu seinem Lieblingsidioten geworden, während Matilde und seine überflüssige Tochter ihm an jedem Zeitungskiosk entgegengelacht hätten.

Gut, dass ich keine Kinder habe und nie haben werde. Es schaudert mich, wenn ich daran denke. So sehr ich gelegentlich Freundschaft schließe mit den Kleinen, so sehr ich sie originell und lustig finde. Das schlechte Gewissen würde ich nicht ertragen, das ich mitschleppen müsste durch den Tag, die Wochen. Ständig würden sie mir leidtun, was mir noch mehr schlechtes Gewissen zu schleppen geben würde. Ich überquere eine Straße nach der anderen und erinnere mich, dass mich meine Schwester irgendwann gefragt hat, ob ich denn gerne Kinder hätte. Eine Frage wie aus dem Nichts heraus, konjunktivisch. Nein habe ich gesagt, allein wegen meiner Vorstellung vom Leben mit dem Gefühl, ein Verbrechen begangen zu haben, wofür ich zu Recht lange im Gefängnis sitzen und Ausreden zu erfinden hätte. Ein Lebensverbrechen, das mich beschäftigen würde, bis zum Ende im Grab. Was ich an Kindern mag, ist die Originalität, das Unabsichtliche, das Rücksichtslose.

Ich muss aufpassen, dass ich niemanden umrenne, obwohl nur wenige Menschen auf den Gehsteigen sind. Ich fühle mich überfordert, muss mich konzentrieren. Zur Gefahr werde ich fast jeden Tag, für wen auch immer. Schwäche auf dem Gehsteig zu zeigen ist mir unerträglich, ich muss schon gut gelaunt sein, selbstsicher sein in dem Moment, um mich nicht schämen zu müssen. Auf dem Fahrrad fühle ich mich sicherer, obwohl es viel gefährlicher ist in der Großstadt. Es wundert mich, dass nicht viel mehr sterben, überrollt, von Lastwagen gestreift und unter die Räder gerissen werden, was den sichersten Tod von allen bedeuten würde. Die Trauer um jeden, der da drunter kommt, kann ich mir vorstellen. Der furchtbare Schmerz der Menschen, die ein Kind unter Lastwagenrädern verlieren, mehrere vielleicht noch. Mein Mitleid wäre noch schlimmer in gewissen Momenten, die natürlich nicht oft vorkommen. Ich war schon lange nicht mehr bei einem Begräbnis. Es gibt nicht viele, zu denen ich eingeladen werde, obwohl ich auf jeden Fall hingehen würde. Die Menschen würden es nicht bereuen, ich bin ein guter Begräbnisgast. Im Gegensatz zu Geburtstagsfeiern, die mir immer lästig waren, haben Begräbnisse etwas Handfestes, etwas nicht Wegzudenkendes, was bei Geburtstagsfeiern schlicht fehlt. Gratulieren, wofür, wozu?! Lächerlichkeiten, Peinlichkeiten, die ich noch viel unerträglicher finde als die Unsicherheit auf dem Gehsteig. Hochzeiten?!, ein schlechter, langweiliger Witz, den man nicht erzählt kriegen will. Scheußlichkeiten, Hochzeiten, Feiern, die nur enttäuschen können. Vielleicht lernt man jemanden kennen, hört man gute Geschichten, die einen beschäftigen an einem Tag wie diesem, der zum Spazieren ideal ist. Wie ein Buch, das man liest und neugierig wird, was kommt auf der nächsten Seite. Ein Besuch ist am schönsten, bevor er anfängt, bevor er verwässert und zerstört wird durch seine Wirklichkeit. Eine Erzählung ist nur gut, wenn sie Grauenhaftes erzählt, Erschreckendes. Bekanntlich darf man einem Kind nichts Grauenhaftes erzählen, sondern nur Lustiges und Schönes. Ich erinnere mich heute noch an die Geschichten, die ich meiner Schwester erzählt habe, um sie zum Einschlafen zu zwingen. Es tut mir heute noch leid, sie schlechter behandelt zu haben, als sie es verdient hat. Erinnerungen daran sind das Schmerzhafteste überhaupt. Ich hoffe, sie nimmt es mir nicht übel, hat es längst vergessen. Die Geschichten sind mir gelungen, damals, schön und lustig sind sie offenbar gewesen. Eigene Kinder könnte ich nie gut behandeln, ich würde nur scheitern und dann Mitleid haben mit ihnen. Ein einziges Leid würde das sein für alle. Ich habe das Richtigste getan, denke ich, das Gelungenste. Schuld habe ich mir nicht aufgeladen. Es muss einen Gott geben, ich glaube, ich kenne ihn jetzt. Ich wusste lange nicht, ob es ihn gibt. Ich bin bestimmt schon kilometerweit gegangen und war endlich ehrlich zu mir, fühle mich gut. Ob ich heute noch ankomme weiß ich nicht.

Das Wichtigste beim Verkehrsunfall, hat Fritz mir beim letzten Ausflug gesagt, dem deutschen Autounfall vor allem, sei die Struktur und nicht das Was und Wer. Die Bremsspuren zum Beispiel könne man erst Tage später wirklich lesen. Er habe sehr viel von mir gelernt, behauptete er. Die Baracke in Treptow sei das Wichtigste zum Verständnis der *intrinsischen Relevanz*, der Traktorenfriedhof der Schlüssel zur *psychopathischen Erklärungsnot* gewesen. *Ethische Standards*, wenn sie was taugen wollen, seien auf die Ausbalancierung von Erklärungsnot und Relevanz zwingend angewiesen, was er im letzten Kapitel als Vermutung im Raum hat stehen lassen müssen. Hängen lassen müssen, eigentlich. Nein, es gebe nichts zu rütteln, zu schütteln. Abschütteln könne er das nicht, nie mehr. Er sei überhaupt nur mit mir zur Unfallbeobachtung gefahren, weil er soviel nicht verstanden habe in der langen Zeit davor. Eine Zeit, die er mit seinen

Unterärzten zu verbringen hatte, zwangsläufig. Eine Zeit, die er mit Spekulationen verpulvert habe, ohne nur annähernd auf einen grünen Zweig zu kommen. „Karriere?" Karriere habe ihn nie interessiert. „Ich weiß, deine Spinner, Idioten, Hofstätter, Magnus. Gerhard, der nur dein guter Depp war, ich, dein Lieblingsepileptiker. Den man ein paar Jahre in der Baracke hängen lässt für die *intrinsische Relevanz*." Dass alles ein Geben und Nehmen war, lasse er nicht gelten. Zu leicht sei ihm das Nehmen gefallen, alles sei ihm passiert, selbst die Koryphäe habe er sich gefallen lassen.

Wie ein Geständnis hat es sich angehört, zusammen gesponnen, denke ich auf der Picknickdecke. Gelacht haben wir noch, gesehen haben wir nichts. Zum ersten Mal bringt er mich bis vor die Tür. Im Friedrichshain gehört es sich nicht, aus einem Cabrio zu steigen. Gott sei Dank ist meine Haustür die dreckigste in der Straße und es geht als Groteske durch, als Komödie. Die Ledersitze knirschen beim Aussteigen. Seine Mutter sei gestorben letzte Woche, sagt er noch. Sein Gesicht war so weiß wie die Ledersitze. „Tja!" Wie immer ohne in den Rückspiegel zu schauen, beschleunigt er von null auf achtzig in ungefähr vier Sekunden.

Déjà-vu

Der Uniformierte springt aus dem Wagen und schlägt die Tür lässig zu. Er ist außergewöhnlich klein, schmächtig und vor allem, wie mir scheint, sehr jung. Er klärt mich über meine Rechte auf und ist betont freundlich.

Noch. Sein Kollege ist etwa doppelt so groß und sieht aus, als hätte er schlecht geschlafen. Der Kleine hat sich inzwischen eine Zigarette angezündet und schreibt in sein Notizbuch. Ich beginne, ihn ernst zu nehmen. Ich sei den Waldweg entlang und über die Böschung hier runtergekommen. Ich hätte das Auto da drüben gesehen und es sofort erkannt.

Er schreibt und schreibt, die Zigarette zwischen irgendwelchen Fingern der linken Hand. Der Große dreht sich immer wieder um, als erwarte er jemanden, der zwischen den Bäumen heraustreten will. Er geht zum Auto, um in ein Funkgerät zu sprechen. „Kommen gleich", sagt er in unsere Richtung. Der Kleine scheint die Fäden in der Hand zu haben, sein Umgangston, die Art wie er mit seinem Kollegen spricht ist unwirsch. Offensichtlich hat man ihm die Uniform anfertigen lassen, sie passt genau. „Aufstehen!" Ich zögere nicht, stehe auf und gehe in eine Richtung, die ihm nicht zu passen scheint. „Ins Auto!" Ganze Sätze verwendet er so gut wie nie, macht nur gelegentlich mit Kopfbewegungen deutlich, was zu tun sei. Der Große kuscht ohnehin nur. Der Kleine wirft die Zigarette auf den Boden und tritt sie aus. „Was machen Sie im Auto? Wer hat …?" Schikane, denke ich und steige wieder aus. „Hinsetzen!" Ich sitze also wieder auf dem feuchten Baumstamm am Schotterstraßenrand. Ich solle ihm noch mehr erzählen, was ich dann gemacht hätte und so weiter. „Und?!" herrscht er mich an. Ich solle mir nicht alles aus der Nase ziehen lassen. „Na ja, ich kenne das Auto, bis ins Handschuhfach hinein … ich habe Sie gleich angerufen, Sie sehen ja, dass ich nichts angerührt habe". Zwei Polizeiwagen, ich habe sie gar nicht gehört, stehen plötzlich neben uns. Die Staubwolke kommt erst später an.

„Halten Sie sich zur Verfügung, der Kollege nimmt Ihre Personalien auf und dann können Sie abhauen!" Er bietet mir noch eine Zigarette und Feuer an, dreht sich wortlos um und lässt mich stehen. Besser als gar nichts, denke ich.

Er hat mir oft von der Lichtung erzählt, die „immer voll mit Schwammerln" war, überall sei es gelb und weißbraun gewesen, man habe immer viel Platz gebraucht in den Taschen und Plastiksäcken, die Hälfte habe er stehen lassen müssen. Ich steige dem Geruch von Moos und Steinpilzen nach über die Wurzeln hinunter. Zuerst einfach abwärts, bis ich im Gebüsch stecken bleibe. Ich reiße mich aus den Dornen heraus und gehe weiter talwärts, wo ich hinter einer Bergkuppe das Dorf vermute. Von den Häusern sehe ich zuerst die Rauchfahnen, die über den Dächern hängen und sich nicht wegbewegen wollen. Auf dem Wirtshausdach keine Rauchfahne. Wahrscheinlich heizen sie für jemanden wie mich nicht ein, ist ihnen das Brennholz zu schade für mich. Ich gehe hinein und bestelle das Billigste. Ich zweifle an mir. Durch das Fenster kann ich den kleinen Polizisten sehen, der die Autotür lässig zuschlägt und mit seinem doppelt so großen Kollegen auf das Wirtshaus zu kommt.

Mich schaudert und das Gulasch schmeckt mit einem Schlag nicht mehr.